KB123470

세월이 흐르면

耕南文稿

경남문고

1

宋朝彬 著
宋容民 譯
宋澤蕃 編

보고사
BOGOSA

본 제단은 대전시 서구 우명동 산2-3번지에 있으며, 계룡IC에 인접해 있다. 은진 송씨 16대 요신 할아버지부터 25대 용준까지 모셔져 있으며, 산소 방문 시 간단한 재물로 선조 은덕을 기리는 마음으로 합동제를 올리고자 만들었다.

경남문고 보집 일부 번역을 끝내고 『세월이 흐르면』이라는 제목으로 책을 발행함을 기념하고,
훗날 자손들이 '이런 분도 계셨구나' 하는 마음을 갖게 하기 위하여 보집 서문을 새겼다.

경남문고 보집 원문을 양면에 나누어 새겼다.

대전 뿌리공원의 은진송씨 조형물

은진송씨(恩津宋氏)의 뿌리

은진(恩津)을 본관으로 하는 송씨는 고려 판원사 대원(大原)을 시조로 하여 많은 학자와 현인을 배출한 명문거족으로 일컬어지고 있다. 4세 집단공 명의(明誼)는 불사이군의 절의를 지켜 회덕에 내려와 은둔한 선비였다. 중시조인 6세 유(愉)는 청상고절(靑孀孤節)의 열부(烈婦) 류조비(柳祖妣)로 추앙받는 어머니를 모시고 회덕 배달촌(白達村)에 정착하니 그 땅이 송촌(宋村)이다. 그곳에 조촐한 당을 지어 명사들과 교유하며 유유자적하니 세인들이 그를 은덕불사의 처사 쌍청당(雙淸堂)이라 불렀다. 7세 지평공 계사(繼祀)와 계중(繼中)에 이르러 가문이 크게 현창하여 호서사림의 연원이 되었고 조선 유학의 대표적 인물인 동춘당 준길(浚吉) 우암 시열(時烈)의 대학자가 배출되어 동국 18현으로 문묘에 배향되었다. 이 정신은 가학(家學)으로 계승되어 문중에는 학자와 충신열사들이 연이어 배출되었다. 과거에 급제한 분이 연방 소과(小科)에 236명 용방 대과(大科)에 75명 호방 무과(武科)에 80명이나 된다. 임진 병자 양란(兩亂)에 순절한 5명과 을사늑약에 절사한 2명 충효로 화를 입은 분이 6명 충효열의 정려가 내려진 분이 20여 명이요, 2명의 정승 1명의 대제학 경연관이 12명 시호를 받은 분이 18명 부조(不祧)의 은전을 입은 분이 4명 호당(湖當)이 2명 종묘배향이 2명 서원배향이 20여 명에 이른다. 이분들이 남긴 문헌이 280여 종이고 유적 유물이 전국에 산재해 국보와 문화재로 보존되고 있다. 이렇듯 빛나는 전통을 이어받은 은진송씨 39개파 25만여 종원은 오늘도 선조의 숭고한 충효 절의 선비정신으로 국내는 물론 지구촌 곳곳에서 나라 발전과 겨레의 안녕을 위하여 헌신하고 있다.

번역자가 드리는 글

이 책에 실리는 글은 耕南文稿(경남문고) 전집 총 5권 중 서문과 권1의 번역 글이다.

耕南(경남) 宋朝彬(송조빈) 선생은 文正公(문정공) 同春(동춘) 宋浚吉(송준길) 선생의 직손으로 내 이름을 지어주시기도 한 분이다. 선생은 舊韓末(구한말)부터 解放(해방) 후까지 新學問(신학문)을 하시지 않고 줄곧 제대로 올곧게 儒學(유학)의 길을 걸으셨다. 이는 세상이 비록 변한다 해도 훌륭한 祖上(조상)의 遺風(유풍)을 차마 버릴 수 없으셨기 때문인 것으로 보인다. 그 누가 세상이 변하는 대로 세태에 몸을 맡겨 출세해 이름을 날리고 싶지 않은 사람이 있겠는가? 이렇게 집안의 전통을 지키기 위해 자신을 희생하시다 보니, 글 곳곳에 그 아쉬움이 배어 있다.

권1은 漢詩(한시)로 이루어져 있다. 한시는 한글로 번역하는 즉시 그 맛이 대폭 감소한다. 對句(대구)의 묘미와 韻字(운자)의 운치를 잃어버리기 때문이다. 그나마 가급적 그 맛을 살려 보려면, 한시 번역은 지난한 작업이 될 수밖에 없다. 게다가 번역자의 한문 실력이 선생의 발뒤꿈치에도 미치지 못함에랴!

그래도 번역은 원문의 뜻을 손상시키지 않도록 가급적 직역을 위주로 하였다. 한문에는 古事(고사)의 인용이 잦은바, 이는 그 일의 내용을 알지 못하면 단순히 한글로 바꾼다 해도 그 내용을 알지 못하며 따라서 이해도 되지 않는다. 이런 곳에는 해당되는 내용을 각주로 달아 이해를 돕도록 하였다. 그리하다 보니 詩(시)의 멋이 상당히 감소될 수밖에 없다. 번역 글을 읽으시는 분들은 가급적 한문 원문과 대조하여 읽어주시고, 詩(시)의 멋은 원문에서 찾아주시기를 부탁드린다. 아울러 번역자의 미천한 한문 실력으로 번역에 오류가 있을 수도 있으니, 혹 오류가 발견되면 혜량하여 주시기를 바란다.

詩(시)를 감상하려면 詩人(시인)과 같은 감정을 갖고 읽어야 한다는 말이 있다. 여기 실린 시들은 주로 시인이 老年(노년)에 쓰신 것으로 앞서 말 한대로 時流(시류)를 따르지 않고 홀로 儒學(유학)의 길을 걸은 일종의 후회와 아울러 유학이 앞으로는 전해지지 못할 것이라는 아쉬움이 서려있다. 예를 들면,

"早年所學將何用(조년소학장하용) 羨彼寒蛩得意鳴(선피한공득의명)

이른 나이에 배운 바가 어디에 쓰이리요, 서늘한 제철 만났다고 맘껏 울어대는 저 귀뚜라미가 부럽네"

와 같은 구절은 유학이 앞으로 제대로 전해지지 않을 것이라는 걱정의 글이요,

"有山未得埋愁地(유산미득매수지) 無藥何求治人老(무약하구치인노)

산이 있어도 시름 묻을 땅 얻지 못했는데, 약도 없으면서 어찌 사람들 늙는 것을 고치려 하는가"

와 같은 구절은 노년의 회포를 푼 글이다.

이상 이 책을 읽으시는 데 이 글이 도움이 되기를 바란다.

번역자 송용민 드림

경남 초상을 기린 글
耕南肖像贊

어찌 태어나고 어찌 늙었나?

한 세상 모든 일을 시와 술에 부쳤네.

세월은 천륜처럼 길고 시름은 만 가지니,

이 세상에선 무엇을 다시 찾으리.

胡爲生胡爲老(호위생호위노)　一生事付詩酒(일생사부시주)
千輪劫萬種愁(천륜겁만종수)　此乾坤更何求(차건곤갱하구)
－自題(스스로 지음)

이 세대에 살며 옛것을 배우고 생각하고,

산과 물에 노닐며 꽃과 새를 걱정하네.

소나무의 지조와 절개 학의 정신

바람, 달, 안개, 노을의 주인이로세.

居今世學惟古(거금세학유고)　遊山水愁花鳥(유산수수화조)
松志節鶴精神(송지절학정신)　風月煙霞主人(풍월연하주인)
－友人 夢波 南斗元 題(친구 몽파 남두원 지음)

종을 치면 응당 울림이 비하면 오경박사와 동급이네.

말에 기대어 기다릴만하니 팔두[1] 문장에 방불하네.

撞鍾應鳴比等五經博士(당종응명비등오경박사)
倚馬可待髣髴八斗文章(의마가대방불팔두문장)
－友人 碧山 金麟俊 題(우인 벽산 김인준 지음)

군자가 마음을 잡음이 오직 바르고
곧음으로 하는 고로 군자는 이를 본받네.

君子秉心惟以正直故君子儀之(군자병심유이정직고군자의지)

-亦堂(역당)

학문이 일가를 이루니 이름이 천년에 전해지리!

學成一家 名傳千秋(학성일가 명전천추)

-素石 朴鐘夏(소석 박종하)

꽃과 새는 근심이 많으리로되 바람과 달은 쇠하지 않으리!
맑고 바른 경남형을 위하여

花鳥多愁 風月不肖(화조다수 풍월불소)
爲耕南兄淸正(위경남형청정)

-春谷書(춘곡서)

덕업과 문장이여, 선대를 이어 후대에 전하네!
경남문고 간행을 축하하며, 금운 안상섭이 씀

德業文章 承先傳後(덕업문장 승선전후)
祝 耕南文稿刊行(축 경남문고간행)

-錦雲安商燮(금운안상섭)

---

1) 八斗(팔두)는 중국 삼국시대 위나라 조식(조조의 아들)이 천하에 내려온 시 재능 한 섬 중 무려 여덟 말을 차지할 만큼 재주가 뛰어났다는 말에서 유래하여 문장이 훌륭함을 뜻함.

차례

경남문고보집 서문

耕南文稿補集 序

　사람이 만물의 靈長(영장)이로되, 하루아침에 문득 갑자기 草木禽獸(초목금수)와 더불어 泯滅(민멸: 소멸되는 상태)로 같이 돌아가 알려짐이 없다면 어찌 슬프지 않겠는가!

　이런 이유로 옛날의 군자는 혹 德(덕)을 세우거나, 혹 功(공)을 세우거나, 혹 言(언)을 세움으로써 不朽(불후: 썩지 않음)의 자취로 삼았다.[2]

　옛것을 배우고 덕을 품는 자는 그때를 얻어 그 뜻을 행하면 공은 가히 社稷(사직)을 안정시킬 수 있고 이름을 역사에 남길 수 있으나, 때를 만나지 못하면 오직 文字(문자)를 후세에 전할 뿐이니 이러함에는 운명이 있어, 억지로 구할 수 없는 것이다. 그런즉 때를 만나는 것은 본디 어려운 일이다.

　내가 弱冠(약관: 20세)가 되기 전에 家勢(가세)로 인해 학업을 廢(폐)하고, 戊辰(무진: 1928)년 겨울에 先君(아버지)이 돌아가시고, 나라가 망하고 집안이 기우니 인하여 흐트러진 실을 수습하는 의리를 지키려 하였으나 그 꽃을 거둘 땅을 구할 수 없어, 품은 속내를 펼 수가 없었다.

　한가롭게 林泉(임천: 은거하는 자연)에 누워, 生涯(생애)를 모두 畎畝(견묘: 한가히 농사짓는 일)에 맡길 수 없기 때문에, 다시 文藝(문예)에 從事(종사)하였다. 세상에서는 詩(시) 書(서) 畵(화)를 三絶(삼절)이라 稱(칭)하나, 오직 詩만이 재력을 많이 허비하지 않으므로 이에 시를 지었다.

　잘된 시는 입에서 나와 말로 형용되니 말의 精華(정화)다. 옛 사람들이 시를

---

2) 立悳 立功 立言(좋은 말을 남기는 것)을 三不朽라 함.

지음은 반드시 후세에 전하기를 기약하는 것이기 때문에 少陵(소릉: 조선 선조 시 인물, 李尙毅)集(집)에 "늙어 가는데 새로 지은 시는 누구에게 전해줄꼬?"라는 구절이 있다. 나는 남보다 뛰어난 재주가 없어 이름을 날릴 수는 없으나, 그 정취와 경치를 오묘하게 변화시키는 법을 없앨 수가 없다. 字句(자구)를 쓰거나 버리는 규칙은 옛사람과 다르나, 소위 起承轉結(기승전결)하여 경치를 기록하고 정취를 표현하는 것은 항상 갈고 닦았다. 先覺(선각)자는 훌륭한 친구들에게 講究(강구: 좋은 궁리나 대책을 세움)하고 山水(산수)에서 술 마시며 읊조려 風月(풍월) 사이에서 신발을 끼고 산뫼에 오르고 배를 타고 강을 건너갈 때에 意思(의사)가 맑고 새로워 혹은 조용히 앉아 깊이 생각하거나 혹은 걸음에 맡기고 눈에 보이는 대로 미루어 力作(역작)하고 이를 모아서 자신의 사사로운 草稿(초고)로 삼으나, 文章(문장)에 이르러서인즉 그 말과 뜻의 정신이 무릇 비록 미치지는 못하나 같을 수밖에 없는 것을 文(문)이라고 이른다.

近世(근세) 젊은이들이 문장의 소중함을 모르니, 만약 그 시문을 생전에 간행하지 않는다면 大化(대화: 세상이 크게 변화됨) 후에 일생 동안 고생을 겪으며 지은 文字(문자)가 泯滅(민멸)로 돌아가리니 이 어찌 한스럽지 않은가!

그저 때를 만나기가 본디 어려워서가 아니요 후세에 전하는 것이 제일 어려운지라, 내가 先世(선세) 文字(문자)에 나의 詩文(시문)을 겸해 붙여 辛亥(신해: 1971)년에 "市津世稿(시진세고)"로 간행하고 또 丙辰(병진: 1976)년에 "耕南文稿(경남문고)"로 간행하고 3년을 지나 다시 "續集(속집)"으로 간행하였으나, 그 후에 지은 것이 적지 않아 또 "補集(보집)"으로 간행하니 아무 말 하지 않을 수 없어 깊고 고운 글은 求(구)하지 않고, 대략 그 뜻을 쓴다.

後人(후인: 뒷 세대 사람)중에 만약 이 보집을 보는 자가 있다면 그들이 잘됐다고 기려주거나 못됐다고 헐뜯거나 하는 것은 내가 알 바가 아니요, 오직 내가 있었음을 알아주는 것이 다행일 뿐이다.

　　　　　　　　　　壬戌(임술: 1982)년 가을에 "耕南(경남)"이 쓰노라.

人爲萬物之靈一朝奄忽與草木禽獸同歸於泯滅而無聞豈不哀哉。是故古之君子或立德或立功或以立言以爲不朽之蹟。學古懷道者得其時而行其志則功可以安社稷名可以垂竹帛然不遇時則惟以文字傳諸後而是有命焉不可强求者。然則遇時固難。余年未弱冠因家勢廢學至戊辰冬先君下世國亡家衰因守拾絮之義而不得求網花之地其所蘊莫展。間臥林泉生涯不可全付畎畝故更從事於文藝世以詩書畫稱三絶而唯詩甚費財乃作詩。工詩者出於口而形於言言之精華也。古人作詩必期於傳後故少陵有老去新詩誰與傳之句。余無超人之才不得擅名然不可廢其情景變幻之法。字句用捨之規與古人不同所謂起承轉結記景情常功磨乎。先覺講究於高朋觴咏於山水風月之間携屐陟嵒乘船渡江之時思清新或坐而覃思或信步而寓目推之於力作收爲私草而比於文章則其語意之神凡雖不及而不可不同謂之文也。近世年少不知文章之爲重其詩文若不刊行於生前則大化之後一生喫苦之問字歸於泯滅豈不恨哉。非徒遇時固難傳後最難余收拾先世文字兼付余詩文以市津世稿刊行於辛亥又以耕南文稿刊行於丙辰越三年更以續集刊行厥後所作不少又以補集刊行而不可無語不求玄晏之文略敍其意。後人若有覽此集者其毀譽非余所知惟幸知余也。

壬戌秋耕南敍

송조빈의 선조와 생애
宋朝彬의 先祖와 生涯

우리 송씨는 대대로 恩津(은진) 羅岩里(나암리)에 살아왔다. 執端公(집단공) 諱(휘: 돌아가신 분의 이름) 明誼(명의: 고려 사헌집단(司憲執端))께서 벼슬을 따라 松都(송도: 지금의 개성)에 계셨는데, 고려가 망하자 나라 잃은 백성의 의리를 지키고자 懷德(회덕) 周岸(주안)의 土井村(토정촌)으로 옮겨 사셨고, 지금 그 遺墟碑(유허비: 남겨진 터를 표시한 비석)가 있다. 그 후손 雙淸(쌍청) 愉(副司正) 선조가 세종임금 壬子(임자)년에 백달촌에 터를 점쳐 잡아 집을 세웠으니, 그 집을 雙淸堂(쌍청당)이라 한다. 同春(동춘) 효종 병조판서 선생에 이르러 인조임금 癸未(계미)년에 윗송촌으로 이사하시고 또 同春堂(동춘당)을 세우셨다. 그 넷째 손자 炳翼(상주목사)께서 宗家(종가) 옆—송촌리 95번지—으로 나누어 나와 사시다. 숙종임금 壬午(임오)년에 松月堂을 세우시니 내(이 글을 지으신 耕南선생—宋朝彬)게는 9세조가 되신다. 증조할아버지 松石公(송석공) 諱(휘) 綺老(기노) 공조참의께서 철종임금 甲辰(갑진)년에 안채와 바깥채—각 여섯 칸—를 다시 세우시고 戊子(무자)년에 바깥채 앞 밖에 敬述堂(경술당)을 세우시니, 兪鳳在(유봉재)공이 上樑文(상량문)에 이르기를 "울타리에 국화를 심어 상큼한 향기를 내도록 해 늦은 시절을 의탁하고, 언덕에 소나무를 심어 고고하게 푸르름을 어루만지며 평소의 마음을 부치는구나. 구름으로 나막신 해 신고 노을로 옷을 져 입고, 언덕 골짜기 물가에서 考槃(고반)을 읊는구나. 玉堂(옥당: 화려한 집)도 金馬(금마: 좋은 말)도 멀고, 영달을 얻는 길 생각하는 것도 잊어버렸네."라고 하였다. 또 丙申(병신)년에 집 뒤 산머리에 飛遯齋(비둔재)를 지어 학문을 강론하는 곳으로 삼았다. 山川(산천)의 기세가 용이 똬리 틀고 호랑이가 웅크린 것 같아 맑고 기이함이 드러나고, 집의 규모는 새가 날개를 펴고 나는 듯하여 장엄하고 화려함에 가까웠다. 문밖의 구름 같은 연기와 뜰 안의 草木(초목)은 푸르고 푸르러 사방에서 기이함을 다퉜다. 翠竹蒼松(취죽창송: 푸른 대나무와 소나무)은 베갯머리 자리에서 가을 소리를 내고, 奇花異草(기화이초: 기이한 꽃과 특이한 풀)은 마루 창밖에 봄기운을 우거지게 했다. 난간 밖 아리따운 빛은 옛날 그림도 아니고 지금 그림도 아니요, 창 앞의 새 지저귐은 관현악기의 소리도 아니었다. ―그보다 더 좋았다―

왼쪽으로는 書庫(서고) 세 칸이 있고, 오른쪽으로는 倉庫(창고) 네 칸이 있었으며, 밖으로 둘러친 行廊(행랑)은 열여섯 칸인데, 婢僕(비복: 계집종과 사내종)이 사는 곳으로 무릇 쉰 칸 남짓이다.

내 아버지 세대에 이르러서 나라를 되찾으려는 의지로 인하여, 서울과 지방 곳곳을 드나들었다. 해바라기가 해를 향하는 정성은 원래 두 개의 해가 없는 것이고, 소나무와 잣나무가 늦게 시드는 지조를 지키는 것은 네 계절을 모두 견뎌야 하는 것인지라, 그 이래로 10여 년 일이 뜻대로 되지 않고 또 달리 재산 모을 일도 많지 않아 모두 소진되었다.

내가 가장이 된 후 50여 년을 京鄕(경향: 서울 및 시골) 각지를 떠돌아다니니, 달은 차갑고 바람은 처량하여 平泉(평천)의 花石(화석)을 잊기 어렵다. 연기가 깊어지거나 구름이 가라앉거나 오히려 梓澤(재택: 고향 산천)의 丘墟(구허: 예전에는 번화하던 곳이 뒤에 쓸쓸하게 변한 곳)를 잊지 못한다. 이 산과 저 내는 모두 내가 어린아이일 때 어슷거리며 거닐던 遺跡(유적: 남은 자취)이요, 풀 한 포기 나무 한 그루도 내 할아버지가 심고 기른 나머지 흔적이 아님이 없으니 변천의 터전은 몇 사람이나 안타까운 탄식을 지나쳤는가! 아껴야 하는 신비스런 지경은 얼마나 기다려야 옛날처럼 되찾을 수 있겠는가!

지나간 자취를 거친 글이나마 써서, 後嗣(후사: 대를 이을 자)가 紀念(기념)하기를 기대한다.

我宋世居恩津羅岩里。執端公諱明誼從臣在松都麗亡守罔僕之義移居于懷德周岸土井村今有遺墟碑。其孫雙清先祖世宗壬子卜宅于白達村名其堂曰雙清。至同春先生仁祖癸未自法洞移居于上宋村又建同春堂。其第四孫尙州分居于宗家之傍宋村里九十五番地肅宗壬午建松月堂於余爲九世祖也。曾祖松石公諱綺老哲宗甲辰重建內外舍各六間戊子建敬述堂于外舍之前兪公鳳在上樑文云種菊於籬樔寒香而托晚節栽松於岸橅孤靑而寄素心。雲屐霞衣詠考槃於阿礀玉堂金馬渺忘懷於榮途。丙申又築飛邀齋於家後山頂爲講學之所。山川氣勢龍蟠虎踞而呈淸奇棟宇規模鳥華翬飛而近莊麗。門外烟雲園中之草木攢靑錄爭奇於四方。翠竹蒼松動秋聲於枕簟奇花異草藹春氣於軒窓。欄外烟光不古不今之圖畫窓前鳥語非絲非管之笙簧。左有書庫三間右有倉庫四間外繞行廊十六間而婢僕居之凡五十餘間。及我先君之世因復國之志出入京鄉炳。葵藿向陽之忱元無二日守松栢後凋之志可貫四時伊來十餘年事不如意無多產業盡爲消盡。余主家以來五十年漂泊京鄉月冷風凄難忘平泉之花石。烟沉雲沒尙想梓澤之丘墟。某山某水惚是余童子時徜徉之遺跡一草一木無非父祖時培養之餘痕變遷之基經幾人之嗟惜慳秘之境待何日而復舊。記往蹟於荒詞期後嗣之紀念。

耕南文稿

卷一

정재 김세기의 운에 맞추어 기미년(1979)에 지음
和精齋金世基韻己未

뜻밖에 성을 따라 손님이	意外隨城客
오후에 왕림하셨네	枉臨午後天
사귀는 정은 멀리 감이 수고로우나	交情勞遠轍
떠남이 서러워 아름다운 시 한 편 주고 가네	離恨贈佳篇
그대는 도연명[3]이거니와	君是陶元亮
나는 노중련[4]이 아니니	我非魯仲連
다른 날 詩會(시회) 열 때	他時團會約
단지 잘 주선해 주기를 바라네	只望好周施

조인숙의 집에서 열린 원구 시회에서
赴趙仁熟齋元九詩會[5]

단옷날 비 그치니 버드나무 그늘 짙어지고	端陽雨歇柳陰長
忠苑(충원)에 꽃 시드니 풀색이 산뜻해지네	忠苑花殘草色芳
바람이 소나무 파도를 번갈아 보내 잠시 눈 붙이라 하고	風遞松濤鳴短枕
처마를 지나는 해의 그림자는 평상에 그림을 그리네	日移簷影畵平床
萬年(만년) 國運(국운)이 태평성대하게 돌아오니	萬年國運方回泰
사방 들판에 농사 형국 또한 상서롭네	四野豊形亦致祥
어진 나라 주인이 진실로 성대한 일을 불러오니	賢主嘉招眞成事
茶房(다방)이 변해 詩(시) 읊는 곳이 되었네	茶房變作咏詩場

---

3) 중국 위진 남북조 시대의 유명한 시인.

4) 전국시대 제나라의 隱士(은사).

5) 詩(시) 짓는 모임.

장충단 시 모임에서
獎忠壇雅集

光陰(광음: 세월)은 빨리도 지나고 물도 같이 흐르니

蠶月(잠월: 음력 3월)을 지나 또 보리 거둘 때 됐네

비에 막혀 芸窓(운창: 書齋(서재))에 나만 늦게 도착하니

날 개기를 기다리며 逆旅(역려)⁶⁾에서 그대 먼저 기다렸구려

향기를 찾는 나비는 꽃 사이에서 춤추고

근심에 젖은 꾀꼬리는 나뭇잎 아래 쉬고 있네

행여 좋은 친구 칠팔 명 와서

詩(시)의 城(성)이 온당히 지어지면 높은 다락에 앉겠네

광 음 신 속 수 동 류
光陰迅速水同流
잠 월 경 과 우 맥 추
蠶月經過又麥秋
체 우 운 창 여 만 도
滯雨芸窓余晚到
대 청 역 려 자 선 유
待晴逆旅子先留
탐 향 협 접 화 간 무
探香蛺蝶花間舞
수 습 창 경 엽 저 휴
愁濕倉庚葉底休
행 유 량 붕 래 칠 팔
幸有良朋來七八
시 성 온 축 좌 고 루
詩城穩築座高樓

양화진 시회에 나가서
赴楊花渡詩會

강 흐름 늦춰져 물결은 처음처럼 평온하고

風光(풍광: 경치)을 아끼다 느즈막이 城(성) 밖으로 나섰네

헛되이 좋은 날을 다 보내고 밤새 내리는 비에 불평했는데

다행히 성대한 시회에 참석하니 기쁘게도 새롭게 날이 맑네

흰 구름은 일 없이 산을 따라 흘러가고

黃鳥(황조: 꾀꼬리)는 다정하게 나무를 사이 두고 우네

세상이 책을 태워 없애지는 않았어도 사람이 읽지 않으니

느긋이 文翰(문한)⁷⁾으로 여생을 즐기리라

강 류 감 세 수 초 평
江流減勢水初平
위 애 풍 광 만 출 성
爲愛風光晚出城
허 도 량 신 혐 숙 우
虛度良辰嫌宿雨
행 참 성 회 희 신 청
幸參盛會喜新晴
백 운 무 사 종 산 거
白雲無事從山去
황 조 다 정 격 수 명
黃鳥多情隔樹鳴
세 불 분 서 인 부 독
世不焚書人不讀
만 장 문 한 낙 여 생
謾將文翰樂餘生

---

6) 나그네가 머무는 집.

7) 이름난 사람의 글.

남산 시회에서

南山雅會

文章(문장) 배우고자 여러 번 산에 오르고 물가에 나갔으나

城(성) 안에 이곳만 깊이 偏愛(편애)하네

밝은 해라도 물결 내뿜으면 능히 비 오게 할 수 있고

푸른 산엔 도끼질 禁(금)하니 점차 숲이 우거지네

스스로 마음 깨끗하다 여기니 신선과 인연 가깝고

숨어사는 자취엔 원래 세속의 얽매임 없네

乾坤(건곤: 세상)을 돌아 봐도 내 詩(시) 사주는 사람 없으니

지금에 이르러도 돈 한 푼 얻기 힘드네

文章欲學幾登臨
偏愛城中此境深
白日噴波能致雨
青山禁斧漸成林
淸心自擬仙緣近
遯跡元無俗累侵
回顧乾坤詩不買
到今難得一分金

도봉산에서 회포를 쓰다

道峰書懷

느긋이 이런저런 생각하며 孤松(고송)[8]을 어루만지다

마침 기쁘게도 초청을 받으니 興(흥)이 절로 짙어지네

빼어난 경치 모두 모아 아름다운 글로 지어내고

名區(명구)[9]마다 다시 밟아 지팡이 자국 남기네

부평초처럼 타향으로 떠도는 자취는 때에 따라 이르니

서울 모임 맑은 인연으로 한 달 건너 서로 만나네

늙어감에 항상 일 없는 날 많으니

도봉산에서 술잔 기울이며 시 읊고 서로 따름이 좋구나

남북으로 글 짓는 친구들이 江(강) 하나 건너 있어

각자 회포를 갖고 書齋(서재)에 모이네

기회를 기다리리라 이날 維新策(유신책)[10]이여

훗날 운수를 되돌려 옛 나라를 다시 찾을지

친구를 부르는 숲 속 꾀꼬리는 몇 번을 앉았나

새끼 기르는 들보 위 제비는 쌍쌍이 나네

騷壇(소단)[11]의 글재주 겨룸은 청아하고 한가로운 일이요

敵手(적수)가 서로 만나니 항복하기 쉽지 않네

만 장 회 서 무 고 송
謾將懷緒撫孤松

우 피 가 초 흥 자 농
偶被嘉招興自濃

승 경 전 수 제 금 축
勝景全收題錦軸

명 구 갱 답 인 구 공
名區更踏印鳩筇

평 향 랑 적 수 기 도
萍鄉浪跡隨期到

낙 사 청 연 격 월 봉
洛社清緣隔月逢

노 거 항 다 무 사 일
老去恒多無事日

도 봉 상 영 호 상 종
道峰觴咏好相從

남 북 사 붕 격 일 강
南北詞朋隔一江

각 장 회 포 회 운 창
各將懷抱會芸窓

대 기 차 일 유 신 책
待機此日維新策

회 운 타 시 복 구 방
回運他時復舊邦

환 우 림 간 앵 좌 기
喚友林間鶯坐幾

양 추 량 상 연 비 쌍
養雛樑上燕飛雙

소 단 백 전 청 한 사
騷壇白戰清閒事

적 수 상 봉 미 이 항
敵手相逢未易降

---

8) 외따로 선 소나무.

9) 경치가 빼어난 구역.

10) 제3공화국 박정희 대통령의 10월 유신을 말하는지 알 수 없음.

11) 문필가 모임.

한여름에 생각을 적다
仲夏記懷

내게 (하늘이) 문장은 빌려주고 시간은 빌려주지 않으니   假我文章不假時

책 속에서 헛되이 늙어 스스로 서글퍼지네   書中虛老自成悲

개구리 울음소리 들음은 관에 사적인 의견을 묻고자 함이요   聽蛙欲問官私意

말 쳐다보고 헛된 생각함은 때를 잃어버린 것이네   看馬空思得失期

외진 골목엔 꽃이 남아 봄이 다하지 않았는데   僻巷餘花春未了

어두운 거리에 촛불을 기다린들 밤을 어찌 하리요   昏衢待燭夜何其

용을 죽이는 재주 있어도 지금은 쓰기 어려우니   屠龍有術今難用

세대가 반복해 변하니 갈수록 더 어리석어지네   飜覆風潮去益痴

노량진에서 즉흥으로 짓다
鷺梁卽事

멀리 漢山(한산) 남쪽 詩會(시회)에 참석하니   遠參雅集漢山陽

푸른 나무 그늘이 짙어 저절로 시원해지네   碧樹陰濃自動凉

석류는 봄빛을 두르고 세 송이가 붉은데   榴帶春光三朶赤

보리는 가을 기운을 전해 사방 들녘이 누렇네   麥傳秋氣四郊黃

세속 근심 잠시 잊으니 마음은 더욱 상쾌하고   塵愁暫忘心尤快

詩興(시흥)이 바야흐로 높아지니 취한 것도 오래 가네   詩興方高醉亦長

세상에 부나비 꿈 아닌 것 있으랴   世事無非蝴蝶夢

일생을 헛되이 늙었어도 온갖 꽃은 향기롭네   一生虛老百花香

행주산성에 다시 놀러 가서

再遊幸州

5월의 훈풍은 경치를 더욱 아름답게 하고

행주산성 위엔 기우는 해 비껴가네

모내기 이미 끝나 떨기 떨기 푸르르고

바야흐로 보리 거두니 곳곳이 누렇구나

적을 쳐부순 지난 공을 마음이 아직 기억하건만

나라 나뉜 이 恨(한)은 꿈에도 어찌 이리 긴가

생각 실마리 어지러워 한탄도 많이 부르니

돌아오는 길에 다시 술 한 잔 기울이네

오 월 훈 풍 상 승 광
五月薰風賞勝光

행 주 성 상 도 사 양
幸州城上倒斜陽

이 앙 이 필 총 총 록
移秧已畢蔥蔥綠

타 맥 방 수 처 처 황
打麥方收處處黃

파 적 전 공 심 상 기
破賊前功心尙記

분 방 차 한 몽 하 장
分邦此恨夢何長

만 장 회 서 다 초 창
謾將懷緖多怊悵

회 로 중 짐 주 일 상
回路重斟酒一觴

46

운파와 더불어 봉암에서 함께 짓다
與雲坡鳳庵共賦

雲(운) 늙은이와 옷깃을 나란히 漢西(한서)로 나가 雲叟連衿出漢西

짬 내어 옛사람 살던 곳에서 좋은 글귀 찾아 시를 짓네 偸閒覓句故人棲

하늘가에 해가 지니 산봉우리는 붉고 天涯倒日紅生岫

비 갠 후 모내기 하니 온 들이 푸르네 雨後移秧綠滿畦

장차 바람을 맞아 길게 휘파람 불며 가려 하거늘 將欲臨風長嘯去

어찌 꼭 달빛 아래 짧은 나막신 끌어야 하는가 何須帶月短履携

서로 사는 곳이 좀 멀어 마주하여 맞이함이 드물지만 相居稍遠逢迎罕

돌이켜 지난 세월 생각하면 옛 꿈에 빠지네 回憶曾年舊夢迷

이 땅엔 태평한 운수가 돌아오니 경치 좋은 곳 맘껏 휘젓고 地回泰運擅名區

志士(지사)가 사는 곳엔 하루 종일 즐겁네 志士攸居日夕娛

物貨(물화)가 번화하니 사람들은 장을 서고 物貨繁華人作市

江山(강산)이 수려하니 自然(자연)이 그림이네 江山秀麗自然圖

누가 세상을 다스려 어짊에 대항할 수 없이 만들꼬 誰成治世仁無敵

그대는 아름다운 이웃을 두어 그 덕으로 외롭지 않으리다 君得芳隣德不孤

술잔 돌리기 잠시 쉬고 틈내 좋은 글귀 찾아 보세나 酬酌暫休閒覓句

서재엔 옛 시 짓던 사람들이 빽빽이 앉아있네 芸窓鼎坐舊詩徒

詩(시)와 술로 정을 같이 하며 아름다운 경치를 사랑하고 詩酒同情愛景佳

오늘 서로 만나 또 회포를 풀어봄세 相逢今日又舒懷

따뜻한 밤 옛 꿈엔 같은 새장 안의 鶴(학: 두루미)이였지만 冲宵舊夢同籠鶴

바다에 비하면 어리석은 마음은 우물 안 개구리와 같네 擬海痴心荨井蛙

뜰에 가득히 핀 꽃은 봄 색이 아름답다 하고 滿砌花開春色住

수풀 새로 지저귀는 꾀꼬리는 음악소리와 어울리네 隔林鶯囀管聲諧

헛되이 머리 희어 감은 어쩔 수 없으니 空成白髮雖無奈

오직 남은 삶에 취해 함께 詩(시) 읊자꾸나 惟願餘生醉咏偕

백운암에서 상도동에 있음
白雲庵在上道洞

이 세상과 다른 곳이 있어 부처의 세계가 열리니	별유건곤불계개 別有乾坤佛界開
흰 구름 그림자 속에 높은 坮(대)가 우뚝하네	백운영리용고대 白雲影裡聳高坮
뜰 앞엔 삼층 석탑이 줄지어 서있고	정전열립삼층탑 庭前列立三層塔
앉은 자리 위엔 한 점 티끌도 없네	좌상혼무일점애 座上渾無一點埃
꽃과 돌의 기이한 모양은 마땅히 그림의 바탕이요	화석기형의화본 花石奇形宜畵本
강산의 맑은 기운 또한 詩(시)의 재료일세	강산숙기역시재 江山淑氣亦詩材
비구니의 대접이 바야흐로 과도하니	이고예수방과도 尼姑禮數方過度
저녁 종 울리기를 잊었으나 돌아갈 길 재촉하리	망각모종귀로최 忘却暮鍾歸路催

장충단 정례 모임에서
獎忠壇例會

비가 넘쳐 문 앞에 물 고이고	우창문전수 雨漲門前水
구름은 市外(시외) 산에 걸쳤네	운장시외산 雲藏市外山
지금 백발 고치기 어려워	난의금백발 難醫今白髮
돌이켜 옛날 紅顔(홍안: 젊은 얼굴)을 기억하네	환억구홍안 還憶舊紅顔
境內(경내)는 조용하고 노니는 사람 적으니	경정유인소 境靜遊人少
앉을 자린 넉넉해 모인 손님들 한가롭네	탑관회객한 榻寬會客閒
좋은 계절에 하늘이 시샘을 부리니	가기천작희 佳期天作戱
술 한 잔에 시 읊기가 그리 어렵게 되네	상영자성간 觴咏自成艱

진관사에서 시를 짓다
津寬寺賦詩

風光(풍광: 경치)을 수습하니 興(흥)이 제법 일어나는데 　　收拾風光興不踈

신령스런 이곳 물과 돌은 그림과 같네 　　靈區水石畵圖如

모인 사람들 情(정: 뜻)을 모아 새로운 글귀 논하는데 　　情隨客合論新句

세상은 나와 맞지 않아 옛날 책이나 읽네 　　世與吾違讀古書

꽃 뒤에 나지막이 나는 벌은 꿀을 모으고 　　花棡低飛蜂採蜜

물가에 조용히 서있는 해오라기는 물고기 노리고 있네 　　澗濱佇立鷺窺魚

이곳에 다시 와서 마땅히 消日(소일)하리니 　　重來此地宜消日

흐드러지게 춤추고 미친 듯 노래 불러 옷자락 가지런한 일 없으리 　　亂舞狂歌未整裾

백운암 시회에서
白雲庵雅會

학문 발전 운수가 관악산 동쪽으로 다시 돌아오니 　　文運更回冠岳東

서울 사는 글 친구들이 한자리에 모였네 　　漢城士友一筵同

사방 산에 소나무 잣나무는 하늘까지 닿아 푸르르고 　　四山松栢運天碧

정원 가득 장미는 땅에 떨어져 붉네 　　滿院薔薇倒地紅

詩(시) 흥취가 손님을 구름 그림자 밖으로 오게 하고 　　詩趣客來雲影外

佛心(불심) 깊은 스님은 빗소리 속에 앉아있네 　　佛心僧坐雨聲中

좋은 경치 속에서 글재주 다투니 興(흥) 무궁히 일어나고 　　勝區白戰無窮興

더욱이 騷壇(소단) 이어받아 太古(태고)의 풍취 즐기네 　　尙結騷壇太古風

북한산성 시 모임에서
北漢山城雅集

경치 좋은 곳 다시 오니 한결같이 꿈같은데

風光(풍광)은 예나 변함없어도 귀밑털은 빠져 듬성하네

재산 구해 넉넉하면 누군들 꽃과 나비 찾지 않겠나

세상을 나와 같이 도망쳐 그물 벗어난 고기나 되자꾸나

근심 걱정 씻어버리려 항상 술잔을 드나

고질적인 습관 고치기 어려워 또 책이나 보네

겨우 詩(시) 한 수 짓고 나니 靑山(청산)은 저물고

이별할 생각 서러워 다시 옷자락 여미네

승지중래일몽여
勝地重來一夢如

풍광의구빈성소
風光依舊鬢成疎

구재숙불탐화접
求財孰不探花蝶

도세여동루망어
逃世余同漏網魚

욕척우수상치주
欲滌憂愁常置酒

난의고벽우간서
難醫痼癖又看書

근상시채청산모
僅償詩債靑山暮

초창리회갱정거
怊悵離懷更整裾

충단 동갑내기 모임에서
忠壇同庚會

음침한 天氣(천기: 날씨)가 아침 햇살 가리니

寂寞(적막)한 공원에 오는 손님 드무네

짙푸른 초록이 처마를 둘러 버드나무에 드리워 서있으니

남은 붉은 빛 방안에 들어와 떨어지는 꽃 날리네

天時(천시)는 변하지 않고 늦음도 빠름도 없는데

人事(인사)는 多端(다단)하여 是非(시비)도 많네

같이 공부한 동갑내기 이젠 몇 안 되는데

어찌 이리 여러 번 모이는 때를 어기는고

음침천기엄조휘
陰沉天氣掩朝暉

적막공원객도희
寂寞公園客到稀

심록요첨수류립
深綠繞簷垂柳立

잔홍입실낙화비
殘紅入室落花飛

천시불변무지속
天時不變無遲速

인사다단유시비
人事多端有是非

동학동경금최소
同學同庚今最少

내하수차회기위
奈何數次會期違

창포 일본 죽림시사에서 지음
菖蒲 日本竹林詩社題

맵시와 본질은 사계절 예처럼 푸른데도
자 질 사 시 의 구 청
姿質四時依舊淸

새로 돋은 새싹은 힘없어 보이나 갑자기 바람 일으키네
눈 아 무 력 야 풍 횡
嫩芽無力惹風橫

언덕 가에 꽃피니 향기가 처음 돋고
화 개 안 측 향 초 동
花開岸側香初動

연못가에 잎 자라나니 색이 정말 밝다네
엽 장 지 변 색 정 명
葉長池邊色正明

劉(유) 씨가 채찍 든 것은 비록 관리를 벌주려 해서라지만
유 씨 작 편 수 벌 이
劉氏作鞭雖罰吏

吳(오) 공이 칼을 기린 것이 어찌 사람 죽이려 해서이겠는가
오 공 칭 도 기 의 병
吳公稱釖豈宜兵

창포도 구월이면 신선이 먹는 것 되니
창 포 구 절 위 선 이
菖蒲九節爲仙餌

옛이야기 따라 方士(방사)[12]를 구해 가 볼까나
종 고 욕 구 방 사 행
從古欲求方士行

금요일 모임에서
金曜會

서늘한 바람이 얼굴에 불어오고 비는 처음처럼 개는 것이
양 풍 불 면 우 청 초
涼風拂面雨晴初

다만 뜬구름이 천천히 말렸다 펴졌다 하는 것 같네
유 유 부 운 만 권 서
猶有浮雲謾卷舒

낮잠 견디기 어려워 쓸데없이 베개에 기댔으나
오 수 난 감 공 의 침
午睡難堪空倚枕

友情(우정)은 오히려 급히 달려오는 수레처럼 느껴지네
우 정 유 감 급 치 차
友情猶感急馳車

대나무 뿌리는 여름을 맞아 바야흐로 움터지고
죽 근 당 하 손 방 출
竹根當夏孫方出

꽃 꼭지는 봄을 지나니 씨만 홀로 남았구나
화 체 경 춘 자 독 여
花蒂經春子獨餘

여러 해 지나도록 금요회에 와 참석하니
열 세 래 참 금 요 회
閱歲來參金曜會

騷壇(소단)의 기운과 운수는 예전과 서로 같구나
소 단 기 수 구 상 여
騷壇氣數舊相如

---

12) 신선의 도술 익히는 사람.

동천 이종원을 만나 같이 짓다

逢李東泉種瑗共賦

우연히 옛 친구를 어스름 해질녘에 만나니

서로 통하는 마음 깊이 알아 글로 지어내네

차제에 꽃을 보니 봄은 아직 머물러 있고

머뭇머뭇 몇 달 보내니 세월은 변함없네

구슬은 물밑 바닥 가라앉아도 정신은 햇살처럼 빛나고

비 지나간 산머리엔 구름만 이네

경치 좋은 곳 옷깃 서로 잡고 가니 진정 뜻밖인데

강 건너 백 리 떨어진 곳 찾기가 어찌 그리 힘이 드나

偶逢故舊坐斜曛

契許知心亦取文

次第看花春尚住

因循度月歲平分

珠沉水底精神日

雨過山頭造化雲

勝地聯衿眞夢外

隔江百里訪何勤

한여름에 회포를 풀어 쓰다
仲夏書懷

글 속에서 헛 늙음을 그 누가 알아주리오	서중허로유수지 書中虛老有誰知
열심히 공부했어도 앞길 기회는 이미 잃어버렸네	학해전정이실기 學海前程已失期
富貴(부귀)와는 인연 없으니 연모할 일 아니오	부귀무연비연모 富貴無緣非戀慕
청아하고 한가함이 내 팔자니 힘써 할 일 별로 없네	청한재명소영위 清閒在命少營爲
저들 티끌 같은 세상 바람에 스러지는 풀일랑 웃어넘기고	소타진세미풍초 笑他塵世靡風草
해바라기처럼 해를 향하는 내 깨끗한 마음이나 보전하세나	보아빙심향일규 保我氷心向日葵
늘그막에 장차 무슨 일을 하리오	만경장영하사업 晚景將營何事業
자연에 묻혀 박힌 습관은 고치기 어렵네	연하고벽불능치 烟霞痼癖不能治
여러 해 숨어살아 초가집이나 지키니	둔세다년수초려 遯世多年守草廬
이 한 몸 얽매임 없이 즐거움이 오히려 남네	일신무루악유여 一身無累樂猶餘
넓은 들에 둘러친 집엔 새소리 듣기 어렵고	광교요택난청조 廣郊繞宅難聽鳥
흐르는 물 문에 다다르면 물고기 보기 쉽네	유수림문이간어 流水臨門易看魚
緇塵(치진: 세속의 때)에 물들지 않으니 비바람 걷히고	불염치진풍우각 不染緇塵風雨却
쓸데없이 희어진 머리는 聖賢(성현)의 글이네	공성백발성현서 空成白髮聖賢書
난리 중에 性命(성명)은 비록 보전할 수 있었으나	난중성명수능보 亂中性命雖能保
지난날 經綸(경륜)은 나비 꿈처럼 허전하네	석일경륜접몽허 昔日經綸蝶夢虛

삼청공원 시회에서
三清洞公園雅會

小暑(소서) 절기 맞춰 성대하게 모임 다시 열리니

슬그머니 절기는 한 해를 반이나 넘겨 갔네

흐릿하게 잊어버린 지난날은 왜 이리 빨리 가며

앞날이 오기를 기다림 같은 것은 왜 이리도 더딘가

밤새 내리던 비 이제 개니 꾀꼬리가 친구 부르고

늦은 꽃은 아직 떨어지지 않아 나비가 가지를 찾네

늘그막 고개 넘는 우리 무리야 원래 별 다른 일 없으니

나중에 서로 만날 약속하면 때 놓치지 말게나

짙푸른 떨기 속에 꽃 몇 떨기 붉으니

장미꽃이 古宮(고궁) 동쪽에 활짝 폈네

땅에 떨어진 자잘한 티끌은 아침 비에 쓸려 나갔고

늘어진 버들은 하늘을 흔들어 한낮 바람 일으키네

취해 흥 일어나니 근심은 이미 씻겼고

詩心(시심)이 묘한 경지로 들어가니 병은 사라진 듯하네

삼청동으로 다시 온 손님들이여

烟光(연광)을 노래해 다시 詩(시)짓기 겨루려 하나

成會重開小暑時
성 회 중 개 소 서 시

居然節序半分移
거 연 절 서 반 분 이

渾忘往史去何速
혼 망 왕 사 거 하 속

苦待前程來若遲
고 대 전 정 래 약 지

宿雨初晴鶯喚友
숙 우 초 청 앵 환 우

晚花未落蝶尋枝
만 화 미 락 접 심 지

老嶺吾輩元無事
노 령 오 배 원 무 사

他日相逢莫失期
타 일 상 봉 막 실 기

萬綠叢中數朵紅
만 녹 총 중 수 타 홍

薔薇花發古宮東
장 미 화 발 고 궁 동

纖塵着地經朝雨
섬 진 착 지 경 조 우

垂柳翻天動午風
수 류 번 천 동 오 풍

醉興成狂愁已洗
취 흥 성 광 수 이 세

詩心入妙病如空
시 심 입 묘 병 여 공

三清洞裡重來客
삼 청 동 리 중 래 객

欲賦烟光更試工
욕 부 연 광 갱 시 공

54

경모재 작산에 있는 송정가의 단소 낙성(완공) 축하 운에 맞춰
次敬慕齋落成韻斫山宋氏正嘉公坍所

正嘉(정가)의 德業(덕업)이 우리나라에 떨쳤으니

후예들이 마음을 다해 다시 公(공: 송가정)을 위하네

누각 세우고 제사 드리니 마땅히 널리 알려야 하니

단을 세우고 제사 드려 예전의 풍속을 잇네

長湍(장단)이 물을 머금으니 근심은 구름 밖이요

江景(강경)은 산 높아 상서로운 해를 맞네

上樑文(상량문) 옆에서 감정이 복받치니

분단된 나라 빨리 합해지기 바람은 모두 같은 생각이네

정 가 덕 업 천 오 동
正嘉德業擅吾東
후 예 성 심 갱 위 공
後裔誠心更爲公
건 각 치 제 당 호 겁
建閣致祭當浩刦
설 단 행 사 계 전 풍
設壇行祀繼前風
장 단 수 인 수 운 외
長湍水咽愁雲外
강 경 산 고 서 일 중
江景山高瑞日中
육 위 가 변 다 소 감
六偉歌邊多少感
분 방 조 합 일 반 동
分邦早合一般同

장충단 정례 모임에서
獎忠例會

스무 해를 한강 북쪽에서 방황하며

글 짓는 모임으로 세월 보냄이 꿈속에서도 길구나

九天(구천: 온 하늘)에 비 그치니 뜬구름 하얗고

줄지어 선 산봉우리엔 그늘 짙어 고목이 푸르네

느긋이 經綸(경륜)을 품고 고향을 떠났으나

상기도 하는 일없이 萍鄕(평향: 타향의 은유)에 누워있네

티끌 같은 인연으로 이 세상에 살지만

난 청아하고 한가하여 그저 애타지 않네

입 재 방 황 한 수 양
卄載彷徨漢水陽
소 단 세 월 몽 중 장
騷壇歲月夢中長
구 천 우 헐 부 운 백
九天雨歇浮雲白
열 수 음 농 고 목 창
列峀陰濃古木蒼
만 포 경 륜 이 재 리
謾抱經綸離梓里
상 무 사 업 와 평 향
尙無事業臥萍鄕
진 연 유 수 생 금 세
塵緣有數生今世
유 아 청 한 소 불 망
惟我淸閒少不忙

다시 금요회에 참석해서

再參金曜會

풍광 좋은 곳에 앉아 좋은 글귀 힘들게 생각하다 보니

李白(이백)과 杜甫(두보)의 남은 풍월을 느긋이 일으키네

섬돌에 비친 석류꽃은 붉게 난만한데

울타리에 가득 찬 오이 덩굴은 푸르스름 빽빽이 감겨있네

젊어서는 문 굳게 지키는 鶴(학)이 되려 했건만

노쇠해진 그림자는 비로소 문틈으로 지나가는 말을 탄식하네

이 세상 돌아보니 同志(동지)는 얼마 없고

끝내 머리털 희어지니 어리석은 사내로세

고 사 건 구 좌 명 구
苦思健句坐名區

이 두 여 풍 만 욕 부
李杜餘風謾欲扶

영 체 류 화 홍 난 만
映砌榴花紅爛漫

만 리 과 만 취 영 우
滿籬瓜蔓翠縈紆

조 년 유 작 수 문 학
早年惟作守門鶴

쇠 경 시 탄 과 극 구
衰景始歎過隙駒

회 고 건 곤 동 지 소
回顧乾坤同志少

종 성 백 수 일 우 부
終成白首一愚夫

등촌 가는 길 위에서

登村途中

중복 더위 날씨에 비 개어 새로 산뜻하고

한가한 틈 따라 높은 곳에 올라 정취를 펴내볼 만하네

무궁화 꽃 봉우리 처음 열리니 색이 산뜻하고

냇물 물결 점차 넘치니 어찌 소리 없으리요

태평한 세월이 어느 세상인지 아는가

絶勝(절승: 좋은 경치) 강산에 이 삶을 부쳤네

늙어가며 詩(시)와 술로 시름 삭이니

功利(공리: 성공과 이득)를 갖고 남과 다투지 않으리라

중 경 천 기 우 신 청
仲庚天氣雨新晴

수 가 등 림 가 서 정
隨暇登臨可叙情

근 뢰 초 개 방 유 색
槿蕾初開方有色

계 파 점 창 기 무 성
溪波漸漲豈無聲

승 평 일 월 지 하 세
昇平日月知何世

절 승 강 산 기 차 생
絶勝江山寄此生

노 거 소 수 시 여 주
老去消愁詩與酒

부 장 공 리 여 인 쟁
不將功利與人爭

강가에서 느긋이 읊다
江上謾吟

강산의 절기 색깔은 중복이 돌아왔다 하는데

나그네에겐 세월이 팔십 노인이 되기를 독촉하네

꽃은 정을 머금은듯하나 아무 말 없이 서있고

새들은 낯익은 듯 지저귀며 날아오네

천권이나 책 읽었지만 무슨 일을 이뤘나

여러 해 세월 보내니 재주 없음이 부끄럽네

술 석잔 빌리니 마음은 쾌활하여

詩興(시흥) 즐기며 소나무 아래 앉았네

江山氣色仲庚回
강 산 기 색 중 경 회

客子光陰八耋催
객 자 광 음 팔 질 최

花似含情無語立
화 사 함 정 무 어 립

鳥如慣面有聲來
조 여 관 면 유 성 래

讀書千卷成何事
독 서 천 권 성 하 사

閱世多年愧不才
열 세 다 년 괴 불 재

借酒三盃心快活
차 주 삼 배 심 쾌 활

謾將詩興坐松坮
만 장 시 흥 좌 송 대

봉암 박태삼을 강남으로 방문하여 같이 읊다
訪鳳庵朴泰三于江南共吟

남으로부터 북으로 또 동쪽으로

세 번이나 가려 향그러운 이웃 고르니 맹자와 마찬가지네

한 조각 경치 좋은 곳 일찍이 얻어

몇 층이나 되는 커다란 집 마침내 이루었네

붉은색 내뿜는 떨어지는 해는 산 아래로 갈아 앉고

흰 돛 올려 돌아오는 배는 물 가운데 내려가네

地勢(지세)가 靈氣(영기)를 한데 모아 상서로운 빛 드러내니

그대 집안의 성대한 운수는 자연이 통하리라

自南移北又移東
자 남 이 북 우 이 동

三擇芳隣孟氏同
삼 택 방 린 맹 씨 동

一片名區曾占得
일 편 명 구 증 점 득

數層大廈竟成功
수 층 대 하 경 성 공

拖紅落日低山上
타 홍 낙 일 저 산 상

揚白歸帆下水中
양 백 귀 범 하 수 중

地勢鍾靈呈瑞彩
지 세 종 령 정 서 채

君家盛運自然通
군 가 성 운 자 연 통

새벽에 읊다
曉吟

손님으로 와 잠 못 이루다 새벽 창 밝아 일어나선
다시 이어 책 읽으며 스러져가는 등잔불과 벗하네
하는 일 별로 없이 詩句(시구)만 남으니
늙어가는 생애를 술 항아리에 부치네
큰길에는 새로운 물건들이 빈번히 놀라게 해
풍조는 점점 변해 옛 중심은 텅 비네
술도 깨고 읊조림도 끝냈으나 별은 아직 남아있고
문밖 행인의 발자국 소리 아직 안 나네

객 침 무 면 기 효 창
客枕無眠起曉窓
독 서 갱 독 반 잔 강
讀書更讀伴殘釭
한 래 사 업 여 시 구
閒來事業餘詩句
노 거 생 애 부 주 항
老去生涯付酒缸
가 로 빈 경 신 물 태
街路頻驚新物態
풍 조 점 변 구 심 강
風潮漸變舊心腔
취 성 음 파 성 유 재
醉醒吟罷星猶在
문 외 행 인 미 동 공
門外行人未動跫

여름에 강남에서 노닐며
江南夏遊

점점 골격은 쇠잔해지고 서로 따르는 이 적어지니
단지 청산이 옛 모습을 보전하고 있음을 부러워하네
섬돌을 뚫고 나오는 쇠 같은 싹은 君子(군자)의 대나무요
강둑을 연이은 붉은 갑옷은 大夫(대부)의 소나무네
가난하고 벌이 없어도 몸은 항상 편안하고
늙어서도 經綸(경륜)이 있으니 품은 뜻은 게으르지 않네
끝장 세상 풍조가 항상 이 같으니
이제 어찌 많은 행복 바라리요

점 성 쇠 골 소 상 종
漸成衰骨少相從
지 선 청 산 보 구 용
只羨靑山保舊容
천 체 금 아 군 자 죽
穿砌金芽君子竹
연 제 적 갑 대 부 송
連堤赤甲大夫松
빈 무 사 업 신 상 일
貧無事業身常逸
노 유 경 륜 의 불 용
老有經綸意不慵
숙 세 풍 조 항 약 차
叔世風潮恒若此
이 금 나 원 녹 천 종
而今那願祿千鍾

세계 시인대회 한국 방문을 환영하며
歡迎世界詩人大會訪韓

세계시인대회가 이루어지니

우리나라에 빛이 발해 모두들 환영하네

列邦(열방)의 선비 친구들이 잔치 자리를 같이하니

한 세대 이름 날린 문장가는 거의 다 모였네

오직 바라기는 識荊(식형)[13]이나 헛된 고달픈 꿈이었지만

다행이 李白(이백) 모시는 자리에 참석하니 정을 금할 수 없네

옷깃을 나란히 한 오늘 느낌이 무궁하니

唐宋(당송)[14]의 남은 풍취가 아직도 맑네

세 계 시 인 대 회 성
世界詩人大會成
광 생 아 국 총 환 영
光生我國總歡迎
열 방 사 우 동 유 석
列邦士友同遊席
일 대 문 장 기 천 명
一代文章幾擅名
유 원 식 형 도 뇌 몽
惟願識荊徒惱夢
행 참 어 이 불 승 정
幸參御李不勝情
연 금 차 일 무 궁 감
聯衿此日無窮感
당 송 여 풍 상 유 청
唐宋餘風尙有淸

정릉에서 열린 일요일 모임에 참석해서
參貞陵日曜會

정릉에서 약속이 있어 북한산을 향하니

한가로이 지팡이 짚고 짙푸른 수풀 사이 돌아나가네

푸르른 산기슭은 총총히 수놓은 꽃으로 붉고

흰 돌에 낀 이끼는 점점이 아롱졌네

흐르는 물 머리에 겨우 이르니 물 본류 다다르기엔 아직 멀고

詩(시)짓기는 敵手(적수)를 만나니 붓 잡기 어렵네

이곳 맑고 서늘한 기운이 능히 더위를 있게 하니

실컷 즐기고 해지는 저녁에 서울로 돌아가네

유 약 정 릉 향 한 산
有約貞陵向漢山
한 공 전 출 록 음 간
閒笻轉出綠陰間
취 애 화 수 총 총 적
翠厓花繡叢叢赤
백 석 태 생 점 점 반
白石苔生點點斑
절 계 류 두 림 수 원
節屆流頭臨水遠
시 봉 적 수 파 호 간
詩逢敵手把毫艱
청 량 일 경 능 망 서
淸凉一境能忘暑
소 진 사 양 모 반 관
消盡斜陽暮返關

---

13) 중국 唐(당)대의 韓愈(한유)가 荊州(형주)자사를 했던 일에 비추어, 훌륭한 문필가를 만난다는 말.

14) 중국의 당나라 송나라 때 훌륭한 문필가가 많이 나와, 훌륭한 문장이 많이 나온 시대를 비유함.

뚝섬에서 열린 작은 모임에서
纛島小集

우연히 비 왔다 갰다 하는 날씨 때문에	偶因乍雨乍晴天
三益(삼익)[15]이 겨우 뚝섬 가에 이르렀네	三益纔來纛島邊
매점엔 술 사 마시는 손님 드물게 만나고	店上稀逢沽酒客
강가엔 낚싯배 아직 떠나지 않았네	江頭未放釣魚船
가을에 앞서 나뭇잎 시드니 온 수풀에 다 낙엽지고	先秋病葉千林落
초복에 장맛비가 며칠을 연잇네	初伏長霖數日連
좋은 곳 알맞은 때를 일찍 미리 점쳤겠나	勝地良辰曾預卜
化翁(화옹: 조물주)이 심술을 부리니 모임이 온전치 못하네	化翁作戱會非全

정릉에서 다시 만나
貞陵再會

詩會(시회)에 참석하려 정릉을 향하니	爲參詩會向貞陵
碧落(벽락: 푸른 하늘)이 비 내린 습기를 모두 거뒀네	碧落全收雨氣蒸
길은 맑은 시내를 둘러 삼사(3~4) 리 이어있고	路繞淸溪三四里
깎아지른 기슭 높은 다락은 십여 층 솟아있네	樓高斷岸十餘層
마음 터놓고 사귄 정분은 물보다도 담백하고	許心交契淡於水
은둔해 사는 생애는 중처럼 한가롭네	遯跡生涯閒似僧
글재주 겨루며 불그레하게 술 달게 마시니 더위는 모두 잊고	白戰紅酣渾忘暑
騷壇(소단)은 태반이 예부터 놀던 친구들이네	騷壇太半舊遊朋

---

15) 三益友(삼익우)는 세 가지 유익한 친구로 정직한 친구, 성실한 친구, 지식 많은 친구를 이름.

장충단에서 더위를 식히며

獎忠壇消暑

좋은 계절은 매번 정해져 있으니 그때마다 부를 필요 없고 佳期每定不須招

바다 같은 사철 푸른 나무 그늘은 더위 식힐만하네 如海淸陰暑可消

나무는 삼복더위를 덮고 붉은 태양 아래에는 樹掩三庚紅日脚

백 척 높은 누각에 흰 구름이 허리 둘렀네 樓高百尺白雲腰

인공 분수가 은물결을 흩어내고 人工噴水銀波散

만들어져 뿜어지는 냉기에 버들가지 흔들리네 造化噓凉柳縷搖

멋진 경치에서 좋은 친구와 담소하며 즐기니 勝地良朋談笑樂

지금 세상 논하고 옛 세상 강구하며 맑은 하늘 대하네 論今講古對晴霄

정릉에서 더위를 피하며

避暑貞陵

때는 6월을 맞아 정릉에서 더위를 피하려니 避暑貞陵六月時

아름답게 불러주는 약속이 있으면 만날 때 어기지 말게나 嘉招有約不違期

지나온 사업은 꿈 아닌 것이 없으니 經來事業無非夢

밟고 가는 강산이 모두 다 詩(시)일세 踏去江山摠是詩

붉은 해 찌는 더위가 빨리 가라 재촉하나 赤日薰蒸馳轂早

綠陰(녹음)이 시원 상쾌하니 지팡이 짚고 더디 가네 綠陰淸爽住筇遲

信(신) 노인과 명승지 돌아다니니 진정 다감하고 信翁濟勝眞多感

물처럼 담백하게 사귀는 情(정)은 늙어갈수록 더 잘 알겠네 淡水交情老益知

중복 더위에 열린 시회에서
中庚雅會

우연히 정릉에 이르러 저녁 햇빛 아래 앉아있는데   偶到貞陵坐晚暉

다시 찾은 좋은 경치에 興(흥)이 왜 이리 적을꼬   重尋勝景興何微

꽃은 낯익은 얼굴처럼 바야흐로 미소를 머금고   花如慣面方含笑

새는 남은 情(정)이 있는 고로 날아가지 않네   鳥有餘情故不飛

지금 정치 維新(유신: 제도를 새롭게 고침)하니 오늘은 옳고   時政維新今日是

지난 나라 守舊(수구: 옛것을 지킴)함은 옛날이 틀렸나   前朝守舊昔年非

시내와 동산 모두 변해 번화한 땅 되었으나   溪山摠變繁華地

오직 나의 經綸(경륜)은 이 세상과 어긋나네   惟我經綸與世違

백운암에서 더위 피해 서늘함 맞으며
白雲庵納涼

宇宙(우주)가 찌는 듯 타고 해는 정말 긴데   宇宙蒸炎日正長

십여 명 騷客(소객: 詩人)이 술잔 마주하고 있네   十餘騷客對壺觴

나무 그늘은 바다처럼 맑은 소리 울려 나오고   樹陰如海生淸籟

구름 기운이 봉우리 이루어 태양을 가리네   雲氣成峰掩太陽

걸상에 기대앉으니 부채질할 수고 필요 없고   依榻已無揮扇苦

詩(시) 읊자니 생각 안 떠올라 지팡이 짚고 돌아가기 바쁘네   吟詩未想返筇忙

이 모임 蓬萊(봉래) 세상에 앉아 있음 같으니   此筵如坐蓬萊界

취한 후 한가로운 정취로 세속에 얽매임 잊으리라   醉後閒情世累忘

소림사 시 모임에서
少林寺雅集

비 끝에 친구 더불어 높은 층루에 오르니
雨餘伴友上欄層

취한 후 詩情(시정)이 점점 높아짐을 느끼네
醉後詩情漸覺增

城堞(성첩: 성가퀴)은 산에 연이어 구름에 둘러싸였고
城堞連山雲氣擁

시냇물 불어 돌 위 넘치니 물소리 크게 나네
溪流激石水聲騰

거울 속 귀밑머리는 제멋대로 천 갈래 눈발이고
鏡中鬢縱千莖雪

세상 물정 밖의 마음 생각은 한 조각 얼음이네
物外心惟一片氷

風煙(풍연: 바람에 흩어지는 연기) 수습하여 취미 한가로우니
收拾風煙開趣味

붉은 꽃 찾고 푸른 잎에 물으며 마른 등나무 지팡이 짚고 있네
尋紅問綠杖枯藤

충주에 다시 들어가서
再入忠州

詩會(시회) 열린다는 소식 듣고 일찍 떠날 채비하여
聞詩信息早治行

가마 타고 수레 몰아 백 리 길을 달렸네
乘輿馳車百里程

땅에 가득 여염집은 큰 시장을 이뤘고
撲地閭閻成大市

하늘까지 닿은 산악은 듬성듬성 남은 성곽을 둘러싸네
接天山岳繞殘城

장군이 背水陣(배수진)을 친 것[16]이 비록 남은 恨(한)이나
將軍背水雖遺恨

신선이 가야금 탔다는 명성[17]은 아직도 드날리네
仙子彈琴尙擅名

풍경은 전과 같으나 사람 일은 변했으니
風景依前人事變

지금 세상 가슴 아파하며 옛 세상에 감격하다 보니
　情(정)을 어쩌지 못하네
傷今感舊不勝情

---

16) 임진왜란 때 신립 장군이 배수진치고 싸우다 왜군에게 패함.

17) 彈琴臺(탄금대) 地名(지명)의 유래.

탄금대에서 더위를 피하며

彈琴臺避暑

여름날 陰沈(음침)하여 오래도록 날 개지 않으니

탄금대에서 더위 피하며 맑게 개기를 기다리네

점차 상쾌한 기운 일어 드문드문 솔바람 소리 내고

문득 더위 잊자 하니 가랑비 소리 나네

河朔(하삭)[18]의 風流(풍류)로 술 취해 딴 세상에서 노닐며

少陵(소릉)[19]의 마음속 생각으로 詩(시)의 城(성)을 지어내네

다시 이 경치 좋은 곳에 와서 시원함을 타고 앉으나

일은 지나갔고 사람도 옛사람 아니니 마음이 평온치 못하네

夏日陰沈久未晴

琴坮避暑待淸明

漸生爽氣踈松籟

頓忘炎威細雨聲

河朔風流遊酒國

少陵心緖尋詩城

重來此境乘涼坐

事去人非意不平

삼청동 시회에서

三淸洞雅會

삼청동 안에서 동서로 열 지어 앉으니

소나무는 늙고 구름은 깊은데 또 鶴(학)마저 깃드네

바다로 향해 가는 샘물 소리는 끊임이 없고

산을 따라가는 길 형세는 높고 낮음이 있네

가게에서 내놓는 술은 맛있는데 새로 빚은 술 받으니

붓으로 써 내린 詩(시)는 원만하여 옛것보다 낫네

떨어지는 저녁노을 붉게 비치니 나무 그림자 드리워지고

돌아가는 길엔 다시 제비 암수와 함께하네

三淸洞裡坐東西

松老雲深鶴又棲

向海泉聲無斷續

隨山路勢有高低

店中酒美供新釀

筆下詩圓勝舊題

落照拖紅林影倒

歸程更伴燕夫妻

---

18) 중국 黃河(황하)의 북쪽을 말하나, 여기에서는 탄금대가 있는 남한강의 북쪽을 이르는 것으로 보임.

19) 杜甫(두보): 唐(당)나라 시인.

충단 정례 모임에서
忠壇例會

詩(시) 짓기 약속이 있어 일찍 둥지를 떠나니	以詩有約早離巢
많은 나무 맑은 그늘에 옛 친구들 모여있네	万樹淸陰會舊交
늙은 버드나무는 가을에 앞서 시든 잎 많고	老柳先秋多病葉
그윽한 대나무 숲은 여름 들어 줄기 새로 자라네	幽篁入夏長新梢
생애를 술에 부치니 가난해도 취하고	生涯付酒貧猶醉
이 세상 하는 일이 오직 글뿐이니 늙어도 버리지 않았네	世業惟書老不捨
즐거움은 江山(강산)에 있으나 하는 일 없으니	樂在江山無所事
선비 친구들이 날 보고 비웃은들 어찌 하겠나	何關士友向吾嘲

충단 동갑내기 모임에서
忠壇同庚會

중복은 이미 지나 입추 초가을인데	中庚已過立秋初
詩會(시회) 열리는 정원에 모인 옷자락은 몇이나 되나	雅會園中幾合裾
늘어진 꽃송이는 섬돌을 둘러 春色(춘색)을 짙게 하고	花朵繞堦春色艶
소나무 일으키는 물결은 골짜기를 돌아 빗소리 성기네	松濤轉壑雨聲踈
일생에 나그네 되어 바람에 스러진 풀이니	一生作客靡風草
萬事(만사)를 아이에게 맡기고 그물 빠져 나온 물고기로세	萬事任兒漏網魚
푸른산 맑은 물에 뜻 가는 대로 즐기니	綠水靑山隨意樂
詩(시) 千首(천수: 천 편)가 世間(세간)에 남아있네	有詩千首世間餘

여름밤에 품은 생각을 쓰다
夏夜書懷

몹시도 더워 잠 못 이루는 밤이 길기만 한데
苦炎難寐夜偏長

지나간 일 생각하니 마음만 아프네
往事商量意謾傷

많은 집 등불 깊어지고 길은 적막한데
万戶燈深街寂寞

한결같이 바람에 날리는 발 아래 앉아 시원함을 맛보네
一簾風動座清凉

紅塵(홍진: 속된 세상) 옛 꿈에 詩句(시구)를 남기고
紅塵舊夢留詩句

흰머리 여생을 취해서 보내네
白首餘生付醉鄕

글속에 헛되이 늙어 늘그막을 당하나
虛老書中當暮景

궁하든 통하든 운명에 있으니 天蒼星(천창성)에게서 들으리라
窮通有命聽天蒼

강 위에 배를 띄우고
泛舟江上

돛을 올리고 서서히 상류로 거슬러 오르니
解纜徐徐溯上流

압구정 아래 한강 머리 다다랐네
狎鷗亭下漢江頭

긴 장마에 푸른 물 넘치니 물은 세 길이나 깊고
長霖綠漲三篙水

떨어지는 노을 붉은데 조각배 하나 떴네
落照紅沉一葉舟

젊어서는 일이나 독서에 마음 별로 쓰지 않았고
少小專心耕讀事

노쇠해져선 되는대로 맡겨 읊조리며 술 마시며 지내네
老衰托跡咏觴遊

반평생 陋巷(누항: 누추한 집)에서 가난을 편히 여겨 즐기니
半生陋巷安貧樂

분수 밖의 功名(공명)은 구하려 하지 않네
分外功名不欲求

동해에 배를 띄우고 죽림시사에서 지음
泛舟東海竹林詩社題

배를 띄우고 점점 올라가 동해로 가니

푸른 물결 망망하여 멀리 하늘에 접했네

우연히 좋은 인연 얻어 세속 밖으로 노닐게 되니

완연히 세속의 자취는 술 항아리 속에 있네

별주부 궁전이 만길 깊은 물속에 감추어지고

비스듬히 나오는 신기루는 천 리 바람 뻗었네

西市(서불)[20]이 찾던 삼신산은 어느 곳인고

신선의 경지 찾은 듯하니 마음은 호걸과 영웅이네

범 주 점 상 해 지 동
汎舟漸上海之東

취 랑 망 망 원 접 공
翠浪茫茫遠接空

우 득 청 연 유 물 외
偶得淸緣遊物外

완 여 진 종 재 호 중
宛如塵踵在壺中

심 장 오 전 만 심 수
深藏鰲殿万尋水

사 출 신 루 천 리 풍
斜出蜃樓千里風

서 불 삼 산 하 처 시
徐市三山何處是

선 구 사 멱 의 호 웅
仙區似覓意豪雄

백운암 시 모임에서
白雲庵雅集

비 오는 기세 매우 음울해 오래도록 날 개지 않더니

구름 걷히니 하늘 푸르고 온 정원이 맑네

처마 밖으로 꽃을 차내는 것은 제비 새끼요

제방 머리에 버들가지로 집 짓고 친구 부르는 것은 꾀꼬리라네

다된 세상 功名(공명)은 옛 꿈으로 돌아가고

늙은 나이에 글 지으며 여생을 즐기네

긴 장마 나를 괴롭히니 한가한 정은 별로 없고

해질녘 斜陽(사양: 지는 해) 대하니 생각은 스스로 평온하네

우 기 음 농 구 미 청
雨氣陰濃久未晴

운 수 벽 락 일 원 청
雲收碧落一園淸

축 화 첨 외 장 추 연
蹴花簷外將雛鷰

직 류 제 두 환 우 앵
織柳堤頭喚友鶯

숙 세 공 명 귀 구 몽
叔世功名歸舊夢

모 년 사 부 낙 여 생
暮年詞賦樂餘生

장 림 고 아 한 정 소
長霖苦我閒情少

만 대 사 양 의 자 평
晩對斜陽意自平

---

20) 진시황의 명을 받아 동해로 불로초를 찾으러 갔던 方士(방사).

한가한 중에 회포를 쓰다

閑中書懷

權域(근역: 우리나라)이 가운데 나뉘니 勢(세)는 이미 외롭고	근역중분세이고 槿域中分勢已孤
평화통일은 정말 어려우니 걱정이로세	평화통일정간우 平和統一正艱虞
乾坤(건곤: 이 세상)이 뜻이 있어 이 남자를 태어나게 했는데	건곤유의생남자 乾坤有意生男子
바람과 비는 무정하여 丈夫(장부)는 늙었네	풍우무정로장부 風雨無情老丈夫
吳國(오국: 중국 오나라)의 이런 때엔 소도 달보고 헐떡이고[21]	오국차시우천월 吳國此時牛喘月
周家(주가: 중국 주나라)에 어느 날 봉황이 오동나무에서 울까[22]	주가하일봉명오 周家何日鳳鳴梧
功名(공명)은 운수에 달려 지금 얻기 어려우니	공명재수금난득 功名在數今難得
글 짓는데 전심전력하여 단지 스스로 즐길 뿐일세	사부전심지자오 詞賦專心只自娛

창경원에 들어가서 회포를 쓰다

入昌慶苑書會

사슴은 빈 坮(대)에 누워있고 새들은 노래 뽐내니	녹와공대조방가 鹿臥空坮鳥放歌
뽕나무 밭이 바다로 변한 모습에 내게는 느낌이 많네	창상변태감오다 滄桑變態感吾多
담 너머 뵈는 어린잎은 대나무 싹 뽑아낸 것이요	과장눈엽추손죽 過墻嫩葉抽孫竹
벽을 붉게 수놓은 것은 소나무 새삼덩굴이네	수벽홍영부녀라 繡壁紅英附女蘿
나라에 근심 더해지니 취하지 않기 어렵고	가국첨수난면취 家國添愁難免醉
강산은 興(흥) 일으키니 시 읊기 쉽네	강산야흥이위아 江山惹興易爲哦
世間(세간)의 成敗(성패)는 비록 하늘이 정하나	세간성패수천정 世間成敗雖天定
일은 지나가고 사람도 옛사람 아니니 한탄한들 어쩌리오	사거인비한내하 事去人非恨奈何

---

21) 중국 오나라는 더운 지방으로, 그곳의 소는 달을 보고도 뜨거운 해로 알고 헐떡인다는 고사.

22) 주나라는 폭군이 다스리던 은나라를 멸하고 평화를 찾음.

삼천사 옛터 진관사에 있음 를 지나며

過三川寺在津寬寺古址

삼천사 아래 수풀 언덕으로 걸어가니

안개는 걷혔으나 興(흥)은 아직 안 일어나네

비문은 알아볼 수 없고 묻힌 돌은 흩어져 있는데

흔적 찾기 어려운 길엔 긴 시냇물만 가느네

뽕밭이 푸른 바다로 변한 긴 세월에

詩(시)와 술과 풍류는 우리 같은 것들 것이네

중들은 여러 해 흩어져 찾는 사람 드물고

古蹟(고적)을 알고자 하여 잠시 수고로움을 잊네

삼천사하보림고
三川寺下步林皐

수습연광흥미호
收拾烟光興未豪

비불해문매석발
碑不鮮文埋石髮

노난심적장계모
路難尋跡長溪毛

창상호겁회선배
滄桑浩刧懷先輩

시주풍류속아조
詩酒風流屬我曹

승산다년인한도
僧散多年人罕到

욕지고적잠망로
欲知古蹟暫忘勞

비 온 후 느긋이 읊다

雨後謾吟

강산의 아름다운 경치는 시 짓는 사람들 것이니

글재주 다투며 불콰하게 취해 화려한 세월 보내버리네

평생을 바라봐도 달은 싫증나지 않고

백 번 꽃을 찾아도 사랑하기는 차이가 없네

일제히 하늘 개니 구름이 먼저 흩어지고

빽빽한 나무 맑은 그늘로 햇빛 스며드네

멋대로 지은 문장은 이 세상에 쓸 것이 아니니

고질적 습관 고치기 어려워 자연 속에 늙어 가네

강산승경속시가
江山勝景屬詩家

백전홍감송세화
白戰紅酣送歲華

대월평생간불염
對月平生看不厭

탐화백도애무차
探花百度愛無差

일천제색운선산
一天霽色雲先散

백수청음일복사
百樹淸陰日復斜

종도문장비용세
縱道文章非用世

난의고벽로연하
難醫痼癖老烟霞

방봉암을 찾아가 같이 짓다
訪鳳庵共賦

지는 해 붉은 빛 뻗치니 너른 들은 푸르고	落日拖紅大野靑
그대와 발걸음 나란히 신선 문 앞에 다다랐네	與君聯屐到仙扃
양재역엔 차바퀴 끊임없고	車輪不絶良才驛
고깃배 피리 소리는 한강 물가에 서로 전하네	漁笛相傳漢水汀
글귀 찾으나 詩(시)가 마땅찮아 좋은 시 짓기 어렵고	覓句詩嫌難作健
근심 씻어내고 술로 恨(한) 풀어보려 하나 쉽게 술 깨네	滌愁酒恨易爲醒
따분하게 담소하다 보니 이내 저녁인데	支離笑話仍成暮
제비는 쌍쌍이 둥지를 찾아 멀리 뜰로 들어가네	雙燕尋巢遠入庭
삼복더위 밤이 되니 또한 후끈 찌기만 하고	庚炎入夜亦薰蒸
찌는 더위에 잠들기 어려워 다시 등불을 밝히네	苦熱難眠更點燈
玉宇(옥우: 하늘)에 구름 없으니 맑기가 거울 같고	玉宇無雲淸似鏡
돌 틈에 솟아나는 샘은 얼음보다 더 차네	石泉有水冷於氷
강산에 興(흥) 일어나니 詩(시) 짓는 솜씨 커지고	江山惹興詩工大
바람과 비가 근심 더하니 酒量(주량)만 느네	風雨添愁酒量增
나라 안에선 문장의 가치 별로 쳐주지 않으나	海內文章聲價少
느긋이 첫째냐 둘째냐 갖고 재능이나 비교하세나	謾將甲乙較才能

성조회관 이 여사에게 줌

贈誠助會館李女士

옥 같은 손으로 가야금 타며 붉은 대에 앉아있으니	농 옥 탄 금 좌 강 대 弄玉彈琴坐絳坮
아름다운 경치 풍경이 그림 병풍에 열렸네	승 구 풍 경 화 병 개 勝區風景畵屛開
사방의 山勢(산세)는 하늘에 연이어 서있고	사 위 산 세 련 천 입 四圍山勢連天立
한줄기 江(강)물 소리는 땅을 흔들며 들려오네	일 파 강 성 동 지 래 一派江聲動地來
구름 뒤에 항상 손님 맞을 걸상 마련해 놓고 있으니	운 리 상 류 영 객 탑 雲裡常留迎客榻
꽃 앞에서 몇 잔이나 신선의 술잔을 들었는고	화 전 기 거 반 선 배 花前幾擧伴仙盃
峨洋知音(아양지음)[23]이 오랜 세월에 적으니	아 양 천 고 지 음 소 峨洋千古知音少
오직 때때로 돌아와 춤추는 鶴(학)이 있을 뿐이네	유 유 시 시 학 무 회 惟有時時鶴舞回

---

[23] 중국의 거문고 명인 伯牙(백아)의 소리를 鍾子期(종자기)라는 사람만이 제대로 알아주었는데 백아가 高山(고산)의 곡을 연주하면 종자기가 峨峨泰山(아아태산: 태산처럼 높다)이라 칭찬하고, 流水(유수)라는 곡을 연주하면 洋洋江河(양양강하: 장강 황하처럼 넓다)라고 했다는 데서 나온 말임. 진정 소리를 알아준다라는 의미.

한강에서 봉암과 함께 배를 띄우고

漢江與鳳庵汎舟

친구와 강에 와서 흰 갈매기와 친하니 　　　　　與友臨江狎白鷗

구름은 맑고 하늘에 비는 처음처럼 걷혔네 　　雲晴玉宇雨初收

일찍 문밖으로 떠나니 羊求(양구)²⁴⁾ 좁은 길이요 　早離門外羊求逕

늦게 나루 앞에 李郭舟(이곽주)²⁵⁾를 띄웠네 　晚放津前李郭舟

땅에 내려앉아 지는 해는 반만 남아 붉고 　　倒地斜陽紅半面

하늘을 고리 둘러 줄지은 산봉우리는 푸른 머리가 천 개네 　環天列峀碧千頭

萬頃蒼波(만경창파) 푸른 물은 거울처럼 밝고 　蒼波万頃明如鏡

삿대 하나로 바람 따라 위아래로 떠다니네 　一棹隨風上下浮

---

24) 漢(한)나라 때 청렴하기로 이름난 羊仲(양중)과 求仲(구중)을 가리킴. 한나라 蔣詡(장후)가 王莽(왕망) 정권 때 벼슬을 내놓고 고향에 은둔한 뒤, 집 안의 대나무 밭 아래 세 개의 오솔길을 내어 오직 羊仲(양중)과 求仲(구중) 두 사람하고만 교유했다는 고사가 전해짐.

25) 後漢(후한) 때 名士(명사)인 李膺(이응)과 郭太(곽태)는 친한 친구로 둘이 배를 같이 탔다 하여, 친구와 함께 배타는 것을 이름.

여름밤에 느긋이 읊다
夏夜謾吟

견디기 힘든 열기 이기지 못해 빈번히 잠에서 깨니   불승고열기상빈
不勝苦熱起床頻

우연히 三庚(삼경: 한밤중)이라 잠잘 때 놓쳤네   우작삼경실매진
偶作三更失寐辰

달은 하늘 가운데 떠 별 대신 빛내고   낙월중천성대촉
落月中天星代燭

닭도 없는데 오두막집엔 시계가 새벽을 전하네   무계두옥루전신
無鷄斗屋漏傳晨

게을리 세상에 나오려 기약하니 스승 사시는 곳 바뀌었고   만기출세사거역
謾期出世師居易

속세 떠나지 못해 한탄하고 공부하는 골에 손님이로세   한미리진학동빈
恨未離塵學洞賓

요즘 風潮(풍조) 예전과 완전 다르니   근일풍조전이석
近日風潮全異昔

문장은 이미 지었으니 等閑(등한)한 사람이라네   문장이작등한인
文章已作等閑人

백락실에서 즉흥으로 짓다
白樂室卽事

閭閻(여염: 일반 민가)이 즐비하여 점점 큰길 이루었는데   여염즐비점성가
閭閻櫛比漸成街

地勢(지세)가 精氣(정기)를 한데 모아 경치가 아름답네   지세종령경색가
地勢鍾靈景色佳

흐르는 물이 문 앞에 이르러 맑은 거울이 펼쳐져 있고   유수림문명경전
流水臨門明鏡展

푸른 산은 동네를 둘러싸 그림 병풍 둘렀네   청산요동화병배
靑山繞洞畵屛排

한마음으로 守拙(수졸)[26]이 오직 나 하나리오   일심수졸유오독
一心守拙惟吾獨

백 가지 재주로 솜씨 다퉈 온 세상 휘젓네   백기쟁공거세개
百技爭工擧世皆

새소리 듣고 꽃 찾아 풍취 따라 술잔 기울이며 노래하니   청조탐화상영취
聽鳥探花觴咏趣

사시사철 맑은 흥취를 사람들과 함께 하리라   사시청흥여인해
四時淸興與人偕

---

26) 어리석게 본성을 고치지 않음.

장충 정례 모임에서
獎忠例會

장충원 뒤로 샛별 비치는데

詩興(시흥)이 陶陶(도도)[27]하니 또 큰 술잔 기울이네

삼복더위라도 상쾌한 바람이 찌는 더위 삭이고

천 년 이어온 이름난 고적이 남아있는 성벽을 둘러있네

가야금 소리 들어 이해 쉽고 文武(문무)[28]를 노래하나

나그네를 대하고는 세상이 흐린지 맑은지 말하기 어렵네

煙霞(연하: 고요한 山水)에 자취를 맡기니 定處(정처)가 없고

杳茫(묘망: 아득함)한 부평초 같은 세상에 내 몸만 가볍네

獎忠苑裡照長庚
장충원리조장경

詩興陶陶又飲觥
시흥도도우음굉

三伏爽風消苦熱
삼복상풍소고열

千年勝蹟繞殘城
천년승적요잔성

聽琴易鮮絃文武
청금이선현문무

對客難言世濁淸
대객난언세탁청

托跡煙霞無定處
탁적연하무정처

杳茫萍海此身輕
묘망평해차신경

여름밤에 회포를 쓰다
夏夜書懷

한밤중까지 잠 못 이루고 강가 망루에 앉아

앞으로 갈 길 점검하니 모두가 근심거리네

한세상 비린내 나는 티끌을 어느 날에나 쓸어버릴꼬

백 년 고통스런 바다에 이 삶이 떠있네

달이 하늘 가운데 다다르니 밝기가 낮 같고

水面(수면)에 바람 와 닿으니 차갑기가 가을 같네

지금 세태엔 마땅히 俗緣(속연)에 얽매임을 잊어야 하니

불콰하게 취하여 글재주 겨루며 내키는 대로 놀리라

中宵失寐坐江樓
중소실매좌강루

點檢前程摠是愁
점검전정총시수

一世腥塵何日掃
일세성진하일소

百年苦海此生浮
백년고해차생부

天心月到明如晝
천심월도명여주

水面風來冷似秋
수면풍래랭사추

時態最宜忘俗累
시태최의망속루

紅酣白戰任情遊
홍감백전임정유

---

27) 화평하고 즐거움.

28) 중국 周(주)나라의 文王(문왕)과 武王(무왕)으로 어지러운 세상을 평정하여 평화를 이룸.

금요일 모임에서

金曜會

특별한 공원 경치 정말 아름다우니

사방 주위 푸른 산봉우리는 화려한 길 옆이네

늦게 펴 섬돌에 서있는 꽃향기는 앉은 자리에 스며들고

밤새 내린 비에 시냇물 불어 둑이 넘치네

큰 꿈은 하늘에 맡겼으니 마음은 본디 평온하고

한가히 근심이 나를 괴롭히니 취향은 어그러짐이 많네

원래 세상 일이 뜻대로 되기 어려우니

방금 했던 것은 잊어버리고 취한 후에 어울리세나

別有公園景正佳
四圍碧峀傍華街
晚花立砌香侵座
宿雨添溪水溢崖
大夢任天心自穩
閒愁苦我趣多乖
元來世事難如意
忘却方成醉後諧

보리 거둘 때

麥秋

4월 남풍에 들엔 보리 잘 익었고

금빛 장식 아름다운 이삭은 玉(옥) 머금은 듯하네

구름처럼 누런 들판 돌아가는 곳엔 꿩 소리 들리고

흰 보리 줄기 다 자란 곳엔 띠 풀도 안보이네

곤곤히 흘러와서 하늘가에 가라앉고

무성하게 더북 자라 나와 땅 머리와 교차하네

풍년 들어 행복하여 기쁨을 금할 길 없으니

또 봄 옷 저당 잡혀 술과 안주를 사네

四月南風大麥郊
金粧嘉穗玉含包
黃雲轉處猶聞雉
白稈成時未見茅
滾滾流來天際沒
芚芚秀出地頭交
年登幸福難禁喜
又典春衣買酒肴

백운암 시회에서
白雲庵雅會

오래된 약속 어기기 어려워 느릿느릿 지팡이 짚고 올라가니	難違宿約倦笻登
誠助館(성조관) 안에서 멀리서 온 친구 만났네	誠助館中逢遠朋
오래된 무궁화 꽃 모양 봄 지난 후 더 요염하고	古槿花容春後艶
긴 강의 물 흐름은 비 온 나머지 더 세졌네	長江水勢雨餘增
가난하고 별 일 없으나 丹心(단심: 정성스런 마음)은 안온한데	貧無事業丹心穩
늙어서 經綸(경륜) 있으나 백발을 미워하네	老有經綸白髮憎
騷壇(소단)을 세운 것이 이제 몇 번이던고	樹幟騷壇今幾許
또 첫째냐 둘째냐 가지고 재능 비교나 하려네	又將甲乙較才能

장충 정례 모임에서
獎忠例會

다시 騷壇(소단)을 열고 옛 놀이 모임 이으니	更設騷壇續舊遊
슬그머니 節序(절서)[29]는 또 淸秋(청추: 음력 8월)가 되었네	居然節序又淸秋
세상 돌아가는 잘잘못은 달리는 말 보는 것과 비슷하고	世情得失方看馬
날씨 흐리고 갬은 비둘기로 이미 알 수 있네	天氣陰晴已驗鳩
붉은 무궁화 빛을 내어 꽃은 아직 다 지지 않고	紅槿生光花未盡
푸른 매미가 적막을 깨어 울음 그치지 않네	蒼蟬罷寂語無休
아직 남은 무더위 있어 바람 쐬고 앉으니	尙餘酷暑臨風坐
좋은 글귀 깊이 생각하여 詩興(시흥)이 그윽해지네	健句深思興轉幽

---

[29] 節氣(절기)의 차례.

금요일 다시 만나서
金曜再會

매주마다 시 짓는 자리 갖기로 약속했는데
留約每週詩席回 _{유 약 매 주 시 석 회}

좋은 글귀 읊으려 하나 뜻대로 안 되네
欲吟健句意難裁 _{욕 음 건 구 의 난 재}

꾀꼬리는 소식도 없이 일찍이 떠나가 버리고
鶯無信息曾辭去 _{앵 무 신 식 증 사 거}

매미는 風情(풍정)[30]이 있어 어지러이 울어 오네
蟬有風情亂噪來 _{선 유 풍 정 난 조 래}

한 세대 태평한지는 기약이 정해지지 않았으나
一世昇平期不定 _{일 세 승 평 기 부 정}

사철 節序(절서)는 하루 하루 서로 재촉하네
四時節序日相催 _{사 시 절 서 일 상 최}

공원에 특별히 번화한 세계 마련돼 있으나
公園特設繁華界 _{공 원 특 설 번 화 계}

별도로 맑고 그윽한 곳 만들어 나그네 위해 열었네
別作淸閒爲客開 _{별 작 청 한 위 객 개}

매미 소리 들으며
聽蟬

땅속에서 날개 돋아나니 한 몸 가볍고
土中羽化一身輕 _{토 중 우 화 일 신 경}

나무마다 가을바람 맞아 제멋대로 울어대네
万樹秋風任意鳴 _{만 수 추 풍 임 의 명}

옛날 驛(역) 창문 앞엔 아침 비 그치고
古驛窓前朝雨歇 _{고 역 창 전 조 우 헐}

황폐한 城(성) 말 위엔 석양이 밝네
荒城馬上夕陽明 _{황 성 마 상 석 양 명}

이별 회포 다한 곳에 공연히 한스러움만 보태고
別懷極處空添恨 _{별 회 극 처 공 첨 한}

맑은 興致(흥치) 짙어지는 때 情(정)은 배가 되네
淸興濃時倍惹情 _{청 흥 농 시 배 야 정}

너의 울음소리 비록 시끄러우나 나는 오히려 상쾌하니
爾語雖多吾尙快 _{이 어 수 다 오 상 쾌}

세상엔 원래 不平(불평)한 소리 없는 것이라네
元無世上不平聲 _{원 무 세 상 불 평 성}

---

30) 풍취가 있는 정회.

정릉 시회에서
貞陵雅會

돌 사이 굽이 굽이 흐르는 시냇물이 푸른 교외를 둘러 안고	석 계 곡 곡 포 청 교 石溪曲曲抱青郊
때맞춰 부는 시원한 바람이 가는 가지 흔드네	시 송 량 풍 동 세 초 時送凉風動細梢
次第(차제)에 꽃은 붉고 향기는 끊이지 않으니	차 제 화 홍 향 부 단 次第花紅香不斷
들쭉날쭉 버드나무 푸른 그림자 서로 얽히네	참 치 류 록 영 상 교 叅差柳綠影相交
앞길 만 리에 鵬(붕)새 날개 기약해 보나	전 정 만 리 기 붕 익 前程万里期鵬翼
지난 일 천 년은 바닷물거품 같은 탄식이로세	왕 사 천 년 탄 해 포 往事千年歎海泡
詩(시)는 가난을 구제해주지 않는데 몸은 이미 늙었으니	시 불 구 빈 신 이 로 詩不救貧身已老
俗人(속인: 보통 사람)들 조롱을 풀 수 있는 말이 없네	무 사 가 해 속 인 조 無辭可解俗人嘲
더위 피하는 騷客(소객: 詩人)들이 숲 우거진 언덕에 앉아	납 량 소 객 좌 림 고 納凉騷客坐林皋
綠水青山(녹수청산)을 맘대로 갖고 노네	녹 수 청 산 임 의 오 綠水青山任意遨
얼굴 가득 붉은 빛 띠고 술 취해 딴 세상에서 노니니	만 면 홍 조 경 주 국 滿面紅潮經酒國
머리 위 장식한 흰 눈은 詩人(시인)의 豪氣(호기)와 짝하네	장 두 백 설 반 시 호 粧頭白雪伴詩豪
하늘에 뜨고 길에 닿은 무지개 우뚝 솟으니	부 공 복 도 홍 교 흘 浮空複道虹橋屹
시가지 둘러싼 긴 성 성가퀴를 에워쌌네	환 시 장 성 치 첩 뇌 環市長城雉堞牢
별세계 펼쳐져 찌는 듯한 무더위 삭이니	별 유 건 곤 소 혹 서 別有乾坤消酷暑
맑은 興致(흥치) 이기지 못해 소리 높여 노래하네	불 승 청 흥 방 가 고 不勝清興放歌高

수락사 서사의 아름다운 운에 맞추어
水落寺次徐四佳韻

수락사 관광을 아직 못 해 한스러웠으나

늙어서 오히려 험한 곳이라도 오르니 기운이 도리어 오르네

멀리 좋은 경치 찾아 기필코 산봉우리 찾으려다

잠시 등나무 넝쿨 아래 따가운 햇볕 피하네

꽃은 佳人(가인) 같으니 누가 사랑하지 않으리요만

파리같이 귀찮은 나 같은 나그네는 따돌려 미움 받네

신선 같은 산은 반쪽만 보여주니 두루 다 둘러보기 어렵고

저녁이 다됐으니 다른 날 다시 오르길 기약하네

水落觀光恨未曾
老猶履險氣還騰
遠探勝景千尋岫
暫避驕陽一架藤
花似佳人誰不愛
蠅如苦客我偏憎
仙山半面難周覽
乘暮更期他日登

백운암 토요일 모임에서
白雲庵土曜會

庚金(경금)[31]이 모두 엎드려 火(화)가 서쪽으로 흘러가니

멀리서 와 맑은 그늘 찾고 잠시 걱정을 잊네

해바라기 꽃은 무슨 맘으로 헛되이 해를 향하고 있는고

매미 소리가 得勢(득세)해 가을을 부르기 시작하네

謝相(사상)[32]을 따라 東山(동산: 은거하는 곳)으로 가지 못하고

蘇仙(소선)[33]과 赤壁(적벽)에서 노니길 다시 약속하네

시끄럽게 저자에서 방황하니 알아주는 사람 없고

책에 파묻혀 헛되게 늙으니 부끄러움을 다 견디네

庚金盡伏火西流
遠訪淸陰暫忘憂
葵萼何心空向日
蟬聲得勢始鳴秋
未隨謝相東山去
更約蘇仙赤壁遊
鬧市彷徨人不識
書中虛老儘堪羞

---

31) 十干(십간; 갑을병정…)의 庚(경)은 五行(오행)의 金(금)에 해당하고, 오행상극에 火克金(화극금)이므로 경금이 불이 잠복해 있는 것을 두려워한다 함.

32) 東晉(동진)시대 명사인 謝安(사안).

33) 蘇東坡(소동파)가 赤壁賦(적벽부)를 지음.

정릉에서 열린 시회에서
貞陵雅會

하나의 물줄기가 돌 언덕을 양쪽으로 갈라 놓으니
一水中分兩石坡

용 같기도 하고 호랑이 같기도 하여 기괴한 모양 많네
如龍似虎怪形多

해질녘 나무 사이를 뚫고 더운 기운 더해지고
斜陽穿樹添炎氣

급히 떨어지는 폭포는 바람 타고 시원한 물결 내뿜네
急瀑乘風動冷波

文物(문물)이 놀랍도록 급히 바뀌니 뽕나무 밭이 바다 되고
文物頻驚桑海變

光陰(광음: 세월)이 隙駒過(극구과)[34]를 더욱더 느끼게 하네
光陰倍感隙駒過

더위 피하는 이날 뜻은 無窮(무궁)하나
納凉此日無窮意

태평세월 옴을 보지 못하고 늙으니 어찌 하리오
未見昇平老奈何

달천 충주에 있음 에서 시원히 노닐며
達川忠州淸遊

다행히 달천에 가 좋은 風流(풍류) 즐기려니
達川幸作好風流

나무마다 온통 매미소리 울리니 7월 가을이네
萬樹蟬聲七月秋

晉樂堂(음악당) 안에서 시 쓴 두루마리 베끼고
晉樂堂中曾寫軸

탄금대 아래로 또 배를 띄웠네
彈琴坮下又汎舟

내가 부러워하는 높은 이름 모두 있으니 앉은 자리 놀랍고
高名我羨陳驚座

걸출한 문구 지어내니 누구를 趙倚樓(조의루)[35]라 부르랴
傑句誰稱趙倚樓

십 리 강산이 열려 살아있는 그림이니
十里江山開活畵

이 외에 신선의 경지를 무엇 하러 구하랴
仙區此外不須求

---

34) 문틈으로 망아지가 달려 지나감을 봄. 즉, 세월이 빠름.
35) 唐(당)나라 시인 趙蝦(조하)의 별칭.

광복절에 회포를 쓰다
光復節書懷

흉악한 왜놈들 패해 나감을 꿈꾸다 사실이 되었으니
兇倭敗去夢中眞

光復(광복)이 이제 35년이네
光復今回卅五辰

도요새가 갯벌 조개와 다투니 푸른 날개 깃 빠지고
鷸與蚌爭殘翠羽

뱀이 장차 용으로 변하려 은빛 비늘 키우네
蛇將龍變養銀鱗

扶桑(부상)[36])과 蠶老(잠노)[37])의 도움이 얼마 안 되니
扶桑蠶老影差小

우리나라에 春分(춘분)이 와도 꽃 피는 건 고르지 않네
槿域春分花不均

통일은 이루기 어려우니 무엇을 생각하리오
統一難成何意思

風塵(풍진) 세월 흘러가니 더욱 찌푸려지네
風塵歲月去尤嚬

시냇가 버들
溪柳

시냇가 버들은 전과 같이 땅에 닿도록 늘어져있고
溪柳依依拂地垂

봄빛은 이미 푸른색으로 천 가닥 줄기 물들였네
春光已染翠千絲

전장 나가는 이의 아낙이 근심 더해 꾀꼬리 울음소리 듣는 날이요
添愁征婦聽鶯日

흥 일으키는 시인이 말 매어놓는 때이네
惹興騷人繫馬時

간드러지게 아리따운 가는 허리에 바람은 제멋대로요
裊娜纖腰風不定

몽롱하게 취한 눈엔 이슬이 오히려 불어나네
朦朧醉眼露猶滋

蕭蕭(소소: 쓸쓸함)한 내 머리도 일찍이 너 같았으나
蕭蕭我髮曾如爾

꿈속에서 단장해 보아도 白髮(백발)이 슬프다네
夢裡粧成白髮悲

---

36) 해 뜨는 동해의 섬에 있다는 뽕나무, 혹은 일본을 칭하기도 함.

37) 누에고치. 누에가 늙으면 고치가 되고 이를 해 뜨는 아침과 비교하여, 시간이 지남을 뜻한 것으로 보임.

여름밤에 느긋이 읊다
夏夜謾吟

쓸쓸한 흰 머리 어지러운 세상에 늙었는데
　　소소백발로풍진
　　蕭蕭白髮老風塵

평생을 옛것 지키느라 새것을 못 배웠네
　　수구평생불학신
　　守舊平生不學新

일찍이 七書(칠서)[38]를 읽어 큰 꿈을 기약했는데
　　증독칠서기대몽
　　曾讀七書期大夢

늙도록 한 가지 재주도 없으니 세상 헛본 바보일세
　　만무일예환치인
　　晚無一藝幻痴人

달이 낮처럼 밝다 한들 어찌 밤이 아니며
　　월광여주하비야
　　月光如晝何非夜

무궁화 꽃봉오리 가을에 열린다고 이 또한 봄이리요
　　근뇌개추역시춘
　　槿蕾開秋亦是春

지난 일 곰곰이 생각하니 헛된 후회만 있고
　　왕사상량공유회
　　往事商量空有悔

거듭 밤잠 설치니 정신만 배로 쓰리네
　　신소실매배상신
　　申宵失寐倍傷神

밤새 잠 못 이루다 새벽 맞으니
　　중야실면잉대신
　　中夜失眠仍待晨

몸은 비록 병들었으나 뜻은 오히려 새롭네
　　신수병로의유신
　　身雖病老意猶新

燭龍(촉룡)[39]이 저자에 줄지었고 별은 千點(천점)이라
　　촉룡열시성천점
　　燭龍列市星千點

옥토끼가 하늘을 가로지르니 달은 둥그런 바퀴네
　　옥토횡공월일륜
　　玉兔橫空月一輪

富貴(부귀)에 마음 없어 속세에 얽매임 없애니
　　부귀무심제속루
　　富貴無心除俗累

맑고 그윽함이 내 適性(적성)이라 天眞(천진)[40]을 즐기네
　　청한적성낙천진
　　清閒適性樂天眞

얕은 재주로 어찌 밝은 세상에서 버림받는다 한탄하리오
　　비재하한명시기
　　菲才何恨明時棄

綠水靑山(녹수청산)에 逸民(일민)[41]과 짝하네
　　녹수청산반일민
　　綠水靑山伴逸民

---

38) 四書(사서; 논어·맹자·대학·중용)와 三經(삼경; 시경·서경·역경).
39) 燭龍(촉룡)은 원래 태양을 뜻하나, 여기에서는 전등불을 얘기한 것으로 보임.
40) 세파에 젖지 않은 자연 그대로의 참됨.
41) 학문과 덕행이 있으나 세상에 나서지 아니한 사람.

봉은사 시 모임에서

奉恩寺雅集

초가을 오래된 절에 친구들 모여서
古寺初秋會友人

느긋이 詩意(시의)를 갖고 멀리 진리를 찾네
謾將詩意遠尋眞

물결처럼 떠돌며 靑春(청춘) 세월 헛되이 보내니
浪遊虛度靑春歲

탈 없이 돌아와 白髮(백발)의 몸이 되었네
無恙還成白髮身

焦葉(초엽)[42]이 만든 그늘 해 따라 돌아가고
焦葉生陰隨日轉

연꽃이 토해내는 향기가 보내는 바람 새롭네
蓮花吐馥送風新

비 왔다 갰다 공연히 나를 괴롭히니
乍晴乍雨空勞我

몇몇이 禪房(선방: 참선하는 방)에 들어 角巾(각건)을 바로잡네
幾入禪房整角巾

伽藍(가람: 절)은 맑고 깨끗해 뜬세상 티끌 끊어냈는데
伽藍瀟灑絶浮埃

중은 蒲團(포단: 부들방석)서 일어나고 객은 臺(대)에 오르네
僧起蒲團客上坮

연못이 깨끗하여 물고기 노니니 맑은 거울 나타나고
池淨魚從明鏡出

풍경은 기이하여 새들이 그림 병풍 향해 오네
境奇鳥向畵屛來

黃金(황금)은 운이 있어 얻는 것이니 헛되이 꿈꾸지 말지니
黃金有數空勞夢

白首(백수)가 功(공)도 없니 어찌 재주를 뽐내리오
白首無功豈擅才

三笑虎溪(삼소호계)[43]하며 古蹟(고적)을 따라가니
三笑虎溪追古蹟

반평생 바라던 것이 점차 잿가루 되네
半生所望漸成灰

---

42) 기둥과 보와 인방이 사귀는 곳에 부드러운 맛을 내기 위해 뭉게구름 모양으로 해 붙인 목각 장식물.

43) 東晉(동진)의 高僧(고승) 慧元法師(혜원법사)가 여산 東林寺(동림사)에서 지내면서 절 앞의 시내를 건너 속세에 발을 디디지 않았는데 여기를 지나면 문득 호랑이가 울었다 하여 그 시내를 虎溪(호계)라 함. 도연명과 육수정이 혜원을 찾아와 즐기다 전송하며 얘기에 팔려 정신없이 시내를 건넜는데, 이때 호랑이 울음소리가 들려 비로소 시내를 건넌 것을 알았다 하여 셋이 웃으며〔三笑〕호계를 건넜다는 말이 나옴.

도봉 시회에서
道峰雅會

騷壇(소단)의 오랜 뜻 처음과 다름없으니	騷壇宿志不違初
평생을 헛되이 보냈어도 아직도 책을 읽네	虛度平生尙讀書
멀리 아름다운 손님들 불러 모아 자리를 만드니	遠速嘉賓方設座
다행이 성대한 모임 참석하려 차를 빨리 모네	幸參盛會急馳車
꽃이 피었다 해도 봄이 다 간 것 아니오	開花次第春非盡
바다로 들어가는 물은 끝이 없어 남음이 있네	入海無窮水有餘
글재주 겨루며 불쾌하게 술 취함에 서로 興(흥)을 대하니	白戰紅酣相對興
陳蕃(진번)44)의 걸상에 누가 늦게 오리오	陣蕃榻上孰爲徐
서풍에 울리는 琴瑟(금슬) 소리는 산모퉁이 울리고	金風瑟瑟動丘隅
나뭇잎 하나 표표히 오동나무 우물 위로 떨어지네	一葉飄零井上梧
봄 지난 꽃 모양은 비단처럼 붉고	春後花容紅似錦
비 갠 후 山色(산색)은 그림처럼 담백하네	雨餘山色淡如圖
가난해도 일찍이 분수 지켜 항상 만족할 줄 알았고	貧曾守分常知足
늙었어도 아직 걸을 수 있으니 부축도 필요 없네	老尙能行不要扶
詩(시) 짓느라 진 빚 이제 갚았으니 거듭 술잔 기울이고	詩債纔償仍酌酒
세상의 근심은 곧 잊어 잠시 아무 생각 없네	世愁便忘暫時無

---

44) 중국 동진시대 예장 태수. 존경하는 친구를 위해 특별히 별도의 걸상을 항상 준비했다고 함.

백운암에서
白雲巖

흰 구름 그림자 속에 높은 樓閣(누각) 우뚝 솟으니

짓기에 뜻을 둔지 몇 해가 지났는가

菩薩(보살)의 誠心(성심)은 산과 더불어 무겁고

釋迦(석가)의 惠澤(혜택)은 물과 함께 흐르네

나무꾼 노래는 돌고 돌아 晴嵐(청람: 맑은 날 아지랑이)을 낼 때에

고기잡이 피리 소리는 멀리 옛 나루터 머리에서 울려 오네

살아서 한가로이 淸淨界(청정계: 맑고 깨끗한 세상)를 노래하니

끝닿은 데 없는 좋은 경치를 붓 한 획으로 거두네

백운영리용고루
白雲影裡聳高樓
착의경영기도추
着意經營幾度秋
보살성심산여중
菩薩誠心山與重
석가혜택수동류
釋迦惠澤水同流
초가전출청람제
樵歌轉出晴嵐際
어적요전고도두
漁笛遙傳古渡頭
위생한음청정계
爲生閒吟淸淨界
무변승경일호수
無邊勝景一毫收

장충단 정례회에서
獎忠例會

하늘엔 긴 장마 비 그쳐 흰 구름 흩어지고

놀러 나온 남녀가 스스로 무리를 이루네

선풍기 아래 세상 티끌 날려 보내 깨끗하니

분수대 가에는 가는 비 오듯 물보라 날리네

가난하여 근심 귀신 따르니 자주 술 구하고

늙어 하는 일 없으니 책만 부지런히 읽네

경치 좋은 곳 두루 다니며 좋은 글귀 찾아

詩(시)로 사람들 놀라게 하려니 앉은 자리 저녁이 어스레하네

천헐장림산백운
天歇長霖散白雲
관광사녀자성군
觀光士女自成群
선풍기하취진정
扇風機下吹塵淨
분수대변쇄우분
噴水坮邊洒雨紛
빈유수마고주수
貧有愁魔沽酒數
노무사업독서근
老無事業讀書勤
주유승지연심구
周遊勝地緣尋句
시욕경인좌석훈
詩欲驚人坐夕曛

노량진 시 모임에서
鷺梁津雅集

漁村(어촌)이 市場(시장)이 되니 이름난 지역 되고 　　漁村作市擅名區

겸해서 공원 설치해 여러 사람 즐기게 하였네 　　兼設公園供客娛

연이은 朱輪(주륜)45)은 먼 곳까지 통하게 하고 　　連續朱輪通遠地

들쭉날쭉 멋진 용마루 번화한 거리에 가득하네 　　參差畫棟滿華衢

한평생 분수를 지키니 가난해도 오히려 만족하고 　　一生守分貧猶足

온갖 일 되는대로 맡기니 있어도 없는 것 같네 　　万事任機有若無

한 달 건너 서로 만나 술잔과 시로 즐기니 　　隔月相逢觴咏樂

綠陰(녹음) 그림자 속에 興(흥)이 어찌 외롭겠나 　　綠陰影裡興何孤

앞의 시 운에 맞춰 회포를 쓰다
次前韻書懷

까마귀 까치 담 모퉁이 내려오는 것 보다 보니 　　惟看烏鵲下墻隅

헛되이 늙어 정원 중 오동나무에 봉황새 깃들기 기다리네 　　虛老園中待鳳梧

꽃은 태반이 새로운 것이니 응당 꽃 이름 기록에 빠져있고 　　花半新名應漏譜

기이한 모양 돌들도 많아 이미 그림을 이루었네 　　石多奇像已成圖

나는 修身(수신)도 못했는데 家規(가규)는 변했고 　　修身我不家規變

나라 걱정한다 하나 누가 世道(세도)를 다시 일으키요 　　憂國誰能世道扶

시인들끼리 서로 만나 談笑(담소)하는 자리엔 　　騷客相逢談笑席

한가히 근심 잠시 잊으니 있어도 없는 듯하네 　　閒愁暫忘有如無

---

45) 원래는 붉은 바퀴 수레라는 뜻이나, 여기에서는 철도 기차를 뜻한 것으로 보임.

사육신 묘를 지나며

過六臣墓

강 머리에 모임을 가지니 興(흥)이 적지 않고

느긋이 지난 자취 생각하니 恨(한)이 오히려 남네

名臣(명신)의 節義(절의)는 千秋(천추)에 빛나나

勝國(승국: 前代의 나라)의 繁華(번화)는 한바탕 헛꿈이네

푸른 버드나무에 서늘한 바람 불고 꾀꼬리 떠난 후엔

길고 흰 백사장 물가엔 기러기 처음 날아오네

한가한 틈타 술잔 기울이며 시름 없애니

좋은 글귀 찾아 회포 풀다 저녁 되어 집으로 돌아가네

설 회 강 두 흥 불 소
設會江頭興不踈

만 사 왕 적 한 유 여
謾思往蹟恨猶餘

명 신 절 의 천 추 혁
名臣節義千秋爀

승 국 번 화 일 몽 허
勝國繁華一夢虛

벽 류 량 풍 앵 거 후
碧柳凉風鶯去後

백 사 장 저 안 내 초
白沙長渚雁來初

승 한 작 주 소 수 진
乘閒酌酒消愁盡

멱 구 서 회 모 반 려
覓句舒懷暮返廬

양화교 아래 인공폭포에서

楊花橋下人工瀑布

열 길이나 흘러 떨어지는 물줄기로 세월을 재촉하는

인공폭포가 기이한 재주를 뽐내네

만약 돌 머리 위에 걸려있는 흰 간판 아니었다면

하늘에서 떨어지는 은하수인 줄 알 뻔했네

큰비가 다해 높은 하늘 흘러 내려 보슬비 같이 날리니

구름 걷힌 절벽에는 우레가 맴도네

乾坤(건곤: 자연)의 造化(조화)를 흉내 낼 수 있으리오

움직이고 멈춤이 모두 電氣(전기)를 따를 뿐이네

십 장 류 파 세 월 최
十丈流波歲月催

인 공 폭 포 천 기 재
人工瀑布擅奇才

약 비 소 련 석 두 괘
若非素練石頭掛

의 시 은 하 천 상 래
疑是銀河天上來

요 진 장 공 비 세 우
潦盡長空飛細雨

운 수 절 벽 전 경 뇌
雲收絕壁轉輕雷

건 곤 조 화 능 모 작
乾坤造化能模作

동 지 개 종 전 기 재
動止皆從電氣裁

금요일 시 모임에서
金曜會雅集

무궁화 꽃 늦게까지 펴있으니 아직도 봄이 남아있고

詩(시) 짓는 뜻 두루 보니 興(흥)이 도리어 새롭네

흩어졌다 뭉쳤다 하는 구름은 자주 비를 뿌리고

갔다 왔다 하는 바람은 얼마나 티끌을 일으켰는고

좋은 이웃 택하여 신령스런 좋은 경치 땅 얻었으니

세상은 잊었으나 어긋남 없으니 天性(천성)은 어지네

아름다운 경치 아래 서로 모여 술과 詩(시)로 즐기니

情(정)에 맡겨 술잔 주고받음을 어찌 멀리 가서만 하랴 보냐

근 화 만 발 상 류 춘
槿花晩發尙留春
시 의 주 간 흥 전 신
詩意周看興轉新
이 합 운 사 빈 쇄 우
離合雲師頻灑雨
거 래 풍 백 기 양 진
去來風伯幾揚塵
택 린 점 득 지 영 승
擇隣占得地靈勝
망 세 불 위 천 성 인
忘世不違天性仁
가 경 상 봉 상 영 락
佳景相逢觴咏樂
임 정 수 작 기 관 순
任情酬酌豈關巡

초가을에 회포를 쓰다
初秋書懷

매번 좋은 경치 만날 때마다 興(흥)을 禁(금)하기 어려워	매 봉 승 경 홍 난 금 每逢勝景興難禁
詩(시) 못 지으면 병 도지니 무단히 내 맘을 허비하네	시 벽 무 단 비 아 심 詩癖無端費我心
무성한 풀은 둑에 연이어 있고 駿馬(준마)는 울어대니	무 초 련 제 시 준 마 茂草連堤嘶駿馬
靑山(청산)은 집을 둘러싸고 그 아래 조용히 새들이 노네	청 산 요 택 하 유 금 靑山繞宅下幽禽
十常八九(십상팔구)는 근심으로 취해 있으려니	십 상 팔 구 연 수 취 十常八九緣愁醉
백에 겨우 두서너 개 뜻에 맞는 詩(시) 나오네	백 불 이 삼 여 의 음 百不二三如意吟
모든 책 다 읽었으나 이름 값 나지 않으니	진 독 제 서 성 가 소 盡讀諸書聲價少
이제 누가 늙은 儒林(유림: 유학자)을 알아보리오	이 금 수 식 로 유 림 以今誰識老儒林
세상은 마음과 어긋나니 나는 뜻을 얻지 못하고	세 흥 심 위 아 부 진 世興心違我不辰
공연히 陋巷(누항)에 늙은 유학자 몸이네	공 성 누 항 로 유 신 空成陋巷老儒身
백 년 風月(풍월)에 누가 주인이 될꼬	백 년 풍 월 수 위 주 百年風月誰爲主
팔도강산에 나는 손님일 뿐이로세	팔 역 강 산 아 작 빈 八域江山我作賓
부평초 같은 세상에 새로운 사업 기약하기 어려우나	평 해 난 기 신 사 업 萍海難期新事業
詩城(시성)은 옛 經綸(경륜)을 저버리지 않네	시 성 불 부 구 경 륜 詩城不負舊經綸
근래에 三千首(삼천수: 시 삼천 편)를 출판하니	근 래 인 출 삼 천 수 近來印出三千首
남겨 놓아 뒤의 讀者(독자)에게 공정한 평을 기다리네	유 대 공 평 후 독 인 留待公評後讀人

初秋書懷

백운암 초가을 날 시회에서
白雲庵初秋雅會

詩(시) 짓기로 전에 한 약속이 있어 江南(강남)에 다다르니

비 그친 후 산머리엔 푸른 아지랑이 아른거리네

향기로운 무궁화 꽃 피어 여름 풍요함을 보냈는데

옥 같은 복숭아 씨 떨어져 가을 달콤함을 기다리네

風霜(풍상: 세상에서 겪은 고생)은 이미 백 번을 겪어봤으니

뽕나무 밭이 바다로 변하는 것을 일찍이 세 번이나 보았네

술잔 주고받으며 시 읊음은 원래 적막함 삭이려는 뜻이었는데

隔週(격주)로 대화하니 기쁨을 감당하기 어렵네

이 시 유 약 도 강 남
以詩留約到江南

우 헐 산 두 동 취 남
雨歇山頭動翠嵐

향 근 개 화 경 하 염
香槿開花經夏艷

요 도 낙 자 대 추 감
瑤桃落子待秋甘

풍 상 열 력 이 과 백
風霜閱歷已過百

상 해 변 천 중 견 삼
桑海變遷曾見三

상 영 원 래 소 적 의
觴咏元來消寂意

격 주 대 화 희 난 감
隔週對話喜難堪

가을밤에 느긋이 읊다
秋夜謾吟

이제 바람 맞아들이려 珠簾(주렴)을 반쯤 걷으니

立秋(입추)는 이미 지났으나 아직도 찌는 더위네

근래에 일이 많아 詩(시) 짓는 일 줄어드니

매번 근심 삭이려 酒量(주량)만 늘어나네

爛漫(난만)하게 봄을 장식한 해바라기는 비단 같고

밝으나 작게 비치는 밤하늘 달은 낫과 같네

어두운 거리에 촛불 밝힌들 어딘지 알리요

천리마가 때를 못 만나니 도리어 소금수레나 모는구나

금 위 영 풍 반 권 렴
今爲迎風半捲簾

입 추 이 과 상 증 염
立秋已過尙蒸炎

근 인 다 사 시 공 감
近因多事詩工減

매 욕 소 수 주 량 첨
每欲消愁酒量添

난 만 장 춘 규 사 금
爛漫粧春葵似錦

희 징 조 야 월 여 겸
熹徵照夜月如鎌

혼 구 겸 촉 지 하 처
昏衢兼燭知何處

기 불 봉 시 반 가 염
驥不逢時返駕鹽

칠석날에
七夕

밤새 내린 비 개도 달은 아직 둥글어 지지 않았는데

雙星(쌍성)이 羽車(우거: 신선의 수레) 앞으로 각각 나오네

銀河水(은하수) 위에서 일찍이 이별한 恨(한) 있더니

烏鵲橋(오작교) 머리에서 다시 인연을 맺네

天上(천상)의 좋은 때는 오직 이 밤이고

世間(세간)의 아름다운 절기는 올해도 돌아오네

玉漏(옥루: 옛날 물시계)는 돌아가는 길 재촉하지 말게나

내일 아침 석별하는 자리는 어찌 하라고

숙 우 신 청 월 미 원
宿雨新晴月未圓

쌍 성 각 출 우 거 전
雙星各出羽車前

은 하 수 상 증 리 한
銀河水上曾離恨

오 작 교 두 갱 결 연
烏鵲橋頭更結緣

천 상 가 기 유 차 석
天上佳期惟此夕

세 간 영 절 우 금 년
世間令節又今年

막 교 옥 루 최 귀 로
莫教玉漏催歸路

기 내 명 조 석 별 연
其奈明朝惜別筵

칠석날 시회에서
七夕雅會

모든 나무 서늘한 기운 내뿜어 草原(초원)을 흔들고

흐르는 세월은 물처럼 급히 달리네

天孫(천손: 직녀성)의 오래된 약속을 오늘 밤에 이으니

선비들 맑은 인연이 오늘까지도 이어지네

시든 나뭇잎은 바람 따라 왔다가 다시 가버리니

뜬구름이 비를 빚어 돌려 덮어버리네

세상은 옛날부터 佳節(가절: 좋은 시절)이라 부르니

복 비는 집집마다 절 찾아 떠들썩하네

만 수 허 량 동 초 원
萬樹噓涼動草原

거 저 세 월 수 여 분
居諸歲月水如奔

천 손 숙 약 금 소 계
天孫宿約今宵繼

사 자 청 연 차 일 존
士子清緣此日存

병 엽 수 풍 래 부 거
病葉隨風來復去

부 운 양 우 부 환 번
浮雲釀雨覆還翻

인 간 자 고 칭 가 절
人間自古稱佳節

기 복 가 가 방 사 훤
祈福家家訪寺喧

다시 이백 옥헌 박연의 운에 맞추어 인공폭포를 읊다

更吟人工瀑布 次李白玉軒朴淵韻

예전엔 미처 몰랐는데 이제 비로소 아니

인공폭포가 가장 기이한 것이네

열 길 절벽은 하늘에 닿도록 서있고

백척 긴 무지개 땅으로 거꾸러져 쏟아지네

곧바로 쏟아내는 소리는 전기 따라 움직이고

狂奔(광분)한 기세는 망아지 달리는 것 같네

큰 뜻은 이루지도 못했는데 영웅은 늙어가니

光陰(광음)은 아무도 몰래 밤낮없이 흘러가네

증 소 미 문 금 시 지
曾所未聞今始知

인 공 폭 포 최 위 기
人工瀑布最爲奇

십 심 절 벽 련 천 입
十尋絶壁連天立

백 척 장 홍 도 지 수
百尺長虹倒地垂

직 사 성 음 수 전 동
直瀉聲音隨電動

광 분 기 세 사 구 치
狂奔氣勢似駒馳

미 성 대 지 영 웅 로
未成大志英雄老

저 리 광 음 주 야 이
底裡光陰晝夜移

달을 기다리며

待月

玉宇(옥우: 하늘) 침침해 칠흑 같은 밤이 되니

어두운 거리 달을 기다림이 모두의 人情(인정)이네

海角(해각: 바다 끝)을 떠나지 못해 여러 산 어두운데

점차 구름머리를 벗어나니 萬里(만리)가 밝아지네

섬돌을 가로지른 소나무 그림자가 빗기운을 거두고

창문 안으로 들어오는 벌레소리는 가을 소리 울림이네

지는 해 쫓기에는 이제 조금 늦어서

이미 하늘 가운데 다다르니 世界(세계)가 맑네

옥 우 침 침 칠 야 성
玉宇沈沈漆夜成

혼 구 대 월 총 인 정
昏衢待月摠人情

미 리 해 각 천 산 암
未離海角千山暗

점 출 운 두 만 리 명
漸出雲頭萬里明

횡 체 송 음 수 우 기
橫砌松陰收雨氣

입 창 충 어 동 추 성
入窓虫語動秋聲

추 수 락 일 금 차 만
追隨落日今差晚

이 도 중 천 세 계 청
已到中天世界淸

백련사에 오르며
登白蓮寺

백련사 우뚝 높아 지팡이 짚고 가다 보니

십 리나 뻗친 번화한 거리가 눈 아래 펼쳐졌네

사람은 이미 늙어버렸으나 뜻은 오히려 젊었으니

꽃이 늦게 폈다 하여 어찌 秋情(추정: 가을의 쓸쓸함)이겠소

사방 산엔 구름 펴 무심히 나오고

나무엔 온통 매미 소리가 제멋대로 울려오네

다행이 靈泉(영천: 신령스런 샘) 있어 더위 씻어낼 수 있으면

胸襟(흉금)이 쾌활해져 맑기가 그지없으려니

白蓮寺屹倚筇行
十里華街眼下橫
人已老成猶少志
花雖晚發豈秋情
四山雲氣無心出
萬樹蟬聲得意鳴
幸有靈泉能滌暑
胸襟快活不勝淸

금요일 모임에서
金曜會

가을 소리 恨(한) 불러내니 참고 듣기 어렵고

늙어서도 고향에 돌아가지 못하니 행적은 구름 같네

큰 꿈은 이해 맞아 守株兎(수주토)[46]러니

재주 없어 오늘엔 山(산) 짊어진 모기 같네

근심 씻어내는 좋은 방책은 술만 한 것이 없으니

道(도)를 깨치는 진정한 공부는 모두 文(문: 글)뿐일세

모든 일이 원래 다 정해진 운수가 있으니

누가 있어 人力(인력)으로 하늘을 이긴다 하리오

秋聲惹恨不堪聞
老未歸鄕跡似雲
大夢當年守株兎
菲才此日負山蚊
滌愁良策無非酒
悟道眞工摠是文
萬事元來皆定數
有誰人力勝天云

---

[46] 守株待兎(수주대토)는 그루터기를 지켜 토끼를 기다린다는 말로, 융통성 없이 舊習(구습)만 고집함을
이름.

초가을
新秋

사방에 벌레소리 나그네 수심 흔들고

여뀌는 붉고 갈대는 희니 火星(화성)이 서쪽으로 흐르네

바람은 三更夜(삼경야: 한밤중)에 大地(대지)를 울리고

기러기는 빈 하늘 가로지르니 7월 가을이네

부채는 치워도 괜찮을 만큼 서늘한 기운 돋고

授衣(수의: 음력 9월)가 점차 재촉하여 더위도 위세 거두네

개구리 개굴개굴 모기 앵앵 바야흐로 사그라지니

파란 불빛이 곳곳에 책 읽는 곳 비추네

四面虫聲動客愁

蓼紅蘆白火西流

風鳴大地三更夜

雁度長空七月秋

藏扇無妨凉氣動

授衣漸急暑威收

蛙蛺蚊雷方失勢

青燈處處照書樓

인천 월미도에서
仁川月尾島

바다에 배 띄우고 가을바람 타고 앉으니

南北(남북)의 波濤(파도)는 한 모양으로 똑같네

芍藥島(작약도) 건너 푸른 아지랑이 너머엔

蘇萊山(소래산)이 흰 구름 속에 우뚝 솟아 있네

가로세로 도로엔 車(차)들이 급히 달리고

크고 작은 집들로 땅은 웅장하네

떨어지는 노을은 붉게 비춰 하늘 끝으로 지니

느긋하게 詩興(시흥) 일으키니 기쁨이 無窮(무궁)하네

汎舟海上駕秋風

南北波濤一樣同

芍藥島浮蒼靄外

蘇萊山聳白雲中

縱橫道路馳車急

大小人家擅地雄

落照拖紅天末倒

謾將詩興喜無窮

석정정 인천에 있음 에서

石汀亭仁川

석정정으로 내 다시 놀러 오니

靑山(청산)은 依舊(의구)한데 歲月(세월)은 흘렀네

나무꾼 피리소리 구름 밖으로 자주 나오고

고깃배 한 척이 바다 가운데 떠있네

오르는 것 금하지 않으니 무난히 이를 수 있으나

富貴(부귀)는 다툼이 많으니 어찌 쉽게 구하리요

天地(천지)는 어찌 우리 무리들 늙기를 재촉하는가

지는 해 恨(한)스러워 돛 머리를 내리네

석 정 정 상 아 중 유
石汀亭上我重遊
의 구 청 산 세 월 류
依舊靑山歲月流
초 적 수 성 운 외 출
樵笛數聲雲外出
어 주 일 척 해 중 부
漁舟一隻海中浮
등 림 불 금 무 난 득
登臨不禁無難得
부 귀 다 쟁 기 이 구
富貴多爭豈易求
천 지 하 최 오 배 로
天地何催吾輩老
사 양 야 한 하 범 두
斜陽惹恨下帆頭

장충단 정례 모임에서

獎忠例會

느긋이 詩(시) 興趣(흥취)가 일어나 마루 난간에 기대앉아

十里(십리) 風光(풍광)을 내키는 대로 바라보네

분수는 공중에 보슬비 물보라 날려대고

꽃 그림 병풍은 문을 밀치고 나가 산을 겹겹이 둘러쳤네

無情(무정)한 白髮(백발)은 어찌 이리 쉽게 오나

黃金(황금)은 정해진 운수 있어 모으기 더욱 어렵네

몸은 늙고 집은 가난하니 이제 너는 어이 하려나

채소 국 거친 밥이라도 있으면 기쁘겠네

만 장 시 취 좌 층 란
謾將詩趣坐層欄
십 리 풍 광 임 의 간
十里風光任意看
분 수 번 공 비 세 우
噴水翻空飛細雨
화 병 배 달 요 중 만
畵屛排闥繞重巒
무 정 백 발 래 하 이
無情白髮來何易
유 수 황 금 취 익 난
有數黃金聚益難
신 로 가 빈 금 내 이
身老家貧今奈爾
채 갱 소 식 가 공 환
菜羹疏食可供歡

95

기망(음력 16일 밤)에 배를 띄우고
旣望泛舟

己未(기미)년에 음력 16일이 긴 가을이 다시 돌아오니
歲序(세서)는 멈춤이 없어 물이 흐르는 것 같네
하늘은 靑丘(청구)[47]인지라 새로이 달을 감상하지만
땅은 옛날 赤壁(적벽)[48]에서 배 띄우던 곳이 아니네
이제 푸른 잎이 누런 잎으로 변하는 것처럼
어제의 검은 머리는 흰 머리가 되었네
前輩(전배: 옛사람)의 文章(문장)에는 비록 미치지 못하나
한강 풍경을 한 편으로 거두네

중 회 기 미 기 망 추
重回己未旣望秋
세 서 무 정 수 사 류
歲序無停水似流
천 시 청 구 신 상 월
天是靑丘新賞月
지 비 적 벽 구 범 주
地非赤壁舊泛舟
이 금 청 엽 변 황 엽
以今靑葉變黃葉
여 작 흑 두 성 백 두
如昨黑頭成白頭
전 배 문 장 수 불 급
前輩文章雖不及
한 강 풍 경 일 편 수
漢江風景一篇收

새로 서늘한 기운이 들에 들어오니 성균관에서 지음
新凉入郊成均館題

서늘한 기운 일어나 더위 물러가니 초가을 돌아오고
나그네 걸상은 세월이 독촉함을 먼저 아네
부채는 의당 상자 속에 집어넣어야 하고
읽어야 할 古書(고서)가 책상머리에 쌓여있네
熒熒(형형)한 반딧불이 불은 바야흐로 촛불 같고
앵앵거리는 모기 소리는 아직도 귀따갑네
거문고 소리 쓸쓸히 가을바람 이니 추위가 머지않아
늙은 아내는 날 위해 겹옷을 짓고 있네

양 생 서 퇴 조 추 회
凉生暑退早秋回
객 탑 선 지 세 월 최
客榻先知歲月催
단 선 의 장 상 리 입
團扇宜藏箱裡入
고 서 가 독 안 두 퇴
古書可讀案頭堆
형 형 형 화 방 여 촉
熒熒螢火方如燭
요 요 문 성 상 작 뢰
擾擾蚊聲尙作雷
소 슬 금 풍 한 불 원
蕭瑟金風寒不遠
노 처 위 아 겹 의 재
老妻爲我袷衣裁

---

47) 동쪽의 신선 사는 곳 혹은 우리나라를 이름.
48) 蘇東坡(소동파)가 壬戌(임술)년 7월 旣望(기망)에 赤壁賦(적벽부)를 읊은 것을 이름.

호미를 씻으며 앞의 시와 같이 성균관에서 지음
洗鋤同上

내 생애에 다행히 태평한 때를 만났으니

하물며 마침 풍년 들고 비와 이슬도 고르게 내렸음이리오

반쯤 익은 벼와 기장좁쌀 속에서 잡초 뽑아내고

성대하게 닭 잡고 밥 차려 좋은 이웃 불러 모으네

風情(풍정)이 다시 일어나니 노래 소리 묘하고

세속에 얽매임 모두 잊으니 술 맛도 진하네

농사짓는 늙은이들 호미 씻으며 서로의 수고 위로하니

해져 저녁 다된 줄 모르고 술 권하기 바쁘네

吾生幸得太平辰
오 생 행 득 태 평 진

況値年豊雨露均
황 치 년 풍 우 로 균

半熟禾粱除雜草
반 숙 화 량 제 잡 초

盛陳鷄黍會芳隣
성 진 계 서 회 방 린

風情更惹歌聲妙
풍 정 갱 야 가 성 묘

世累渾忘酒味醇
세 루 혼 망 주 미 순

農叟洗鋤相慰苦
농 수 세 서 상 위 고

不知日暮勸酬頻
불 지 일 모 권 수 빈

백운암 시 모임에서
白雲庵雅集

절 암자에 모임 열어 소나무 난간에 기대앉으니

十里(십리) 강산이 눈 안에 다 들어오네

玉(옥) 두드리듯 詩(시) 읊는 소리는 물처럼 맑고

斷金(단금)[49] 친구 맺음은 난초 향기와 같네

깊은 숲 까치 울음은 희미하게 들리고

먼 산봉우리에 흩어지는 구름은 자세히 보이네

매양 글과 술로 하루 노래하며 보내니

名利(명리)에 상관치 않아도 마음은 오히려 모나지 않네

佛庵開會坐松欄
불 암 개 회 좌 송 란

十里江山眼界寬
십 리 강 산 안 계 관

戛玉詩聲淸似水
알 옥 시 성 청 사 수

斷金友契臭如蘭
단 금 우 계 취 여 란

鵲鳴深樹熹徵聽
작 명 심 수 희 징 청

雲散遙岑仔細看
운 산 요 잠 자 세 간

每以文樽消永日
매 이 문 준 소 영 일

不關名利意尙團
불 관 명 리 의 상 단

---

[49] 二人同心其利斷金(이인동심기리단금)은 주역에 나오는 말로 두 사람이 마음을 같이 하면 그 날카로움이 쇠도 끊는다 하는 말로, 막역한 친구를 이름.

호서(충청 지역) 가는 도중에
湖西途中

고향을 못 가본지 한 해가 넘어

빨리 차 달려 남으로 錦江(금강)변에 오네

너른 들엔 풍년 징조로 누렇게 벼 익고

긴 하늘 맑게 개어 흰 구름이 떠도네

반평생 風雨(풍우)로 긴 세월 지났으나

八道江山(팔도강산)에 모두 인연 다하지 않네

몇 시간이면 능히 三百里(삼백리)를 갈 수 있으니

지금 文化(문화)로는 신선 되기 쉽네

故鄕未去一週年

馳轂南來錦水邊

大野豊徵黃稻熟

長天霽色白雲遷

半生風雨曾過劫

八域江山不盡緣

數頃能行三百里

以今文化易成仙

전주에 들어가며
入全州

千里(천리) 湖南(호남) 길은 정말 아득한데

칠월 가을바람에 가벼이 車(차) 달리네

매미는 어찌 시원히 울어 해지기를 재촉하는가

나비는 멋대로 쇠약해진 몸으로도 꽃을 사랑하는구나

歷歷(역력)한 山川(산천)은 구름 밖으로 둘러있고

悠悠(유유)한 歲月(세월)은 꿈속에 더해지네

이 땅에 다시 와보니 알아봐주는 사람 없고

옛 城(성)은 여전히 저녁노을 두르고 있네

千里湖南路正賖

金風七月走輕車

蟬何快語方催日

蝶縱衰軀尙愛花

歷歷山川雲外繞

悠悠歲月夢中加

重來此地無人識

依舊殘城帶暮霞

전주 만경대에서

全州萬景臺

멀리 바라다보니 온갖 경치가 눈앞에 펼쳐져 있고	요 망 만 경 안 전 횡 遙望萬景眼前橫
어렴풋한 아지랑이 가없어 옛 정을 느끼게 하네	담 애 무 변 감 구 정 淡靄無邊感舊情
한 세대 웅장한 국가였으나 옛 나라 되었으니	일 대 웅 도 성 고 국 一代雄圖成古國
千年(천년) 아름다운 자취가 옛 城(성)을 둘러있네	천 년 승 적 요 잔 성 千年勝蹟繞殘城
벌써 여러 번 뽕밭이 바다로 변하니 지금 세상 서럽고	누 경 상 해 비 금 세 屢經桑海悲今世
江山(강산)을 두루 밟아 이승을 즐기리라	편 답 강 산 낙 차 생 遍踏江山樂此生
先輩(선배)들의 淸遊(청유: 자연을 즐김)를 응당 이어야 하나	선 배 청 유 응 유 계 先輩淸遊應有繼
몇 사람이나 여기 발길 멈추고 옛 도읍지 그리워하네	기 인 정 극 련 왕 경 幾人停屐戀王京

문학대에서 현판 위 글 운에 맞춰 문학대는 문학(號) 이문정(名)이 세운 곳임

文學坮次板上韻 文學李公文挺所立

옛 臺閣(대각)에는 훌륭한 자취 남아있어	고 대 여 승 적 古坮餘勝蹟
나로 하여금 옛 賢者(현자)들을 우러러보게 하네	사 아 앙 전 현 使我仰前賢
산은 빼어나 발걸음 멈추게 하고	산 수 감 휴 극 山秀堪携屐
연못은 깊어 배 띄울 만하네	담 심 가 방 선 潭深可放船
일찍이 비와 이슬 달게 바랬더니	증 사 감 우 로 曾辭甘雨露
늦게는 좋은 날씨 즐기네	만 낙 호 풍 연 晚樂好風烟
無窮(무궁)한 감정 부러울세라	흠 선 무 궁 감 欽羨無窮感
높은 가문이 선조의 업적을 잇네	존 문 계 술 선 尊門繼述先

완산재 전주에 있음 에서 백헌 이병래를 이별하고 먼저 돌아가며
完山齋全州別白軒李炳來先歸

會以文(회이문)[50] 공을 이루어보자 알렸더니	告厥成功會以文
완산재 집에 구름처럼 모여들었네	完山齋舍聚如雲
꽃은 외딴 동네에 피었어도 주인 없음을 싫어하니	花開僻巷嫌無主
새가 깊은 숲 속에 울어 무리지음을 기뻐하네	鳥喚深林喜有群
藤閣(등각)의 기이한 인연으로 천 리 밖 나를 부르니	藤閣奇緣千里我
渭城(위성)에 이별 한스러워 그대에게 술 한 잔 권하네	渭城離恨一盃君
서로 객지에 헤어져 있어 마음 섭섭함이 많으니	相分客地多怊悵
차마 靑衫(청삼: 푸른 옷)이 저녁 어스름 보내기 어렵네	不忍靑衫送夕曛

장충단 시회에서
獎忠雅會

詩(시)에 뜻이 있어 木覓山(목멱산: 서울 남산) 다시 찾으니	詩意重尋木覓山
관광 나온 남녀들과 몇 번이나 서로 마주쳤나	觀光士女幾相還
문밖을 나서니 가는 곳마다 모두 신선 세계나	出門到處皆仙界
나그네 대하여 어느 때나 세속에 둘러싸이지 않을 수 있나	對客何時不俗寰
봄빛은 비록 남아있다 하나 꽃은 피었다 지고	春色雖留花上下
가을 소리는 나뭇잎 사이에서 점점 커지네	秋聲漸大葉中間
武陵桃源(무릉도원)은 오늘날 찾아 얻기 힘드나	桃源此日難求得
이곳에 몰래 숨겨둔 경치는 하늘도 아끼는 바네	斯地秘藏天所慳

---

50) 論語(논어) 顏淵篇(안연편)에 '군자는 글로써 친구와 모이고 친구로써 어질게 되기를 돕는다'라고 하였음.
　　"君子以文會友以友輔仁(군자이문회우이우보인)"

금요일 모임에서
金曜會

왔다 갔다 세월은 中元(중원: 음력 7월 보름)을 지나고

쓸쓸한 거문고 소리는 가을바람 타고 점점 뜰에 들어오네

몸 쇠약해졌다 하여 구석진 자리 찾지 않고

매양 조용한 곳에 있어 시끄러운 세상 피하네

밤새도록 내린 비로 시냇물은 모래톱 삼키고

길은 남산을 둘러 돌부리를 뚫었네

오늘날 鴻儒(홍유: 학식 많은 선비)는 세상에 쓰이기 어려우니

후대 사람들은 어찌 道(도)의 淵源(연원)을 알꼬

거 저 세 월 과 중 원
居諸歲月過中元

소 슬 금 풍 점 입 원
蕭瑟金風漸入園

불 이 신 쇠 구 지 벽
不以身衰求地僻

매 인 경 정 피 진 훤
每因境靜避塵喧

계 경 숙 우 침 사 취
溪經宿雨侵沙嘴

노 요 남 산 천 석 근
路繞南山穿石根

차 일 홍 유 난 용 세
此日鴻儒難用世

후 생 하 식 도 연 원
後生何識道淵源

101

백운암에서 다시 만나서
白雲庵再會

한나절 신선의 숲을 빌려 얻으니

백운암이 흰 구름 사이로 우뚝 솟았네

주위 사방 우뚝한 산은 높이가 千(천) 척이요

한 줄기 긴 강은 萬(만) 굽이 꺾여 흐르네

술로 근심 녹이니 가난해도 취해 있고

詩(시)는 독실하게 배우지 않으니 늙어 더욱 어렵네

근래 게으름이 관광객을 만드니

산을 즐기는 중에 물도 즐기네

백운암 둘레가 가장 맑고 한가하여

우뚝 솟은 奇巖(기암)이 숲 속에 푸르네

여러 먼 산봉우리로 꽃 병풍 나누어 세우고

여러 굽이 굽은 물로 맑은 거울 展開(전개)하네

時務(시무)에 상관치 않기는 비록 쉬우나

文章(문장)을 드날리기는 극히 어렵네

시끄러운 저자에는 별세상 이루었다 해도

이 집 주인은 좋은 江山(강산) 차지해 얻었네

借得禪林半日閒
白雲庵聳白雲間
四圍巨岳高千尺
一派長江曲幾灣
酒是消愁貧尙醉
詩非篤學老尤難
近來謾作觀光客
樂水之中又樂山
白雲庵邊最淸閒
聳出奇岩綠樹間
分立畵屛多遠岫
展開明鏡幾晴灣
不關時務雖容易
欲擅文章是極艱
鬧市之中成別界
主人占得好江山

초가을 밤에 읊다
初秋夜吟

더위 물러가고 서늘한 기운 와 大火(대화)[51] 흐르는데
세월은 어이하여 사람을 위해 머무르지 않는고
문풍지 스미는 가을 소리는 천 그루 나무 바람 소린데
밤은 공연히 깊어 밝은 달이 누각을 지나네
늙어 경륜 있다 해도 공연한 괴로운 꿈이요
가난한데 벌이 없으니 또한 근심만 많네
富貴(부귀)는 天數(천수)로부터 옴을 알지니
나같이 재주 없는 사람이 어찌 구할 수 있겠는가

서 퇴 량 생 대 화 류
暑退凉生大火流
세 화 하 불 위 인 류
歲華何不爲人留
추 성 입 호 풍 천 수
秋聲入戶風千樹
야 색 허 명 월 일 루
夜色虛明月一樓
노 유 경 륜 공 뇌 몽
老有經綸空惱夢
빈 무 사 업 역 다 수
貧無事業亦多愁
관 래 부 귀 유 천 수
觀來富貴由天數
여 아 소 재 기 가 구
如我踈才豈可求

남산에서 즉흥으로 짓다
南山卽事

남산은 항상 맑은 구름 속에 우뚝 섰는데
바쁜 중에 자투리로 한나절 한가한 시간 얻었네
바둑 두는 商山四皓(상산사호)[52]는 모두 흰 머리요
술 마시는 八仙(팔선)[53] 또한 紅顔(홍안)이네
뜬구름은 비를 빚어 공연히 떨어졌다 붙었다 하고
늙은 나비 꽃을 탐해 몇 번이나 왔다 갔다 하네
호랑이 웅크리고 용이 똬리 트니 진정 別世界(별세계)요
좋은 경치 찾기 위해 다시 높은 곳 기어오르네

종 남 산 용 담 운 간
終南山聳淡雲間
잉 득 망 중 반 일 한
剩得忙中半日閒
사 호 위 기 개 백 발
四皓圍棋皆白髮
팔 선 음 주 역 홍 안
八仙飮酒亦紅顔
부 운 양 우 공 리 합
浮雲釀雨空離合
노 접 탐 화 기 거 환
老蝶貪花幾去還
호 거 룡 반 진 별 계
虎踞龍盤眞別界
위 심 승 경 갱 제 반
爲尋勝景更躋攀

---

51) 二十八宿(이십팔수: 전체 별자리) 중 心星(심성)의 다른 이름으로 가을을 상징.
52) 중국 진시황 때 난리를 피해 숨은 은자 네 명으로, 동원공·기리계·하황공·각리 선생을 이름.
53) 중국 회남왕 때의 여덟 도사로, 소비, 계상, 우오, 진유, 오피, 뇌피, 모피, 진창을 이름.

통일을 기원하며
統一祈願

나눠진 나라 통합을 매양 하늘에 빌었더니

조개와 도요새 다투듯 하기를 이미 여러 해

좋은 이웃 친척 겨레가 천 리나 떨어져 있는 것 같고

비바람 이는 싸움터 보루는 내 하나 사이에 두고 있네

誠心(성심)과 仁德(인덕)으로 교화해야지

어찌 폭력으로 武功(무공)을 드날리려 하느냐

泰來否往(태래비왕)[54]은 응당 멀지 않으니

머물러 좋은 때 기다리며 방어를 굳게 해야지

統合分邦每訴天
통 합 분 방 매 소 천

爭如蚌鷸已多年
쟁 여 방 휼 이 다 년

芳隣族戚如千里
방 린 족 척 여 천 리

戰壘風雲隔一川
전 루 풍 운 격 일 천

寧以誠心仁德化
영 이 성 심 인 덕 화

豈將暴力武功宣
기 장 폭 력 무 공 선

泰來否往應非遠
태 래 비 왕 응 비 원

留待好期防禦堅
류 대 호 기 방 어 견

율리 詩(시)읊기 시회에서
栗里吟社雅會

좋은 계절에 산 앞에 모이기를 져버리지 않으니

먼 숲이 침침하게 푸른 안개 가두었네

사람이 늙으면 항상 한가한 날 많은 법인데

땅의 영기가 특별히 좋은 林泉(임천: 은거하기 좋은 곳)이라네

수양버들 잎 떨어져 더위 위세 물러나나

향기로운 무궁화 아름다움 뿜어내니 봄빛이 온전하네

율리에 모인 여러 친구 술과 시로 즐기고

불콰하게 술 마시며 글재주 겨루니 벌써 저녁 하늘이네

佳期不負會山前
가 기 불 부 회 산 전

遠樹沉沉鎖碧烟
원 수 침 침 쇄 벽 연

人老常多閒日月
인 로 상 다 한 일 월

地靈別有好林泉
지 령 별 유 호 림 천

垂楊落葉暑威減
수 양 낙 엽 서 위 감

香槿吐英春色全
향 근 토 영 춘 색 전

栗里諸朋觴咏樂
율 리 제 붕 상 영 락

紅酣白戰夕陽天
홍 감 백 전 석 양 천

---

54) 周易(주역)에 地天泰(지천태) 天地否(천지비) 괘를 말함. 태평함이 오고 막힌 것이 사라진다는 말임.

낙서 詩(시)읊기 모임 정릉 시회에서
洛西詩社貞陵雅集

빗속에 봄이 다 가니 여름 바람 훈훈한데 　　雨中春盡夏風薰

다시 정릉에 모여 옛 글을 강론하네 　　更會貞陵講古文

산면은 안개에 잠겨 흐릿한 모습이고 　　山面烟沉迷有色

시냇물 흘러 돌을 때리니 무늬가 어지럽네 　　溪波激石亂生紋

黃金(황금)은 쉽게 人情(인정)을 변하게 하고 　　黃金易使人情變

白酒(백주)는 능히 세상 일 어지러움 잊게 하네 　　白酒能忘世事紛

詩債(시채) 겨우 갚으니 돌아가는 길 늦어 　　詩債纔償歸路晚

날 놀래는 종소리가 숲 건너서 들리네 　　種聲警我隔林聞

마포 시 모임에서
麻浦雅集

마포에서 초가을 글하는 친구 불러 모아	麻浦初秋會以文
또 술잔 주고받으며 서로 즐겨 좋네	又供盃酒好相欣
구름이 햇빛 가려 꽃에 그림자 없고	雲藏日色花無影
바람이 강 가운데 지나니 물결이 무늬 짓네	風過江心水有紋
내 문장이 옛것을 잇지 못함을 부끄러워하며	愧我文章難繼古
그대의 德行(덕행) 뛰어나게 拔群(발군)함을 부러워하네	羨君德行迥超群
부평초처럼 타향 떠돌기 십 년에 날 알아주는 이 많으니	萍鄉十載多知己
좋은 글귀 찾아 근심 삭이며 저녁 어스름을 짝하네	覓句消愁伴夕曛
와우산 아래 시 짓기 모임 하는 집에	臥牛山下會詩家
衣冠(의관) 차려입은 많은 사람 모여 뽐내기 마다하지 않네	濟濟衣冠不厭賖
더위 물러난 樓臺(누대)에는 寂寞(적막)함이 돌아오고	暑退樓臺還寂寞
때를 만난 거리는 점점 번화해지네	時逢巷陌漸繁華
머뭇머뭇 세월 보내니 느티나무 낙엽 날리는데	因循度日槐飛葉
차제에 봄을 맞듯 무궁화엔 꽃이 남았네	次第迎春槿有花
늙어감에 情(정)은 한가하여 할 일은 없고	老去閒情無所事
자취를 江山(강산)에 의탁하니 興(흥)은 배나 더하네	托跡江山興倍加

도봉산 시 모임에서
道峰雅集

도봉산 깊은 곳에 글 짓는 이들 모이니

세속 벗어난 안개 빛이 더욱 실제처럼 느껴지네

백로는 소나무 숲 향해 구름 같은 날개 멈추고

물고기는 냇물 속에서 은빛 비늘을 뒤척이네

習慣(습관)을 바꾸지 않는 이는 오직 나뿐이요

陶醉(도취)하는 풍조는 세상사람 모두 같네

전 시대 돌이켜 생각하니 꿈과 같이 혼미하고

점점 禮義(예의)를 잊는 것 보곤 한탄이 잦아지네

도 봉 심 처 회 소 인
道峯深處會騷人
물 외 연 광 잉 각 진
物外烟光剩覺眞
노 향 송 림 정 운 우
鷺向松林停雲羽
어 번 간 수 요 은 린
魚飜澗水撓銀鱗
불 이 습 관 유 오 독
不移習慣惟吾獨
도 취 풍 조 거 세 균
陶醉風潮擧世均
회 억 전 조 미 사 몽
回憶前朝迷似夢
점 망 례 의 감 탄 빈
漸忘禮義感歎頻

우이동에 들어서며
入牛耳洞

한가한 틈타 좋은 경치 구경하며 점점 높은 곳으로 오르니

밤새 내린 비 처음 개어 푸른 물이 맑네

千古(천고)의 잘잘못 쓴 글 믿을 수 있나

한평생 榮辱(영욕)의 꿈을 어찌 증빙하리오

오가는 나비는 향기 뿜는 꽃을 향하고

飜覆(번복)하는 구름은 찌는 더위 기운 만드네

푸른 나무 그늘 붉은 꽃 종일 찾아 즐기니

가다가 우연히 친구 두셋 만났네

승 한 상 경 전 고 릉
乘閒賞景轉高陵
숙 우 초 청 록 수 징
宿雨初晴綠水澄
천 고 시 비 서 가 신
千古是非書可信
일 생 영 욕 몽 하 빙
一生榮辱夢何憑
왕 래 접 향 화 향 동
往來蝶向花香動
번 복 운 성 서 기 증
飜覆雲成暑氣烝
심 벽 탐 홍 종 일 락
尋碧探紅終日樂
차 행 우 회 이 삼 붕
此行偶會二三朋

정릉에서 다시 만나서
貞陵再會

이번 모임이 원래 좋고 나쁨 가리자는 것 아니었고	원 비 차 회 변 유 훈 元非此會辨猶薰
옛 친구들 글 짓자고 서로 만났네	고 구 상 봉 계 이 문 故舊相逢契以文
새 아래 꽃가지 자주 움직여 그림자 지고	조 하 화 지 빈 동 영 鳥下花枝頻動影
돌 모퉁이엔 이끼 껴서 무늬 아롱지네	태 생 석 각 란 성 문 苔生石角亂成紋
글 읽다 보니 점점 세상 때 물든 마음 멀어짐을 느끼고	독 서 점 각 진 심 원 讀書漸覺塵心遠
자취는 감추니 어찌 바깥 일이 紛紛(분분)함을 알리오	둔 적 하 지 외 사 분 遯跡何知外事紛
만약 우리 같은 유학자 오래 적막하게 놔두면	약 사 오 유 장 적 막 若使吾儒長寂寞
赤松(적송) 消息(소식) 듣기 어려움을 한탄하게 되리라	적 송 소 식 한 난 문 赤松消息恨難聞
이상은 앞 詩(시)의 운을 따른 것임.	追次前韻(추자전운)

사방 둘러 싼 푸른 봉우리는 정릉 주변 마을 보호하고	사 위 벽 수 호 릉 촌 四圍碧岫護陵村
한줄기 물은 돌 모퉁이 가운데로 흘러 달리네	일 수 중 분 석 각 분 一水中分石角奔
나뭇잎은 시들고 가을빛은 술자리 위로 떨어지는데	엽 병 추 광 연 상 락 葉病秋光筵上落
새들은 저녁 풍경을 알고 나무 사이에서 슬피 우네	금 지 모 경 수 간 훤 禽知暮景樹間喧
꽃을 사랑하다 보니 늙어도 여전히 봄꿈이 남아있고	애 화 로 상 여 춘 몽 愛花老尙餘春夢
술 사다가 가난해도 능히 나그네 魂(혼) 위로한다네	고 주 빈 능 위 객 혼 沽酒貧能慰客魂
한나절 편안히 놀다 보니 묵은 빚 다 갚았고	반 일 우 유 상 숙 채 半日優遊償宿債
城(성) 서쪽 黃昏(황혼) 근처로 고달픈 발걸음 옮기네	성 서 권 극 대 황 혼 城西倦屐帶黃昏

후천 윤영수의 "丹城(단성)에 은거하며" 시 운에 맞춰
次尹後川瑛洙丹城幽居韻

지난날 風塵(풍진)이 아직 다 개지 않았고

자취 감춘 은거자는 글 읽으며 농사짓네

매처럼 솟은 산봉우리 안개 빛은 그림같이 아름답고

顔湫(안추) 물웅덩이 물결 거울엔 맑은 하늘이 찍혔네

집 둘러 있는 田園(전원)은 선대의 사업을 이은 것이요

經書史記(경서사기)가 평상에 가득하니 後情(후정)이 넉넉하네

누추한 거리에서 소박한 음식으로 항상 분수를 지키니

安貧樂道(안빈낙도)하며 餘生(여생)을 보내리라

風塵昔日未全晴

遯跡幽人讀且耕

鷹峀烟光如畵美

顔湫鏡浪印天明

田園繞宅承先業

經史盈床裕後情

陋巷簞瓢恒守分

安貧樂道送餘生

금요일 모임에서 회포를 쓰다
金曜會書懷

슬그머니 세월 흘러 가을 추위 다가오는데
居然歲月到秋寒

詩會(시회)에 거듭 참석하여 다시 옷깃을 다듬네
雅會重參更整冠

길들인 鶴(학)은 늙은이 白髮(백발)보다 맑고
馴鶴淸於翁髮白

꽃 감상 아름다움은 단장한 여인의 얼굴 같네
賞花美似女容丹

蠶絲(잠사: 누에 실)로 짠 비단이 바야흐로 시장에 나오고
蠶絲織錦方登市

벼 농사꾼은 밥 잘 차려 올리네
稻子成餐又供盤

近代(근대)의 風潮(풍조)는 예와 지금이 다르니
近代風潮今古異

더럽혀진 유학자 處世(처세)가 갈수록 어렵네
汚儒處世去尤難

더위가 오히려 남아있어 그리 심히 춥지 않으니
殘暑猶餘不甚寒

남산 시회에 여름 옷 그대로 입고 나왔네
南山雅會古衣冠

누가 벗겨진 머리에 흰 머리카락 가여워 하리오
誰憐禿髮千莖白

스스로 지킨 雄心(웅심) 한 조각 붉네
自保雄心一片丹

騷壇(소단)에 몸을 의탁하여 지팡이 짚고 걸어가니
托跡騷壇携杖屨

근심 녹이는 술자리에 술상 올라오네
消愁酒席供盃盤

이런 때 술 마시며 시 읊기는 본디 쉽지 않으니
此時觴咏元非易

四美(사미)[55]가 모두 있어도 그 중 두 개 함께하기 어렵네
四美俱存竝二難

---

55) 좋은 시절, 아름다운 경치, 경치를 구경하는 마음, 유쾌한 일의 네 가지 총칭.

백운암 시 모임에서
白雲庵雅集

팔월 하늘 아래 거듭 詩會(시회) 여니

금지산 아래요 한강변이네

나그네 상도동 오는 길은 세 갈래 길이니

부처 모신 백운암엔 한 송이 연꽃 피었네

뭇 나비 꽃을 탐해 흩어졌다 모이고

조각구름이 빚은 비는 끊겼다 다시 오네

이제 흰머리로 무슨 일을 영위하랴

술 한 잔에 시 읊으니 風流(풍류)는 예전 못지않네

雅會重開八月天

衿芝山下漢江邊

客來道洞三叉路

佛坐雲庵一朶蓮

群蝶貪花離又聚

片雲釀雨斷還連

以今白髮營何事

觴咏風流不減前

책을 간행하며 회포를 쓰다
刊書時書懷

신학문 젖혀두고 옛것을 한마음으로 오로지 하니

騷壇(소단)에 의탁한지 어언 육십 년

文章(문장)을 드날리지 못함은 원래 운수 소관이요

富貴(부귀)를 구하기 어려운 것 또한 인연 없어서네

시냇물 모여 비로 흩어져도 종래는 바다로 돌아가고

산은 뜬구름 이고 멀리 하늘에 닿네

세상에 나와 모든 것 잊고 오직 좋은 글귀 찾아

부끄럽지만 졸렬한 글이라도 후세에 전하려 하네

排新學古一心專

托跡騷壇六十年

未擅文章元有數

難求富貴亦無緣

溪收散雨終歸海

山戴浮雲遠接天

出世渾忘惟摘句

羞將拙構後人傳

만오 송학재를 추도하며
追輓宋晩悟鶴在

어려서 서로 만나 학문을 강론하고 이룸이	소 소 상 봉 강 학 성 少小相逢講學成
그저 同族(동족)이나 동갑 때문은 아니었네	비 도 동 족 우 동 경 非徒同族又同庚
鳳庵(봉암)에 몇 달 머물며 인연을 맺었고	봉 암 수 월 초 위 계 鳳庵數月初爲契
完里(완리)에서 여러 해 자주 情(정)을 풀었네	완 리 다 년 루 서 정 完里多年累叙情
세상사 모두 잊고 많이도 술 취해 딴 세상에서 놀며	망 세 항 다 유 주 국 忘世恒多遊酒國
친구 사귐 적지 않아 詩城(시성)을 지었네	교 붕 불 소 축 시 성 交朋不少築詩城
사는 곳 길이 멀어 맞이하고 보냄이 드물더니	거 증 로 원 희 영 송 居曾路遠稀迎送
나보다 먼저 天帝(천제)를 보러 가니 눈물이 절로 가로지르네	선 아 조 천 루 자 횡 先我朝天淚自橫

도선사에서
道詵寺

점차 신령한 땅으로 향하니 興(흥)이 가볍지 않고	점 향 령 구 흥 불 경 漸向靈區興不輕
산 높고 물 좋으니 그림 속을 걸어가네	산 고 수 려 화 중 행 山高水麗畫中行
백운대는 하늘의 기세를 떠받들어 서있고	백 운 대 립 경 천 세 白雲坮立擎天勢
우이계곡은 바다로 들어가는 소리 울리네	우 이 계 명 입 해 성 牛耳溪鳴入海聲
佛老(불로: 석가와 노자)는 천 년 티끌세상 지나고	불 로 천 륜 진 세 겁 佛老千輪塵世刧
승려는 三昧(삼매)[56]를 구하니 道心(도심)이 밝네	승 구 삼 매 도 심 명 僧求三昧道心明
장엄한 전각은 진실로 희한하여	장 엄 전 각 진 희 한 莊嚴殿閣眞稀罕
절 찾은 모든 사람 둘러보지 않음이 없네	심 사 제 인 미 절 정 尋寺諸人未絶程

---

56) 불교에서 마음을 한 가지 일에 집중시키는 一心不亂(일심불란)의 경지.

성동에서 돌아오는 길에 회포를 쓰다
城東歸路書懷

느긋이 글과 술로 그저 스스로 즐기니 　謾以文樽只自娛

生涯(생애)에 몇 번이나 어려운 고비 넘겼는고 　生涯幾許度艱虞

바람에 나부끼는 버들잎은 누렇게 비단 쌓아 놓고 　風飄柳葉堆黃錦

이슬 맺힌 거미줄은 흰 구슬 꿰어 놨네 　露結蛛絲貫白珠

세상 통틀어 새로움 쫓는 것은 모두 슬기로운 것인데 　擧世從新皆有智

오직 나만 옛것 배워 홀로 어리석었네 　惟吾學古獨成愚

세월은 迅速(신속)해 서리 내린 귀밑털 늘고 　光陰迅速添霜鬢

螢窓(형창: 공부하는 곳)에서 헛되이 늙어 큰 포부 저버리네 　虛老螢窓負壯圖

장충단 정례 모임에서
獎忠例會

일생을 흰 구름 가로 들고 나며 　一生出入白雲邊

외람되게 詩仙(시선)에 비기려 하니 취한 신선의 벗이로세 　猥擬詩仙伴醉仙

비 뒤에 둑방에는 소 발자국 많이 찍혀있고 　雨後堤多牛跡印

산마루에 지은 집은 새 둥지 걸려있는 것 같네 　山巓屋似鳥巢懸

점차 붉게 물드는 나뭇잎에 바람이 거세지고 　漸粧紅葉風張勢

일찍 핀 노란 국화는 사람이 심어 기른 것이네 　早發黃花人作權

손에 꼽을 번영을 바라는 것이 아니오 　有數繁榮非所望

원하는 것은 청컨대 깨끗한 복으로 이름을 온전케 함이네 　願將淸福姓名全

한가을에 느긋이 읊다
仲秋謾吟

經綸(경륜)을 느긋이 품고 멀리 노님을 읊으니	謾抱經綸賦遠遊
童心(동심)은 아직 바꾸지 못해 머리에 구름 가득하네	童心未改雲盈頭
靑丘(청구: 우리나라) 곳곳은 이제 옛날과 다르고	靑丘境域今非古
붉은 무궁화 光陰(광음)은 여름 가고 가을이네	紅槿光陰夏復秋
좋은 풍속인 周禮樂(주예악)[57]은 쉽게 잊어버렸으나	良俗易忘周禮樂
淸談(청담: 맑은 이야기)은 아직 晉(진)[58]나라 風流(풍류)네	淸談尙作晉風流
덧없는 인생 한 번 꿈은 잠깐 사이 일이고	浮生一夢須臾事
돌이켜 지난날 생각하니 근심만 불러 오네	回憶曾年幾惹愁

금요일 모임에서
金曜會

목멱산에 특별한 공원이 있으니	別有公園木覓山
느긋이 詩(시)의 興趣(흥취)를 갖고 매주 돌아보네	謾將詩趣每週還
비록 큰 도시는 때에 맞게 새로 꾸며져도	雖粧大市新時制
아직 남아있는 성벽은 옛날의 모습이네	尙保殘城舊日顔
나무에 가을바람 둘러 부니 노란 잎 흔들리고	樹帶秋風黃葉動
하늘은 밤새 내리던 비 거두어 가니 흰 구름 한가롭네	天收宿雨白雲閒
文章(문장)은 近世(근세)에 받아주는 곳 없으니	文章近世無容處
지척에 龍門(용문)[59] 있어도 감히 잡고 오르지 못하네	咫尺龍門不敢攀

---

57) 禮樂(예악)이 周(주)나라에서 확립되었음.

58) 晉(진)나라 때 도교의 영향으로 淸談(청담)이 성행하였음.

59) 입신출세의 관문.

꿈을 시로 기록하다
記夢詩

멀리 綠水碧山(녹수벽산) 사이로 노니니
風光(풍광)을 둘러보느라 지팡이가 한가롭지 못하네
다행히 좋은 절기 맞아 구름과 더불어 가며
좋은 경치 둘러보니 두루미도 함께 돌아오네
萬頃蒼波(만경창파)라도 건너기 어려운 것 아니요
천 길 절벽이라도 또한 잡아 오르기 쉽네
華胥(화서)⁶⁰⁾를 두루 밟으니 무한히 좋고
깨어 보니 밝은 달이 蒲松關(포송관)에 왔네

원 유 록 수 벽 산 간
遠遊綠水碧山間
수 습 풍 광 장 불 한
收拾風光杖不閒
행 치 량 신 운 반 거
幸値良辰雲伴去
주 간 승 경 학 동 환
周看勝景鶴同還
창 파 만 경 비 난 과
蒼波萬頃非難過
절 벽 천 심 역 이 반
絶壁千尋亦易攀
편 답 화 서 무 한 호
遍踏華胥無限好
교 래 명 월 포 송 관
覺來明月蒲松關

신촌에 몇몇이 모여서
新村小集

구름 걷히고 바람 잦아들며 밤새 내리던 비 개니
문 열고 나서며 고민거리 밀어내니 기운이 화평하네
무궁화는 어찌 늦게 펴 처음 색을 내는가
기러기는 다시 온 것같이 이미 소리 익숙하네
세상 잊기 여러 해 주량만 늘고
꽃 감상하는 이날 詩城(시성)을 쌓네
詩(시) 짓는 사람들 모이는 곳엔 항상 두루마리 글 짓고
실컷 웃고 閑談(한담)하며 첫째냐 둘째냐 다투네

운 산 풍 미 숙 우 청
雲散風微宿雨晴
출 문 배 민 기 화 평
出門排悶氣和平
근 하 만 발 초 생 색
槿何晚發初生色
안 사 중 래 이 관 성
雁似重來已慣聲
망 세 다 년 첨 주 량
忘世多年添酒量
상 화 차 일 축 시 성
賞花此日築詩城
소 인 회 처 상 제 축
騷人會處常題軸
극 소 한 담 갑 을 쟁
劇笑閑談甲乙爭

---

60) 중국 黃帝(황제)가 낮잠을 자다 꿈속에서 보았다는 理想國家(이상국가).

115

백운암 정례 모임에서
白雲庵例會

새들은 지저귀고 벌레 울어대니 산속에 고요함 깨지는데 　　鳥歌虫語破山寥

글쟁이 높은 곳 오르는데 멀리 가려 하지 않네 　　騷客登臨不計遙

고깃배는 평온하게 푸른 물결 위에 떠있고 　　漁艇平浮滄浪面

梵宮(범궁: 불당)은 우뚝 흰 구름 허리에 솟아있네 　　梵宮聳出白雲腰

인연 없는 富貴(부귀)는 비록 바라지 않지만 　　無緣富貴雖非願

술 한 잔에 詩(시) 짓기로 한 약속을 어찌 기다려 맞으리요 　　有約文樽豈待邀

늙어가며 근심 삭임을 오직 일삼으니 　　老去消愁惟此事

열심히 생각하여 좋은 글귀 만들며 맑은 밤을 대하네 　　苦思健句對淸霄

남한산성에서 옛 생각을 하며

南漢山城感古

남한산성에 팔월 가을이 오니	南漢城中八月秋
將臺(장대)가 흰 구름 꼭대기에 우뚝 서있네	將臺屹立白雲頭
維新國政(유신국정)[61]에 성가퀴 다시 고치니	維新國政重修堞
옛 생각하는 民心(민심)은 몇 번이나 누각에 올랐을꼬	懷古民心幾上樓
烈女祠(열녀사) 앞 어지러운 구름은 恨(한)스럽고	烈女祠前難雲恨
忠臣廟(충신묘) 아래에는 근심도 쉬 생기네	忠臣廟下易生愁
지금으로써 옛날과 비교하니 慷慨(강개)함이 많고	以今比舊多慷慨
두 동강 난 金甌(금구: 단단한 그릇)는 아직도 모으지 못했네	兩斷金甌尙未收
한가히 將臺(장대)에 찾아가 깊어가는 가을을 노래하니	閒訪將臺吟仲秋
관광 나온 남녀들이 머리 맞대 앉아있네	觀光士女坐頭頭
남쪽으로 내려온 王業(왕업)은 천 년을 차지했고	南來王業擅千載
북쪽을 치겠다는 聖心(성심)은 樓臺(누대) 하나에 남아있네	北伐聖心餘一樓
남아있는 성벽 다시 쌓으니 옛 모습 돌아오고	重築殘城還有色
다시 좋은 술 한잔하니 곧 근심 사라지네	更酣美酒便無愁
좋은 곳 아름다운 경치로 詩(시) 지을 거리 많으나	勝區佳景多詩料
단지 恨(한)스러움은 다 거둘 재주가 없음이로세	只恨疎才未盡收

---

61) 박정희 대통령 말기 시대.

추석에 즉흥으로 짓다
仲秋節卽事

남녀 즐김은 전보다 배나 더하고	_{사 녀 환 정 배 승 전} 士女歡情倍勝前

남녀 즐김은 전보다 배나 더하고

士女歡情倍勝前

피리와 노래 번갈아 연주하며 풍년을 칭송하네

笙歌迭奏頌豐年

사계절 신속하여 가을도 반이나 지나니

四時迅速秋分半

만 리에 휘영청 밝은 달은 정말 둥글기도 하네

萬里虛明月正圓

밭엔 곡식 익어 한가한 절후에 공 이루니

田穀成功閒節候

국민들은 무사하여 먼 경치도 좋다네

國民無事好風烟

집집마다 술과 음식으로 좋은 시절 즐기니

家家酒食良辰樂

친족들이 옷깃 연이어 담소가 끊이지 않네

親族聯衿笑話連

한가위 달 일본 죽림 시사에서 지음
中秋月 日本竹林詩社題

가파르게 높이 솟은 아름다운 전각엔 달이 밝게 빛나고

崢嶸玉宇月華明

남아도는 인간은 不夜城(불야성)을 만드네

剩作人間不夜城

저녁 별빛들 어지러워 제 색깔 잃어버리고

當夕星光迷失色

가을 기다린 벌레 울음은 더욱 소리 드높이네

待秋虫語益揚聲

돌아가지 못한 나그네는 근심거리 많은데

未歸客子多愁緒

원만한 모임 가진 가정에는 모두 기쁜 情(정) 가득하네

團會家庭摠喜情

나라가 평안하고 풍년 들어 생계는 걱정 없으니

國泰年豊生計足

신선을 찾으러 蓬瀛(봉영)[62] 향할 필요 없네

尋仙不必向蓬瀛

---

62) 蓬萊(봉래)와 瀛洲(영주)로 신선이 산다고 알려진 곳.

취강 전영철 군에게 드림

贈翠岡全君泳喆

가야금 어루만지며 반평생에 날 알아주는 이 없더니 　撫琴半世無知己
부평초같이 떠도는 세상 여러 해 만에 그대 만나 기쁘네 　萍海多年喜見君
외람되게 늙어가며 어찌 목숨 늘리는 비결 찾으리오 　畏老寧求延壽訣
가난 싫어하며 어찌 送窮文(송궁문)[63] 지으리오 　厭貧豈作送窮文
시냇물 분 것 보니 가을비 지나갔고 　溪添水量經秋雨
뜰 앞에 꽃 그림자 드리우니 저녁 어스름이네 　庭倒花陰轉夕曛
情(정)이 白元(백원)[64]과 같고 사는 곳 또한 가까운데 　情似白元居亦近
매양 모임 끝나고 길 갈라서기 싫네 　每嫌會罷路相分

백운암 시 모임에서

白雲庵雅集

좋은 날 가려 뽑아 옛 친구들 불러 모으니 　曾卜良辰會舊交
신학 공부한 소년들이 비웃을지 모르겠네 　未知新學少年嘲
국화는 여름 지났다 꽃잎 활짝 펴냈고 　菊花經夏全開蕚
앵두나무 잎새는 가을에 앞서 반쯤 잎 떨궜네 　櫻葉先秋半脫梢
富貴(부귀)는 하늘 뜻에 달렸으니 가난해도 한스럽지 않으며 　富貴由天貧不恨
술 한 잔에 시 읊을 수 있으니 늙음을 어찌 던져 내버리랴 　咏觴在我老何抛
티끌 같은 세상에 얽매임을 모두 잊으며 　頓忘塵累無如此
하루 종일을 다 달궈 없애고 저녁에 둥지로 돌아가네 　永日消磨暮返巢

---

63) 가난 귀신을 쫓아내는 글로 중국 韓愈(한유)가 지은 것이 유명함.
64) 중국 唐(당)나라 李太白(이태백)과 대당중흥송을 지은 元結(원결). 두 사람이 친분이 깊었다고 함.

정릉 시회에 참석해서
參貞陵詩會

불러주기 기다리지 않았는데 우연히 좋은 술자리에 이르니	偶到佳筵不待招 <small>우 도 가 연 불 대 초</small>
기쁘게 옛 친구 만나 逍遙(소요: 천천히 걸음)하기 좋네	喜逢故舊好逍遙 <small>희 봉 고 구 호 소 요</small>
돌 모퉁이 때리는 시냇물 소리는 더욱 커지고	溪流石角聲尤大 <small>계 류 석 각 성 우 대</small>
새 내려앉으니 꽃가지 그림자 살짝 흔들리네	鳥下花枝影作撓 <small>조 하 화 지 영 작 요</small>
물들어가는 귀밑털은 세월 감에 같이 흰 구름이요	染鬢年光同白雪 <small>염 빈 년 광 동 백 설</small>
얼굴 가득 올라오는 취한 기운은 불그레하네	滿顔醉氣上紅潮 <small>만 안 취 기 상 홍 조</small>
타향 땅에 모임 갖기 쉽지 않은데	萍鄕會合非容易 <small>평 향 회 합 비 용 이</small>
어찌 뜬구름은 비 내릴 수 있다 으스대나	其奈浮雲挾雨驕 <small>기 내 부 운 협 우 교</small>

한가을에 회포를 쓰다
仲秋書懷

배움이 시대와 어긋나 한스럽기 그지없으니	學與時違恨不禁 <small>학 여 시 위 한 불 금</small>
누가 팔십 노인 유학자를 알아주리오	誰知八耋老儒林 <small>수 지 팔 질 로 유 림</small>
바람소리에 서늘함 실려 오니 가을은 반이 지났고	風聲送冷秋過半 <small>풍 성 송 랭 추 과 반</small>
달빛 밝게 뿜으니 밤은 깊어가려 하네	月色揚明夜欲深 <small>월 색 양 명 야 욕 심</small>
세상일 無常(무상)하여 백발만 늘어가고	世事無常添白髮 <small>세 사 무 상 첨 백 발</small>
좋은 文章(문장)은 몇 있으나 정성스런 마음만 소모하네	文章有數費丹心 <small>문 장 유 수 비 단 심</small>
옆 사람들아, 내 술 마시며 詩(시) 읊는 것 비웃지 마시오	傍人莫笑余觴咏 <small>방 인 막 소 여 상 영</small>
그리해서 너저분한 세상일 침범을 잠시 잊으려 함이니	由此暫忘塵累侵 <small>유 차 잠 망 진 루 침</small>

120

문수사를 찾아가서
訪文殊寺

비밀스러운 곳 구름 속에 감춰져 있어 찾아보지 못했었는데

문수사는 가장 깊고 그윽한 곳에 있네

처음엔 길이 험해 발걸음 옮기기 어려웠는데

약해진 몸 까맣게 잊고 천천히라도 열심히 올라왔네

단풍잎은 모두 붉게 물들어 그림과 같고

솔잎 스치는 바람소리 푸르름 넘쳐 황홀함이 가야금 같네

원래 이 경치는 연분이 없지 않아

중이 돌아오길 기다렸다 다시 숲 속으로 들어갔네

지 비 운 장 미 득 심
地秘雲藏未得尋

문 수 사 재 최 유 심
文殊寺在最幽深

초 지 로 험 난 이 보
初知路險難移步

돈 망 신 쇠 만 비 심
頓忘身衰謾費心

풍 엽 장 홍 혼 사 화
楓葉粧紅渾似畫

송 도 창 취 황 여 금
松濤漲翠恍如琴

원 래 차 경 비 무 분
元來此境非無分

고 대 귀 승 갱 천 림
故待歸僧更穿林

가을밤에 느긋이 읊다
秋夜謾吟

우연히 잠을 설쳐 마음잡기 어렵더니

더위 물러나고 서늘한 기운 돌아 밤새 내린 비 개네

사방 들판 풍작이니 가을 팔월이요

한 마을에 큰 꿈꾸니 밤은 三更(삼경: 한밤중)이네

나무 그림자 땅에 드리워 어지러움이 그림 같고

줄지어 나는 기러기 하늘 가로지르며 멀리 소리 보내네

오십 년을 배움의 바다에 떠도나

詩(시)는 세상에 드날리기 어려워 헛된 이름만 부려먹네

우 연 실 매 의 난 평
偶然失寐意難平

서 퇴 량 생 숙 우 청
暑退凉生宿雨晴

사 야 성 공 추 팔 월
四野成功秋八月

일 촌 대 몽 야 삼 경
一村大夢夜三更

수 음 도 지 미 여 화
樹陰倒地迷如畫

안 진 횡 공 원 송 성
雁陣橫空遠送聲

오 십 년 래 유 학 해
五十年來遊學海

시 난 천 세 역 허 명
詩難擅世役虛名

장충단 정례 모임에서
獎忠例會

동산에 가을 기운 가득하니 정말 쓸쓸하네

뜻대로 돌아오는 큰기러기는 저 멀리 만 리 밖에서 날아오네

언덕 둘레 황폐했던 이끼는 비 맞더니 윤기 나고

표표히 뜰에 떨어지는 낙엽은 바람 믿고 으스대네

남아있는 산은 동네를 보호해 삼면을 막아섰고

층층이 높은 건물은 우뚝 구름 속에 솟아 온 하늘 연이었네

늙어서는 이 모임으로 오직 세월 보내니

예정했던 다음 모임 날은 기다리지도 않네

만 원 추 기 정 소 소
滿園秋氣正蕭蕭

득 의 귀 홍 만 리 요
得意歸鴻萬里遙

편 안 황 태 경 우 윤
遍岸荒苔經雨潤

표 정 낙 엽 협 풍 교
飄庭落葉挾風驕

잔 산 호 동 조 삼 면
殘山護洞阻三面

층 각 용 운 련 구 소
層閣聳雲連九霄

노 래 차 회 유 소 일
老來此會惟消日

예 정 가 기 부 대 요
豫定佳期不待邀

금요일 모임에서
金曜會

蕭瑟(소슬: 으스스 쓸쓸)한 가을 소리 점점 높아지고

고향 생각은 나그네 흥취를 자연이 돋우네

무궁화 꽃은 斜陽(사양)에 붉은 비단 펼쳐놓은 것 같고

솔잎은 바람 따라 공허한 물결 일으키네

藥(약)이 있어도 의원은 사람을 다시 젊게 하기 어렵고

詩(시)는 세상에 쓰임이 없으니 많아도 수고롭기만 하네

마음을 살펴내고 일을 풀어 써 답답함 밀어내니

글 짓는 나머지 가게 막걸리에 취하네

소 슬 추 성 점 작 고
蕭瑟秋聲漸作高

향 회 객 흥 자 연 도
鄕懷客興自然挑

근 화 사 일 번 홍 금
槿花斜日飜紅錦

송 엽 수 풍 창 허 도
松葉隨風漲虛濤

약 시 의 인 난 부 소
藥是醫人難復少

시 비 용 세 만 성 로
詩非用世漫成勞

상 심 서 사 유 배 민
賞心叙事惟排悶

제 축 지 여 취 점 료
題軸之餘醉店醪

122

가을밤에 책 읽으며 성균관에서 지음
秋夜讀書成均館題

蕭瑟(소슬)한 가을바람이 집으로 드는 소리 들리는데

책 읽으며 온갖 것 잊으니 벌써 한밤중이네

나이 들어도 이름 내지 못하고 오직 홀로 있으니

일찍 재능 드날렸으나 누가 뛰어나다 하겠는가

겨우 논어 맹자 세속에 전해지는 것은 알았으나

원래 漢唐(한당)시대 명문장은 다 배우지 못했네

매양 사물을 의논할 때 이해하기 어려운 것 많으니

늙어서야 바야흐로 젊어서 부지런하지 못했음을 알겠네

소 슬 추 풍 입 호 문
蕭瑟秋風入戶聞

독 서 돈 망 야 장 분
讀書頓忘夜將分

만 무 성 가 오 유 독
晚無聲價吾惟獨

조 천 재 능 숙 출 군
早擅才能孰出群

수 시 근 지 추 로 속
雖是僅知鄒魯俗

원 비 진 학 한 당 문
元非盡學漢唐文

매 론 사 물 다 난 선
每論事物多難鮮

노 경 방 지 소 부 근
老境方知少不勤

차 취강전영철의 호 운에 맞추어
次翠岡全泳喆號韻

눈 덮인 푸른 소나무가 높은 언덕 위에 서있으니

어루만지며 배회하니 흥취가 제일 좋네

항상 잣나무와 대숲과 더불어 늙은 시절 함께하고

봄빛 뽐내는 복사꽃 오얏꽃은 따라가지 말게나

大夫(대부: 관직 높은 이) 封爵(봉작)[65] 많아도 부끄러우나

君子(군자: 덕이 높은 이)가 이름 얻음은 어찌 방해가 되리오

이제 그 뜻 얻어 그대 호로 삼으니

온 숲이 황폐해 떨어지더라도 홀로 蒼蒼(창창)하시오

취 송 릉 설 립 고 강
翠松凌雪立高岡

무 차 반 환 취 최 장
撫此盤桓趣最長

상 여 백 황 동 만 절
常與栢篁同晚節

불 수 도 리 경 춘 광
不隨桃李競春光

대 부 봉 작 수 다 괴
大夫封爵雖多愧

군 자 칭 명 기 유 방
君子稱名豈有妨

근 일 전 군 취 위 호
近日全君取爲號

만 림 황 락 독 창 창
万林荒落獨蒼蒼

---

65) 爵位(작위: 벼슬과 지위를 통틀어 이르는 말) 받음.

백운암 시 모임에서
白雲庵雅集

바람 흩날려 낙엽은 점차 언덕에 쌓이고

반년 허송세월 하니 寒露(한로)를 맞네

좁은 길가에는 장마 지나 이끼 많이 끼고

언덕 가엔 霜降(상강)이 아닌지 시냇가 풀만 기네

늙어가며 좋은 글귀 찾기 어려워 마음은 항상 괴롭고

몸 아파도 술잔 대하니 기운과 의욕은 호탕하네

고향생각 일어나니 홍취는 도리어 줄어드는데

흰 구름 만 리에 울어 예는 기러기 높네

번풍낙엽점퇴고
飜風落葉漸堆皋

허송반년한로조
虛送半年寒露遭

경시림과다석발
逕是霖過多石髮

안비상강장계모
岸非霜降長溪毛

노란멱구심상고
老難覓句心常苦

통상당배기욕호
痛尙當盃氣欲豪

야아향회환감홍
惹我鄉懷還減興

백운만리안성고
白雲萬里雁聲高

반포 시 모임에서
盤浦雅集

반포에 자주 놀러 오니 홍이 작지 않은데

背山臨水(배산임수)하여 옛 친구 집 있네

햇빛에 쌓인 감은 황금처럼 빛나고

바람은 갈대꽃을 때리니 흰 구름처럼 나네

양쪽 귀밑털은 公道(공도)를 따라 변하니

장한 마음은 마침내 세상 물정과 어긋나네

겨우 빚진 詩(시) 갚았는데 바로 이별해야 되니

술잔 기울이며 시 읊는 마당에 저녁 빛을 보내네

반포중유홍불미
盤浦重遊興不微

배산임수고인비
背山臨水故人扉

일롱시자황금요
日籠柿子黃金耀

풍타로화백설비
風打蘆花白雪飛

쌍빈점수공도변
雙鬢漸隨公道變

장심경여세정위
壯心竟與世情違

재상시채잉성별
纔償詩債仍成別

상영장중송석휘
觴咏場中送夕暉

가을밤에 회포를 쓰다
秋夜書懷

지난 일 商量(상량: 헤아려 생각)하니 진정 덧없는 꿈이고	往事商量蝶夢眞
世波(세파)가 飜覆(번복)하니 感懷(감회)가 새롭네	世波飜覆感懷新
구름은 비를 빚지도 않고 무심하게 나오고	雲非釀雨無心出
나뭇잎은 바람을 타니 힘입어 떠도네	葉是勝風有力遷
좋은 술 술잔에 차있으면 어느 날이라도 좋은 날이니	美酒盈樽皆勝日
얕은 재주로 세상을 헤아려봤자 홀로 어리석은 사람이네	淺才度世獨愚人
安貧樂道(안빈낙도)는 쉬운 일이 아니니	安貧樂道非容易
평생 떠돌며 때 만나지 못함이 恨(한)스럽네	浪跡平生恨不辰

효라는 것이 모든 행실의 근원임 수원 향교에서 지음
孝者百行之源 水原鄕校題

윤리 강령을 지키는 것이 홀로 우리 동쪽 나라에만 있으나	遵守倫綱獨擅東
옛날과 지금의 孝行(효행)이 점차 같지 않아지네	古今者行漸非同
죽음과 삶에 서운함 없는 것이 진정한 道(도)를 이루는 것이니	死生無憾眞成道
예절에 情(정)을 갖고 규범을 따르는 것이 공로에 보답하는 길일세	情禮揗規是報功
자식 기르는 것은 어찌나 정성스러운지 예전보다 나은데	養子何誠勝前日
부모 모시는 것은 도리어 悖倫(패륜)적인 것이 새로운 풍속이네	奉親反悖作新風
父母(부모)를 모르고 어찌 나라를 알겠는가	不知父母豈知國
세상 걱정 집안 걱정에 마음을 다할 길 없네	憂世憂家心莫窮

수원 유도회관 낙성을 축하하며 일등으로 뽑혔음
祝水原儒道會館落成 一等入選

華虹(화홍: 수원의 별칭) 축전에 때맞춰 날은 개고
그림 조각으로 장식한 기둥과 들보에는 상서로운 색깔 돋네
文士(문사)들이 새로운 회관 落成(낙성: 준공)하니
廟堂(묘당: 국가)에선 옛날 무너진 城(성)을 증축하네
냇물과 산 어우러진 좋은 경치엔 바야흐로 색깔 더 좋아지고
악기 소리 노랫소리는 산들바람에 어울려 다시 소리 높이네
綱常(강상)[66]을 부추겨 심는 것은 우리네 책임이니
오늘의 竣工(준공)은 이름 드날리기 좋네

華虹祝典際天晴
畵棟雕樑瑞彩生
文士落城新會舘
廟堂重築舊頹城
溪山勝景方增色
絃誦良風更振聲
扶植綱常吾輩責
竣功此日好揚名

수요일 모임에서
水曜會

가을이 깊어가니 五穀(오곡)이 들에서 점차 거두어지고
제비는 떠나고 기러기 오니 南北(남북)이 주고 받네
새로 거둔 차조가 집에 들어와 내킨 김에 술 빚어놓고
통통한 농어 시장에서 사다 또 안주거리로 올리네
일은 많아 날 괴롭히니 탄식만 자주하게 되고
詩(시)는 사람들 놀래지 못하고 도리어 웃음거리 되네
눈 아래 丹黃(단황: 글 교정 표시)은 공연히 興(홍) 일으키고
지루하게 술잔 돌리며 詩(시) 읊다 둥지로 돌아가네

深秋五穀漸收郊
燕去鴻來南北交
新秫入家曾釀酒
肥鱸上市又供肴
事多苦我頻成嘆
詩不驚人反受嘲
眼下丹黃空惹興
支離觴咏暮歸巢

---

66) 사람이 지켜야 할 도리.

도봉산에서 가을 감상하며
道峰賞秋

좋은 날 잡아 경치 좋은 곳 찾자 약속했더니	양 신 유 약 승 구 심 良辰有約勝區尋
안개 수습하며 점점 깊이 들어가네	수 습 연 광 점 입 심 收拾烟光漸入深
단풍나무 잎새는 바람 따라 번득여 붉은 비단이고	풍 엽 수 풍 번 적 금 楓葉隨風飜赤錦
국화는 햇빛 비껴 황금처럼 달궈졌네	국 화 사 일 련 황 금 菊花斜日煉黃金
靑山(청산)은 이미 깊은 가을 색이요	청 산 이 작 삼 추 색 靑山已作三秋色
流水(유수)는 길게 太古(태고)의 소리를 울리네	유 수 장 명 태 고 음 流水長鳴太古音
가지런히 옷 갖춰 입고 모인 곳엔	제 제 의 관 상 회 처 濟濟衣冠相會處
한편엔 술잔 오가고 한편엔 詩(시)구절 오가네	일 변 수 작 일 변 음 一邊酬酌一邊吟
四美(사미)[67]가 모두 갖춰져 볼거리 바치는데	사 미 구 존 공 시 첨 四美俱存供視瞻
하물며 이 자리에 두 가지 어려운 일 같이 할 수 있음에랴	황 호 차 석 이 난 겸 況乎此席二難兼
가을 기다린 울타리 국화는 섬돌에 연이어 노랗고	대 추 리 국 황 련 체 待秋籬菊黃連砌
여름 지난 둑에 버드나무는 자줏빛 그림자 드리우네	경 하 제 류 자 영 첨 經夏堤柳紫映簷
詩(시)는 이름을 떨치지 못하니 읊어봤자 더욱 고달프고	시 불 천 명 음 익 고 詩不擅名吟益苦
술은 능히 병 일으키니 취해도 항상 싫네	주 능 야 병 취 상 혐 酒能惹病醉常嫌
늙어가면서는 마땅히 술과 시로 消日(소일)해야 하니	노 래 상 영 의 소 일 老來觴咏宜消日
돌아가는 길에 글재주 더 겨뤄보는 것이 무슨 방해가 되랴	귀 로 하 방 백 전 첨 歸路何妨白戰添

---

67) 110쪽 각주 55 참조.

백운암에서 가을을 감상하며

白雲庵賞秋

草木(초목)은 가을을 불쌍히 여겨 언덕에 푸르름 줄어들고

고향 떠난 나그네는 感懷(감회)만 많네

노란 국화는 맘껏 새로운 꽃봉오리 터뜨리고

붉은 단풍잎은 때를 잃어 낡은 가지를 사양하네

文學(문학)은 이루기 어려워 항상 나를 부끄러워하고

功名(공명)을 어찌 원한다 하여 남과 다투려 하리오

지금 백발인데 장차 무엇을 바라리요

술잔과 詩(시) 구절이 남은 세월 보내기엔 가장 좋은 것이네

초 목 상 추 록 감 파
草木傷秋綠減坡

이 향 객 자 감 회 다
離鄕客子感懷多

황 화 득 의 탄 신 뢰
黃花得意綻新蕾

홍 엽 실 시 사 구 가
紅葉失時辭舊柯

문 학 난 성 상 괴 아
文學難成常愧我

공 명 기 원 욕 쟁 타
功名豈願欲爭他

이 금 백 발 장 하 망
以今白髮將何望

상 영 최 의 여 세 과
觴咏最宜餘歲過

늦은 가을 동갑내기 모임에서

暮秋同庚會

국화는 노랗고 억새는 희며 감은 붉은 좋은 때에

詩會(시회)를 다시 여니 가을 빛깔이 새롭네

술잔 주고 받으니 어느 때고 좋은 날 아니랴

이 자리 꽃을 보고 있노라니 화창한 봄날 같네

각자 좋은 경치 소재 삼아 한참이나 詩(시) 읊으며

같이 헤어지는 회포 풀자니 술잔이 자주 오가네

우리네 같이 따라다닐 수 있는 것이 얼마나 남았겠나

좋게 서로 친하자는 오랜 약속 져버리지 말게나

국 황 로 백 시 홍 신
菊黃蘆白柿紅辰

아 회 중 개 추 색 신
雅會重開秋色新

대 주 하 시 비 승 일
對酒何時非勝日

간 화 차 석 역 량 춘
看花此席亦良春

각 수 가 경 영 아 구
各收佳景咏哦久

동 서 별 회 수 작 빈
同叙別懷酬酌頻

오 배 추 종 여 기 허
吾輩追從餘幾許

막 위 숙 약 호 상 친
莫違宿約好相親

춘곡 이경중과 함께 한강을 지나며
與春谷李庚仲過漢江

옛 친구와 서로 어울려 江東(강동)을 향해 가는데 　故人相伴向江東

옛날 역에 지는 햇빛 鳳翁(봉옹)을 찾네 　古驛斜陽訪鳳翁

산은 남아있는 성벽 둘러싸 옛 흔적 남겨놓고 　山繞殘城餘舊跡

市內(시내)에는 높은 건물 들어차 오히려 새로운 모습이네 　市多層屋尙新風

평평한 모래사장에 내려앉는 기러기는 저녁 안개 밖에 있고 　平沙落雁暮烟外

멀리 포구로 돌아오는 돛단배는 가을 물 가운데 있네 　遠浦歸帆秋水中

이별 후 세월이 반년이나 지났으나 　別後光陰經半載

엄연히 얼굴색은 지난날과 같네 　儼然顔色昔時同

봉암을 찾아 회포를 풀다
訪鳳庵敍懷

밤엔 經書(경서)를 읽고 낮엔 나가 김매며 　夜讀經書晝出耘

혹이나 글쟁이 만나면 글에 대해 논의하기 좋아하네 　或逢騷客好論文

가을은 깊어 너른 들엔 누런 벼 거둬들이고 　秋深大野收黃稻

비 개이니 긴 하늘은 흰 구름 흩어놓네 　雨歇長天散白雲

일찍이 개오동나무와 오동나무 값이 다름을 알았는데 　曾識檟梧相異價

하물며 닭과 학은 같이 어울리지 못함을 싫어함에랴 　況嫌鷄鶴不同群

취한 나머지 호탕한 興(흥)에 이내 分韻(분운)[68]하니 　醉餘豪興仍分韻

글귀 찾기 지루해 앉아있다 보니 저녁 어스름이네 　覓句支離坐夕曛

---

68) 韻字(운자)를 정하고 각 사람이 나누어 집어서 그 잡힌 운자로 詩(시)를 지음.

남산에 올라 회포를 쓰다
登南山書懷

음침하던 날씨 늦게 환히 개니 　　陰沈天氣晚成暉

가을 흥취를 견디기 어려워 멀리 가보려고 사립문 나서네 　　秋興難堪遠出扉

빗 기운 띠던 구름 왔다 다시 가고 　　雲帶雨徵來復去

나뭇잎은 바람에 밀려 떨어져 되돌아 날아가네 　　葉隨風力落還飛

부평초처럼 떠도는 바다에 오랫동안 지내다 보니 　　久遊萍海空多夢

헛되이 늙어 騷壇(소단)에서도 이미 기회를 잃었네 　　虛老騷壇已失幾

일찍 세태가 이리 변할 줄 알았더라면 　　早識時情如許變

이번 생 한스럽게 낚시터에서 보내지 않았으리라 　　此生恨不送漁磯

大地(대지)에 가을은 깊어 푸르름은 점차 줄어도 　　大地秋深漸減靑

언덕에 소나무는 탈 없이 정정히 서있네 　　岸松無恙立亭亭

국화는 비를 무릅쓰고 삼분의 일은 피었고 　　菊花冒雨三分發

버들잎은 서리를 맞으니 태반이 떨어졌네 　　柳葉經霜太半零

山水(산수)의 精華(정화)는 詩(시)로 쓸 수 있으나 　　山水精華詩可記

風雲(풍운)의 變態(변태)는 그림으로 나타낼 수 없네 　　風雲變態畵難形

齊(제)나라 성문에서 가야금 타봤자 알아주는 사람 적으니[69] 　　齊門抱瑟知音少

누가 타향에 떠도는 늙은 나그네별을 알아주리오 　　誰識萍鄕老客星

일찍이 세상에 숨으면서 석 자 되는 劍(검)을 숨기고 　　遯世曾藏三尺釰

친구 사귐에 다시 일곱 줄 가야금을 튕겨보네 　　交朋更試七絃琴

술은 천성에 맞지 않으나 근심 때문에 취하고 　　酒非適性緣愁醉

詩(시)는 興(흥) 일으켜 의당 읊어보네 　　詩是宜情惹興吟

---

69) 제나라 임금이 가야금 소리를 싫어하는데 임금 만나고 싶어 아무리 제나라 성문 앞에 가서 가야금 잘
　 타봤자 소용없다는 고사가 있음.

정원에 열린 감은 가을 맞아 붉은 玉(옥)처럼 늘어져있고

시장에 널린 귤은 햇빛 받아 황금처럼 빛나네

바다나 산으로 널리 돌아다니다 보니

부평초처럼 떠돈 세월이 길어 마음만 괴롭네

원 시 장 추 수 적 옥
園柿粧秋垂赤玉

시 감 쇄 일 요 황 금
市柑曬日耀黃金

주 유 해 악 금 여 몽
周遊海岳今如夢

평 수 다 년 기 뇌 심
萍水多年幾惱心

장충단 정례 모임에서
獎忠壇例會

부평초처럼 타향 떠돌기 20년에 푸른 옷소매 낡고

長安(장안: 서울)에서 헛늙는 이들은 글 짓고 쓰는 무리네

온 산에 붉은 나무는 늦은 가을 색이요

만 리에 뻗친 흰 구름엔 기러기 소리만 높네

聖世(성세: 잘 다스려진 세상) 만나지 못해 기회 얻기 어려우니

오랫동안 궁벽한 집에 칩거하여 자취는 이미 숨겨졌네

가장 사랑스러운 것은 장충단에 별세상 펼쳐진 것이니

느긋이 詩(시) 읊으며 동쪽 언덕으로 걸어가네

평 향 입 재 구 청 포
萍鄕卄載舊靑袍

허 로 장 안 한 묵 조
虛老長安翰墨曺

홍 수 천 산 추 색 만
紅樹千山秋色晚

백 운 만 리 안 성 고
白雲萬里雁聲高

미 봉 성 세 시 난 득
未逢聖世時難得

구 칩 궁 려 적 이 도
久蟄窮廬跡已逃

최 애 충 단 성 별 계
最愛忠壇成別界

만 장 소 의 보 동 고
謾將嘯意步東皐

화수류정 수원에 있음 을 찾아가 연 시회에서
訪花隨柳亭雅會水原

발걸음 멈추고 유연히 푸른 산을 마주하여

화수류정 찾아가니 나그네 마음이 한가롭네

옛 城(성)은 멀리 뜬구름 밖으로 둘러 있고

큰 저자가 떨어지는 노을 사이로 평평히 널려있네

百藥(백약)을 다 써도 새로 나는 백발 고치기 어려우나

석 잔 술 마시면 옛날 붉은 얼굴로 쉽게 다시 돌아가네

근래엔 술과 詩(시)가 내게 마땅한 것이니

다단한 세상일엔 관여하지 않은 지 오래네

단풍잎은 떨어지고 추수도 다 끝나니 산과 들은 휑하여

가을 감정 이기지 못해 억지로 즐겨보네

둑에 가득 가벼운 솜털 같은 갈대꽃은 하얗고

나무에 밝은 구슬처럼 걸려있는 감은 붉기만 하네

비록 文物(문물)이 세계를 새롭게 꾸민다 해도

술자리엔 아직 옛 친구들 모이네

좋은 날에 취해서 興(흥) 내면 근심은 능히 녹일 수 있고

四美(사미)가 모두 갖춰 있기는 진정 어려운 것이네

停屐悠然對碧山 정극유연대벽산

訪花隨柳客心閒 방화수류객심한

古城遠繞浮雲外 고성원요부운외

大市平開落照間 대시평개락조간

百藥難醫新白髮 백약난의신백발

三盃易復舊紅顏 삼배이복구홍안

近來觴咏宜於我 근래상영의어아

世事多端久不關 세사다단구불관

楓落穀收山野寬 풍락곡수산야관

不勝秋感強成歡 불승추감강성환

滿堤輕絮蘆花白 만제경서로화백

懸樹明珠柿子丹 현수명주시자단

文物雖粧新世界 문물수장신세계

盃盤尙會舊衣冠 배반상회구의관

良辰醉興愁能解 양신취흥수능해

四美俱存正是難 사미구존정시난

중양절(음력 9월 9일)에 모여 읊다 일본에서 시 지음

重陽會吟 日本詩題

경치 좋은 곳에 詩會(시회) 열어 詩家(시가: 시인)들 모으니

갖춰 차려입은 이 많아 어찌 셀 수 있으리오

담뿍 서리 내린 주위 나무는 모두 붉은 잎새요

여러 떨기 불어난 이슬에 홀로 노란 꽃 있네

수유 찾은 工部(공부: 시인 두보)는 고향 생각나게 하고

모자 떨어뜨린 參軍(참군)[70]은 취해 눈이 게슴츠레하네

술잔과 詩(시)가 지루하니 다시 九興(구흥)[71]하여

해 그림자 窓紗(창사: 커튼)에 지는 것도 까맣게 잊었네

승 구 개 회 회 시 가
勝區開會會詩家
제 제 의 관 불 계 하
濟濟衣冠不計遐
만 수 감 상 개 적 엽
萬樹酣霜皆赤葉
수 총 자 로 독 황 화
數叢滋露獨黃花
수 수 공 부 향 회 동
搜茱工部鄕懷動
낙 모 참 군 취 안 사
落帽參軍醉眼斜
상 영 지 리 중 구 흥
觴咏支離重九興
혼 망 일 영 도 창 사
渾忘日影倒窓紗

북악산에서 중양절에 열린 시회에서

北岳重陽雅會

사방 들판에 농사 잘되 세상 살 맛 나는데

중양절에 선비들 모여 정담을 나누네

붉은 잎새에 써넣자니 詩(시)는 잘 지어지지 않고

노란 꽃으로 빚어내니 술은 잘 넘어가네

계곡을 구르는 소나무 파도는 항상 비를 몰아오고

구멍 난 구름은 햇빛에 홀연히 산 아지랑이 만드네

고향 생각은 취한 기운 빌려 모두 잊어버리고

글재주 겨루는 싸움터엔 興(흥)이 나 견딜 수 없네

사 야 농 공 세 미 감
四野農功世味甘
중 양 사 회 객 정 담
重陽士會客情談
사 어 홍 엽 시 난 건
寫於紅葉詩難健
양 이 황 화 주 이 감
釀以黃花酒易酣
전 학 송 도 상 작 우
轉壑松濤常作雨
누 운 일 색 홀 성 람
漏雲日色忽成嵐
향 회 차 취 혼 망 각
鄕懷借醉渾忘却
백 전 장 중 흥 불 감
白戰場中興不堪

---

70) 晉(진)나라 桓溫(환온)이 重陽節(중양절)에 부하들과 술을 마셨는데, 바람이 불어 참군 孟嘉(맹가)의
모자를 떨어뜨리자 이에 대해 맹가가 멋진 詩(시)를 지어 座中(좌중)을 놀라게 했다 함.

71) 蘇東坡(소동파)가 日一食三嘆 一夕九興(일일식삼탄일석구흥)이라 했다 함.

금요일 모임에서
金曜會

상대하는 때때로 뜻은 더욱 화목해지고 相對時時志益和

만남이 비록 여러 번이라 해도 헤어짐이 도리어 많네 逢雖數也別還多

글 짓은 이 興(흥) 일으켜 詩(시)는 두루마리에 오르고 騷人逸興詩登軸

농사짓는 늙은이 기쁘게도 곳간에 벼 들어오네 野老歡情庫納禾

천 리 시냇물 소리는 푸른 바다로 들어가고 千里溪聲滄海入

백 길 높은 누각은 푸른 하늘 찌를 듯 솟아있네 百尋樓勢碧天摩

하릴없이 노니는 떠도는 흔적엔 항상 별일 없고 優遊浪跡恒無事

내 평생 부끄러우나 느긋이 詩(시) 읊음이 좋네 愧我平生謾好哦

단풍 일본에서 시 지음
丹楓 日本詩題

몇 길이나 높은 강변 단풍나무는 석양에 서있고 數丈江楓立夕陽

蕭蕭(소소)한 氣像(기상)은 힘 잃어 더위가 식었네 蕭蕭氣像老炎凉

가지는 오롯이 푸르름 잃어 쓸쓸한 비를 맞고 枝全失碧經凄雨

잎새는 반쯤 붉게 단장했으나 이미 서리에 시들었네 葉半粧紅已病霜

황홀하기는 산 노을같이 비단 채색 이루었고 恍若山霞成錦彩

흐릿하기는 들불같이 가을빛을 내뿜네 渾如野火露秋光

단풍 들었어도 오히려 아름다운 색은 전보다 낫고 老猶艶色勝於昔

흩날려 떨어지는 것 피하려 하나 방법을 아직 못 찾았네 欲避飄零未得方

낙엽

落葉

落葉(낙엽)은 蕭蕭(소소)하게 늦은 가을 알려오고

光陰(광음)은 迅速(신속)하게 물과 같이 흐르네

오직 붉게 색 변해 서리에 시든 것이지

바람에 떨어짐이 어찌 본래의 情(정)이리오 바람이 근심이지

몇 길이나 높이 날라 올랐다 다시 아래로 내려와

사방으로 흩어져 떨어졌다 혹 다시 모이네

나무는 응당 다른 날에 봄 색을 다시 찾겠지만

내 백발은 고치기 어려우니 이를 어이하나

낙 엽 소 소 보 모 추
落葉蕭蕭報暮秋

광 음 신 속 수 동 류
光陰迅速水同流

홍 유 변 색 상 위 병
紅惟變色霜爲病

표 기 본 정 풍 시 수
飄豈本情風是愁

수 장 고 비 잉 부 하
數丈高飛仍復下

사 방 산 타 혹 환 수
四方散墮或還收

수 응 타 일 회 춘 색
樹應他日回春色

기 내 난 의 아 백 두
其奈難醫我白頭

북악산에서 가을 감상하며

北岳賞秋

경치 좋은 곳에 약속이 있어 푸른 소매 떨치고 가니

한자리에 글 짓는 젊은이 늙은이 모두 모였네

섬돌에 가득 노란 꽃 온통 담백하고

산을 두른 흰 돌은 바위가 더욱 가파르네

고향 관문 꿈에 드니 情(정)을 어찌 다하나

풍경은 詩(시) 짓기 좋으니 興(흥)이 범상치 않네

사람 일이란 원래 예측하기 어려우니

거쳐온 세상맛이 달라 콧날 시큰 눈물 나네

승 구 유 약 진 청 삼
勝區有約振青衫

일 좌 문 장 소 장 함
一座文章少長咸

만 체 황 화 혼 담 박
滿砌黃花渾淡泊

환 산 백 석 익 참 암
環山白石益巉巖

향 관 입 몽 정 하 극
鄉關入夢情何極

풍 경 의 시 흥 불 범
風景宜詩興不凡

인 사 원 래 난 예 측
人事元來難豫測

경 래 세 미 이 산 함
經來世味異酸鹹

도봉사에서

道峰寺

새로 지은 伽藍(가람: 절)이 문 닫지 않고

종소리는 멀리 인간세계로 떨어지네

세상 티끌 잊은 나그네 취향은 바야흐로 번뇌도 없고

염불하는 중의 마음 또한 한가롭다네

가을 색 서리는 나뭇잎 온통 덮어 놨고

비 머금은 구름은 산머리를 반이나 둘러쌌네

좋은 친구 우연히 만나 詩(시)와 술을 겸하니

담소가 따분해도 얼굴 필 만하네

新建伽藍不閉關

鍾聲遠落下人間

忘塵客趣方無惱

念佛僧心亦有閒

秋色霜粧千樹葉

雨徵雲擁半頭山

良朋偶會兼詩酒

談笑支離可鮮顔

늦은 가을 도봉산에서

道峰晚秋

사방 산에 나뭇잎 떨어지니 가을바람도 시들하고

氣像(기상)은 蕭條(소조: 고요하고 조용함)하니 나와 같구나

石壁(석벽)은 천 길이나 높아 구름과 함께 희고

단풍 숲 잎새는 온통 불처럼 붉네

고심해 아름다운 구절 짜내 보나 좋은 詩(시) 잘 안 나오고

느긋이 막걸리에 취해 보니 억지로 영웅 되네

화살 같은 光陰(광음)은 어찌 이리 빠르고

일생을 꿈속에서 홀린 채 허송하네

四山落木老秋風

氣像蕭條與我同

石壁千尋雲共白

楓林萬葉火如紅

苦思佳句難成健

謾醉香醪强作雄

如矢光陰何迅速

一生虛送夢魂中

봉암을 찾아가서 얘기를 풀며
訪鳳庵敍話

한가한 틈타 신발 끌며 신선 사는 곳 찾아가니
偸閒倦屐訪仙扃

온갖 풀들은 쇠잔해졌으나 국화는 아직 향기롭네
百草衰殘菊尙馨

기러기 등진 푸른 하늘은 북악산에 연이어 있고
雁背靑天連北岳

솔개 가슴 같은 흰 물결은 모래톱에 넘쳐나네
鴟胸白浪漾沙汀

무심히 경치 감상하다 헛되이 지나치기 많았는데
無心賞景多虛過

맘먹고 벗 찾으며 몇 번이나 머무를 생각했는가
有意尋朋幾度停

韻(운) 글자 나누어 詩(시) 지으며 적막함을 녹이니
分韻題詩消寂寞

석양이 나를 뜰 아래로 내려가라 재촉하네
夕陽催我下前庭

보문산 시회에서 대전에서 시 지음
寶文山雅會 大田詩題

보문산은 逍遙(소요)하기 좋은 곳
寶文山上好逍遙

글재주 겨루며 불콰하게 취해 한나절 보내네
白戰紅酣半日消

만 리 돌아오는 기러기는 杳杳(묘묘: 아득함)하고
萬里歸鴻來杳杳

구월 가을 낙엽은 蕭蕭(소소)히 떨어지네
九秋落葉下蕭蕭

제대로 늙으니 貴(귀)함을 어찌 면하며
老由公道貴何免

富(부)는 마음 열심히 함에 달렸으니 가난해도 혹 넉넉하네
富在勤心貧或饒

세상에 영화와 쇠락은 모두 꿈이니
世上榮枯都是夢

권력 있다 남들에게 교만하지 말게나
莫將權力向人驕

목동에 있는 회정 이기주를 찾아가서
訪李悔亭基疇于木洞

가벼운 차 급히 몰아 목동을 지나가니
仙庄(선장)[72]은 변함없이 평평한 언덕에 우뚝 섰네
금빛 활짝 섬돌에 선 것은 새로 핀 국화요
푸르게 연못에 기울어 덮여 있는 것은 늦은 연꽃이네
세상일이란 하늘에서 비롯하는 것이니 측량하기 어렵고
나그네 수심은 술을 빌리면 쉽게 날려 버리네
술잔 마주치며 한나절 한담하며 웃고 보내니
방에 가득한 맑은 바람이 나를 멀리하지 않네

急馳輕車木洞過
仙庄依舊聳平坡
金英立砌開新菊
翠盖傾池老晚荷
世事由天難測量
客愁借酒易消磨
對樽半日閒談笑
滿室淸風不我遐

사당동에 가서 소촌 권효식을 찾아서
往舍堂洞訪權素村孝植

옛 친구 찾아 급히 차 몰아가니
관악산 앞에는 해지는 풍경이네
금 덩어리 같은 가로등이 노란 귤같이 비추니
눈꽃이 땅에 쌓이니 흰 갈대꽃이네
옛날 현인의 經術(경술: 경서의 학술)도 쓰이지 않는데
이제 내 문장이 어찌 자랑할 만하겠는가
점차 건강 회복중이라 하니 진정 축하할 일이라
취한 나머지 興(흥)이 나서 한 잔 더 기울이네

爲尋舊雨急馳車
冠岳山前落日斜
金塊登街黃橘柚
雪華積地白蒹葭
古賢經術不需用
今我文章奚足誇
漸復康莊眞可賀
醉餘豪興一盃加

---

72) 남의 집의 높임말.

역삼동에 있는 봉암을 찾아서

訪鳳庵于驛三洞

음침했던 날씨가 홀연히 개려 하여

멀리 강남을 향하니 興(흥)이 가볍지 않네

늙은 버드나무는 서리 맞아 바야흐로 색이 바래고

작은 시내는 빗물 빌려 소리 크게 높이네

들에 벼 모두 거두니 마음이 같이 넓어지고

홀로 뜰에 핀 꽃은 눈을 더욱 밝게 하네

느지막이 저녁 무렵에 현명한 주인 불러내곤

처연히 서로 이별하는 것도 몇 주 만에 이루어졌네

욕 음 천 기 홀 환 청
欲陰天氣忽還晴

원 향 강 남 흥 불 경
遠向江南興不輕

노 류 경 상 방 퇴 색
老柳經霜方褪色

소 계 차 우 대 양 성
小溪借雨大揚聲

전 수 야 도 심 동 활
全收野稻心同闊

독 발 계 화 안 익 명
獨發階花眼益明

만 대 사 양 현 주 환
晚帶斜陽賢主喚

처 연 상 별 수 주 성
悽然相別數週成

봉암과 함께 같이 지음
與鳳庵共賦

옛 친구 차 못 가게 붙들어 매고 江村(강촌)에 앉아 　故人投轄坐江村

네 구절 韻(운)자 겨우 이루니 들 빛은 저무네 　四韻纔成野色昏

가을 깊어지니 감은 꼭지까지 붉은데 　柿子濃秋紅熟蔕

벼 베낸 자리엔 지는 햇빛에 푸른 뿌리 다시 돋네 　稻孫斜日綠生根

詩(시)는 비록 세상에 버림받았으나 붓은 꺾기 어렵고 　詩雖世棄難抛筆

술은 근심 삭이기에 남음이 있으니 술잔 뒤집긴 쉽네 　酒剩愁消易倒樽

곤궁한 선비가 어찌 지금 속세의 일을 알리오 　窮士何知今俗事

시 읊고 술잔 기울이는 것 외에는 아무 말 않으리 　詠觴以外不曾言

시도 짓고 술도 끝나 밤은 장차 깊은데 　詩成酒罷夜將深

세상 일 모두 잊으니 얽매임 하나 없네 　世事渾忘累不侵

천지는 무정하여 흰머리만 남고 　天地無情餘白髮

공명은 분수가 있는 것이니 丹心(단심)이 편안하네 　功名有數穩丹心

바람 따라 지는 낙엽은 창 앞에서 속삭이고 　隨風落葉窓前語

달빛 아래 차가운 벌레는 풀숲 가에서 우네 　帶月寒虫草際吟

알아주는 이끼리 서로 만나니 답답한 것 밀쳐내고 　知己相逢排悶處

술 한 잔에 시 한 수 興(흥)을 어쩌지 못하네 　一觴一詠興難禁

앉아서 창 앞에 해 뜨기 기다리니 　坐待窓前日影生

수레바퀴 움직일 줄 모르고 단지 벌레 소리만 들리네 　輪蹄不動只虫聲

하늘 가운데 달이 지니 산은 모두 어둡고 　中天落月千山暗

작은 방에 등 걸어놓으니 한 점만 밝네 　小室張燈一點明

세상 잊고 단잠 자면 누가 큰 꿈 꿀까 　忘世甘眠誰大夢

마음 오로지 하여 돈독히 공부하나 나는 헛된 이름만 있네 　專心篤學我虛名

새벽까지 잠 못 이루니 무슨 일을 걱정하나 　五更失寐愁何事

생각 밖으로 세상 비린내는 상기도 가시지 않네 　料外腥塵尙未晴

백운암 시회에서

白雲庵雅會

모임은 蘭亭(난정)과 같이 젊은이 늙은이 다 모였고 會似蘭亭少長咸

산촌의 경치는 범상함을 훌쩍 뛰어넘네 山村景色逈越凡

뜬구름은 흰 꼬리 끌고 깊은 계곡으로 돌아가고 浮雲曳白歸深壑

落照(낙조)는 멀리 있는 돛단배에 붉은색을 걸쳤네 落照拖紅掛遠帆

세상 지나다 보니 근심만 더해 몸은 점차 늙어가고 閱世添愁身漸老

말 꺼내야 보탬 될 일 없으니 입은 꿰매놓은 것 같네 出言無益口如緘

매번 좋은 시절 만날 때마다 술 한 잔에 시 짓는 일 많으니 每逢佳節多觴咏

술 사는 데 오래된 옷 맡기는 것이 무어 그리 방해되랴 沽酒何妨典舊衫

행주 시 모임에서

幸州雅集

경치 좋은 곳 관광하니 때맞춰 늦으나마 날 개고 勝地觀光趁晚晴

우연히 시회에 참석하게 되니 서로 맞음이 좋네 偶參雅會好相迎

고기 엿보는 왜가리는 어망 기계 세우는 것 잊어버려도 되고 窺魚白鷺忘機立

비 빚는 뜬구름은 세력 얻어 몰려 오네 釀雨浮雲得勢行

강적을 처음 만나니 시 짓는 데 장사요 勁敵初逢詩壯士

근심 마귀 이미 물러나니 술 센 병사로세 愁魔已退酒强兵

행주성 아래 공연히 느낌 많으니 幸州城下空多感

세속에 찌든 창자 씻어내려 몇 번이나 술잔 기울이네 欲洗塵腔幾倒觥

창경원에서 즉흥으로 짓다
昌慶苑卽事

가을 절기 돌아오니 경치는 맑고 그윽한데

세월은 나를 재촉해 구름만 머리에 가득하네

버드나무는 점차 쇠락해 수척한 그림자 가련하고

부용은 이미 늙어 없던 근심 일으키네

어찌 꽃피던 좋은 시절 감상하지 않고

또 이리 공연히 낙엽 지는 가을을 노래하는가

먼 곳 생각하며 높은 데 오르니 공연한 느낌만 있으니

도리어 편지 보냄 같아 한스러움 거두기 어렵네

白藏縱道景淸幽

歲月催吾雲滿頭

楊柳漸衰憐瘦影

芙蓉已老動新愁

其何不賞開花節

又是空吟落木秋

懷遠登高空有感

還如張翰恨難收

양주에 있는 동은 백인현을 찾아가서
訪白東隱仁鉉于楊州

멀리 물 좋고 돌 좋은 동네로 좋은 친구 찾아오니

흰 구름 가에 몇몇 집 듬성이 있네

국화는 저녁놀에 황금처럼 빛나고

감은 가을 맞아 붉은 玉(옥)처럼 장식됐네

顏淵(안연)[73]은 누항단표(누항단표) 가난을 항상 즐겼고

謫仙(적선)[74]의 風月(풍월)은 興(흥) 따라 길어지네

鶴(학)을 탄 것처럼 기쁘게 양주로 내려가서

韻(운)자 나눠 詩(시) 지으며 또 술잔을 드네

遠訪良朋水石鄉

數三家在白雲傍

菊花斜日黃金煉

柿子逢秋赤玉粧

顏巷簞瓢貧尙樂

謫仙風月興偏長

喜如乘鶴楊州下

分韻題詩又擧觴

---

73) 孔子(공자)의 제자.

74) 李太白(이태백).

산촌을 지나가며

過山村

푸른 솔 푸른 대로 저절로 울타리 삼고

비오면 책 읽고 날 개면 밭가는 것이 촌 늙은이의 마땅한 일

서리 내리면 돌아가는 제비는 훗날 약속 남겨놓고

꽃피면 돌아오는 나비는 계절 변함 알려주는 것 같네

일은 성취하기 어려우니 늙어가는 것이 오직 한스럽고

계절은 피할 수 없는 것이나 가을이 가장 슬프네

강산은 예나 같지만 풍속은 변했으니

지금 우리 병든 세상은 누가 있어 고칠 수 있을꼬

蒼松綠竹自作籬

雨讀晴耕野叟宜

霜降燕歸留後約

花開蝶到似曾期

事難成就老惟恨

時不可違秋最悲

依舊江山風俗變

今吾病世孰能醫

가을밤에 즉흥으로 짓다

秋夜卽事

평생 분수 지키며 初心(초심) 잃지 않았으니

궁벽한 오막살이 산다 해도 어찌 생선 못 먹음을 한탄하리오

온통 어지럽게 울어대는 나무에 바람 소리 크고

주위 집 두루 비추는 달빛이 여유롭네

白髮(백발)은 공연히 뽕나무 밭 바다 변하듯 나고

靑雲(청운)은 聖賢(성현)의 책에 있지 아니하네

사방 오랑캐가 우리나라 어지럽혀 어려움 많으니

누가 비린내 나는 세상 티끌 깨끗이 소제하려 할까

守分平生未負初

窮廬豈恨食無魚

亂鳴萬樹風聲大

遍照千家月色餘

白髮空成桑海刦

靑雲不在聖賢書

四夷滑夏今多難

孰欲腥塵盡掃除

행주에서 가을을 감상하며

幸州賞秋

가을 감상하려고 일찍 둥지 떠나니	위 상 추 광 조 출 소 爲賞秋光早出巢
단풍은 붉고 버들은 푸르러 서로 그림자 얽네	풍 홍 류 록 영 상 교 楓紅柳綠影相交
江(강) 백 리를 통해 고기 노니는 물이요	강 통 백 리 유 어 수 江通百里游魚水
老松(노송)은 천 년을 학이 깃들길 기다리네	송 로 천 년 대 학 초 松老千年待鶴梢
좋은 모임은 원래 쉽게 만들기 어려운 것	승 회 원 비 용 이 작 勝會元非容易作
좋은 날을 어찌 등한히 버릴까	양 신 기 시 등 한 포 良辰豈是等閒抛
공연히 세월 죽이니 남들이 모두 웃으나	공 소 일 월 인 개 소 空消日月人皆笑
붓끝 아래 문장은 가히 조롱을 없앨 수 있네	필 하 문 장 가 해 조 筆下文章可觧嘲

안양 유원지 시회에서

安養遊園地雅會

안양 유원지에 약속이 있어 올라가니	안 양 유 원 부 약 등 安養遊園赴約登
서로 만나 어울리는 이 모두 옛 詩(시) 친구들이네	상 봉 반 시 구 시 붕 相逢伴是舊詩朋
그간에 몇 번이나 와서 산 좋고 물 좋은 곳 구경했나	한 래 기 상 산 하 승 閒來幾賞山河勝
늙어가다 보니 세월 쌓여감에 자주 깜짝 놀라네	노 거 빈 경 세 월 증 老去頻驚歲月增
바람에 실려오는 계곡물 소리는 앉은 자리 아래 울리고	풍 송 계 성 명 탑 하 風送溪聲鳴榻下
해가 움직여 놓은 소나무 그림자는 층루 난간에 그림 그리네	일 이 송 영 화 란 층 日移松影畵欄層
旗亭(기정: 술집, 요릿집)은 서로 첫째 둘째 다투는 곳이요	기 정 갑 을 상 쟁 처 旗亭甲乙相爭處
두루마리에 펼칠 빛나는 재주는 누가 있어 부릴꼬	축 상 재 화 유 숙 능 軸上才華有孰能

144

제주 시내에 들어가며
入濟州市

한 나라 둘로 나뉘어 남북으로 갈렸는데 　一島兩分南北州 <small>일도양분남북주</small>

바닷속에 몰래 멋진 경치 감춰놨네 　秘藏勝境海中流 <small>비장승경해중류</small>

서풍은 驊騮馬(화류마: 좋은 말) 힘센 다리 뛰게 하고 　西風健脚驊騮躍 <small>서풍건각화류약</small>

大地(대지)는 공을 이뤄 귤 거둬 들이네 　大地成功橘柚收 <small>대지성공귤유수</small>

푸른 하늘 지고 가는 기러기는 먼 산부리로 돌아가고 　雁背青天歸遠岫 <small>안배청천귀원수</small>

배는 하얀 해 싣고 멀리 섬으로 내려가네 　船輪白日下長洲 <small>선수백일하장주</small>

이 늙은이 다행히 몸에 탈 없어 　老夫幸得身無恙 <small>노부행득신무양</small>

구월 가을 좋은 날에 천 리 밖 관광하네 　千里觀光九月秋 <small>천리관광구월추</small>

천제연 폭포에서
天帝淵瀑布

분분히 뿜어져 나온 것이 어지럽기 삼과 같고 　噴出紛紛亂似麻 <small>분출분분란사마</small>

백 척 흘러 날리는 것을 자랑하지 않을 수 없네 　飛流百尺可堪誇 <small>비류백척가감과</small>

明珠(명주: 밝은 구슬) 만 되를 하늘에서 내려 뿌리니 　明珠万斛從天下 <small>명주만곡종천하</small>

흰 비단 두 줄기가 비스듬히 아래로 떨어지네 　素練雙條倒地斜 <small>소련쌍조도지사</small>

돌 위로 떨어지는 냇물 물결은 번득여 구름 만들고 　落石溪波飜作雲 <small>낙석계파번작운</small>

산 비스듬히 걸친 물보라는 아롱져 노을 만드네 　橫山雨色幻成霞 <small>횡산우색환성하</small>

風光(풍광)이 기막히게 좋으니 詩心(시심)이 壯(장)해져 　風光絶勝詩心壯 <small>풍광절승시심장</small>

술에 취해 흥취가 온통 잊게 하니 주량만 더하네 　醉興渾忘酒量加 <small>취흥혼망주량가</small>

관덕정에서
觀德亭

관덕정은 높이 푸른 하늘로 우뚝 솟아있고
遠遊(원유)하는 발걸음 멈추고 가을바람 맞으며 앉았네
마땅함을 가르치고 교화를 펴는 것이 문명세계 일이니
어찌 위험을 잊고 武功(무공)을 높이지 않으리오
배들은 바다 위 나루터에 연해 떠있고
閭閻(여염)은 땅에 빡빡하게 거리에 가득 찼네
다시 경치 좋은 곳 찾기 쉽지 않지만
나그네 詩情(시정)이 어찌 다함 있으리오

관 덕 정 고 용 벽 공
觀德亭高聳碧空
원 유 권 극 좌 추 풍
遠遊倦屐坐秋風
교 의 선 화 성 문 사
敎宜宣化成文事
안 불 망 위 상 무 공
安不忘危尙武功
가 함 미 진 연 해 상
舸艦迷津連海上
여 염 복 지 만 가 중
閭閻撲地滿街中
갱 탐 승 경 비 용 이
更探勝景非容易
객 자 시 정 흥 기 궁
客子詩情興豈窮

산방굴사에서
山房窟寺

하늘이 만들어 놓은 石窟(석굴)에 흰 구름 둘렸고
그 가운데 세상 기운 멀리 절 하나 서 있네
산으로 거꾸러지는 소나무 그림자는 해 따라 나타나고
계곡에서 나오는 종소리는 나무 뒤에서 들리네
염불하느라 때 잊은 중은 혼자 앉아있는데
가을 감상하는 습관 있는 나그네들이 무리를 이뤘네
흘러나오는 약수는 사람들 다퉈 마시려 하는데
경치 점검하다 보니 저녁 어스름에 다다르네

석 굴 천 성 요 백 운
石窟天成繞白雲
기 중 건 사 원 진 기
其中建寺遠塵氣
도 산 송 영 수 양 현
倒山松影隨陽現
출 곡 종 성 격 수 문
出谷鍾聲隔樹聞
염 불 망 기 승 좌 독
念佛忘機僧坐獨
상 추 유 벽 객 성 군
賞秋有癖客成群
약 천 류 출 인 쟁 음
藥泉流出人爭飮
점 검 풍 연 도 석 훈
點檢風烟到夕曛

146

정방폭포에서
正房瀑布

성난 파도 산 아래 돌을 때려대니 怒濤激石下山前

정신이 황홀하여 興(흥)이 온전치 못하네 恍惚精神興未全

처음에는 하늘 가운데 은하수 떨어진 줄 의심했더니 初訝中天銀漢落

다시 보니 층층이 벽에 걸린 玉(옥) 무지개네 更看層壁玉虹懸

우렛소리 흰 구름 뒤에서 끊이지 않으니 雷聲不斷白雲裡

물보라 길게 푸른 산봉우리 가에 걸려있네 雨色長橫靑嶂邊

풍경은 이리도 좋은데 도리어 글재주는 둔하니 風景如斯才反鈍

詩(시)는 수습하기 어렵고 그림은 전하기 어렵네 詩難收拾畫難傳

한라산에서
漢拏山

한라산이 우뚝 흰 구름 가로 솟았으니 漢拏聳出白雲邊

땅이 열린 후로 언제든 시간 멈춘 일 있으랴 地闢何時不記年

좋은 경치가 일찍이 신선 세계 열었으니 勝景曾開仙世界

신선과 사람이 처음으로 속세 인연 맺었네 神人首作俗因緣

태평양 한가운데 섬 떠있고 太平洋水中浮島

南極星(남극성) 빛이 가깝게 하늘에 접해있네 南極星光近接天

산 위에 연못 만들어진 것 진정 絶景(절경)이요 山上成潭眞絶景

돌아갈 길 까마득히 잊고 悠然(유연)하게 앉아있네 渾忘歸路坐悠然

백록담에서
白鹿潭

천지가 열린 이래 얼마나 시간이 흘렀는가 — 개벽유래도기시 開闢由來度幾時

한라산 정상에 크게 연못을 이뤘네 — 한라산정대성지 漢拏山頂大成池

地勢(지세)는 높아 만 길이나 되는데 찾는 사람 드물고 — 세고만장인희적 勢高万丈人稀跡

地境(지경)은 외지니 천 년 자태를 보전했네 — 경벽천년지보자 境僻千年地保姿

얕은지 깊은지 형세는 측량하기 어렵고 — 여천여심형불측 如淺如深形不測

가득 차지도 바짝 마르지도 않았으니 이치를 알기 어렵네 — 무영무축리난지 無盈無縮理難知

솔개 날고 물고기 뛰는 것은 천연의 모습이니 — 연비어약천연태 鳶飛魚躍天然態

살아있는 물 발원 머리는 도 닦는 이가 엿보는 것이네 — 활수원두도체규 活水源頭道體窺

능동 대공원에서 즉흥으로 짓다
陵洞大公園卽事

차량 통행 금지되니 조용하여 티끌도 없고 — 불통차마정무애 不通車馬靜無埃

별 세상 공원에 또 누대를 짓네 — 별유공원우축대 別有公園又築坮

좋은 계절 이르니 이름 난 이들 모여들고 — 절계양신명사도 節屆良辰名士到

땅엔 맑은 기운 깃드니 좋은 경치 열렸네 — 지종숙기승구개 地鍾淑氣勝區開

누각 앞에 낙엽은 비단 편 것 같고 — 누전낙엽여포금 樓前落葉如鋪錦

돌 모퉁이 감돌아 흐르는 물결은 우르릉 우레 같네 — 석각류파사전뢰 石角流波似轉雷

단풍과 국화가 다투어 영화를 뽐내니 가을 경치 좋고 — 풍국쟁영추색호 楓菊爭榮秋色好

다시 詩(시) 지을 구상하며 오래 배회하네 — 갱장시의구배회 更將詩意久徘徊

봉암을 찾아가서 애기를 풀다
訪鳳庵敍話

9월에 바람은 찬데 한낮 되기 기다려
다시 술 취한 기운에 옷자락 떨치네
반평생 주역 읽었으나 功(공) 없이 늙고
천 리 밖 고향 생각해도 꿈 빌려 돌아갈 뿐이네
너른 들엔 가을 거쳐 누런 벼 수확했고
푸른 하늘엔 비 오지 아니하고 흰 구름만 떠도네
몇 번이나 상대하여 한담한 후에
느지막이 지는 해 끼고 사립문으로 돌아가네

구 월 풍 한 대 오 휘
九月風寒待午暉
갱 승 취 흥 진 면 의
更乘醉興振綿衣
반 생 독 역 무 공 로
半生讀易無功老
천 리 사 향 차 몽 귀
千里思鄉借夢歸
대 야 경 추 황 도 확
大野經秋黃稻穫
청 천 불 우 백 운 비
青天不雨白雲飛
수 시 상 대 한 담 후
數時相對閒談後
만 대 사 양 반 죽 비
晚帶斜陽返竹扉

삼청동 시회에서
三清洞雅會

안개 낀 풍광 구경하느라 모이는 곳 늦게 들어갔더니
삼청동 안에는 이미 9월 가을철이네
바람에 놀란 붉은 잎은 막 나무와 이별하고
비에 담뿍 자란 노란 꽃은 이미 가지마다 가득하네
옛 풍속으로 집안 다스림을 사람들은 괴이하다 여기고
새 규칙으로 나라 다스림은 세상이 다 신기하다 칭하네
우리의 道(도)를 돌이킬 날이 언제이리요
뱃속 티끌 씻으려 또 한잔 들었네

위 상 연 광 입 경 지
爲賞烟光入境遲
삼 청 동 리 구 추 시
三清洞裡九秋時
경 풍 홍 엽 방 사 수
驚風紅葉方辭樹
자 우 황 화 이 착 지
滋雨黃花已着枝
구 속 제 가 인 작 괴
舊俗齊家人作怪
신 규 치 국 세 칭 기
新規治國世稱奇
만 회 오 도 지 하 일
挽回吾道知何日
욕 세 진 강 우 일 치
欲洗塵腔又一巵

도봉산에 들어가서

入道峯山

도봉산 아래에서 또 좋은 곳 찾자 하니
사방 주위로 가을빛이 의외로 새롭네
시든 나뭇잎 가지에서 떨어짐은 모두 환상의 꿈이요
차가운 꽃 봉우리만 터져 홀로 봄기운 내는 척하네
늙는다는 것은 정해진 분수니 다시 젊어지기는 어려우나
부자 되는 것은 마음 부지런하면 되니 가난 벗기는 쉽네
옛날 배움은 이 세상에서 값 적게 부르나
십 년이나 세상에 굽혀 시 지으니 좋은 시인일세

道峯山下又尋眞
四面秋光意外新
荒葉辭柯皆幻夢
寒花綻蕾獨留春
老由定數難還少
富在勤心易免貧
舊學於今聲價少
十年枉作好詩人

금요일 모임에 참석해서

參金曜會

장충단 위로 석양은 기울고
旗亭(기정: 음식점)엔 약속한 大家(대가)들이 모였네
제비와 기러기는 때를 알아 번갈아 오가고
바람과 구름은 비를 빚어 하늘가를 맴도네
시 짓는 工力(공력)은 늙어지니 삼 할이나 줄었는데
酒量(주량)은 근심 때문에 한 배가 늘었네
얕은 지식으로 어찌 첫째 둘째 다툴 수 있으랴
나는 좋은 글귀 내지 못해 자랑할 것이 없네

獎忠壇上夕陽斜
有約旗亭會大家
燕雁知時交地角
風雲釀雨轉天涯
詩工到老三分減
酒量緣愁一倍加
淺識何須爭甲乙
我無健句不能誇

가을밤에 낙서에서 시 지음
秋夜洛西詩題

가을밤은 장차 깊어 가는데 잠 못 이루니

蕭蕭(소소)히 떨어지는 나뭇잎은 그칠 줄 모르네

바람이 낙엽 몰아가는 창문에는 비 지나가고

달빛 비치는 차가운 서리에 골목엔 안개도 적네

다듬이 방망이 소리 급히 나니 늦은 계절 걱정이요

외로운 등불 느껴 생각하니 남은 날이 걱정이네

떠돌이 인생은 쉬 늙어 이룬 功業(공업) 없고

도리어 문학의 인연 늦게 이룸을 부끄러워하네

추 야 장 심 미 득 면
秋夜將深未得眠
소 소 락 목 하 무 변
蕭蕭落木下無邊
풍 구 락 엽 창 과 우
風駈落葉窓過雨
월 조 한 상 항 소 연
月照寒霜巷少烟
쌍 저 급 성 우 만 절
雙杵急聲憂晚節
고 등 감 상 석 잔 년
孤燈感想惜殘年
부 생 이 로 무 공 업
浮生易老無功業
환 괴 만 성 문 학 연
還愧謾成文學緣

세검정 시 모임에서
洗劍亭雅集

북악산 앞으로 신발 끌고 움직이니

구월 가을이 다 가려 하니 계절은 어긋나지 않는구나

담 모퉁이에 핀 국화는 황금처럼 빛나고

바위 머리에 얼어붙은 물은 白玉(백옥)처럼 기이하네

꿈에 기대 고향 찾아가니 천 리 길도 빨리 가고

고뇌에 찬 마음으로 일 도모하나 시간만 늦게 가네

四方(사방) 物色(물색)이 지금 같으면

다시 언제나 태평성대 즐기기를 기다릴 수 있을까

북 악 지 전 권 극 이
北岳之前倦屐移
구 추 장 진 불 위 기
九秋將盡不違期
국 개 장 각 황 금 찬
菊開墻角黃金燦
수 동 암 두 백 옥 기
水凍岩頭白玉奇
빙 몽 귀 향 천 리 속
憑夢歸鄉千里速
뇌 심 모 사 일 시 지
惱心謀事一時遲
사 방 물 색 금 여 허
四方物色今如許
갱 대 하 시 락 태 평
更待何時樂太平

151

늦은 가을에 회포를 쓰다
暮秋書懷

해와 달이 순환하니 나무는 잎 떨구니
日月循環落木成

오직 내 구름 같은 귀밑털만 가을 정취를 느끼네
惟吾雲鬢感秋情

靑山(청산)은 우뚝 서 하늘을 찌른다 알려오고
靑山聳立衝天報

綠水(녹수)는 길게 울며 바다로 들어간다 소리 지르네
綠水長鳴入海聲

늙어가는 생애 술 취해 딴 세상에서 노닐며
老去生涯遊酒國

하는 일 없이 詩城(시성)을 쌓네
閒來事業築詩城

風雲(풍운)의 변하는 모습이 지금 같으면
風雲變態今如許

다시 언제나 태평성대 즐기기를 기다릴 수 있을까
更待何時樂太平

嚴冬(엄동)은 이미 가까워 와 나그네 회포만 커지고
嚴冬已迫客懷增

어젯밤 寒波(한파)에 처음 얼음 얼었네
昨夜寒波始結氷

물을 향해 돌아가는 기러기는 먼 산봉우리 비껴가고
向水歸鴻橫遠峀

바람 딸 지는 낙엽은 굴러 굴러 높은 언덕으로 올라가네
隨風落葉轉高陵

쓸쓸한 세상 풍경에 가을 기운 슬퍼하니
蕭條物態悲秋氣

강개하여 근심하는 심정은 늙어가는 징조를 느끼게 하네
慷慨心情感老徵

지금 세상에서 옛것 배움은 공연한 환상의 꿈이니
學古於今空幻夢

내 백 가지 재주에 하나도 能(능)함이 없음이 씁쓰름하네
笑吾百技一無能

수요일 시회에서

水曜雅會

詩(시) 짓는 취흥 지루해서 저녁노을 아래 앉았더니

석양빛이 붉게 지붕 위에 비스듬하네

서리 내린 가을 하늘엔 기러기 소리 자주 들리고

고목에 잎 떨어지니 앉아있는 까마귀 보기 쉽네

고향이 항상 생각 속에 들어오니 꿈만 잦아지고

이웃은 情(정)이 다른 것 같아 마음이 절로 멀어지네

날씨가 갑자지 추워지니 모인 사람 적어

서글픈 마음으로 발걸음 돌려 뜰아래 모래땅으로 내려가네

支離詩趣坐烟霞
夕照拖紅屋上斜
霜落秋天頻聽雁
葉辭古木易看鴉
鄕常入想夢還數
隣若異情心自退
天氣猝寒人少會
悵然回屐下庭沙

진산 태고사에서

太古寺珍山

멀리 대둔산에 오르니 푸르고도 깎아지른 듯 높은데

절은 산속 백장이나 높은 언덕에 있네

하늘거리는 나비는 무리를 지고 꽃은 비단처럼 깔렸는데

교태부리는 꾀꼬리는 친구 부름이 버들이 쑥 부르듯 하네

근심 씻어내자니 취한 홍취가 항상 적음이 마음 걸리나

興(흥)을 타니 詩心(시심)이 많아도 싫지 않네

경치 좋은 곳 찾아 다행히 한가로운 境界(경계) 만나니

중은 창가에 조용히 앉아 또 읊조리네

遠登大芚碧嵯峨
寺在山中百丈阿
狂蝶成群花似錦
嬌鶯喚友柳如蔖
滌愁醉興常嫌少
乘興詩心不厭多
探勝幸逢閒境界
僧窓靜坐又吟哦

금산에 있는 영벽루 터를 지나며

過映碧樓址錦山

지팡이 멈추고 우두커니 서보니 홀로 슬퍼 마음 아프고

정공저립독비상
停筇佇立獨悲傷

누대는 헐려 밭을 이루니 꿈 마당이 되었구나

누훼성전화몽장
樓毀成田化夢場

寂寞(적막)하기 오랜 세월 변함없이 폐허로니

적막다년의구폐
寂寞多年依舊廢

한 세대 번화해 이름 날린 시절은 잠시일세

번화일대잠시양
繁華一代暫時揚

구름 빛은 점차 검어져 봄비를 머금더니

운광점흑장춘우
雲光漸黑藏春雨

山色(산색)은 도로 밝아져 한낮 햇빛 쏟아내네

산색환명로오양
山色還明露午陽

지난 일 유유하니 누구에게 기대어 물어 볼까나

왕사유유빙숙문
往事悠悠憑孰問

지난 날 돌이켜 생각하니 감개가 무량하네

회사석일감무량
回思昔日感無量

보석사에서

寶石寺

멀리 난초 찾으니 淸秋(청추: 음력 8월) 다가온 것 같고

원심란약도청추
遠尋蘭若到淸秋

사방의 경치는 전에 노닐던 어떤 곳보다도 더 좋네

사면풍광승석유
四面風光勝昔遊

산은 그림 병풍처럼 三面(삼면)으로 둘렀고

산사화병삼면요
山似畵屛三面繞

물은 한 줄기 맑은 거울처럼 흐르네

수여명경일조류
水如明鏡一條流

불경소리 들은 속세 나그네는 티끌세상 꿈에서 깨어나고

청경속객성진몽
聽經俗客醒塵夢

염불하는 高僧(고승)은 속세 근심 잊었네

염불고승망세수
念佛高僧忘世愁

다시 지팡이 끌고 맘 끌리는 대로 가려 하다

갱욕휴공수의거
更欲携筇隨意去

우연히 옛 친구 만나 詩(시)를 남기네

우봉고구이시류
偶逢故舊以詩留

옥천 영국사에서

寧國寺沃川

오솔길 굽이굽이 경치 좋은 곳에 접해 있고

소나무 삼나무 빽빽이 洞天(동천: 신선이 사는 곳)이 고요하네

숲 덮인 산봉우리는 구름 위로 삐죽 뚫고 나오고

돌 사이 시냇물은 구불구불 흐르다 폭포를 이루네

聖主(성주)가 남겨놓은 성벽은 푸른 산봉우리 둘러있고

道僧(도승)의 짤막한 비석은 나지막한 언덕에 세워 있네

천 년 古刹(고찰)은 예전과 같이 남아 있는데

경치 찾던 詩人(시인)은 몇이나 가고 남았나

세 로 영 우 접 승 구
細路縈紆接勝區

송 삼 울 밀 동 천 유
松杉鬱密洞天幽

임 만 돌 올 천 운 출
林巒突兀穿雲出

석 간 투 이 작 폭 류
石澗透迤作瀑流

성 주 잔 성 환 벽 장
聖主殘城環碧嶂

도 승 단 갈 립 평 구
道僧短碣立平丘

천 년 고 찰 의 전 재
千年古刹依前在

탐 경 소 인 기 거 류
探景騷人幾去留

황간에 있는 가학루에서

駕鶴樓黃澗

신선은 학을 타고 이미 멀리 돌아갔는데

단지 높은 누각 하나 옛 관아 근처에 있네

문 지키며 거문고 타는 것으로 세월 녹이다

지팡이 짚고 좋은 글귀 찾으며 안개 노을 감상하네

地境(지경) 그윽하여 처음엔 보이는 새 적지 않더니

봄이 다 갔는데도 오히려 피지 않은 꽃 많네

지어줄 詩(시) 겨우 끝나 바야흐로 돌아가려 하니

처마에 드리워진 산 그림자가 석양에 비스듬하네

선 인 가 학 이 귀 하
仙人駕鶴已歸遐

지 유 고 루 근 구 아
只有高樓近舊衙

수 호 탄 금 소 일 월
守戶彈琴消日月

휴 공 멱 구 상 연 하
携笻覓句賞烟霞

경 유 불 소 초 간 조
境幽不少初看鳥

춘 진 유 다 미 발 화
春盡猶多未發花

시 채 재 상 방 욕 거
詩債纔償方欲去

도 첨 산 영 석 양 사
倒簷山影夕陽斜

우이동을 지나가며

過牛耳洞

산 옆 꽃과 대나무는 누구네 화원이냐 물었더니

집집마다 흩어져 나는 연기 모여 저절로 마을 하나 이루었네

비 머금은 뜬구름은 왔다가 다시 가고

바람 따라 지는 낙엽은 엎어졌다 또 젖혀지네

백 년 학업에 詩(시) 천 수로세

한나절 정감 풀어내며 술 한 잔 기울이네

글재주 겨루며 불콰하게 취한 것이 지금까지 몇 번이던고

나무 그늘 땅에 드리우니 황혼이 가까워졌네

방산화죽문수원
傍山花竹問誰園

산재인연자작촌
散在人烟自作村

양우부운래부거
釀雨浮雲來復去

수풍락엽복환번
隨風落葉覆還飜

백년학업시천수
百年學業詩千首

반일서정주일준
半日舒情酒一樽

백전홍감금기도
白戰紅酣今幾度

수음도지근황혼
樹陰倒地近黃昏

금요일 시회에서

金曜雅會

장충단 언덕에 耆英會(기영회) 마련되니

온갖 나무는 붉고 누르러 경치가 정말 좋네

가운데는 그림 병풍이 三面(삼면) 산봉우리로 열렸고

밖으로는 큰 저자거리가 사방으로 둘러쌌네

이런 때 어떤 나그넨들 취한 술이 능히 깨겠는가

가는 곳마다 산이 있어 근심이 묻히지 않네

예부터 내려오는 문장에 가을 느낌 있는 바인데

宋(송)가는 슬프고 潘(반)가는 흥겨우니 각자 생각이 다르네[75]

기영회설장충애
耆英會設獎忠崖

만수단황경정가
萬樹丹黃景正佳

중개채병삼면수
中開彩屛三面峀

외위대시사방가
外圍大市四方街

차시하객취능성
此時何客醉能醒

도처유산수불매
到處有山愁不埋

종고문장추소감
從古文章秋所感

송비반흥각수회
宋悲潘興各殊懷

---

75) 耆英會(기영회) 모임에 宋氏(송씨)인 경남선생과 潘氏(반씨)인 친구가 있었던 것으로 추측됨.

북악산장에서 김영권이 마련한 모임
北岳山莊金英權設會

북악산장이 동쪽으로 우뚝 서있으니

장엄한 누각의 형세는 古宮(고궁)과 같네

한 구역 물과 돌이 거리 밖으로 화려하고

십 리 뻗친 煙霞(연하: 고요한 산수)는 그림 속에 살아있는 듯

滕閣(등각)[76]의 기이한 인연은 마땅히 다시 얻어야 하고

蘭亭(난정)[77]에서 마시는 罰酒(벌주) 또한 헛일이네

두 가지 어려운 일 나란히 있고 겸해서 노래와 춤도 있으니

취미는 맑고 한가로워 興(흥)이 다하지 않네

멀리나 가까이 있는 글 짓는 분들이 크게 주인댁에 모이니

佳人(가인)과 才子(재자)가 한 술자리에 있네

靑山(청산)은 지는 해 밖으로 우뚝 서있고

流水(유수)는 제멋대로 흩어진 돌 사이로 길게 울며 가네

좋은 곳에 와서 詩(시) 지으니 바야흐로 힘이 솟고

술잔은 좋은 날을 만나니 또한 빌 틈이 없네

주인 노인네 뜻은 융성하여 진정 多感(다감)하니

글재주 겨루며 불콰하게 취하니 홍취는 다함이 없네

북 악 산 장 용 립 동
北岳山莊聳立東
장 엄 루 세 고 궁 동
莊嚴樓勢古宮同
일 구 수 석 화 가 외
一區水石華街外
십 리 연 하 활 화 중
十里烟霞活畵中
등 각 기 연 응 재 득
滕閣奇緣應再得
난 정 벌 주 우 성 공
蘭亭罰酒又成空
이 난 병 좌 겸 가 무
二難幷座兼歌舞
취 미 청 한 흥 불 궁
趣味淸閒興不窮
원 근 문 장 대 회 동
遠近文章大會東
가 인 재 자 일 연 동
佳人才子一筵同
청 산 흘 립 사 양 외
靑山屹立斜陽外
유 수 장 명 란 석 중
流水長鳴亂石中
시 도 명 구 방 유 력
詩到名區方有力
준 봉 승 일 역 무 공
樽逢勝日亦無空
주 옹 성 의 진 다 감
主翁盛意眞多感
백 전 홍 감 취 막 궁
白戰紅酣趣莫窮

---

76) 중국 등왕각을 이름. 왕발이 지은 "등왕각서"라는 글이 유명하며, 여기에 여러 사람이 모인 내용이 있어 기연의 다시 만남을 거론한 것임.

77) 왕희지가 지은 "난정서"의 무대로, 시 짓기에 지면 벌주를 마시는 내용이 있음.

백운암 시 모임에서
白雲庵雅集

배움의 바다에 情(정)은 깊고 煙霞(연하)는 늙어가는데	情深學海老烟霞
관악산 앞에 외딴 집 한 채 있네	冠岳山前別有家
나무는 바람에 다 상해 낙엽이 많고	樹盡傷風多落葉
국화는 구름 무릅쓰고 홀로 꽃을 남기고 있네	菊能冒雲獨留花
가을이 절기를 바꾸어 초겨울이 가까와 오니	秋將換候初冬近
서울은 이미 강으로 나뉘어 십 리 멀리 있구나	京已分江十里賒
다행히 여러 해 전부터 별일 없는 나날 얻으나	幸得年來無事日
매번 詩(시) 지어줄 빚 있어 술 한 잔 더하네	每因詩債一盃加
관악에 해질녘 저녁놀을 대하니	冠岳斜陽對晚霞
旗亭(기정: 술집)에 흥이 남아 집에 돌아가지 못하네	旗亭餘興未歸家
푸른 안개 골짜기에 잠겨 물처럼 완연하고	碧烟沉壑宛如水
붉은 잎으로 수놓은 산은 도리어 꽃보다 낫구나	紅葉繡山還勝花
강적 만나 재주 겨루니 詩(시)는 더욱 굳세지고	强敵爭工詩益健
좋은 때에 같이 즐기니 술 살 만하네	良辰共樂酒能賒
늙어가며 멋대로라 정신은 흐려가지만	老來縱有精神減
배움의 바다엔 호탕한 情(정)이 날로 더해지네	學海豪情逐日加

정릉동에 들어서며

入貞陵洞

다시 경치 좋은 곳 만나 지팡이 멈추고 걸터앉으니 　更逢勝境倦筇停

四面(사면)의 風光(풍광)이 그림 병풍처럼 둘러쳤네 　四面風光繞畵屛

시든 나뭇잎은 온통 붉어 가을 뒤의 색깔이요 　荒葉全紅秋後色

어지러운 구름은 아직 검은 빗 기운이 남아있네 　亂雲尙黑雨餘形

흥망성쇠를 꿈꾸는 것은 사람 모두의 번뇌요 　興衰有夢人皆惱

영광이나 치욕에 마음 두지 않아 나 홀로 깨어있네 　榮辱無心我獨醒

시내와 산은 예와 같은데 몸은 점차 늙고 　依舊溪山身漸老

소싯적 짝지어 詩(시) 짓던 친구들 반이나 시들어 떨어졌네 　少時詩伴半凋零

산촌을 지나며 옛 친구를 만나서

過山村逢故人

산촌에 일이 있어 멀리 숲 뚫고 들어가니 　山村有事遠穿林

서넛 農家(농가)가 버드나무 그늘 옆에 있네 　三四農家傍柳陰

울타리 아래 지나가는 개는 누렁이요 　籬下吠過黃耳犬

나무 사이 둥지 튼 것은 푸른 깃 새네 　樹間投宿翠翎禽

세상 물정 어느 곳이 트인 鵬程(붕정: 앞으로 갈 먼 길)이리요 　世情何處鵬程闊

아무도 없는 대청마루에 낮잠 드니 나비 꿈 깊네 　午睡虛堂蝶夢深

은근히 술잔 주고 받으며 세속 모양 벗어나니 　酬酌殷勤無欲態

세속 티끌 끊어진 곳에 眞心(진심)이 드러나네 　紅塵斷處露眞心

천축사에서
天竺寺

한 구역 淸淨(청정)하게 티끌 끊어진 곳에

절 집 하나 萬丈(만장)이나 높은 곳에 걸려 있네

산골짜기 시냇가에서 친구를 만나니 四美(사미) 겸하고

몸을 天地(천지)에 맡기니 三才(삼재: 天地人)가 갖춰졌네

성긴 울타리 사이로 사나운 개 사람 엿보고 짖어대고

외진 곳 그윽하게 새들은 섬돌 가까이 날아오네

세월은 어느덧 흘러 겨울철 돌아오니

소나무 푸르고 단풍 붉어 錦繡(금수: 수놓은 비단)를 만들었네

일 구 청 정 단 진 애
一區淸淨斷塵埃

승 사 고 현 만 장 대
僧舍高懸萬丈坮

요 우 계 산 겸 사 미
邀友溪山兼四美

기 신 천 지 비 삼 재
寄身天地備三才

이 소 맹 견 규 인 폐
籬踈猛犬窺人吠

경 벽 유 금 근 체 래
境僻幽禽近砌來

거 연 세 월 회 동 절
居然歲月回冬節

송 벽 풍 홍 금 수 재
松碧楓紅錦繡裁

홀로 앉아 회포를 쓰다
獨坐書懷

소슬하게 차가운 바람에 낙엽은 쌓이고

고요한 창가에 홀로 앉아 마음 가다듬기 어렵네

궁색함 보내려 하나 가난은 그대로 남아있고

늙는 것 고치기 어려우니 병만 점점 가까워오네

구름은 비를 뿌리려 바야흐로 모여들고

세월은 매화를 독촉해 벌써 꽃망울 맺게 하네

반평생 청춘의 날 허비하고도

白首(백수)되어 이룬 것 없으니 우습고도 서글프네

소 슬 한 풍 낙 엽 퇴
蕭瑟寒風落葉堆

정 창 독 좌 의 난 재
靜窓獨坐意難裁

송 궁 불 거 빈 유 재
送窮不去貧猶在

의 로 난 성 병 점 래
醫老難成病漸來

운 양 우 징 방 취 합
雲釀雨徵方聚合

세 최 매 악 이 배 태
歲催梅萼已胚胎

평 생 허 비 청 춘 일
平生虛費靑春日

백 수 무 공 소 차 애
白首無功笑且哀

동백꽃을 보고 회포를 쓰다
見冬柏花書懷

멀리 남해 바닷가에서 동백을 구해 왔더니

붉은 꽃이 반쯤 펴 몇 가닥 새가지를 토해내네

피고 지기를 몇 번인고 때에 따라 다르지만

이르거나 늦거나 꽃피는 것은 모두 고르게 뜻을 얻네

바른 길 걸으니 누가 지금 白髮(백발)을 비난하리요

어리석다 해도 나는 아직 옛 청춘이라 믿네

옛 친구가 감사하게 준 선물은 진정 多感(다감)도 하여

뜰 안에 가득 찬 風光(풍광)은 가난해지지 않았네

동 백 원 구 남 해 빈
冬柏遠求南海濱

홍 영 반 토 수 지 신
紅英半吐數枝新

영 허 월 기 수 시 이
盈虛月幾隨時異

조 만 화 개 득 의 균
早晚花皆得意均

공 도 수 비 금 백 발
公道誰非今白髮

치 정 아 상 구 청 춘
痴情我尚舊青春

고 인 혜 증 진 다 감
故人惠贈眞多感

만 원 풍 광 미 작 빈
滿院風光未作貧

화계사에서 열린 시회에서
華溪寺雅會

여러 잡스런 나무들 가운데 푸른 삼나무 우뚝 섰고 　雜樹中間聳翠杉

신령스런 구역에 점점 비범한 경치 속으로 들어가네 　靈區漸入景非凡

울어대는 바람에 잎새 속삭여 공연히 비 오는 소리 내고 　嘶風葉語空成雨

지는 해 아래 산 모양은 홀연히 산 아지랑이 일으키네 　斜日山容忽起嵐

詩(시) 짓는 재주 패권 다투며 글 재주 겨룸이 많으니 　爭霸詩工多白戰

근심 녹이려 술자리 가지니 불쾌하게 취한 것이 몇 번인가 　消愁酒政幾紅酣

그윽한 情(정) 후련히 풀어내고 겸해서 술 마시며 읊조리니 　幽情暢叙兼觴咏

정녕 蘭亭(난정)[78]에 젊은이나 어른이나 모두 모인 것과 같네 　正似蘭亭少長咸

그림 속 시내와 산은 의외로 아름답고 　畫裡溪山意外佳

하늘은 이 좋은 경치로 우리네들을 이끄네 　天將勝景惹吾儕

바람과 서리 쉽게 견딘 노란 꽃 펴있고 　風霜易耐黄花在

언덕과 골짜기는 낙엽에 묻혀 분간 어렵네 　丘壑難分落葉埋

우연히 詩城(시성)에 이르니 글짓기 대가들이 어울려 있고 　偶到詩城詞伯伴

또 근심 녹인다 술꾼 병사 배열해 陣(진)을 쳤네 　又消愁陳酒兵排

만약 술과 노래 아니라면 무엇으로 消日(소일)할꼬 　若非觴咏何消日

취한 후에 높이 읊조려 회포 풂이 마땅하네 　醉後高吟可舒懷

---

78) 157쪽 각주 77 참조.

대시전에 참배하며 강화도에서 환웅천왕(단군의 아버지) 제사 차
參拜大始殿 江華享桓雄天王

小春(소춘: 10월) 3일에 마니산에 오른 것은

開天節(개천절) 축하 위해 제사 지낼 때일세라

이 아름다운 곳에서 詩(시) 읊은 이 몇이나 될까

어둑어둑한 거리에 촛불 잡은들 밤은 어이 하리

어지러이 날리는 붉은 잎새 많아 좁은 길 메우고

점차 시드는 황국화는 반이나 가지에 거꾸러졌네

팔십 넘어 높은 곳 오른다 하니 진정 가소로워

어리석게도 뒷날 다시 오리라 공연한 약속하네

소 춘 삼 일 상 마 니
小春三日上摩尼
위 축 개 천 전 헌 시
爲祝開天奠獻時
승 지 음 시 인 기 허
勝地吟詩人幾許
혼 구 병 촉 야 하 기
昏衢秉燭夜何其
난 비 홍 엽 다 매 경
亂飛紅葉多埋逕
점 수 황 화 반 도 지
漸瘦黃花半倒枝
팔 질 등 림 진 가 소
八耋登臨眞可笑
치 정 공 약 후 래 기
痴情空約後來期

참성단에서 행촌(號) 이암(名)공의 운에 맞춰
塹星壇 次杏村李公嵒韻

몸에 날개 돋은 듯하니 신선의 경지에 오른 것 같이

천 길 높은 마니산에 오똑 앉아 있네

멀리 가까이 여염집들은 산 아래에 몰려 있고

오고 가는 큰 배 작은 배는 섬 앞에 있네

滄溟(창명: 큰 바다)은 아득히 멀어 땅 끝 없는 것 같고

동굴과 골짜기는 그윽이 깊어 별천지로세

일찍이 지어 놓은 靈壇(영단)[79]은 지금도 남아있는데

蒼茫(창망)[80]히 지난 일이 오천 년일세

신 여 우 화 의 등 선
身如羽化擬登仙
천 인 마 니 좌 올 연
千仞摩尼坐兀然
원 근 려 염 산 저 하
遠近閭閻山底下
왕 래 가 함 도 기 전
往來舸艦島其前
창 명 묘 막 의 무 지
滄溟杳漠疑無地
동 학 유 심 별 유 천
洞壑幽深別有天
증 축 령 단 금 상 재
曾築靈壇今尚在
창 망 왕 사 오 천 년
蒼茫往事五千年

---

79) 영혼의 위패 모신 곳.

80) 넓고 멀어 아득함.

정족산성에서
鼎足山城

강화읍 밖으로 급히 차 몰고 나가서
정족산성에 발걸음 멈춰 옮겼네
鍾(종) 떨어지고 燈(등) 전해진 유적지에
이끼가 돋아나 紀功碑(기공비)를 씻어 깎았네
앞서 산 사람들 나비 꿈은 천년이 빨리도 갔는데
이제 나의 鵬程(붕정)이 늦어지니 어느 때인고
단풍은 붉고 국화는 노랗고 넓은 바다는 푸른데
三郎城(삼랑성) 古跡(고적)이 새로운 詩(시) 불러내네

강 화 읍 외 급 차 치
江華邑外急車馳
정 족 성 중 권 극 이
鼎足城中倦屐移
종 락 전 등 유 적 사
鍾落傳燈遺跡寺
태 생 세 도 기 공 비
苔生洗釖紀功碑
전 인 접 몽 속 천 재
前人蝶夢速千載
금 아 붕 정 지 기 시
今我鵬程遲幾時
풍 적 국 황 창 해 벽
楓赤菊黃滄海碧
삼 랑 고 적 야 신 시
三郎古蹟惹新詩

충열사에서 회포를 쓰다
忠烈祠書懷

淸(청)나라 사람들이 城(성) 가까이 온 줄도 모르고
느긋이 자연 험한 것만 믿고 병사는 걱정도 않았네
무모하여 패전한 장수는 살아서 도리어 욕을 먹고
직분 지킨 충신은 죽어서도 오히려 더 영광이네
흐르는 물 길게 천 년의 恨(한)스러움 울어대니
떨어지는 꽃이 한때의 감정을 더 복받치게 하네
어찌 꼭 차마 그때 일을 얘기하랴
蹈海(도해)[81]와 高談(고담)[82]은 禍(화)만 이루는 것을

미 식 청 인 이 박 성
未識淸人已迫城
만 과 천 험 불 우 병
謾誇天險不憂兵
무 모 패 장 생 환 욕
無謀敗將生還辱
수 직 망 신 사 유 영
守職忘臣死愈榮
유 수 장 명 천 재 한
流水長鳴千載恨
낙 화 증 감 일 시 정
落花增感一時情
하 수 인 설 당 년 사
何須忍說當年事
도 해 고 담 야 화 성
蹈海高談惹禍成

---

81) 고결한 절조.
82) 거리낌 없는 말.

고려의 옛 궁전을 다시 짓는 데 붙여
重建高麗古宮

古蹟(고적)을 두루 보고 점차 동쪽으로 향해 가니	古蹟周看漸向東
연경궁 터에 또 궁을 짓네	延慶宮址又創宮
꽃에 취해 시대를 탄식하기를 가을 세 번 지난 후니	醉花吟葉三秋後
기러기 움켜잡고 새 부리는 것이 한결 꿈속이네	搏鴨操鷄一夢中
經綸(경륜)을 복구하는 데 진정 뜻이 성대하니	復舊經綸眞盛意
새롭게 하는 사업의 공적도 또한 기이하네	維新事業亦奇功
도읍지를 이 땅으로 옮긴 것은 천연의 험준함 때문이니	移都此地由天險
지난 왕조 돌이켜 생각하면 한스럽기 그지없네	回憶前朝恨不窮

진송루에서 강화성 북문의 문루가 이제 중건됨에 따라
鎭松樓江華城北門樓今重建

지금까지 황폐하기를 몇 년이 지났는가	荒廢於今度幾年
층층 누각을 푸른 산 꼭대기에 다시 짓네	層樓重建碧山巓
여염집은 거리 따라 연이어 늘어서있고	閭閻撲地連街上
큰 배 작은 배는 가까운 바닷가에 어지러이 널려있네	舸艦迷津近海邊
술 빚는 노란 국화 향기는 소매 끝에 묻어나고	酒釀黃花香動袖
단풍으로 시 짓자니 벼루가 잔치 자리에 남아있네	詩題紅葉硯留筵
멀리 경치 좋은 곳 찾아 즐겨 노니는 나그네가	遠探勝景優遊客
옛 생각에 마음 아파하니 興(흥)이 온전치 못하네	感古傷心興不全

초지진에서 즉흥으로 짓다
草芝鎭卽事

짐 보따리 잠깐 멈추고 나루터 머리에 앉으니

눈 아래 아름다운 광경이 시 두루마리에 거둬지네

지는 해는 붉은 빛을 뿜어 구름 밖으로 떨어뜨리고

먼 산은 푸르름을 뽑아 바다 가운데 떠있네

용마루로 지붕 덮으니 초가지붕은 다 내버리고

육지와 연결해 다리 놓으니 배 띄울 필요 없네

近世(근세)의 風潮(풍조)가 도리어 예보다 나으니

萬頃蒼波(만경창파)에 이미 근심 사라졌네

잠 정 행 리 좌 진 두
暫停行李坐津頭

안 하 연 광 축 상 수
眼下烟光軸上收

낙 일 타 홍 운 외 도
落日拖紅雲外倒

원 산 추 벽 해 중 부
遠山抽碧海中浮

이 맹 개 옥 전 포 초
以甍蓋屋全抛草

연 육 성 교 불 범 주
連陸成橋不泛舟

근 세 풍 조 환 승 석
近世風潮還勝昔

창 파 만 경 이 무 수
蒼波万頃已無愁

농촌을 지나며
過農村

백 이랑 좋은 밭에 오두막 몇 채

지아비는 밭 갈고 지어미는 길쌈하는데 자식은 책을 읽네

산을 둘러가는 돌 사이 오솔길은 새우등처럼 굽었고

물가 따라 두른 가시 울타리는 고라니 눈처럼 성기네

세상일에 관계치 않으니 근심에 어찌 고뇌하리요

농사 일에 열심이면 즐거움은 마땅히 따라 오는 것이라네

나같이 물결치는 대로 공연히 奔走(분주)하여선

도리어 촌 늙은이 처음 져버리지 않음을 부러워하네

백 무 량 전 수 동 려
百畝良田數棟廬

부 경 부 직 자 간 서
夫耕婦織子看書

요 산 석 경 하 요 곡
繞山石逕鰕腰曲

임 수 형 리 궤 안 소
臨水荊籬麂眼踈

세 사 비 관 수 기 뇌
世事非關愁豈惱

농 공 시 무 락 응 여
農功是務樂應餘

여 오 랑 적 공 분 주
如吾浪跡空奔走

환 선 촌 옹 불 부 초
還羨村翁不負初

겨울밤에 우연히 짓다
冬夜偶成

한밤중에 잠 설치고 텅 빈 대청에 앉으니
三秋(삼추)는 다 지나고 밤이 점차 길어지네
달이 하는 가운데에 어두우니 별이 대신 빛나고
바람이 地面(지면)을 차게 하니 이슬이 서리가 되네
책과 주역에는 가난도 편히 여기는 방책이 있지만
어떤 약도 늙지 않게 하는 방책을 이루기는 어렵네
自古(자고)로 누가 백발을 고칠 수 있으리요
마음대로 公道(공도)라 불러대니 아득히 슬퍼 마음 상하네

중 소 실 매 좌 공 당
中宵失寐坐空堂
과 진 삼 추 야 점 장
過盡三秋夜漸長
월 회 천 심 성 대 촉
月晦天心星代燭
풍 한 지 면 로 위 상
風寒地面露爲霜
유 서 역 학 안 빈 책
有書易學安貧策
무 약 난 성 불 로 방
無藥難成不老方
자 고 수 능 의 백 발
自古誰能醫白髮
종 칭 공 도 만 비 상
縱稱公道謾悲傷

수요일 시 모임에서
水曜雅集

세월 따라 절기 흘러 더위가 변해 서늘함 되니
서리가 온갖 풀을 재촉해 향기로운 꽃 늙어가네
오늘 비가 올 듯하니 황새가 개미 둑 위에서 울고
겨울철 날씨 되니 지난밤엔 귀뚜라미가 평상 위로 올라오네
글쟁이 나그네들 재주 다투니 詩(시) 읊기 더욱 고달프고
찬바람 더 거세지니 취한들 어떠리오
지금처럼 싸늘한 날씨 일찍이 없었으니
구월에 털옷 껴입는 것이 어찌 통상이라 하리오

세 서 거 연 염 변 량
歲序居然炎變凉
상 최 백 초 로 군 방
霜催百草老群芳
우 징 금 일 관 명 질
雨徵今日鸛鳴垤
동 후 작 소 공 입 상
冬候昨宵蛩入床
사 객 쟁 봉 음 유 고
詞客爭鋒吟愈苦
한 풍 득 세 취 하 방
寒風得勢醉何妨
여 사 랭 기 증 희 한
如斯冷氣曾稀罕
구 월 호 구 기 위 상
九月狐裘豈謂常

이준 열사를 추도하며
追悼李儁烈士

일이 뜻대로 되기 어려워 꿈을 진실로 이루니
칼로 가슴을 찔러 세상 사람들 놀라게 했네
몰래 絲綸(사륜: 왕의 조칙)을 품고 임금님 이별하여
멀리 수레바퀴 몰아 나그네 신하가 되었네
충성으로 살아남을 뜻 도모함은 깡그리 잊고
義憤(의분: 의로움에 분기함)해 몸을 흔쾌히 죽게 하였네
泉臺(천대: 저승)가 이지러진 세상 같은 지 알지 못하나
文山(문산)이 公(공: 이준)과 이웃함을 어찌 부끄러워 하리오

事難如意夢成眞
以釰刺胸驚世人
暗抱絲綸辭聖主
遠催車轂作覊臣
忠誠頓忘謀生志
義憤甘爲快死身
未識泉坮如缺界
文山豈愧與公隣

문우사 시 모임에서
文友社雅集

오랫동안 詩(시) 지을 뜻을 갖고 지는 해 아래 앉았더니
호탕한 興(흥) 일어 친구 따라 술 거나한 별천지로 들어가네
밤새 내리던 비 개니 구름 그림자 흩어지고
북풍은 점차 차가워지니 기러기 소리 길어지네
아침에 핀 꽃 저녁에 시드니 붉은 무궁화 가련하고
여름철 나뭇잎은 겨울 지나며 푸른 대숲을 사랑하네
大地(대지)가 공을 이뤄 풍년 세월 즐거우니
책은 비록 벽에 감춰놨어도 곡식이 창고에 가득하네

久將詩意坐斜陽
豪興隨朋入醉鄕
宿雨新晴雲影散
北風漸冷雁聲長
朝花瘁夕憐紅槿
夏葉經冬愛翠篁
大地成功豐歲樂
書雖藏壁穀盈倉

운파 김용식이 찾아와서
雲坡金龍植來訪

옛 친구가 생각해줘 城東(성동)으로 찾아오니

늙어가며 서로 생각함은 彼此(피차)가 같네

萬里(만리) 나는 기러기는 산 너머로 가고

한줄기 흐르는 물 가운데 나무 한 그루 서있네

맑은 소리 옥처럼 닦은 그대를 부러워하고

부끄러운 나는 浪跡(낭적: 정처 없는 자취) 껍질처럼 맴도네

그윽한 회포 풀려고 노래하고 춤추니

석양에 돌아가는 손님이 興(흥)이 無窮(무궁)하여라

고 인 유 의 방 성 동
故人有意訪城東
노 거 상 사 피 차 동
老去相思彼此同
만 리 비 홍 산 저 외
萬里飛鴻山底外
일 조 류 수 수 기 중
一條流水樹其中
청 음 선 자 마 여 옥
淸音羨子磨如玉
낭 적 수 오 전 사 봉
浪跡羞吾轉似蓬
욕 서 유 회 가 차 무
欲舒幽懷歌且舞
석 양 귀 객 흥 무 궁
夕陽歸客興無窮

겨울밤에 우연히 읊다
冬夜偶吟

맑은 밤에 잠 못 이루고 외딴 누각에 앉아

자연을 금하지 아니하니 나는 자유롭기만 하네

방으로 들어오는 찬 소리 바람은 화살과 같고

하늘에 거꾸러져 남아 비추는 달은 갈고리 같네

근심 씻으려 술 나라로 들어가니 깼다 취했다 자주하며

거취를 詩(시) 짓는 데 맡김을 몇 번이나 머물렀는고

달갑지 않게 타향에 머물며 아직도 돌아가지 못하니

십 년 사람 일이 구름이 떠도는 것 같네

청 소 실 매 좌 고 루
淸宵失寐坐孤樓
불 금 강 산 아 자 유
不禁江山我自由
입 호 한 성 풍 사 시
入戶寒聲風似矢
도 천 잔 조 월 여 구
倒天殘照月如鉤
척 수 주 국 빈 성 취
滌愁酒國頻醒醉
탁 적 소 단 기 거 류
托跡騷坍幾居留
서 설 타 향 유 미 반
棲屑他鄕猶未返
십 년 인 사 등 운 부
十年人事等雲浮

169

수요일 모임에서
水曜會

바람 무릅쓰고 십 리를 달려 詩城(시성)에 찾아와서

매번 맑게 노닐며 늙어가는 情(정)을 위로하려 하네

온갖 나무 아름다운 마음에 꽃이 뒤에 망울 맺고

높은 하늘 비 그치어 기러기 날아갈 길을 꾸며주네

많은 근심은 쉽게 얼굴 붉게 만들고

약이 있어도 백발 되어가는 것은 고치기 어렵네

세상 일 모두 잊고 항상 좋은 글귀 찾으니

江山(강산) 다다르는 곳마다 정취가 평범하니 예사롭네

모 풍 십 리 방 시 성
冒風十里訪詩城
매 욕 청 유 위 로 정
每欲淸遊慰老情
만 수 방 심 화 후 약
萬樹芳心花後約
구 천 제 색 안 전 정
九天霽色雁前程
다 수 이 작 홍 안 변
多愁易作紅顔變
유 약 난 의 백 발 성
有藥難醫白髮成
세 사 혼 망 항 멱 구
世事渾忘恒覓句
강 산 도 처 의 평 평
江山到處意平平

정릉 시회에서
貞陵雅會

손님 기다리는 酒樓(주루: 술집)는 반쯤 문 열어 놓고

산은 그림 병풍처럼 三面(삼면)을 둘러 에웠네

갑자기 홀연하게 더웠다 서늘해지니 작게 구름 일고

지루하게 술 마시며 詩(시) 읊으며 지는 햇빛 보내네

하늘은 이미 고요하고 바람도 따뜻하고 온화한데

땅은 바야흐로 皎潔(교결)하여 구름이 흩어져 날리네

서양 풍속이 점차 동양으로 밀려오니 음악이 변하고

詩(시) 읊는 풍류도 곳곳에 자연이 드무네

주 루 대 객 반 개 비
酒樓待客半開扉
산 사 화 병 삼 면 위
山似畫屛三面圍
숙 홀 염 량 영 소 운
倏忽炎凉迎小雲
지 리 음 영 송 사 휘
支離飮咏送斜暉
천 이 적 요 풍 온 자
天已寂寥風蘊藉
지 방 교 결 운 분 비
地方皎潔雲紛飛
서 속 동 점 현 송 변
西俗東漸絃誦變
시 성 처 처 자 연 희
詩聲處處自然稀

문수사에서

文殊寺

장소가 한적하고 외져 내가 옴이 늦어지니

시월 찬바람에 느긋한 발걸음으로 옮겨가네

石壁(석벽)은 천 길이나 되고 山勢(산세)는 험한데

이끼 낀 비석은 육 척으로 글자 모양도 기이하네

나그네처럼 떠도는 인간세상에서 공연히 늙어감 한탄하니

순환하는 절기는 때를 어기지 않네

평생 詩(시) 흥취가 공연히 興(흥) 나게 하니

늦은 나이 인이 박힌 습관은 진정 고치기 어렵네

경 인 유 벽 아 래 지
境因幽僻我來遲

시 월 한 풍 권 극 이
十月寒風倦屐移

석 벽 천 심 산 세 험
石壁千尋山勢險

태 비 륙 척 자 형 기
苔碑六尺字形奇

역 려 인 간 공 탄 로
逆旅人間空歎老

순 환 절 후 불 위 기
循環節候不違期

시 취 평 생 공 야 흥
詩趣平生空惹興

연 하 고 벽 정 난 의
烟霞痼癖正難醫

문우사 시회에서

文友社詩會

떨어지는 해 먼 산봉우리 비켜 붉은 빛 던지고

시월 맑게 갠 빛은 남쪽 서울 비추네

우리네들 詩句(시구)는 호방 단아 건강하고

선배들의 忠心(충심)은 비석 위에서 밝네

분수는 하늘을 찔러 물보라 날리고

찬바람은 대나무 흔들어 맑은 피리 소리 내네

서늘한 마루 따뜻한 방을 수시로 드나드니

이 땅에 시인들을 몇이나 보내고 맞았는고

낙 일 타 홍 원 수 횡
落日拖紅遠岫橫

소 춘 제 색 조 남 경
小春霽色照南京

아 제 시 구 호 단 건
我儕詩句毫端健

선 배 충 심 갈 상 명
先輩忠心碣上明

분 수 충 천 비 세 우
噴水衝天飛細雨

한 풍 동 죽 주 청 생
寒風動竹奏淸笙

양 헌 환 실 수 시 적
凉軒煥室隨時適

차 지 소 인 기 송 영
此地騷人幾送迎

일요일 모임에서
日曜會

음력 10월 초에 이 모임 다시 참석해서

오랫동안 이별했던 사귄 情(정)을 한나절에 풀어내네

政治(정치)는 모두 새로운 世俗(세속)에 따르나

文辭(문사)는 홀로 옛 사람 글을 사랑하네

바람 따라 지는 낙엽은 정처 없이 날리고

눈 만드는 뜬 구름은 가도 남음이 있네

젊어서부터 經綸(경륜)으로 무슨 사업했나

혀와 붓을 업으로 삼으니 계획은 이미 멀어졌네

재 참 차 회 소 춘 초
再參此會小春初

구 별 교 정 반 일 서
久別交情半日舒

정 치 개 종 신 세 속
政治皆從新世俗

문 사 독 애 고 인 서
文辭獨愛古人書

수 풍 락 엽 비 무 정
隨風落葉飛無定

양 설 부 운 거 유 여
釀雪浮雲去有餘

자 소 경 륜 하 사 업
自少經綸何事業

설 경 필 누 계 증 소
舌耕筆耨計曾踈

겨울밤에 회포를 쓰다
冬夜書懷

백 년도 못 살았는데 서리가 머리에 가득 차고
生未百年霜滿頭

光陰(광음: 세월)은 有限(유한)한데 잠시도 쉼이 없네
光陰有限暫無休

누군들 황금 얻는 꿈에 취하지 않으리오
何人不醉黃金夢

이 세상 같은 마음으로 白髮(백발)을 슬퍼하네
此世同情白髮愁

떨어졌다 다시 피는 것은 花十日(화십일:십 일 피는 꽃)이요
落又重開花十日

이지러졌다 다시 차는 것은 月千秋(월천추:천 년 달)일세
消而更長月千秋

훗날 모두 빈손으로 돌아가리니
他時摠是歸空手

그래도 마음 속여 죽은 후까지 부끄럽게 하겠는가
肯作欺心死後羞

완전한 복 구하지 않는 이가 지금 누가 있으리요
完福不求今有誰

文章(문장)과 富貴(부귀)를 다 가지려 하네
文章富貴欲兼之

제비와 기러기 교체하는 天時(천시)는 바르고
燕鴻交替天時正

큰 조개와 도요새 서로 다투는 物慾(물욕)은 사사롭네
蚌鷸相爭物慾私

國運(국운)이 바야흐로 열려 새로운 국면이 세력 얻으니
國運方開新局勢

人材(인재)는 몇이나 훌륭한 男兒(남아)가 되었는고
人材幾作好男兒

오동나무 심은 지 이십 년에 소식 없으니
種梧廿載無消息

헛되이 늙어가며 뜰 앞 나뭇가지에 봉황새 앉기 기다리네
虛老庭前待鳳枝

낙엽

落葉

사방에 산은 소슬하고 된서리 내리는 가을에

낙엽은 어지러이 날려 나그네 愁心(수심) 일으키네

나무에 붙어있기 항상 싫어해 흔들기 그치지 않으니

가지에서 떨어짐이 한스러우나 흩어져 거두기 어렵네

위 아래 다퉈 날아 그만둠을 모르니

각각 동서로 가서 머무름이 정해짐 없네

움직임과 머묾이 항상 바람의 조화를 따르니

차가운 소리가 몇 번이나 창머리로 들어왔는가

四山蕭瑟肅霜秋

落葉紛飛惹客愁

着樹常嫌搖不止

辭柯有恨散難收

爭飛上下不知息

各去東西無定留

動靜恒隨風造化

寒聲幾度入窓頭

장충단 시 모임에서

奬忠雅集

무성하던 숲이 황폐하져 쓸쓸하니 단지 소나무만 푸르고

밤새 내리던 비 개어 멀리서 걸음 옮겨 멈추네

한 줄기 냇물은 맑고 푸르러 밝기가 거울 같고

사방 산은 수려하여 병풍처럼 둘렀네

物華(물화)[83]가 저자에 모이니 진정 하늘이 준 보물이요

人傑(인걸)이 옷깃 이어 地靈(지령: 땅의 영령함)에 응하네

白首(백수)의 남은 삶에 무엇을 바랄까

지금부터 詩(시)와 더불어 모두 康寧(강녕)하시기를

茂林荒落只松靑

宿雨新晴遠屐停

一澗澄淸明似鏡

四山秀麗繞如屛

物華集市眞天寶

人傑連衿應地靈

白首餘生何所望

以今詩伴摠康寧

---

83) 자연의 아름다움.

은산정에서 정읍에 있음

隱山亭井邑

앞에는 물에 임해 있고 뒤에는 푸른 산이네	전 림 유 수 배 청 산 前臨流水背靑山
高士(고사: 고결한 선비)가 일찍이 서너 칸 집을 지었네	고 사 중 성 옥 수 간 高士曾成屋數間
가을 뒤 田園(전원)에 누런 벼 익고	추 후 전 원 황 도 숙 秋後田園黃稻熟
비 온 뒤 골짜기에 흰 구름이 한가롭네	우 여 동 학 백 운 한 雨餘洞壑白雲閒
지팡이 짚고 언덕 위에 올라 꽃구경 가니	휴 공 안 상 간 화 거 携筇岸上看花去
낚시 끝내고 냇가 머리에 달 보며 돌아가네	파 조 계 두 대 월 환 罷釣溪頭帶月還
자연에 거취를 맡기고 밭 갈며 책 읽으니	탁 적 림 천 경 여 독 托跡林泉耕與讀
風塵(풍진) 반세상에 참견하지 않네	풍 진 반 세 불 침 관 風塵半世不侵關

산속 집 창가에서 밤에 읊다

山窓夜吟

세상과 마음이 어긋나니 감정도 때가 아니네	세 여 심 위 감 불 신 世與心違感不辰
들에 피는 꽃 숲에 사는 새와 저절로 친해지니	야 화 림 조 자 성 친 野花林鳥自成親
江山(강산) 가는 곳마다 누가 주인 되는고	강 산 도 처 수 위 주 江山到處誰爲主
詩(시)와 술이 때맞춰 있으니 나 또한 손님일세	시 주 겸 시 아 역 빈 詩酒兼時我亦賓
大地(대지)에 바람 소리쳐 우니 겨울 기운 세지고	대 지 풍 명 동 기 세 大地風鳴冬氣勢
긴 하늘에 달 비치니 밤에 정신도 맑네	장 천 월 조 야 정 신 長天月照夜精神
평생 분수 지켜 항상 無事(무사)하고	평 생 수 분 항 무 사 平生守分恒無事
집집마다 나는 연기 수습하여 타고난 천성 기를 수 있네	수 습 연 광 가 양 진 收拾烟光可養眞

문우사 시회에서
文友社雅會

술 벗하는 시 짓는 친구들이 이 정자에 모이니

매번 시 지어줄 빚이 있어 멀어도 지팡이 짚고 가서 머무네

바람 앞에 낙엽은 누렇게 골짜기에 쌓이고

비 온 뒤 물결은 푸르게 물가로 넘쳐나네

작은 나라에 功名(공명) 얻었다고 사람들은 쉽게 취하지만

고달픈 하늘 세월에 누가 능히 술 깰 수 있나

지루하지만 웃고 얘기하다 보니 돌아갈 길 잊고

종치는 소리에 놀라 일어나 느지막이 뜰을 나서네

酒伴詩朋會此亭

每因宿債遠筇停

風前落葉黃堆壑

雨後流波翠溢汀

蟻國功名人易醉

楚天日月孰能醒

支離笑話忘歸路

驚起踈鍾晚出庭

백운암에서 회포를 쓰다
白雲庵書懷

들 빛은 음침하여 느지막이 햇빛 스러지고

남쪽과 북쪽에 사는 시인들이 한 무리 이루네

가을 기운 점점 많아져 골짜기엔 낙엽 쌓이고

비 올 징조인가 아직도 하늘에 두루 구름 끼었네

사는 곳 멀고 가까움 달라 서로 만나기 어렵고

일은 한가하거나 바빠 쉽게 각각 나뉘네

가난한 선비 생애에 별 취미 없고

때때로 글재주 겨뤄 시 읊으며 취하네

陰沉野色晚斜暉

南北騷人作一群

秋氣漸多堆壑葉

雨徵尚作遍天雲

居殊遠近難相合

事有閒忙易各分

寒士生涯無別趣

時時白戰咏兼醺

전 여사에게 드림

贈全女士

誠助館(성조관)에서 일찍이 연을 맺었는데

마음을 부처에게 의탁하고 남은 삶을 보내고 있네

자비로운 품성으로 항상 부처를 생각하고

담박한 생애 또한 신선과 같네

江山(강산) 한 모퉁이 얻어 이어 주인이 되니

저절로 오는 달과 바람은 돈과는 상관없다네

榮枯(영고: 성하고 쇠함) 백 년이 누구 꿈인가

세속 명리 탐내는 맘 다 없애고 홀로 어진이를 사모하네

성 조 관 중 증 결 연
誠助館中曾結緣

탁 심 석 씨 송 여 년
托心釋氏送餘年

자 비 품 성 상 사 불
慈悲稟性常思佛

담 박 생 애 역 사 선
淡泊生涯亦似仙

점 득 강 산 잉 작 주
占得江山仍作主

자 래 풍 월 불 관 전
自來風月不關錢

영 고 백 세 수 비 몽
榮枯百歲誰非夢

진 려 소 마 독 모 현
塵慮消磨獨慕賢

수요일 모임에서

水曜會

가을바람 다 지난 때 목멱산(남산)에 오르니

쓸쓸한 物色(물색)에 感懷(감회)가 더해가네

산 형세는 심히 험해서 높은 곳에 돌 쌓였는데

물 기운은 바야흐로 추위에 두껍게 얼음 얼었네

꽃은 佳人(가인)과 같아서 볼수록 더 예쁘고

파리는 몹쓸 손님 같아 대할수록 더 미워지네

늙어 하는 일 없이 글귀만 찾으며

매번 旗亭(기정)에 모여서 각자 잘하는 것 뽐내네

과 진 추 풍 목 멱 등
過盡秋風木覓登

소 조 물 색 감 회 증
蕭條物色感懷增

산 형 심 험 고 퇴 석
山形甚險高堆石

수 기 방 한 후 결 빙
水氣方寒厚結氷

화 사 가 인 간 유 호
花似佳人看愈好

승 여 고 객 대 편 증
蠅如苦客對偏憎

노 무 사 업 심 장 구
老無事業尋章句

매 회 기 정 각 천 능
每會旗亭各擅能

겨울밤에 느긋이 읊음

冬夜謾吟

백 가지 재주 갖고 다퉈 봐도 하나도 잘하는 것 없으니	百技爭工一未能
근심 귀신이 날로 병과 더불어 쳐들어와 능멸하네	愁魔日與病侵陵
티끌 쓸어내 깨끗이 하려고 바람을 빗자루 삼고	掃塵作潔風爲箒
밤에 비춤이 도리어 밝은 달은 등불 대신이네	照夜還明月代燈
山水(산수) 靈氣(영기)를 모았으니 마음은 이미 적당하나	山水鍾靈心已適
功名(공명)은 분수가 있어 꿈에라도 기대기 어렵네	功名有數夢難憑
지루한 苦海(고해: 괴로운 세상)에 삶이 무슨 보탬 되는가	支離苦海生何益
앞날이 응당 정해진 징조에 따른다 말하지 말라	莫道前程應壽徵
서울에 반세상 옷 한 벌로 가난하게 살지만	半世長安一布寒
고달픈 지팡이 다다르는 곳이 모두 騷壇(소단)이라네	倦筇到處揔騷壇
달이 밝아 낮 같으니 새들은 나무에서 놀라 날고	月明如晝鳥驚樹
겨울 날씨 따뜻하기 봄 같으니 사람들은 난간에 기대섰네	冬暖似春人倚欄
고향은 태평하나 오기 쉽지 않고	故國昇平來不易
타향은 괴롭고 어려워 가기 더욱 어렵네	他鄉苦楚去尤難
이 인생 어찌 못하고 근심 속에 늙어가니	此生無奈愁中老
잠시 얻은 나그네 정취는 취한 뒤에 너그러워지네	暫得羈情醉後寬

소춘(음력 10월) 시회에서

小春雅會

하늘은 北風(북풍)으로 겨울이 크게 옴을 알리고

매화 감상 모임 있어 서로 좋게 모이네

지루한 나그네 꿈 근심은 천 갈래요

멀리 떨어진 고향 가는 길은 몇 겹이나 막혔는가

분수는 물결 일으켜 이내 폭포를 이루고

뜬 구름은 비 뿌리지 않고 다시 산 봉우리로 돌아가네

늙어서 하는 일 없으니 적막함 삭이기 어렵고

글재주 겨루며 다투다 지팡이 오래 짚고 서있네

천 이 북 풍 명 대 동
天以北風鳴大冬

상 매 유 회 호 상 종
賞梅有會好相從

지 리 객 몽 수 천 서
支離客夢愁千緒

초 체 향 개 로 기 중
迢遞鄉開路幾重

분 수 양 파 잉 작 폭
噴水揚波仍作瀑

부 운 불 우 갱 귀 봉
浮雲不雨更歸峰

노 무 사 업 난 소 적
老無事業難消寂

백 전 쟁 공 구 주 공
白戰爭功久住筇

충단 시 모임에서
忠壇雅集

遠上峰(원상봉) 머리에서 성곽 서쪽을 바라보니

높은 층루 큰 건물들이 들쭉날쭉하네

푸른 용마루에 비껴 지는 해가 온 시내를 둘러싸고

누런 나뭇잎은 바람에 날려 골목길에 덮이고

서울 남쪽 한강은 바다처럼 가슴 넓네

북쪽으로 높이 솟은 화려한 산은 눈에 아른거려 어지럽고

每週(매주) 모임 약속하여 담소 나누니

興(흥)이 陶陶(도도)하여 저녁에나 집으로 돌아가네

구름길(출셋길)은 멀지만 일찍 핀 매화 감상하고

陰氣(음기) 끝에 陽氣(양기) 생기니 다시 봄을 알리네

낙엽이 공중에서 번득이니 바람의 조화요

뜬 구름이 해를 가리니 비가 올 조짐이네

세상 사정 비록 바뀌어도 이 내 몸은 굽어있고

운수는 어찌 吾道(오도: 유교의 도) 펼치기 어려운고

흰 머리 공연이 많고 詩(시) 짓는 痼癖(고벽)만 있으니

騷壇(소단)을 또한 만들어 詩(시) 읊는 이 사랑하네

遠上峰頭望郭西

層樓廣廈不相齊

翠甍斜日全圍市

黃葉飄風半沒蹊

南圻漢江胸海闊

北高華岳眼花迷

每週約會交談笑

逸興陶陶暮返栖

雲程遠賞早梅新

陰極陽生又報春

落葉飜空風造化

浮雲蔽日雨精神

世情雖易此身屈

天運豈難吾道伸

白髮空多詩痼癖

騷壇尙作愛吟人

한겨울 회포를 쓰다
仲冬書懷

나라가 태평하기 오래도록 바라며 세월 보내니 久望昇平送歲華

無情(무정)한 백발이 겨울 속에 비치네 無情白髮鏡中斜

비 온 끝에 산에는 높이 뜬 아침 해 걸려있고 雨餘山掛三竿日

구름 뒤에 하늘은 온갖 나무 꽃을 장식하네 雲後天粧萬樹花

국가에 공을 이루는 것은 누구의 사업인가 家國成功誰事業

江山(강산)에 몸을 맡기니 내 生涯(생애)로세 江山托跡我生涯

세력 가진 자들이 이 세상 속이지 못하게 하게나 莫將勢力欺斯世

결국은 몸을 그르쳐 백성의 원한만 늘리는 것을 終作誤身民怨加

순환하는 절기는 잠시도 쉼이 없고 循環節序少無休

어제는 청춘이던 것이 이미 흰 머리라네 如昨靑春已白頭

예부터 신선의 인연은 어디에서 얻는가 從古仙緣何處得

지금 苦海(고해)에 이 몸이 떠있네 于今苦海此身浮

오랫동안 風月(풍월) 읊음이 느긋이 고질병 되었거늘 久吟風月謾成癖

새와 꽃만 偏愛(편애)하니 도리어 근심은 잊어버리네 偏愛鳥花還忘愁

꽃다운 이름 죽은 후에 남기려 하지 말게나 未使芳名遺死後

맑고 차게라도 이 세상 넘기는 것이 좋은 계책일세 淸寒度世是良謀

동작진 시 모임에서
銅雀津雅集

외로운 오리 떼 가지런히 날고 붉은 노을 떨어지는데 　孤鶩齊飛落紫霞

漢陽城(한양성) 밖으로 석양이 지네 　漢陽城外夕陽斜

버드나무는 세월 감에 따라 잎새 떨궜으나 　柳隨歲事雖無葉

사람 손 빌려 심겨진 국화는 꽃 만발이네 　菊借人工尙有花

근심 마귀 몰아내려니 酒量(주량)만 過(과)해지고 　欲逐愁魔過酒量

다시 좋은 경치 읊으며 시인들 모으네 　更吟勝景會詩家

우연히 날 알아주는 이 만나 한담하여 즐기니 　偶逢知己閒談笑

興(흥)이 빼어나 모든 것 잊어버리니 가는 길 늦어지네 　逸興渾忘去路賒

횡성에 있는 용소정에서
橫城龍沼亭

높은 정자가 邑(읍) 동쪽에 우뚝 서있는데 　屹立高亭在邑東

아름다운 경치는 끝이 없어 사방을 둘러봐도 똑같네 　無邊景色四望同

복숭아꽃 난만히 펴 아침 이슬 머금고 　桃花爛漫含朝露

버드나무 솜털은 너울너울 늦은 바람에 춤추네 　柳絮顚狂舞晚風

詩心(시심)을 묘하게 하려 하니 머리 희어지는 것 잊고 　欲妙詩心忘髮白

반쯤 취한 술기운에 어린 붉은 얼굴 되찾네 　半酣酒氣幻顔紅

우연히 용소 늪의 신선 세계 만나 　偶逢龍沼神仙界

술 한 잔에 시 한 수 지루하나 興(흥)은 다하지 않네 　觴咏支離興不窮

장충단 시 모임에서
忠壇雅集

늘그막 즐거움은 淸流(청류: 탐욕 없는 사람)와 벗함이니

배움의 바다에서 친구와 함께 공부하기 좋네

비는 뜬 구름을 싣고 먼 산봉우리로 돌아가고

바람은 낙엽을 불어 높은 누각 위로 올려놓네

인연 없는 富貴(부귀)는 일찍이 바라지 않았고

운수에 있는 淸寒(청한)이 노년에 어찌 허물이리요

세상 잊은 지 여러 해에 티끌세상 생각 적으니

어찌하여 가는 곳마다 詩(시) 근심이 일어나는가

노 래 락 사 반 청 류
老來樂事伴淸流

학 해 친 붕 호 공 유
學海親朋好共遊

우 재 부 운 귀 원 수
雨載浮雲歸遠峀

풍 취 락 엽 상 고 루
風吹落葉上高樓

무 연 부 귀 증 비 원
無緣富貴曾非願

유 수 청 한 만 기 우
有數淸寒晚豈尤

망 세 다 년 진 려 소
忘世多年塵慮少

기 하 도 처 야 시 수
其何到處惹詩愁

빗속에서 즉흥으로 짓다
雨中卽事

구름 기운 침침하여 늦은 햇빛 가리고

묵은 약속 어기기 어려워 사립문을 나서네

길 가는 사람들 비 피해 모두 우산 펼치고

달리는 차 흙탕물 튀겨 또한 옷을 적시네

늙으나 젊으나 心情(심정)은 事勢(사세)를 따라가고

흐림과 맑음의 조화는 天機(천기)를 바라보는 것이네

여러분들 詩(시)가 소용없다 한탄하지 말라

옛날에 이런 날이 잘못됐다 누가 어찌 알았으리요

운 기 침 침 엄 만 휘
雲氣沉沉掩晚暉

난 위 숙 약 출 시 비
難違宿約出柴扉

행 인 피 우 개 장 산
行人避雨皆張傘

주 철 양 니 역 습 의
走轍揚泥亦濕衣

노 소 심 정 수 사 세
老少心情隨事勢

음 청 조 화 망 천 기
陰晴造化望天機

제 군 막 한 시 무 용
諸君莫恨詩無用

주 석 안 지 차 일 비
疇昔安知此日非

눈
雪

북풍이 구름을 불어 사립문 안으로 밀어 넣고
구름 기운은 침침하여 낮이 어둠침침 아득하네
버드나무 솜털은 마당에 쌓여 즐거운 듯 색깔 내고
매화꽃은 나무에 맺었으나 향기 없음이 恨(한)스럽네
山川(산천)엔 새벽이 와 온통 하얗게 되고
소나무 잣나무는 밤을 지나니 모두 푸르름을 잃었네
天上(천상)과 人間(인간) 빛이 한 모양이니
느긋이 詩興(시흥) 갖고 빈 뜰을 거니네

북풍취운입시국
北風吹雲入柴局
운기침침주묘명
雲氣沉沉晝杳冥
유서퇴장환유색
柳絮堆場歡有色
매화착수한무형
梅花着樹恨無馨
산천도효혼성백
山川到曉渾成白
송백경소총실청
松栢經宵摠失青
천상인간광일양
天上人間光一樣
만장시흥보공정
謾將詩興步空庭

백운암 시 모임에서
白雲庵雅集

天氣(천기)가 음침하고 또 졸지에 추워지니
한겨울 서릿발 같은 귀밑털 노인네는 오가기 어렵네
매화는 눈을 무릅쓰고 처음 섬돌에 피어나고
버들잎은 바람 따라 난간 위로 올라왔네
배움의 바다에서 어리석은 마음으로 千古(천고)의 계획 세워
부평초처럼 타향서 정처 없이 떠돌며 즐긴 시간이 얼마리요
다행이 멀리 와서 詩會(시회) 이룸을 만나니
글재주 겨루며 남은 情(정)에 酒量(주량)만 너그러워지네

천기음침우졸한
天氣陰沉又猝寒
중동상빈왕래난
仲冬霜鬢往來難
매화모설초개체
梅花冒雪初開砌
유엽수풍원상란
柳葉隨風遠上欄
학해치심천고계
學海痴心千古計
평향랑적기시환
萍鄉浪跡幾時歡
행봉장지성시회
幸逢長至成詩會
백전여정주량관
白戰餘情酒量寬

겨울밤에 느긋이 읊다
冬夜謾吟

詩(시)와 술 있는 風情(풍정)에 느릿느릿 발걸음 이끌어 詩酒風情倦展牽

江山(강산) 다다르는 곳마다 읊으며 어깨 으쓱이네 江山到處聳吟肩

쇠잔한 나이 수명 계산해보니 남은 날 많지 않은데 衰齡壽算無多日

어리석게도 앞날을 여전히 소년처럼 생각하네 痴想前程尙少年

온갖 나무는 봄 생각하여 매화도 또 피는데 萬樹春心梅又發

九天(구천) 밤하늘엔 달이 다시 둥그네 九天夜色月重圓

일생을 돌아보니 정말 우습기 짝이 없어 一生回顧眞堪笑

단지 詩(시) 몇 편 있어 후세에 전하네 只有詩篇後世傳

내 성미 비웃으며 淸閒(청한)을 즐기니 笑吾性癖樂淸閒

꽃다운 젊은 날은 山水(산수)간에 보내네 虛送芳年山水間

뽑아도 다시 생겨나는 센 머리털 얄미운데 拔又還生憎白髮

취해 다시 젊어진다면 불그레한 얼굴 아낄 수 있을까 醉能更少愛紅顏

長天(장천)의 氣勢(기세)는 온갖 나무에 바람 불어대고 長天氣勢風千樹

大地(대지)의 精光(정광)은 눈에 덮여 일관하네 大地精光雪一關

적적한 빈 방에 대화 상대 없으니 寂寂空房無對話

느긋이 옛 원고 갖고 다시 늘였다 줄였다 하네 謾將舊稿又增刪

185

만산 임병진을 추도하며

追悼林晚汕秉鎭

서로 헤어지고 생각할 겨를 없이 서너 해 지났는데

그간에 소식 이미 茫然(망연: 아득함)하네

이미 玉京(옥경: 옥황상제 사는 곳) 향해 간지 모르고

오직 티끌 많은 이 세상에서 인연 이어지기를 원했네

騷壇(소단)을 주관하니 상자에 詩(시)가 가득했고

경치 좋은 곳에서 후하게 술 마시니 술자리와 매한가지일세

홀연히 幽明(유명)을 달리했다 전해 들으니

지난 情(정) 돌이켜 생각하며 九天(구천)을 바라보네

상 별 거 과 삼 사 년
相別遽過三四年

저 간 소 식 이 망 연
這間消息已茫然

부 지 이 향 옥 경 로
不知已向玉京路

유 상 경 위 진 세 연
惟想更爲塵世緣

주 관 소 단 시 만 협
主管騷壇詩滿篋

우 유 승 지 주 동 연
優遊勝地酒同筵

홀 문 전 설 유 명 격
忽聞傳說幽明隔

회 억 전 정 앙 구 천
回憶前情仰九天

가헌 신상구의 집에서 열린 시회에 참석하여

參申可軒相求家詩會

특별한 정기 있는 경치 많은 곳은

와우산 북쪽 한강 근처라네

無窮(무궁)한 國運(국운)은 새로운 국면 열었고

끝나지 않은 文風(문풍)[84]은 舊家(구가)를 보전하네

방죽 위 버드나무는 쓸쓸히 잎을 모두 떨궜고

楊梅(양매: 소귀나무)는 담박하게 꽃 피기 시작하네

그대 며느리 얻음 축하하며 詩會(시회)에 참석하니

경사가 문간을 넘쳐흘러 화려함 배가 되리라

별 유 령 구 경 색 다
別有靈區景色多

와 우 산 북 한 강 애
臥牛山北漢江涯

무 궁 국 운 개 신 국
無窮國運開新局

부 진 문 풍 보 구 가
不盡文風保舊家

제 류 소 조 개 탈 엽
堤柳蕭條皆脫葉

양 매 담 박 시 개 화
楊梅淡泊始開花

하 군 무 조 참 시 석
賀君撫棗參詩席

경 일 문 난 배 작 화
慶溢門闌倍作華

---

84) 글을 숭상하는 풍습.

186

백운암에서 몇몇이 모여서
白雲庵小集

詩會(시회)에 참석하기 위해 靑山(청산)에 들어서서
為參雅會入靑山

伽藍(가람: 절집) 水石(수석) 간에 같이 앉았네
共坐伽藍水石間

얼음 위에 눈 덮여 온통 하얀 세상인데
雪色添氷渾作白

매화가 대나무와 어울려 아롱진 무늬 만드네
梅花交竹合成斑

風煙(풍연)이 나를 멀리 쉬이 떠나도록 이끄니
風烟惹我遠行易

詩(시)와 술을 벗하는 그대와의 약속은 어기기 어렵네
詩酒伴君違約艱

비록 평생 좋은 글귀 못 냄이 부끄러워도
雖愧平生無健句

늘그막까지 이어 온 취미에 저절로 맑고 한가해지네
晚來趣味自淸閒

장충단에서 몇몇이 모여서
獎忠小集

특별한 공원이 아름다운 곳에 있어
別有公園擅勝區

번화한 시내에 제일 맑고 그윽한 곳이네
繁華市內最淸幽

눈 흔적이 물로 변해 흙탕물 신발에 들어오나
雪痕化水泥侵屐

느티나무 그늘져 햇빛에도 누각 만드네
槐樹成陰日上樓

康衢(강구: 편안한 세상)가 어디에 있는지 알지 못하지만
未識康衢何處在

단지 苦海(고해: 고달픈 세상)에 이 삶이 떠있네
只嫌苦海此生浮

어찌해야 사람 놀랠만한 좋은 구절 얻을 수 있을까
如何可得驚人句

느긋이 文章(문장) 배우기를 늙어서도 쉬지 않네
謾學文章老不休

187

일요일 시회에서

日曜詩會

비 오려다 도로 개니 흰 구름 굽이지고
시인들은 興(흥)이 나 성대한 연회 여네
점차 누렇게 장식하는 모습 가진 것은 봄 머금은 버드나무요
그윽이 맑은 향기 토해 내는 것은 섣달 기다리는 매화일세
길 위에 진흙탕 밟으니 지팡이 자국 찍히고
두루마리 중에는 지은 글귀가 붓이 찍은 꽃처럼 쌓이네
文章(문장)이 지금 시절에는 쓰임 얻지 못하니
술 한 잔 시 한 수에 모든 것 잊으며 떨어지는 해를 재촉하네

欲雨還晴白雲隈
騷人惹興盛筵開
漸粧黃態含春柳
暗吐淸香待臘梅
途上踏泥筇跡印
軸中題句筆花堆
文章不得今時用
觴咏渾忘落日催

장충단 시 모임에서

奬忠雅集

느지막이 나와 차를 타고 또 남쪽에 다다르니
모인 친구들 심심풀이 興(흥)에 難堪(난감)하네
얼어붙은 시냇물은 아직도 눈에 덮여 있고
지는 해는 산머리에 이미 산 아지랑이 만들었네
詩(시)가 근심 걱정 일으키니 읊은 후에 상쾌하고
술이란 미친 약이라 일컬으니 취하면 달콤하네
백 년 배움의 바다에 이루어 놓은 것 없으나
여전히 남은 情(정)과 세상 얘기 있다네

晩出乘車又到南
會朋消寂興難堪
寒氷澗畔猶堆雪
斜日山頭已作嵐
詩惹愁懷吟後快
酒稱狂藥醉時甘
百年學海無成就
尙有餘情世事談

일암 김한수를 애도하며
輓逸岩金漢水

지난 달 騷壇(소단)에서 담소할 적에	前月騷壇笑話時
누가 이내 영원히 서로 이별할 줄 알았으리오	誰知仍作永相離
어찌 그 잊어버림에 질펀히 恨(한) 많은가	何其忘却漫多恨
이미 울어봤자 슬픔에 보탬이 되지 않네	已矣哭之無益悲
평생을 즐기는 것이 거의 술뿐이었으니	行樂平生都是酒
百世(백세)에 이름 남긴 것은 단지 詩(시)뿐이라네	遺名百世只留詩
근처에 같이 살면서도 만남은 오히려 늦어	同居近處逢還晚
늙도록 같이 누리지 못하고 이처럼 급히 가버렸네	未享遐齡遽若斯

일요회에서 지은 시의 운에 맞춰
次日曜會韻

장충단 내 古城(고성) 모퉁이에	奬忠壇內古城隅
시인들이 잔치 자리 열어 술과 시가 다 있네	騷客設筵觴咏俱
文物(문물)은 모두 새로운 세계 따라가고	文物皆從新世界
강산은 변하지 않아 옛 首都(수도) 그대로네	江山不變舊皇都
붉은 매화 섬돌 앞에 펴있으니 봄은 아직 안 갔고	紅梅立砌春猶在
밝은 해 하늘 가로지르니 비는 이미 그쳤네	白日橫天雨已無
만약 畵工(화공)에게 이 풍경 그리게 하면	若使畵工摹此景
風光(풍광)이 어찌 輞川圖(망천도)[85]만 못할까	風光豈遜輞川圖

---

85) 망천은 당나라 시인 王維(왕유)의 별장이 있던 곳으로, 그곳의 아름다운 경치 스무 군데를 그린 유명한
   그림이 망천도임.

담배
烟草

南靈(남령: 담배)을 偏愛(편애)하기가 몇 해이던고
빈부에 관계치 않고 늙을수록 더욱 친해지네
근심 더해지는 세상 일로 잠들기 어려운 밤에
흥 일으킨 詩心(시심)이 아름다운 아침 맞으려 하네
고요한 집에서 사람 기다리며 공연히 달만 바라보다
경치 좋은 곳에서 술잔 대하니 점차 티끌세상 잊어버리네
모임이든 혼자 있는 곳이든 항상 벗이 되어주니
들이키고 내뱉는 향기로운 연기가 한결 맛이 새롭네

편 애 남 령 기 도 춘
偏愛南靈幾度春
불 관 빈 부 로 우 친
不關貧富老尤親
첨 수 세 사 난 면 석
添愁世事難眠夕
야 흥 시 심 욕 묘 신
惹興詩心欲妙辰
유 관 대 인 공 망 월
幽舘待人空望月
승 구 대 작 점 망 진
勝區對酌漸忘塵
회 유 독 처 상 위 반
會遊獨處常爲伴
흡 출 향 연 일 미 신
吸出香烟一味新

백운암 시회에서
白雲庵雅會

한겨울 날씨에 詩會(시회) 다시 여니
이 곳에서의 깨끗한 인연 반 년이 지났네
관악산 먼지는 살짝 눈에 덮이고
漢城(한성)엔 날 저물어 연기 피어오르네
讀書(독서)는 예부터 명성이 重(중)해지기를 바람이요
숨어 살던 지난 때 性命(성명)을 보전했네
언덕에 버드나무와 뜰에 매화는 봄이 멀지 않았다 하는데
서리는 어찌 점차 내 머리 주변을 물들이는고

갱 개 아 회 중 동 천
更開雅會仲冬天
차 지 청 연 과 반 년
此地淸緣過半年
관 악 진 매 미 유 설
冠岳塵埋微有雪
한 성 일 모 란 생 연
漢城日暮亂生烟
독 서 구 망 성 명 중
讀書舊望聲名重
둔 세 전 기 성 명 전
遯世前期性命全
안 류 정 매 춘 불 원
岸柳庭梅春不遠
상 하 점 염 아 두 변
霜何漸染我頭邊

미인의 잠 안영숙 여사의 운에 맞춰
美人睡 次安永淑女史韻

몸을 수놓은 베개에 맡기니 비녀 가락 떨어지고
붉은 화장 정리하지 못했는데 잠 깨기가 굼뜨네
땀은 꽃 같은 얼굴에 구슬처럼 이슬 맺고
귀밑털은 쓰르라미 머리처럼 푸른 실 늘어뜨렸네
처마 밑 한낮에 지루하게 비 내릴 때
방에 들어오는 봄바람이 맑고 화창할 때
얼마나 巫山神仙女(무산신선녀)[86] 꿈을 꾸었는고
깊은 규방 게으른 모습 남이 알까 두렵네

委身繡枕墮釵枝
未理紅粧罷睡遲
汗似花容珠露濕
鬂如蟪首翠絲垂
落簷午雨支離際
入戶春風淡蕩時
幾作巫山神女夢
深閨懶態恐人知

일요일 모임에서
日曜會

신령한 구역 다시 찾아 점점 眞境(진경)으로 들어가니
눈이 언덕을 꾸며 놓은 색깔에 그림 그릴 마음이 새롭네
골짜기 구름은 화려한 山面(산면)을 반쯤 숨겨버리고
산골짜기 시냇물은 멀리 한강 물가로 통하네
貧富(빈부)는 사정이 달라 나와는 맞지 않으니
궁하면 통한다는 운수가 있다지만 누가 따질 수 있는가
天時(천시)와 地理(지리)는 미루어 헤아리기 어려우니
자벌레의 앞길은 굽혔다 폈다 함이라네

更訪靈區漸入眞
雪粧岸色畵心新
谷雲半掩華山面
石澗遙通漢水濱
貧富殊情吾不合
窮通有數孰能均
天時地理難推測
尺蠖前程屈又伸

---

86) 남녀의 情(정)을 雲雨(운우)라 하는데 바로 그 운우로 변하는 무산의 여자 신선을 말함.

191

사직공원을 지나며 느낀 바 있어

過社稷公園有感

일찍이 모여 공원에 갔다 다시 돌아오곤 했으나
나그네들 흩어진 이유 나는 상관 없다네
어지러운 세상사 밖에서 다행이 性命(성명) 보전하였으니
느긋이 心情(심정)을 시 한 수와 술 한 잔에 맡기네
지난날 같이 교유하던 여러 白髮(백발)들은
한 해 한 해 永別(영별: 죽어 이별)하여 거의 푸른 산이네
富貴(부귀) 구한다고 공연히 노력하지 말게나
덧없는 꿈 깨고 나니 마음이 저절로 한가롭네

증 회 공 원 거 부 환
曾會公園去復還
근 인 객 산 아 무 관
近因客散我無關
행 전 성 명 풍 진 외
幸全性命風塵外
만 탁 심 정 시 주 간
謾托心情詩酒間
전 일 동 유 제 백 발
前日同遊諸白髮
비 년 영 별 기 청 산
比年永別幾青山
욕 구 부 귀 공 로 력
欲求富貴空勞力
의 몽 성 래 의 자 한
蟻夢醒來意自閒

일요 모임 시의 운에 맞춰

次日曜會韻

뜬구름은 골짜기에 흩어지고 비 갠 섬돌에
가을 지난 공원의 경치는 여전히 아름답네
푸른 물은 멀리 떨어진 곳에서부터 나뉘어 흐르고
푸른 산에 둘러싸인 요새가 하늘 끝을 한하네
文風(문풍)은 예부터 수시로 변하지만
세상일은 지금까지 나와는 어긋나기만 하네
겨우 詩(시) 대작하여 맞춰주니 남은 것은 술 취한 흥이요
느긋이 웃으며 이야기하고 농담하길 좋아하네

부 운 산 학 우 청 계
浮雲散壑雨晴階
추 후 공 원 경 상 가
秋後公園景尚佳
녹 수 중 류 분 지 각
綠水中流分地角
청 산 사 새 한 천 애
青山四塞限天涯
문 풍 자 고 수 시 변
文風自古隨時變
세 사 우 금 여 아 괴
世事于今與我乖
시 채 재 상 여 취 흥
詩債纔償餘醉興
만 장 소 화 호 회 해
謾將笑話好詼諧

한겨울에 품은 회포를 쓰다
仲冬書懷

부평초처럼 타향에 가난하게 숨은 지 이십 년
시와 술에 마음 맡기고 淸遊(청유)를 즐기네
오랜 세월 일 많으니 黃金(황금)은 꿈일 뿐이요
한 세상 同情(동정)하는 것은 白髮(백발) 근심이라네
땅 흔드는 찬 기운에 바람 세력 거세고
하늘에 가득 맑게 갠 빛은 비올 징조 거두었네
예부터 榮辱(영욕)은 모두 분수에 따른 것이니
분수 밖 功名(공명)은 구할 수 없음이네

궁 칩 평 향 이 십 추
窮蟄萍鄉二十秋
탁 심 시 주 락 청 유
托心詩酒樂淸遊
백 년 다 사 황 금 몽
百年多事黃金夢
일 세 동 정 백 발 수
一世同情白髮愁
동 지 한 성 풍 세 대
動地寒聲風勢大
만 공 제 색 우 징 수
滿空霽色雨徵收
고 래 영 욕 개 유 수
古來榮辱皆由數
분 외 공 명 불 가 구
分外功名不可求

눈 속에서 즉흥으로 짓다
雪中卽事

灞橋(파교) 건너 돌아오는 나그네 사방을 둘러보니
詩興(시흥)이 도도하여 醉興(취흥)이 더해지네
겨울 기운 점점 높아지니 바람은 화살과 같고
비올 징조가 홀연 변하여 눈이 소금처럼 내리네
景光(경광: 경치)을 偏愛(편애)하여 높은 곳에 자주 올라
수심 없애려 술 한 잔에 시 한 수 곁들이네
玉樹(옥수) 琪花(기화)가 大地(대지)를 장식하니
어디가 우리 마을인지 알지 못하겠네

파 교 귀 객 사 방 첨
灞橋歸客四方瞻
시 흥 도 도 취 흥 첨
詩興陶陶醉興添
동 기 점 고 풍 사 시
冬氣漸高風似矢
우 징 홀 변 설 여 염
雨徵忽變雪如鹽
경 광 편 애 등 림 삭
景光偏愛登臨數
수 서 욕 제 상 영 겸
愁緒欲除觴咏兼
옥 수 기 화 장 대 지
玉樹琪花粧大地
부 지 하 처 시 오 염
不知何處是吾閭

한겨울에 즉흥으로 짓다

仲冬卽事

한가한 틈타 신발 끌고 城東(성동)으로 나서니

들 빛은 어지러이 아득하여 바라보기 어렵네

겨울 기세는 쌓인 눈으로 千里(천리)가 하얗고

봄빛으로 매화 몇 가지에 붉은 꽃 드러내네

시 한 수에 술 한 잔 情(정)을 푸니 風塵(풍진) 밖이요

자취를 江山(강산)에 맡기니 살아있는 그림 속이네

人生(인생)이 모두 富貴(부귀)일 필요 없으니

가난을 편히 여겨 스스로 즐기니 온갖 근심 없어지네

北風(북풍) 白雪(백설) 심히 추운 때에

天氣(천기) 몹시 따뜻하니 기이한 節候(절후)일세

國家(국가)의 그저 그런 근심은 전부 술로 씻어내고

江山(강산)의 아름다운 경치 다시 詩(시)로 거둔다네

매화는 자줏빛 꽃 꼭지 일찍 펴 드리웠고

소나무 오래된 푸른 솔잎은 오래도록 보전되네

백 살까지인가 내 삶이 얼마쯤인지 모르겠으니

매번 시회 소식 전해지면 약속을 피하지 않네

乘閒曳屐出城東

野色迷茫眼力窮

冬勢雪封千里白

春光梅吐數枝紅

敍情詩酒風塵外

托跡江山活畫中

未必人生皆富貴

安貧自樂萬愁空

北風白雪酷寒時

天氣頗溫節候奇

家國閒愁全滌酒

江山勝景亦收詩

梅垂紫蔕開花早

松舊蒼髥保葉遲

百歲吾生無幾許

每聞雅會不違期

충단 시 모임에서
忠壇雅集

눈길에 신발 끌고 사립문 나서서	雪程携屐出柴扉
겨우 이 술자리 도착하니 한낮에 가깝네	纔到斯筵近午暉
나뭇잎은 가을빛을 띠며 문밖에 떨어지고	葉帶秋光門外落
구름은 비 내릴 뜻이 없이 고개 머리 위로 날아가네	雲無雨意嶺頭飛
治平(치평: 治國平天下) 사업은 헛된 많은 꿈이니	治平事業空多夢
술 마시며 시 읊는 생애에 기회 잃지 않았나	飮咏生涯不失機
閑談(한담)하며 지루히 세속에 얽매임 잊어버리니	閒話支離忘俗累
자연히 게으른 나그네들 석양에 돌아가네	自然倦客夕陽歸

백운암 시 모임에서
白雲庵雅集

나그네 적어 얼음 길 닿는 곳 적적하니 쓸쓸하고	客少氷程境寂寥
겨울 위세는 점차 혹독하여 朔風(삭풍)이 교만하네	冬威漸酷朔風驕
눈이 大地(대지)를 장식해 나무를 아름다운 玉(옥)으로 바꾸고	雪粧大地幻瑤樹
산은 뜬 구름을 이고 붉은 하늘로 솟구치네	山戴浮雲擎絳霄
궁벽했던 골목은 좋은 때를 타고 화려한 시장으로 변하고	僻巷乘時華市變
노인은 일도 없이 성대한 잔치 자리에 불려왔네	老翁無事盛筵招
유유자적 반평생에 사람들이 노인이라 부르니	優遊半世人稱老
비로소 고향 떠나 긴 세월 흘렀음을 깨닫네	始覺離鄕歲月遙

겨울밤에 우연히 읊다

冬夜偶吟

우연히 밤잠 설쳐 三更(삼경)에 앉아 있자니 　 偶然失寐坐三更

바람은 겨울 위세를 짚고 大地(대지)를 울리네 　 風仗冬威大地鳴

거리의 불빛은 천 점도 넘게 흩어져 있고 　 街上燭光千點散

하늘가에 달빛은 반달 되어 밝히네 　 天涯月魄半輪明

일찍이 山水(산수)에 노닐며 전에 졌던 빚 다 갚고 　 早遊山水償前債

늦었지만 글과 술에 맡겨 이 삶을 즐기리라 　 晚托文樽樂此生

세상 숨어 산 지 여러 해 이룬 바 없으니 　 遯世多年無所業

騷壇(소단) 들고 나는 것이 그저 마땅한 뜻이네 　 騷壇出入只宜情

니산 김희종을 추도하며

追悼金尼山熙宗

영남과 호서에 각각 살다 서울에서 모여 　 嶺湖各住會於京

떠도는 바다에서 서로 만나 모임 하나 이루었네 　 萍海相逢一社成

勝地(승지: 경치 좋은 곳) 관광에 함께 짝 짓고 　 勝地觀光同作伴

좋은 시절 글귀 찾는 데 또 이름 나란히 하네 　 良辰覓句又聯名

대대로 전해 온 詩(시)와 禮(예)의 家規(가규)가 소중하니 　 世傳詩禮家規重

물고기 잡이 땔나무 하는 신세지만 세속 걱정은 가벼이 하네 　 身在漁樵世慮輕

뜻밖에 부음으로 大化(대화: 큰 변화, 죽음)가 전해지니 　 料外凶音傳大化

幽明(유명: 죽음과 삶)을 이미 달리해 슬픔 감당 못 하네 　 幽明已隔不堪情

충단 시 모임에서
忠壇雅集

매주 모임 열어 한자리에 다 모이니	每週設會一筵咸
백발은 쓸쓸하고 베옷은 오래되었네	白髮蕭蕭舊布衫
오랫동안 人情(인정)을 살펴 보아 몸은 단단히 담금질 되어	久閱人情身百鍊
세상 일 말하기 어려워 입을 꽉 다무네	難言世事口三緘
오늘 아침 서울엔 구름 깔리고	今朝洛下穿雲屐
저녁 산 그늘엔 달이 돛배처럼 떠가네	薄暮山陰駕月帆
술과 시는 원래 보탬 되는 바 없는 것이나	觴咏元來無所益
근심 녹이는 취미에는 보통보다 뛰어나네	消愁趣味可超凡

백운암에서 즉흥으로 짓다
白雲庵卽事

오래된 약속 어기기 어려워 또 郊外(교외)를 지나니	難違宿約又過郊
友誼(우의: 우정)는 도리어 아교로 붙인 옻칠과 같네	友誼還同添和膠
눈 내린 후 고개에 소나무 홀로 빼어나게 빛나고	經雪嶺松光獨秀
지는 해에 길가 버드나무 그림자 서로 얽히네	斜陽路柳影相交
근심이 쫓아와 하루도 지탱하여 쫓아버리기 어렵고	愁來一日支離刧
천 년 지나온 일들이 頃刻(경각: 순식간)에 물거품이네	事去千年頃刻泡
이 어리석은 남자의 시 한 수 술 한 잔 즐김을 비웃지 말게나	莫笑愚夫詩酒樂
이 山水(산수)를 사랑하여 속세와의 인연은 던져버렸네	愛斯山水俗緣抛

일요회 시 모임에서
日曜會雅集

구름 속으로 차를 달려 또 공원에서 모이니
雲裡馳車又會園

한가함 참는 것이 도리어 번뇌 많아 고달픈 일이네
耐閒還苦事多煩

해가 처마 그림자를 옮겨 珠簾(주렴)에 가로지르게 하고
日移簷影橫珠箔

매화는 봄빛을 뿜어 玉(옥) 술잔 비치게 하네
梅吐春光映玉樽

이 세상 生涯(생애)를 모두 헛된 꿈에 부쳤으니
寄世生涯皆蝶夢

사람 속이는 抱負(포부)는 거의 앵무새 말일세
欺人抱負半鸚言

石崇(석숭)과 金谷(금곡)[87]은 이제 흔적조차 없지만
石崇金谷今無跡

예부터 있던 文章(문장)의 자취는 아직도 남아있네
往古文章蹟尙存

철 따르는 기러기처럼 와서 구름처럼 흩어지니
來如候雁散如雲

騷客(소객)들도 때에 맞춰 무리 지음 좋네
騷客隨期好作群

산머리에 눈 쌓여 새로운 그림 펼치고
雪積山頭新展畵

바람은 水面(수면)을 지나며 잔물결 무늬 만드네
風過水面細成文

집안 가득 온화한 기운은 忍(인: 참는 것)이 德(덕)이 되고
滿堂和氣忍爲德

일에 임해 좋은 계책은 그 공이 부지런함에 있네
臨事良謀功在勤

모임은 적고 헤어짐은 많음이 항상 恨(한)스럽더니
合少離多常有恨

은근히 얘기하며 서로 떨어짐을 안타까워하네
慇懃說話惜相分

---

87) 石崇(석숭)과 金谷(금곡)은 모두 중국 晉나라 시대의 문인이자 관리.

빗속에서 즉흥으로 짓다

雨中卽事

龍鳳亭(용봉정)에 우연히 詩(시) 연회 열었더니   偶設詩筵龍鳳亭

사방 둘러싼 山水(산수)가 저절로 병풍이 되었네   四圍山水自爲屛

깊은 겨울에 내리는 비는 절기에 어긋나고   深冬降雨乖天候

궁벽했던 골목은 큰 거리를 이루어 땅의 신령을 흔드네   僻巷成街擅地靈

風光(풍광)을 偏愛(편애)하여 세속의 일 잊고   偏愛風光忘俗事

매양 남은 나이 보전할 藥餌(약이: 약 되는 음식)를 구하네   每求藥餌保殘齡

세상 情理(정리)는 어쩌지 못하고 사람들은 함께 취하니   世情無奈人同醉

누가 강과 못에서 屈子(굴자)[88]가 술 깨어 있듯 하는가   誰似湘潭屈子醒

겨울밤에 회포를 쓰다

冬夜書懷

한밤중에 잠을 설쳐 꿈꾸기도 어려운데   中宵失寐夢難成

지난 일 생각하니 맘이 평온하지 못하네   往事商量意不平

나무는 온통 쓸쓸하고 바람 소리 크게 울려   萬木蕭條風響大

산마다 冷落(냉락: 쓸쓸 적막)한데 달은 환하게 밝네   千山冷落月華明

물결처럼 세속 밖으로 떠도니 황금은 흩어지고   浪遊物外黃金散

책 속에서 헛되이 늙어가니 흰머리만 나는구나   虛老書中白髮生

다행히 창가에 매화가 봄빛을 띠고   幸有窓梅春氣色

반쯤 미소 머금으니 詩情(시정)을 일어나네   半含笑態惹詩情

---

88) 楚(초)나라의 屈原(굴원)을 이름. 굴원이 湘潭(상담: 강과 못)을 떠돌며 남긴 〈어부사〉에서 "세상이 모두 취해 몽롱한데 나 홀로 술 깨어 있네"라는 구절이 있는데, 탁해진 세상에서 나 홀로 맑고 바르고자 한다는 의미이다.

마포에서 돌아오는 길에 회포를 쓰다
麻浦歸路書懷

六藝(육예)[89] 중에 잘하는 것 하나 없이

그저 어슬렁 세월 보내니 부끄러움을 이기지 못하네

앞날은 항상 닭 무리 속 학 되기를 원하건만

어찌 품어온 뜻은 천리마 꼬리에 매달린 파리를 기대하는가

바다로 통하는 강물 소리는 萬頃(만경) 파도요

하늘에 닿은 산의 기세는 돌 쌓여 千層(천층)이네

일찍이 文學(문학)에 이름값 없음을 알아서

어부와 나무꾼과 더불어 친구 맺지 못했음을 한탄하네

六藝之中盡不能
優遊度日愧難勝
前程尙望鷄群鶴
宿志何期驥尾蠅
通海江聲波万頃
接天山勢石千層
早知文學無聲價
恨未漁樵共結朋

장충단에서 즉흥으로 짓다
獎忠卽事

눈 밟고 다시 와서 바람을 무릅쓰나

늦은 나이에 품은 생각이 같은 사람 몇이나 되나

時情(시정: 지금의 정세) 得失(득실)은 달리는 말 보듯 잦고

한 해 지나는 일은 더웠다 추웠다 다시 기러기 소리를 듣네

늙어 또한 詩(시) 읊기 잊으니 마음은 적막하고

가난해도 항상 취해 있으니 기운이 호방하고 웅장하네

지난 날 돌이켜 생각해 보니 오늘이 어제 같은데

글재주 겨루는 마당엔 興(흥)이 공연하지 않네

踏雪重來冒冷風
暮年懷緖幾人同
時情得失頻看馬
歲事炎凉又聽鴻
老亦吟忘心寂寞
貧常醉惹氣豪雄
回思昔日今如昨
白戰場中興不空

---

89) 고대 중국 교육의 여섯 가지 과목으로, 예(禮), 악(樂), 사(射), 어(御), 서(書), 수(數).

신흥사 시회에서
新興寺雅會

경치 좋아 이름 난 곳에 약속이 있어 거듭 찾으니
有約名區再度尋

사방 주위에 먼지 하나 껴들어 오는 것 보이지 않네
四圍不見一塵侵

눈이 남아있는 풀 덮어버리니 황무지가 깨끗해지고
雪埋殘草荒蕪潔

새는 깊은 산 적막함을 깨뜨려 우네
鳥破深山寂寞吟

지난날 공연히 三刖玉(삼월옥)[90]을 생각했지만
前日空懷三刖玉

나이 들어서야 四知(사지)[91]가 金(금)처럼 귀함을 깨달았네
晚年始識四知金

다행히 성대한 모임에 참석하여 같이 술 마시며 시 읊으니
幸參盛會同觴咏

가야금 소리와 시 읊는 소리가 또한 제 소리를 알아듣네
琴韻詩歌亦解音

백운암 시 모임에서
白雲庵雅集

일과 맘이 어긋나니 꿈만 오히려 많아지고
事與心違夢尙多

늦은 나이에 消日(소일)하는 것이 詩(시) 읊조리는 일이네
晚年消日付吟哦

구름이 만 리에 열렸으니 鵬(붕)새는 제 갈 길로 돌아가고
雲開萬里鵬歸路

눈은 온 산 사슴 달린 언덕에 발자국 찍네
雪印千山鹿走坡

대대로 내려온 일이 시 짓기의 흥취로 전해지니 고뇌가 낫고
世業傳詩思愈苦

나그네 설움은 술로 씻어내니 기운은 항상 화평하네
客愁滌酒氣常和

歲除(세제: 섣달그믐)가 머지않으니 이제 곧 저물고
歲除不遠今方暮

오직 바라기는 늙어감에 탈 없이 지나가는 것이네
惟冀老來無恙過

---

90) 和氏之璧(화씨지벽)을 이름. 중국의 卞和(변화)라는 사람이 좋은 玉(옥)을 왕에게 바치려다 거짓으로
   오해 받아 세 번이나 발꿈치를 베는 刖刑(월형)을 받았다는 데서 나온 말.

91) 하늘을 알고 땅을 알고 나를 알고 상대방을 아는 것.

장충단 시회에서
獎忠壇雅會

오랜 약속 어기기 어려워 일찍 난간에 올라
難違宿約早登欄

금할 길 없는 風光(풍광)을 마음 내키는 대로 바라보네
不禁風光任意看

계곡 덮은 맑은 거울은 물 얼어붙은 얼음이요
明鏡覆溪氷結水

地境(지경) 둘러싼 그림 병풍은 눈이 장식한 산봉우리네
畵屛環境雪粧巒

갈래 많은 세상길은 험하지 않은 곳 없지만
多歧世路無非險

한나절 품은 詩情(시정)은 내내 너그럽네
半日詩懷摠是寬

온갖 일 모두 잊고 詩(시) 읊으며 취하노니
萬事渾忘吟與醉

근래에는 도리어 이런 즐기는 자리 드물다네
近來還少此筵歡

죽헌이 찾아와서 같이 지음
竹軒來訪共賦

옛 친구가 한강 동쪽에서 찾아와
故人來自漢江東

사립문에서 날 부르니 기쁨을 금할 길 없네
呼我柴扉興不窮

눈 내림은 풍년을 부르니 세 번이나 하였고
降雪豊徵三度白

매화에 내려 붙은 봄소식으로 가지 하나 붉다네
着梅花信一枝紅

가슴에 품은 포부는 젊었을 때와 같은데
胸中抱負同年少

얼굴 위 光陰(광음)은 이미 老翁(노옹)이라네
面上光陰已老翁

취한 후에 호탕한 情(정)으로 좋은 글귀 찾으나
醉後豪情仍覓句

사방 뛰어난 경치는 그림으로 그리기 어렵네
四方勝景畵難工

장충단 정례 모임에서
獎忠例會

밤새 내려 쌓인 눈이 소금보다도 더 희니	야 래 적 설 백 어 염 夜來積雪白於鹽
날씨 갠 풍경 함께 읊는 것을 그 누가 싫어하랴	청 경 동 음 숙 유 혐 晴景同吟孰有嫌
바람은 기러기 울음을 섬돌 너머로 보내고	풍 송 안 성 과 석 체 風送雁聲過石砌
해 기울어 나무 그림자를 珠簾(주렴)에 드리우네	일 이 수 영 도 주 렴 日移樹影倒珠簾
날 알아주는 이 만나 마시는 술은 情(정)을 더욱 돈독케 하고	주 봉 지 기 정 우 독 酒逢知己情尤篤
詩(시)는 신령스러운 곳에 다다르니 아름답고도 엄정하네	시 도 령 구 령 역 엄 詩到靈區令亦嚴
이 자리에 文章(문장)은 敵手(적수)가 많으니	차 좌 문 장 다 적 수 此座文章多敵手
좋은 글귀 찾으려 술 한 잔 더하네	욕 사 명 구 일 배 첨 欲思名句一盃添

백운암 시 모임에서
白雲庵雅集

얼어붙은 십 리 길에 한낮 해 기울고	빙 정 십 리 오 휘 사 氷程十里午暉斜
나그네 재촉하는 종소리는 절집 있음을 알리네	최 객 종 성 보 불 가 催客鍾聲報佛家
세상맛을 과연 누가 꿀처럼 달다 할까	세 미 의 수 감 사 밀 世味宜誰甘似蜜
늙어 가매 병 부르니 내 고달픔이 쓰디쓴 차 같네	노 징 병 아 고 여 다 老徵病我苦如茶
立春(입춘) 지난 뒤 臘梅(납매: 겨울 매화)가 먼저 피니	입 춘 후 납 매 선 발 入春後臘梅先發
한 해 끝나기 전 열흘 남짓 남았건만 눈이 또 내리네	졸 세 여 순 설 우 가 卒歲餘旬雪又加
이십여 년 부평초처럼 타향에 떠도니 돌아갈 꿈 급한데	입 재 평 향 귀 몽 급 廿載萍鄕歸夢急
제멋대로 나는 백발 머나먼 타향에서 늙어가네	무 단 백 발 로 천 애 無端白髮老天涯

203

입춘 절기에 쓰다
立春

절기 차례 순환하여 또 입춘이니

다행히 이 해 庚申(경신)년을 맞았네

편안히 한 해 보내면 사람은 나이 한 살 더 먹으나

새봄이 와 정월 오기를 고대하네

누가 부드러운 바람 만들어 세월을 새롭게 하리오

여전히 남아 있는 殘雪(잔설)에 정신은 옛것이네

나라는 이미 태평한 꿈 이루었으니

누가 오늘 아침을 진정 기뻐하지 않으리오

절 서 순 환 우 립 춘
節序循環又立春

행 봉 차 세 재 경 신
幸逢此世再庚申

안 과 일 세 인 증 수
安過一歲人增壽

고 대 삼 양 두 건 인
苦待三陽斗建寅

수 작 화 풍 신 일 월
雖作和風新日月

상 류 잔 설 구 정 신
尙留殘雪舊精神

가 방 이 유 승 평 몽
家邦已有昇平夢

숙 불 금 조 희 색 진
孰不今朝喜色眞

노처녀 한탄하며
老處女歎

서른 살 넘어서도 시집 못 간 사람 있으니

몰래 가을 색을 숨겼으나 생각은 홀로 봄일세

見聞(견문)은 비록 적으나 배움은 크고

衣食(의식)은 여유 있어 집안에 가난은 면했네

梁鴻(양홍)[92]을 기다리며 바야흐로 守節(수절)하고 있으니

만약에 蕭史(소사)[93] 같은 이 만나면 즉시 혼인하리라

이미 태어난 남자와 또 여자이건만

이 세상에 어찌 몸 하나 허락하기 어려울꼬

연 과 삼 순 미 가 인
年過三旬未嫁人

암 장 수 색 독 회 춘
暗藏愁色獨懷春

견 문 수 소 학 유 대
見聞雖少學惟大

의 식 유 여 가 면 빈
衣食裕餘家免貧

고 대 양 홍 방 수 절
故待梁鴻方守節

약 봉 소 사 즉 성 인
若逢蕭史卽成姻

기 생 남 자 우 생 녀
旣生男子又生女

금 세 내 하 난 허 신
今世奈何難許身

---

92) 後漢(후한)시대 梁鴻(양홍)이 그의 아내 孟光(맹광)과 화목하게 살았다 하여, 금슬 좋은 남편을 지칭.

93) 秦(진)나라 때의 전설적인 신선이자 피리의 명인으로 아내인 농옥에게 피리 부는 것을 가르쳐 유명한 음악가가 되도록 했음.

늙은 선비

老儒

다만 性命(성명)을 보전하고자 風塵(풍진)을 미워했더니	苟全性命惡風塵
芸窓(운창: 서재)에서 헛되이 보낸 세월 팔십 년이네	虛度芸窓八十春
富貴(부귀)와는 인연 없어 오직 道(도)를 즐기니	富貴無緣惟樂道
淸閑(청한)에 재주 있어 또 가난도 편히 여기네	淸閑有數又安貧
친한 친구들 태평스런 청산 나그네요	親朋太平靑山客
모인 자리 언제나 백발 노인 많다네	會席常多白髮人
배움은 성공하지 못해 이름나지 못했으니	學不成功聲價少
이제와 늙은 天民(천민: 도를 터득한 사람) 누가 알아주리오	到今誰識老天民

장충 시회에서
獎忠雅會

근래에 깨끗하고 비범한 속인 보지 못하고	近來未看俗淳厖
단지 성대한 연회에 모인 시인들만 볼 뿐일세	只看盛筵騷客窓
밖으로는 높은 城(성)이 멀리 산 메와 이어있고	外繞高城連遠岵
가운데로는 큰 저자가 긴 강으로 나뉘어 있네	中分大市隔長江
富貴(부귀)를 구하지 않아 누구와 대거리할 일 없고	不求富貴無相敵
淸閒(청한) 극히 좋아함을 견줄 이 몇이나 되나	偏好淸閒有幾雙
문 밖에 추위 무릅쓰는 젊은 친구들	門外冒寒年少輩
축구 끝내자마자 고픈 배 새로 채우네	蹴球纔罷奏新腔
남쪽 북쪽 文章(문장)들이 한자리에 모이니	南北文章一席咸
지내온 世味(세미: 세상 경험)가 달라 콧날이 시큰하네	經來世味異酸鹹
꽃이 봄소식 전하여 마른 나뭇가지 돌아보니	欲花春信回枯木
나라 지킨 城(성) 모습 흩어져 그저 큰 돌덩어리네	護國城形散巨巖
힘을 다해 詩(시) 읊으나 聖人(성인) 되기 어려우니	專力吟詩難入聖
道(도) 배우는 데 재주 없으니 어찌 범상함을 뛰어 넘으리오	無才學道豈超凡
오늘날 風塵(풍진)을 그 누가 쓸어버릴 수 있을꼬	風塵此日誰能掃
앞길이 어둡고 아득하니 정말 험하고 가파르네	前路茫茫正險巉

시골 농사짓는 집
田家

백 이랑 좋은 밭에 몇 里(리) 이어진 숲
安貧樂道(안빈낙도) 興(흥)을 감당하지 못하네
뽕나무와 삼이 집을 에워싸 항상 해오던 일 전하고
經書(경서)로 아이 가르치니 聖心(성심)을 배우네
닭이 때를 잘 지켜 맡으니 일할 때 놓치지 않고
개가 문을 잘 지키니 도둑이 어찌 침범하리오
매번 한가한 틈 만나면 芳隣(방린: 좋은 이웃)과 모여서
시와 술로 어울리니 정분 또한 깊어지네

百畝良田數里林
安貧樂道興難堪
桑麻繞宅傳恒産
經籍敎兒學聖心
鷄善司晨時不失
狗能守戶盜何侵
每逢閒隙芳隣會
詩酒相交誼亦深

연말 시회에서
殘臘雅會

獎忠壇(장충단)은 漢陽(한양) 하늘 아래 있는데
일찍이 목멱산 앞에 공원을 만들었네
별세계에 세월 한가함만 많을 뿐이니
거리는 화려하나 그래도 편히 쉬기 좋은 곳이네
세상살이 세 번 곱씹어보아도 도리어 잘못된 일 많고
단단히 몸 수련하였다 하나 그래도 혹 허물 있을 것이네
우리네들 맑게 노닐어도 남은 날 적으니
모임 연이어 있어 고달프다고 싫어하지 말게나

獎忠壇在漢陽天
曾設公園木覓前
別界偏多閒日月
華街尚作好林泉
三思處世還多誤
百鍊修身或有愆
吾輩淸遊餘景少
莫嫌勞苦會期連

수요일 모임에서
水曜會

올해도 장차 끝나려 하는 날 늦은 저녁에
詩心(시심)이 묘해져 바로 기이한 글 이루네
바위는 호랑이와 표범처럼 높은 산봉우리 지탱하고
얼음은 유리를 만들어 작은 연못 덮었네
사귐이 값 따지는 것 같아 뜻 모으기 어려우니
모이면 응당 실컷 취해 어깨 나란히 하기 쉬워야지
추위 무릅쓰고 경치 좋은 곳에 三益(삼익)[94]과 같이 하니
玄英(현영: 겨울)을 보내주려 한껏 취하네

此歲將終薄暮時
詩心欲妙便成奇
岩如虎豹撑高峀
氷作琉璃覆小池
交若論金難志合
會當諶酒易肩隨
冒寒勝地同三益
爲餞玄英一醉之

문우사 정례 모임에서
文友社例會

한 해를 보내며 몹시 섭섭해 城(성) 모퉁이에 모이니
늙은이는 감탄하고 젊은이는 즐기네
시냇물에 쌓인 큰 옥구슬은 물 얼어붙은 얼음이요
땅에 흩어진 진주는 길에 남은 눈이네
좋은 친구들과 솜씨 겨루니 詩(시)는 無敵(무적)이요
같은 마음의 좋은 이웃 덕에 외롭지 않네
그윽한 회포 잊고자 四韻(사운)을 들어
낭랑하게 좋은 글귀 읊으며 또 술병 기울이네

悵然餞歲會城隅
年老感歎年少娛
璞玉堆溪氷結水
眞珠散地雪餘途
爭工益友詩無敵
同志芳隣德不孤
欲忘幽懷拈四韻
朗吟佳句又傾壺

---

94) 세 가지 유익한 친구로 正直(정직), 誠實(성실), 多聞(다문)한 사람이라 하여 유익한 친구를 말함.

기미년 마지막 저녁 보내며

己未除夕

지나온 길 돌아보며 앉아있자니 三更(삼경: 한밤중)인데	回思往跡坐三更
객지에서 여름 겨울 보내고 맞음이 몇 번이던가	客地炎涼幾送迎
봄빛이 매화에서 시작하여 봄소식 가져오고	春色着梅來有信
화려했던 한 해 물처럼 흘러가니 無情(무정)하여라	歲華似水去無情
古今(고금)에 뛰어났던 것 배웠으나 靑雲(청운)은 멀고	學殊今古靑雲遠
몸은 늙어 뽕나무 바다가 백발 되었네	身老滄桑白髮成
오랜 시간이 슬그머니 흘러 오늘밤도 다 지나고	浩劫居然今夜盡
오로지 국가가 태평하기를 기원하네	惟祈家國樂昇平
우두커니 내년 기다리자니 五更(오경: 새벽)에 이르고	佇待來年到五更
지나온 길 돌이켜 생각하니 마음이 평온치 못하네	回思往跡意難平
鵬程(붕정: 큰 포부)을 시험하나 蒼穹(창궁: 푸른 하늘)은 멀고	鵬程欲試蒼穹遠
덧없는 꿈 겨우 깨니 백발만 허옇네	蝶夢纔醒白髮明
富貴(부귀)는 인연 없으니 가난이 싫지 않고	富貴無緣貧不厭
덥고 서늘함은 정해진 것이니 어찌 늙는다 놀래랴	炎涼有數老何驚
三陽復泰(삼양복태)[95]하니 경사스런 징조 점쳐지고	三陽復泰占慶兆
乾坤(건곤: 하늘과 땅)에 봄이 가득하니 기쁜 기운 생겨나네	春滿乾坤喜氣生

일본에서 지음.

日本題(일본제)

앉아서 남은 섣달 보내자니 四更初(사경초: 이른 새벽)인데	坐消殘臘四更初
흐르는 물 같은 세월은 달력을 바꾸라 하네	流水光陰換曆書
나는 玄英(현영: 겨울)을 붙잡아 매 놓기 어려워 한탄하나	我恨玄英難挽駕

---

95) 주역 64개에서 맨 밑 한 효가 陽(양)인 괘가 地雷復(지뢰복) 괘로 동짓달에 해당하고, 밑 다음 효도 陽(양)이 되면 地澤臨(지택림) 괘로 섣달이며 밑에 陽爻(양효)가 셋이면 地天泰(지천태) 괘가 되어 새해 정월에 해당됨. 따라서 三陽復泰(삼양복태)는 새해를 맞아 세상이 태평해짐을 이름.

사람들은 靑帝(청제: 봄)를 즐겨 쉽게 차를 돌리네

겨울이 위세 떨쳐 눈 내리니 흔적은 오히려 두텁고

봄소식 전한 매화는 성글지 않았네

팔십 쇠약한 늙은이가 무슨 소망 있겠나

백성들 편안히 지내는 것 외에 달리 구하는 것 없다네

문우사에서 지음.

인 혼 청 제 이 회 차
人欣靑帝易回車

동 위 강 설 적 유 후
冬威降雪跡猶厚

춘 신 착 매 화 불 소
春信着梅花不疎

팔 질 쇠 옹 하 소 망
八耋衰翁何所望

민 안 이 외 불 구 여
民安以外不求餘

文友社題(문우사제)

경신년 설날에 백구 시단에서 지음
庚申元朝 白駒詩壇題

우두커니 서서 설날 해 붉게 뜨기 기다리니

나라에 기원하는 바는 萬事亨通(만사형통)이라네

가운데로 갈라진 땅 합하면 삼천 리인데

남북으로 꽃이 피기를 이십사 년이라네

지난 근심은 모두 씻고 꿈의 경지로 돌아가

다시 기쁜 마음 갖고 詩(시)에 몽땅 부쳐 보세나

吳洲明月(오주명월)[96]은 서로 생각하는 감정이요

送舊迎新(송구영신)은 더할 나위 없네

저 대 원 조 서 욱 홍
佇待元朝瑞旭紅

가 방 소 축 사 개 통
家邦所祝事皆通

중 분 지 합 삼 천 리
中分地合三千里

남 북 화 개 입 사 풍
南北花開廿四風

전 척 구 수 귀 몽 경
全滌舊愁歸夢境

갱 장 쾌 의 부 시 총
更將快意付詩叢

오 주 명 월 상 사 감
吳洲明月相思感

송 구 영 신 익 불 궁
送舊迎新益不窮

---

96) 李白(이백)의 "送張舍人之江東(송장사인지강동)"이라는 시에서 "吳洲如見月 千里幸相思(오주여견월
천리행상사) - 오주 땅에서 만약 달을 보거든 행여 천 리 밖이라도 서로 생각하세나"라는 글귀에서 인용한
것으로, "오주명월"은 서로 생각하는 마음을 이름.

설날에 느긋이 읊음
元朝謾吟

거울 속에 세월 흘러 새록새록 白髮(백발) 나는데	鏡裡光陰白髮新
또다시 일흔아홉 해 봄을 맞았네	又逢七十九年春
布衣(포의: 평범한 사람) 입은 부부 기쁜 자리 함께하고	布衣夫婦同歡席
색동옷 입은 손자 증손자가 새해 경하 칭송 올리네	彩服孫曾稱慶辰
鵬程萬里(붕정만리: 머나먼 노정)는 아직 다하지 못했는데	萬里鵬程猶未盡
한평생 나비 꿈이 점점 사실이 되네	一生蝶夢漸成眞
古今(고금)의 뛰어난 배움에 功(공) 없는 나그네는	古今殊學無功客
淸閒(청한)에 낙이 있어 가난이 싫지 않네	樂在淸閒不厭貧
送舊迎新(송구영신)하여도 속세의 인연 계속되어	迎新送舊續塵緣
팔십 줄 부부가 한 자리에 나란히 있네	八耋夫妻一座連
마음속 청춘은 어제와 같은데	心上靑春如昨日
꿈속 백발이 올해도 거듭되네	夢中白髮又今年
대나무는 모진 눈을 겪어도 오히려 아무 탈 없고	竹經虐雪猶無恙
매화는 온화한 기운 내뿜어 다시 예뻐지네	梅發和氣更得姸
膝下(슬하)의 손자 증손자 모두 健在(건재)하니	膝下孫曾皆健在
집안 가득 기쁜 빛이 이 자리에 들썩이네	滿家喜色動斯筵

새해에 낙서 시사에서 지음
新年洛西詩社題

추위 무서워 수척한 약골로 집에 틀어박혀 있으니

움직여 봤자 정월 뜨락에는 눈만 가득하네

섣달을 지난 매화는 그래도 향기 남아있고

봄 맞는 버들가지 그림자는 서로 얽혔네

富貴(부귀) 다툼 있다 해도 바랄 것이 뭐 있는가

禁(금)하지 않는 詩書(시서)는 버릴 수 없네

마음속 경륜으로 백발을 잊었으나

헛된 바람을 고대하는 느긋함이 비웃음 살 뿐이네

畏寒瘦骨蟄於巢

雖動三陽雪滿郊

經臘梅花香猶在

迎春柳縷影相交

有爭富貴何循望

無禁詩書不可抛

心上經綸忘白髮

河淸苦待謾成嘲

새해 회포를 쓰다
新年書懷

요 몇 해 서울 하늘 아래 콕 박혀 있어	近年窮蟄漢陽天
멀리 고향 바라보니 마음이 漠然(막연)하네	遙望梓鄉心漠然
신년인사에 어느 누군들 활짝 웃지 않겠나	賀語誰非開笑齒
詩(시)를 論(논)하면 나 또한 어깨 으쓱하고 읊조리네	論詩我亦聳吟肩
전에 빚어놓은 술 남아 오늘 술잔 돌리고	酒餘舊釀酬今日
매화는 새로 꽃 피어 작년을 이어받네	梅發新花繼昔年
무사히 봄 맞고 몸 또한 건강하니	無事迎春身又健
훈훈한 바람이 불어와 경사스런 자리 꾸며주네	和風吹送飾慶筵
덧없는 인생 백 살 넘기는 이 누가 있나	浮生百載有誰過
칠십도 오히려 많다 하거늘 팔십을 어찌 하랴	七十猶多八十何
文物(문물)은 새것을 따르니 진정 꿈의 경지요	文物從新眞夢境
人情(인정)은 각박하여 風波(풍파)를 기피하네	人情不古惡風波
늦은 나이 잊으려 詩(시) 짓는 괴벽 늘리려 하나	暮年欲忘增詩癖
긴 밤 감당하기 어려운데 잠 귀신마저 적어지네	長夜難堪少睡魔
땔나무와 양식에 구애됨 없이 우리네 건강하고	桂玉無拘兒輩健
궁핍한 선비라도 살아갈 방도 있으니 달리 무엇을 구하리오	窮儒活計豈求他

낙엽
落葉

소슬한 찬바람 소리에 세월은 급하고

다급히 나부끼는 낙엽은 황량하게 선회하네

무심히 땅에 떨어져 東西(동서)로 흩어져서는

거센 바람 따라 위아래로 날리네

본래 색깔은 푸른색이었으나 은혜가 비에 있으니

새로 꾸며 붉게 변해서는 서리 맞음을 한탄하네

백발인 지금 남은 생애 생각하니

그대 보기 난감해 탄식이 길어지네

소 슬 한 성 세 월 망
蕭瑟寒聲歲月忙

번 경 락 엽 전 황 량
飜驚落葉轉荒凉

무 심 추 지 동 서 산
無心墜地東西散

유 력 수 풍 상 하 양
有力隨風上下颺

본 색 유 청 은 재 우
本色惟青恩在雨

신 장 변 적 한 성 상
新粧變赤恨成霜

이 금 백 발 여 생 감
以今白髮餘生感

관 이 난 감 탄 식 장
觀爾難堪歎息長

늙은 홀아비
老鰥

늙은 홀아비 생활 점점 슬픔 많아지니

곱절로 움직여도 무료하거늘 머무를 때의 외로움이랴

빈 뜰에 꽃 떨어지니 봄은 적막하고

달 밝아 걸상에 외로이 앉았으니 밤이 지루하여라

호탕한 정취 평계 삼으려 자주 술 따르고

슬픈 감정 잊어버리려 억지로 詩(시)를 짓네

마음 속 가득한 포부는 오히려 젊은 시절 같은데

이 세상 부부의 연으로 琴瑟(금슬)의 현 다시 잇기를 기대하네

노 환 생 활 점 다 비
老鰥生活漸多悲

배 동 무 료 독 좌 시
倍動無聊獨坐時

화 락 공 정 춘 적 막
花落空庭春寂寞

월 명 고 탑 야 지 리
月明孤榻夜支離

호 정 욕 차 빈 짐 주
豪情欲借頻斟酒

애 감 장 망 강 작 시
哀感將忘强作詩

만 복 경 륜 환 사 소
滿腹經綸還似少

방 연 차 세 속 현 기
芳緣此世續絃期

새봄에 회포를 쓰다 일본 시사에서 지음
新春書懷日本詩社題

슬그머니 묵은해 보내고 다시 봄 맞으니
福(복)이 집안에 가득하여 기쁜 기색 새롭네
집안 운세는 이미 궁했다 다시 트이기를 기대하고
세상 물정은 무릇 움츠렸다 다시 펼 것으로 보이네
學術(학술)에 맞설 자 없음을 몰랐더니
다행히 騷壇(소단)의 일인자를 벗 삼게 되었네
타향 땅 떠돈 지 오래라 고향이 그리우니
돌아가고자 하는 마음은 늘 錦江(금강) 물가에 있네

거 연 송 구 우 영 춘
居然送舊又迎春
복 만 문 난 희 색 신
福滿門闌喜色新
가 운 이 기 궁 부 달
家運已期窮復達
세 정 장 견 굴 환 신
世情將見屈還伸
부 지 학 술 무 쌍 자
不知學術無雙者
행 반 소 단 제 일 인
幸伴騷壇第一人
평 해 다 년 상 재 감
萍海多年桑梓感
귀 심 장 재 금 강 빈
歸心長在錦江濱

덕수궁에 들어서서
入德壽宮

놀러 온 나그네들 서로 자랑하는 것 보니
화려한 門楣(문미)[97] 석 자 그림 장식된 용마루 비스듬하네
어딜 가나 江山(강산)은 모두 우리 땅인데
이때의 社稷(사직)은 누구 것이었는고
노랗게 물오른 버드나무는 새로 잎사귀 내려 하고
늘어진 흰 매화는 남아서 아직 꽃 떨어지지 않았네
지난 王朝(왕조) 돌이켜 생각하니 感慨(감개) 많고
새것 밀어내고 옛것 지키니 한스럽기 그지없네

참 관 유 자 호 상 과
參觀遊子好相誇
삼 자 화 미 화 동 사
三字華楣畵棟斜
도 처 강 산 개 아 토
到處江山皆我土
차 시 사 직 속 수 가
此時社稷屬誰家
장 황 류 욕 초 생 엽
粧黃柳欲初生葉
수 백 매 여 미 낙 화
垂白梅餘未落花
회 억 전 조 다 감 개
回憶前朝多憾慨
배 신 수 구 한 무 애
排新守舊恨無涯

---

97) 창문 위 가로로 댄 나무.

215

인일(음력 정월 초7일) 시회에서
人日雅會

비단 옷 입은 사람 금비녀 번화한 거리에서 빛나고
綵人金勝耀華街
<small>채 인 금 승 요 화 가</small>

정기 좋은 때 詩會(시회)에서 나그네 회포 풀어내네
雅會靈辰敍客懷
<small>아 회 령 신 서 객 회</small>

하늘은 이미 흐린 기운 없이 맑아 더욱 좋고
天已不陰晴益好
<small>천 이 불 음 청 익 호</small>

나도 無恙(무양: 탈 없음)하게 건강하니 매우 좋구나
我將無恙健尤佳
<small>아 장 무 양 건 우 가</small>

눈으로 화려한 餘白(여백)에는 고요히 오솔길 묻혀있고
雪華餘白埋幽逕
<small>설 화 여 백 매 유 경</small>

노랗게 단장한 버드나무 줄기는 깎아지른 절벽에 드리웠네
柳縷粧黃倒斷厓
<small>유 루 장 황 도 단 애</small>

새로 나물 국 끓이고 축하주 술잔 기울이니
新煮菜羹傾賀酒
<small>신 자 채 갱 경 하 주</small>

지루해도 웃고 얘기하며 익살떨기 좋구나
支離笑話好詼諧
<small>지 리 소 화 호 회 해</small>

좋은 시절에 城東(성동)에서 만날 약속 있으니
靈辰有約會城東
<small>영 신 유 약 회 성 동</small>

봄소식이 이번에 몇 번이나 봄바람을 맞았던고
春信今吹幾度風
<small>춘 신 금 취 기 도 풍</small>

측백나무 잎은 지난 섣달 남은 술에 이어 멋을 더하고
栢葉仍斟前臘酒
<small>백 엽 잉 짐 전 랍 주</small>

매화는 다시 펴서 금년에 또 우거졌네
梅花更發此年叢
<small>매 화 갱 발 차 년 총</small>

三陽(삼양)[98)]이 또 움직여 天時(천시)가 태평하고
三陽又動天時泰
<small>삼 양 우 동 천 시 태</small>

萬象(만상: 온갖 형상)이 모두 빛나 한 해 일 형통하리라
萬象咸熙歲事通
<small>만 상 함 희 세 사 통</small>

日氣(일기)가 淸明(청명)하니 吉兆(길조)가 점쳐지고
日氣淸明占吉兆
<small>일 기 청 명 점 길 조</small>

몸도 건강을 기약할 수 있으니 興(흥)이 어찌 공허하리오
可期身健興何空
<small>가 기 신 건 흥 하 공</small>

---

98) 209쪽 각주 95 참조.

술 취한 사람

醉客

하늘을 장막 삼고 땅을 자리 삼아 술 마시기 지루한데

세상 일 모두 잊으니 돌아가는 발걸음 더뎌지네

술 취해 芳草(방초) 우거진 언덕 가에 미친 듯 덩실거리고

호탕하게 큰소리로 노래하니 꽃이 지는 때이네

말은 조리 없고 心神(심신)은 혼란하니

몸을 扶持(부지)하지 못해 걸음이 비뚤거리네

눈은 안개 낀 것처럼 朦朧(몽롱)하고 겸해서 길도 잃어버리니

슬그머니 해지는 그림자 성긴 울타리에 드리우네

막 천 석 지 음 지 리
幕天席地飲支離

세 사 혼 망 반 극 지
世事渾忘返屐遲

취 무 전 광 방 초 안
醉舞顚狂芳草岸

광 가 호 탕 낙 화 시
狂歌浩蕩落花時

어 무 조 리 심 신 란
語無條理心神亂

신 불 부 지 보 리 의
身不扶持步履攲

무 안 몽 농 겸 실 로
霧眼濛濃兼失路

거 연 일 영 도 소 리
居然日影倒踈籬

장충단 시 모임에서

獎忠雅集

날씨 흐리고 맑기가 아침 저녁 다르니

乾坤(건곤: 하늘과 땅)의 造化(조화)를 그 누가 알리오

신발 코에 진흙 묻혀놓는 것은 한밤중에 내리는 비요

구름 걷힌 산봉우리 위는 만 길 높은 하늘이네

봄소식 가져오는 꽃 마음은 모두 봉오리 터뜨리려 하고

태양 향한 풀빛은 가늘게 새싹 뽑아내네

이번에 가면 술 마시며 시 한 수 읊지 못할 수도 있지만

한 해 넘어 떨어져 있던 회포 같이 녹이기 좋으리라

기 후 음 청 이 석 조
氣候陰晴異夕朝

건 곤 조 화 숙 능 료
乾坤造化孰能料

이 첨 극 치 삼 경 우
泥添屐齒三更雨

운 권 봉 두 만 장 소
雲捲峰頭萬丈霄

착 신 화 심 개 욕 뢰
着信花心皆欲蕾

향 양 초 색 세 추 묘
向陽草色細抽苗

차 행 미 필 상 겸 영
此行未必觴兼咏

격 세 리 회 호 공 소
隔歲離懷好共消

새봄에 회포를 쓰다
新春書懷

城(성) 서쪽에 좋은 터 잡아 멋대로 蟄居(칩거)해서는	曾卜城西縱蟄居
매번 좋은 계절 만나니 興(흥)이 어찌 성길소냐	每逢佳節興何疎
마음 속 抱負(포부)는 실현되기 어렵고	心中抱負難成實
세상에 영위하는 일은 허망해지기 쉽네	世上營爲易作虛
오늘 맑게 갠 날씨에 구름은 골짜기에 흩어지고	今日晴光雲散壑
작년 가을 흔적 나뭇잎은 도랑에 잠겨있네	昨年秋跡葉沈渠
지난 날 흘러간 일은 꿈 아님이 없지만	經來往事無非夢
아름다운 자취는 그 누가 간 후에도 남길 수 있으리오	嘉蹟誰能去後餘
타향에 떠돌기 오래되어 몇 번이나 사는 곳 옮겼던가	浪跡多年幾變居
세상 밖에 마음을 맡기니 세상 실정과는 거리가 머네	托心物外世情疎
修身(수신)하기는 매번 그대와 함께 충실해지려 하였으니	修身每欲同君實
붓을 잡는다고 꼭 子虛賦(자허부)[99] 지을 필요 있겠는가	秉筆何須賦子虛
소나무는 눈 속에 서서도 능히 잎을 보전하고	松立雪中能保葉
물은 얼음 아래를 따라 남몰래 도랑을 흐르네	水從氷下暗通渠
친구 따라 가는 곳마다 生涯(생애)는 足(족)하니	隨朋到處生涯足
시 한 수 술 한 잔 풍류 즐김이 넉넉하구나	詩酒風流樂有餘

---

[99] 중국의 司馬相如(사마상여)가 잘 지었다고 임금에게서 칭찬받았다는 유명한 글.

봄밤에 우연히 짓다
春夜偶題

三更(삼경)에 일어나 앉아 새봄 글을 짓자니

책 속에서 헛되이 늙어가며 가난한 지 오래네

복숭아꽃 봉오리는 붉은색 품어 꽃 피려는 뜻이고

둥근 달은 점점 희어지니 밤의 精神(정신)일세

光陰(광음)은 정해진 數(수)가 있어 더위 추위 번갈아 오고

天地(천지)는 사사로움 없어 雨露(우로: 비와 이슬)가 고르네

詩(시)와 술의 風流(풍류)는 내가 즐기는 바니

이 한 구역 山水(산수)가 한가한 이 몸에 속하네

삼 경 기 좌 부 신 춘
三更起坐賦新春

허 로 서 중 구 식 빈
虛老書中久食貧

도 뢰 태 홍 화 의 사
桃蕾胎紅花意思

월 륜 전 백 야 정 신
月輪轉白夜精神

광 음 유 수 염 량 환
光陰有數炎凉換

천 지 무 사 우 로 균
天地無私雨露均

시 주 풍 류 오 소 락
詩酒風流吾所樂

일 구 산 수 속 한 신
一區山水屬閒身

새봄에 느긋이 읊다
新春謾吟

부드러운 바람이 습습하게 창문으로 산들산들 들어오니	화풍습습입창사 和風習習入窓紗
온갖 형상이 모두 빛나 興(흥)이 점점 더해지네	만상함희흥전가 萬象咸熙興轉加
섣달 지난 山川(산천)엔 아직도 눈 쌓여있는데	경랍산천유적설 經臘山川猶積雪
봄 맞는 草木(초목)은 꽃 터뜨리려 하네	영춘초목욕태화 迎春草木欲胎花
더위와 추위는 天時(천시) 쫓아 변한다 할지라도	염량종축천시변 炎凉縱逐天時變
시와 음악은 어찌 세태 따라 차이 나는가	현송하인세태차 絃誦何因世態差
버드나무는 푸르러지고 복숭아 붉어지기가 장차 멀지 않은데	유록도홍장불원 柳綠桃紅將不遠
景光(경광)은 마땅히 좋은 고요한 山水(산수)의 경치 만드네	경광응작호연하 景光應作好烟霞
봄바람 흩어져 드니 시 짓는 사람 좋아하고	춘풍산입호시가 春風散入好詩家
제비는 아직 둥지 찾지 않았는데 기러기 그림자는 스러졌네	연미심소안영사 燕未尋巢雁影斜
해를 즐기는 뚝 위 버들은 노랗게 가지 물들이고	농일제양황염루 弄日堤楊黃染縷
얼음 녹은 시냇가엔 푸른 풀이 싹을 틔우네	해빙간초록생아 觧氷澗草綠生芽
가슴 속 포부는 마음에 아직 장엄한데	흉중포부심유장 胸中抱負心猶莊
머리 위에 光陰(광음)은 이미 귀밑머리 허옇네	두상광음빈이화 頭上光陰鬢已華
문장이 세상에 버림받을 것을 알았더라면	조식문장위세기 早識文章爲世棄
좀 더 일찍 뽕나무와 삼베 심지 않은 것이 한스럽네	증년한부종상마 曾年恨不種桑麻

금요일 모임에서
金曜會

詩社(시사)의 귀한 여러 친구들 해 바뀌어 만나니

지루한 술 마시며 시 읊어도 묵은 마음 상쾌해지네

뜬 구름이 엉겨 모여 산 모습 숨기고

황량함이 되살아나 바위 모습 수놓네

술로 고향생각 씻어버리니 끊긴 소식 잊게 하고

봄 노래 시 지어 모으니 축하와 경하가 중첩하네

늙어가며 즐기는 바는 그저 消日(소일)함이니

해지는 줄 모르다가 돌아가는 발자취 재촉하네

향 사 제 붕 격 세 봉
香社諸朋隔歲逢

지 리 음 영 상 진 흉
支離飲咏爽塵胸

부 운 집 합 장 산 색
浮雲集合藏山色

황 선 소 생 수 석 용
荒蘚蘇生繡石容

주 척 향 수 망 신 조
酒滌鄉愁忘信阻

시 제 춘 첩 축 경 중
詩題春帖祝慶重

노 래 소 락 유 소 일
老來所樂惟消日

불 각 사 양 촉 반 종
不覺斜陽促返踪

효창공원에서
孝昌公園

밖으로는 번화한 거리가 둘러싸고 안으로는 정자가 있어

사계절 놀러 오는 이들 지팡이 멈추고 걸터앉네

화려한 물건 저자를 이뤄 하늘이 내려준 보물 많고

人傑(인걸)은 옷깃 이어 땅의 精氣(정기)를 흔드네

나무 끝 스치는 바람 소리는 문으로 들어오고

구름 사이로 비치는 햇빛은 뜰에 그림자 만드네

세상 물정 모두 취했으니 멋대로 떠들어 보세나

바라건대 강과 못에서 屈子(굴자)가 술 깨게 만드네

외 요 화 가 내 유 정
外繞華街內有亭

사 시 유 자 권 공 정
四時遊子倦筇停

물 화 성 시 다 천 보
物華成市多天寶

인 걸 련 금 천 지 령
人傑連衿擅地靈

수 말 과 풍 성 입 호
樹末過風聲入戶

운 간 루 일 영 생 정
雲間漏日影生庭

세 정 개 취 종 횡 설
世情皆醉縱橫說

기 작 상 담 굴 자 성
幾作湘潭屈子醒

음력 정월 보름에
上元

다리 밟기 하는 남녀 앞길을 다투고   踏橋男女競前程

만 리 뻗친 구름 걷히니 이르는 곳마다 맑게 갰네   萬里雲收到底晴

不夜城(불야성)에 겸해서 달빛도 밝으니   不夜城兼明月色

봄 술 맛 길게 댕기는 것은 故人(고인)의 情(정)이네   長春酒感故人情

하늘 밝히는 등불은 온 집들에 빛나고   燭天燈火千家耀

땅 울리는 피리소리는 몇 곡이나 맑았는가   動地笙歌幾曲清

오늘 風流(풍류) 무한히 좋으니   今日風流無限好

오직 바라기는 이처럼만 餘生(여생) 즐겼으면 하는 것이네   惟祈若此樂餘生

장충 시 모임에서
獎忠雅集

경치 좋은 곳에 놀러 가려고 일찍 집을 떠나니   爲遊勝地早離巢

두꺼운 신발 털옷에 지팡이 한 자루 차림이네   蠟屐狐裘杖一梢

매화는 섣달 추위를 지나 나무에 붉은색 내뿜고   梅過臘寒紅謝樹

보리는 따뜻한 봄기운 타고 푸릇푸릇 들판에 싹 틔우네   麥乘春暖翠萌郊

술에 生涯(생애)를 기대니 근심은 씻을만하고   生涯付酒愁能滌

하는 일이란 오직 詩(시) 짓는 일이니 늙어도 버리지 않네   事業惟詩老不抛

오늘날 歌詞(가사)는 이름 더욱 중해졌지만   今日歌詞名益重

우리네 배운 바는 세상에 비웃음 당하네   吾儕所學世應嘲

시계를 보고
時計

지난날 시계가 서방으로부터 와서

비로소 확실한 文明(문명)이 차제에 열렸네

하루 돌아가는 것을 검정 선으로 구분하고

金針(금침)이 時點(시점) 가리키며 몇 바퀴를 도나

無謀(무모)하여 잡지 못한 靑春(청춘)은 가버리고

있는 분수 공연히 탄식하니 백발만 재촉하네

물시계와 시계 종소리를 어찌 비교할 수 있겠나

하늘의 造化(조화)를 뺏어다 기이한 재주 다하네

석 년 시 계 자 서 래
昔年時計自西來
시 신 문 명 차 제 개
始信文明次第開
묵 선 구 분 종 일 전
墨線區分終日轉
금 침 지 점 기 신 회
金針指點幾辰回
무 모 미 만 청 춘 거
無謀未挽靑春去
유 수 공 탄 백 발 최
有數空歎白髮催
누 수 종 성 하 족 비
漏水鍾聲何足比
탈 천 조 화 진 기 재
奪天造化儘奇才

야구
打球

공을 치며 기량 높고 낮음 서로 다투니

그 공 왔다 갔다 눈이 어지럽기 시작하네

기세는 바람 불듯이 위아래로 날아다니고

형태는 보름달 같아 東西(동서)로 구르네

빠르거나 늦거나 시간 응당 정해지지 않으니

勝負(승부)와 機關(기관)이 각각 고르지 못하네

세상 평판이 활 쏘고 말 타는 것보다 높으니

武士(무사)의 마음 어쩌지 못함을 따라 알겠네

타 구 상 경 기 고 저
打球相競技高低
기 거 기 래 안 욕 미
其去其來眼欲迷
세 약 취 풍 비 상 하
勢若吹風飛上下
형 여 만 월 전 동 서
形如滿月轉東西
속 지 귀 각 응 무 정
速遲晷刻應無定
승 부 기 관 각 불 제
勝負機關各不齊
성 가 중 어 호 마 술
聲價重於號馬術
종 지 무 사 의 서 서
從知武士意棲棲

봉암과 국헌이임기 이 찾아와 같이 짓다
鳳庵與菊軒李任器來訪共賦

훌륭한 친구들 약속 지켜 내 글 짓는 곳 찾아오니	高朋守約訪書樓
이어 뜬구름 같은 세상 한나절 노닐었네	仍作浮生半日遊
구름 걷힌 하늘가엔 산이 빛깔 드러내고	雲捲天涯山色露
얼음 녹은 땅 위엔 물이 흔적 남기며 흐르네	氷消地上水痕流
功名(공명)은 분수가 있어 꿈 이루기 어렵고	功名有數難成夢
桑海(상해: 몰라보게 바뀐 세상)는 무정히 쉬 근심 일으키네	桑海無情易惹愁
詩興(시흥)에 취해 담소하는 한가한 취미에	詩興醉談開趣味
저녁 빛이 처마 머리에 내린 것도 알지 못하네	不知夕照下簷頭
누추한 집에서 趙倚樓(조의루)[100]를 환영하니	蓬戶歡迎趙倚樓
시원찮은 대접으로 淸遊(청유)함이 부끄럽다네	愧將薄供做淸遊
봄바람은 나뭇가지에 불어 꽃피기를 재촉하고	春風着樹催花發
섣달에 내린 눈은 시냇물 넘쳐흘러 물결 만드네	臘雪成波漲澗流
허옇게 센 머리 술자리에 모여 적막함 깨뜨리니	白首斯筵同破寂
푸른 산 어느 곳에 각각 제 근심을 묻으리오	碧山何處各埋愁
城(성) 서쪽으로 해 떨어져 옷깃 나눠 헤어지며	城西落日分衿去
공원에서 좋게 머리 맞대기 다시 약속하네	更約公園好會頭

---

100) 唐(당)나라 시인 趙嘏(조하)의 별칭. 여기서는 그만큼 시를 잘 짓는 사람을 비유.

새봄에 느낌

新春感

봄을 맞아 草木(초목)은 점점 새로워지는데

쇠약하고 병들어 오히려 팔십 줄 나이만 느네

날씨 따뜻해지니 꽃피려는 생각에 蘇生(소생)하고

온화한 바람은 겨울잠 자던 정신을 두드리네

경치 좋은 곳이 금지 구역에서 풀리니 누군들 주인이 아니랴

좋은 친구들 서로 부르니 나 또한 손님 되네

이제부터 명승지 찾자는 약속 어기지 말게나

늙어 가면서 어찌 하릴없는 떠돌이 되겠는가

迎春草木漸成新

衰病還增八耋身

暖日蘇生花意思

和風皷動蟄精神

勝地解禁誰非主

益友相呼我亦賓

從此莫違探勝約

老來豈作浪遊人

장충단에서 즉흥으로 짓다
獎忠卽事

안으로는 終南(종남)을 품고 밖으로는 강으로 둘렀으니

公園(공원)에서 몇 번이나 詩會(시회)를 열었던가

東君(동군: 봄의 신)은 雨露(우로)로 새로운 국면 열었고

무궁화 우리 강산은 風霜(풍상)으로 오랜 역사 변했네

구름 일어 겹겹이 있는 산 반쯤 가리고

얼음 녹아 남은 물은 물소리 졸졸 내네

늙어서 技藝(기예)도 없고 겸해서 貧賤(빈천)하니

세월을 돌아보아도 짝할 이 아니 뵈네

저녁에 누추한 집으로 돌아오고 아침 일찍 거리로 나서니

느긋이 詩社(시사) 찾아 함께 담소 나누네

산골짜기 얼음이 예전 경치 아직 묶어놨는데

공원에 풀은 점점 새로운 그림을 꾸미네

지은 시 남들 놀라게 하지 못하니 그저 씁쓰름하고

취하면 세상 일 잊을 수 있으니 다시 즐기네

봄바람이 내게 호탕한 興(흥) 일으키게 하니

넉 자 韻(운) 겨우 짓고 또 술병 기울이네

內抱終南外繞江

公園幾度闢詩窓

東君雨露開新局

槿域風霜變舊邦

雲起半遮山矗矗

氷消剩作水淙淙

老無技藝兼貧賤

回顧乾坤孰與雙

暮返窮廬早出衢

謾尋詩社笑談俱

澗氷尙結舊山水

園草漸粧新畵圖

咏不驚人徒作苦

醉能忘世更成娛

春風使我挑豪興

四韻纔題又倒壺

새물 오른 버들
新柳

節候(절후)는 아직도 차가워 얼음 더디 녹는데	_{절 후 유 한 해 동 지} 節候猶寒解凍遲
여전한 수양버들은 길머리에 늘어져 있네	_{의 의 양 류 맥 두 수} 依依楊柳陌頭垂
가지는 바야흐로 점차 변해 황금 실 되고	_{지 방 점 변 황 금 루} 枝方漸變黃金縷
잎은 미처 다 꾸미지 못해 검푸른 눈썹이네	_{엽 미 전 장 취 대 미} 葉未全粧翠黛眉
지난 세월 風霜(풍상)도 봄 뒤에 다하니	_{구 겁 풍 상 춘 후 진} 舊劫風箱春後盡
새로이 영예롭게 雨露(우로)가 꿈속에 찾아오네	_{신 영 우 로 몽 중 이} 新榮雨露夢中移
다른 날 따뜻해지길 기다려 꾀꼬리 지저귀거든	_{대 타 일 난 창 경 전} 待他日暖倉庚囀
술 한 말 귤 두 알 갖고 가서 들으리라	_{두 주 쌍 감 왕 청 지} 斗酒雙酣往聽之

백운암에서 즉흥으로 짓다
白雲庵卽事

쓸쓸한 절 그윽이 깊어 나무는 뜰을 둘러 있고 　소 사 유 심 수 요 정
蕭寺幽深樹繞庭

다시 詩會(시회) 여니 멀리서 지팡이 짚고 와 멈추네 　중 개 아 회 원 공 정
重開雅會遠筇停

맑은 하늘 비 안 오니 구름은 도리어 희고 　청 천 불 우 운 환 백
晴天不雨雲還白

온실 속에 갈무리된 꽃은 잎이 아직 푸르네 　온 실 장 화 엽 상 청
溫室藏花葉尙靑

술잔 주고 받으니 글과 술잔으로 두터운 정을 맺고 　수 작 문 준 증 탁 계
酬酢文樽曾托契

逍遙(소요)하다 보니 산수 경치 모양은 이미 잊었네 　도 요 천 석 이 망 형
逍遙泉石已忘形

詩情(시정)과 醉興(취흥)은 의당 나에게 있으니 　시 정 취 흥 의 어 아
詩情醉興宜於我

세속 밖 風煙(풍연)이 보고 들은 것을 가져다 주네 　물 외 풍 연 공 시 청
物外風烟供視聽

사방 소나무 잣나무는 산속 정원 둘러쌌고 　사 위 송 백 요 산 정
四圍松栢繞山庭

가운데 암자에 坐禪(좌선)하며 한나절 머무네 　중 유 선 암 반 일 정
中有禪庵半日停

돌 표면에 낀 이끼는 온통 돌을 하얗게 해놓고 　석 면 태 의 전 엄 백
石面苔衣全掩白

정원 머리엔 채소 싹이 가늘게 돋아나네 　원 두 채 갑 세 추 청
園頭菜甲細抽靑

궁벽했던 촌이 저자 되니 天運(천운)이 돌아오는 것이요 　궁 촌 작 시 회 천 운
窮村作市回天運

화려한 집들이 언덕 가에 연이으니 지형도 변했네 　화 옥 련 애 변 지 형
華屋連厓變地形

달리 淸閒(청한)함이 새로운 경지에 마련돼 있으니 　별 설 청 한 신 경 계
別設淸閒新境界

원래 속세 나그네는 없는 것이요 세상 물정 들으려 함이라네 　원 무 속 객 세 정 청
元無俗客世情聽

228

장충 시 모임에서
獎忠雅集

빚진 詩(시) 동쪽 서쪽으로 갚아주려 하니

세상길이 본디 높은지 낮은지 모르겠네

깊은 계곡엔 얼음 풀리니 물에 물고기 헤엄치고

그윽한 풀 소생하니 둑엔 말이 뛰어 다니네

멀리 높은 산에 오르니 가슴은 바다처럼 넓어지고

굽어 넓은 들 바라보니 눈이 아른거리네

한나절 배회하다 보니 해는 기울어 떨어지고

나무 위엔 돌아가기 재촉하는 나그네 향한 울음이네

六藝(육예)는 이루지 못하고 멋대로 나이만 들어서

글재주 다투는 마당에서 意氣(의기)가 호탕하네

구름이 엉겨 해를 가리니 그림자 지기 어렵고

바람소리 숲에 들어오니 쉽게 파도 이루네

얕은 재주로 이때에 태어난 것이 그저 한스러우니

세상 피한다고 어디에 도망칠 곳 찾을 수 있나

安貧樂道(안빈낙도)에 일 없는 나그네가

시의 연으로 덕 있는 이와 더불어 즐기니 다행이네

詩債欲償東又西
不知世路自高低
深溪解凍魚游水
幽草蘇生馬躍堤
遠陟崇峰胸解闊
俯看大野眼花迷
徘徊半日斜陽倒
樹上催歸向客啼
不成六藝縱年高
白戰場中意氣豪
雲陳遮陽難作影
風聲入樹易生濤
淺才只恨此時誕
避世將求何處逃
樂道安貧無事客
緣詩幸伴碩人遨

새봄에 즉흥으로 짓다
新春卽事

森羅萬象(삼라만상)은 본디 가지런하지 않고

終南(종남)의 物色(물색)은 바라보면 어지럽네

산길은 크거나 작거나 모두 저자로 통하고

들 위로 흐르는 물은 각각 시냇물로 들어가네

타향에 떠도는 生涯(생애) 여유 있어 풍족하기 어려우나

詩(시)를 짓는 일은 쉽게 서로 도울 수 있네

새봄의 詩會(시회)에서 情話(정화: 정다운 얘기) 풀어내다

종소리에 놀라 일어나니 해는 이미 낮아졌네

만 상 삼 라 자 부 제
萬象森羅自不齊

종 남 물 색 망 중 미
終南物色望中迷

산 정 대 소 개 통 시
山程大小皆通市

야 수 종 횡 각 부 계
野水縱橫各赴溪

평 해 생 애 난 유 족
萍海生涯難裕足

시 성 사 업 이 제 휴
詩城事業易提携

신 춘 아 회 서 정 화
新春雅會舒情話

경 기 종 성 백 일 저
驚起鍾聲白日低

새로 온 제비
新燕

가을 가고 봄이 오니 뜻이 다시 호탕해져

꽃 꽂고 버들 건너 언덕을 몇 개나 지났는가

허물어진 둥지 고치려 진흙 물고 이르러선

옛 주인 잊지 못해 용마루 향해 날아오르네

紅縷(홍루: 좋은 옷) 입고 은혜 갚음이 어느 날 일이었던가

烏衣(오의: 허름한 옷)로 휘날리는 자취는 옛 사람의 붓글씨네

해마다 날 찾아오는 제비 암수 한 쌍

위아래로 날며 누가 높이 나르나 서로 경쟁하네

추 거 춘 래 의 부 호
秋去春來意復豪

천 화 도 류 기 과 고
穿花度柳幾過皐

퇴 소 욕 보 함 니 도
頹巢欲補啣泥到

구 주 난 망 향 동 고
舊主難忘向棟翶

홍 루 보 은 하 일 사
紅樓報恩何日事

오 의 천 적 고 인 호
烏衣擅蹟古人豪

연 년 방 아 부 처 연
年年訪我夫妻燕

상 하 우 비 호 경 고
上下于飛互競高

문우사 시회에서

文友社雅會

높은 곳 올라 가장 사랑함은 景光(경광)의 아름다움이니 　登臨最愛景光佳

林泉(임천) 두루 돌아봄에 신발 몇 켤레 닳아 없앴나 　周覽林泉費幾鞋

바람은 물에 소리 실어 보내고 자리에는 가야금 타니 　風送水聲琴奏座

해는 회화나무 그림자를 옮겨 계단에 그림이 생기네 　日移槐影畫生階

이때에 세상 피해 달아날 땅 없으니 　此時無地世能遯

어느 곳에 산이 있어 근심 묻을 수 있으리오 　何處有山愁可埋

행동거지는 원래 알맞은 뜻 구하는 것이니 　行止元來求適意

요즘 사람이라고 어찌 옛사람 생각과 다르리오 　今人豈異古人懷

봄 온 이래 맑고 아름답지 않은 날 없으니 　春來無日不淸佳

매번 높은 곳 오르려 신짝 끌고 가네 　每爲登臨曳草鞋

술 취한 취흥으로 情(정) 풀어 멀리서 온 나그네 머무르니 　酒國舒情留遠客

詩(시) 짓는 곳에 좋은 글귀 찾으려 텅 빈 계단 길 걷네 　詩城覓句步空階

그늘진 언덕에 사슴 지나가니 남은 얼음 부숴지고 　陰厓鹿過殘氷碎

거친 채마밭 소가 갈아대니 낙엽이 묻히네 　荒圃牛耕落葉埋

다행히 음식점에서 모여 뉘 잘났나 다투니 　幸會旗亭爭甲乙

경치 좋은 곳에서 글재주 겨루며 회포를 잊네 　靈區白戰自忘懷

봉암이 찾아와서 같이 짓다
鳳庵來訪共賦

친구가 날 마음에 두고 멀리서 동쪽으로 찾아오니

시원찮은 대접에 되레 부끄러우나 興(흥)은 궁하지 않네

땅의 형세로는 나누어 살아 강 건너 있고

하늘의 때로는 잠시 이별하였으니 그 사이 비가 왔음이로세

삼천리강산에 지루하게 내리던 눈은 다 그치고

차제는 이십사절기 중 꽃피는 때라네

같이 늙어가며 일없는 나그네끼리

情(정)을 시와 술에 의탁하니 오래도록 궁벽함 잊네

故人有意遠臨東
고 인 유 의 원 림 동

薄供還羞興不空
박 공 환 수 흥 불 공

地勢分居江底外
지 세 분 거 강 저 외

天時暫別雨其中
천 시 잠 별 우 기 중

支離雪盡三千里
지 리 설 진 삼 천 리

次第花開卄四風
차 제 화 개 입 사 풍

同是老來無事客
동 시 로 래 무 사 객

托情詩酒久忘窮
탁 정 시 주 구 망 궁

백운암에서 즉흥으로 짓다
白雲庵卽事

경치 좋은 곳 찾아 힘 써 오르니

사방 맑게 갠 경치에 興(흥)이 또 더해지네

백 년 苦海(고해: 괴로운 인간 세계)에 세속 떠나기 어려우니

한세상 따사로이 떠돌기는 중과 짝하는 것이 쉽네

절 밖 둘러싼 산에선 항상 새소리 들리고

길가에 점점 얼음 녹아 물이 생기네

옷깃 연이어 함께 새봄 자리함을 즐기니

서로 돌아보면 누가 백발 미워하지 않으리오

爲訪靈區費力登
위 방 령 구 비 력 등

四方晴景興還增
사 방 청 경 흥 환 증

百年苦海難離俗
백 년 고 해 난 리 속

一世慈航易伴僧
일 세 자 항 이 반 승

寺外圍山常聽鳥
사 외 위 산 상 청 조

路邊生水漸消氷
노 변 생 수 점 소 빙

連衿共樂新春席
연 금 공 락 신 춘 석

相顧誰無白髮憎
상 고 수 무 백 발 증

강남 아홉 늙은이 모임에 참석해서
參江南九老會

우연히 崔津頭(최진두: 지인)의 성대한 모임에 참석하니

비 갠 후 관악산엔 푸른 아지랑이 떠도네

가는 곳마다 마음 터놓고 얘기하는 건 모두 백발일세

어느 때 손님 맞으며 푸른 눈동자 아닌 때 있었으랴

화분에 심긴 매화는 이미 떨어져 꿈이 돼 버렸는데

강가에 풀은 처음 나와 아직 근심을 부르지 못하네

아홉 늙은이 잔치 자리에 한 늙은이 더해지니

老人星(노인성) 별 아래 외람되이 함께 머무네

우 참 성 회 최 진 두
偶參盛會崔津頭

제 후 관 산 취 애 부
霽後冠山翠靄浮

도 처 론 심 개 백 발
到處論心皆白髮

하 시 대 객 불 청 모
何時對客不青眸

분 매 이 락 방 성 몽
盆梅已落方成夢

강 초 초 생 미 환 수
江草初生未喚愁

구 로 연 중 첨 일 로
九老筵中添一老

노 인 성 하 외 동 류
老人星下猥同留

늙은 선비
老儒

때가 마음에 어긋나 이미 初心(초심)을 저버리고

林泉(임천)에 자취를 맡겨 고요함 속에 머무네

몸 보호하려는 생각에 칼날을 깊이 감추고

세상 구제하려는 經綸(경륜)에 아직도 책을 읽네

白髮(백발)은 無情(무정)하여 다시 젊어지기 어렵고

靑雲(청운)은 꿈같아 쉽게 허무해져 버리네

벌써 장한 뜻 이루지 못할 것 알았으면서

어찌 지금 밭 갈고 고기 잡지 않느냐

시 여 심 위 이 부 초
時與心違已負初

임 천 탁 적 정 중 거
林泉托跡靜中居

호 신 의 사 심 장 도
護身意思深藏鋣

제 세 경 륜 상 독 서
濟世經綸尚讀書

백 발 무 정 난 부 소
白髮無情難復少

청 운 유 몽 이 귀 허
青雲有夢易歸虛

조 지 장 지 미 성 숙
早知壯志未成孰

하 부 당 년 경 차 어
何不當年耕且漁

장충단 중춘(음력 2월) 시회에서
忠壇仲春雅會

아름다운 나무 신기한 꽃이 돌계단 둘러 있고
끝없이 펼쳐진 살아있는 그림이 사계절 아름답네
날씨 아직 추워 눈은 소나무 둑에 남아있고
얼음 녹으니 솔개 가벼이 물가에 떠있네
산은 병풍같이 둘러 덮여 멀리서 옹호하고
저자 거리는 바둑판처럼 잘도 나뉘어 있네
꾀꼬리와 꽃은 머지않아 詩(시) 지을 거리 대주니
음식점에서 일등 다투는 것이 모두 다 안 그렇겠나

嘉木奇花繞石階
無邊活畵四時佳
日寒殘雪餘松塢
氷解輕鷗泛水涯
山似屛幱遙擁護
市如棋局好分排
鶯花不遠供詩料
爭甲旗亭孰不皆

남산 시 모임에서
南山雅集

上仙臺(상선대) 꼭대기에 새로 진 누각 있으니
조각한 들보가 맑은 구름 머리 뚫고 불쑥 솟았네
온갖 나무 봄을 맞아 꽃피려 하고
모든 내에 얼음 녹아 물 다퉈 흐르네
너무 가난하면 누군들 황금 꿈꾸지 않겠나
늙기 싫어하는 나는 오직 백발 근심이네
술과 시로 지루하지만 한참을 지내다 보니
해 그림자 먼 산에 지는 것도 모르네

上仙臺頂有新樓
雕樑甍出淡雲頭
万樹迎春花欲發
百川解凍水爭流
傷貧孰不黃金夢
厭老吾惟白髮愁
觴咏支離消半晌
不知日影遠山收

기영회에 참석해서

參耉英會

백 가지 복 중에 오래 사는 것이 으뜸이라

기영회가 장충원에 열렸네

남은 얼음 물로 변해 모두 골짜기 물로 돌아가고

고목은 그늘 만들어 문을 반쯤 가렸네

헛되이 늙어 詩(시) 짓는데 좋은 글귀 하나 없고

느긋이 술 마시며 노니니 향기로운 술잔 사랑하네

갑자기 봄 날씨 다가오니 하루 반 나누어

경치 구경하려 하나 아직 날씨 추워 일 번거롭게 안 하네

백 복 인 간 수 작 원
百福人間壽作元

기 영 회 설 장 충 원
耉英會設獎忠園

잔 빙 화 수 전 귀 간
殘氷化水全歸澗

고 목 성 음 반 엄 문
古木成陰半掩門

허 로 시 성 무 건 구
虛老詩城無健句

만 유 주 국 애 향 준
謾遊酒國愛香樽

거 당 춘 후 중 분 일
遽當春候中分日

탐 경 유 한 사 불 번
探景猶寒事不煩

금요일 모임에서

金曜會

근래 문물이 옛 시절보다 나으니

여러 나라 번영하는 것을 점차 쫓으려 하네

기술로 功(공) 다투고 이로운 물건 많고

촌이 변해 도시 되니 이름난 터전 멋대로 하네

江山(강산)의 氣色(기색)은 봄이라 더욱 좋고

시 한 수 술 한 잔 風情(풍정)은 늙었어도 또한 화목하네

어떤 약이 백발을 낫게 할 수 있으리요

世間(세간)의 公道(공도)는 사사로움을 용납치 않네

근 래 문 물 승 고 시
近來文物勝古時

열 국 번 영 점 욕 추
列國繁榮漸欲追

이 기 쟁 공 다 리 기
以技爭功多利器

변 촌 위 시 천 명 기
變村爲市擅名基

강 산 기 색 춘 우 호
江山氣色春尤好

시 주 풍 정 로 역 의
詩酒風情老亦宜

백 약 하 능 의 백 발
百藥何能醫白髮

세 간 공 도 불 용 사
世間公道不容私

봄 눈
春雪

때론 펑펑 때론 소소히 춤추듯 내려 앉아
仲春(중춘) 玉(옥)처럼 하얀 나뭇잎은 근년에 드문 일이네
맑기는 달빛 비치는데 매화 떨어지는 것 같고
가볍기는 바람 타고 나는 버드나무 솜털 같네
어찌 人間(인간) 세상 따뜻한 기운 다 거두어서
갑자기 天下(천하)에 추위 위세 떨치게 하나
모름지기 다시 해 나오면 모두 녹아버리건만
귀밑털 눈은 여전하니 날 서글프게 하네

밀 밀 소 소 강 작 비
密密踈踈降作霏
중 춘 옥 엽 근 년 희
仲春玉葉近年稀
담 여 영 월 매 화 락
淡如映月梅花落
경 사 빙 풍 류 서 비
輕似憑風柳絮飛
기 내 인 간 수 난 기
其奈人間收暖氣
졸 연 천 하 동 한 위
猝然天下動寒威
수 갱 일 출 장 소 진
須更日出將消盡
빈 설 의 전 사 아 비
鬢雪依前使我悲

봄추위
春寒

이월 비단 주머니 추워서 아직 열리지 않으니
화롯불 껴안고 홀로 앉아 남은 재에 그림 그리네
추위가 꽃피는 것 붙잡아 새봄 와도 봄 느끼기 어렵고
덮인 눈은 오히려 해 지나도록 쌓여있네
오랜 세월 風霜(풍상)은 어찌 끝나지 않나
영광 펼칠 비와 이슬은 여전히 돌아옴이 더디네
잠자는 방에 짝할 이 없어 근심이 도리어 괴로움 되니
스스로 일어나 술잔 기울여 한 잔 마시네

이 월 라 위 랭 불 개
二月羅幃冷不開
옹 로 독 좌 화 잔 회
擁爐獨坐畵殘灰
늑 화 난 작 신 춘 색
勒花難作新春色
호 설 유 여 거 세 퇴
護雪猶餘去歲堆
호 겁 풍 상 하 미 료
浩劫風霜何未了
부 영 우 로 상 지 래
敷榮雨露尙遲來
동 방 무 반 수 환 고
洞房無伴愁還苦
자 기 경 준 음 일 배
自起傾樽飮一盃

236

외로운 소나무
孤松

홀로 선 소나무 쓰다듬기 얼마나 했나

언덕 가득 맑은 그늘 더위 피함 마땅하네

짐짓 훗날 鶴(학)이 깃들기 기다렸더니

이 땅에 자라나서 용틀임 가지가 되었네

화창한 봄날 기후 모두 와서 봄빛으로 꾸미려 하나

차가운 눈 도랑 지켜 탈 없는 자태일세

매번 바람 파도 일을 때마다 가야금 소리 보내니

詩心(시심)에 조용히 귀 기울이니 스스로 기이해지네

고 송 애 무 기 다 시
孤松愛撫幾多時
만 안 청 음 피 서 의
滿岸清陰避暑宜
고 대 타 년 서 학 일
故待他年棲鶴日
양 성 차 지 화 룡 지
養成此地化龍枝
염 양 여 중 장 춘 색
艷陽與衆粧春色
한 설 보 거 무 양 자
寒雪保渠無恙姿
매 기 풍 도 금 운 송
每起風濤琴韻送
시 심 정 청 자 성 기
詩心靜聽自成奇

장단 시회에서
獎壇雅會

동풍이 따뜻하지 않아 興(흥)은 도리어 작아지고

시인들 서로 만나는 것도 근래에 드물어졌네

물로 변한 얼음과 서리는 싸늘한 자취 녹여 없애고

꽃봉오리 머금은 복사꽃 오얏꽃은 봄 절기 나타내네

人情(인정)은 헤아리기 어려우니 마음을 내주기 어렵고

세상 일 多端(다단)하여 뜻 어기기 쉽네

늙어서 속세 얽매임 잊음만 못한 것이 없으니

느긋이 글재주 겨루며 스러지는 해 보내네

동 풍 불 난 흥 환 미
東風不暖興還微
소 객 상 봉 근 일 희
騷客相逢近日稀
화 수 빙 상 소 랭 적
化水氷霜消冷跡
태 화 도 리 로 춘 기
胎花桃李露春機
인 정 미 측 심 난 허
人情未測心難許
세 사 다 단 의 이 위
世事多端意易違
노 경 무 여 망 속 루
老景無如忘俗累
만 장 백 전 송 사 휘
謾將白戰送斜暉

237

장충단 팔각정에서

獎忠壇八角亭

여덟 모난 높은 누각이 노닐기 딱 좋으니

가을 달 봄바람이 세속 흐름에 부합하네

오늘날 모두 새롭게 보기 좋은 곳에 장식하니

지금 사람들 어찌 옛날 황폐한 언덕인지 알아볼꼬

그림 같은 병풍이 장충 산머리를 둘러싸고

맑은 거울은 멀리 동작 물가로 열렸네

마음은 귀양 간 신선과 같이 서글퍼 하노니

吳宮(오궁)[101] 화초가 근심 일으키네

팔 릉 고 각 가 감 유
八稜高閣可堪遊

추 월 춘 풍 부 속 류
秋月春風付俗流

차 일 전 장 신 승 경
此日全粧新勝境

금 인 기 식 구 황 구
今人豈識舊荒丘

화 병 환 포 장 충 수
畵屛環抱獎忠峀

명 경 원 개 동 작 주
明鏡遠開銅雀洲

심 여 적 선 동 감 개
心與謫仙同憾慨

오 궁 화 초 야 오 수
吳宮花草惹吾愁

백운암 시회에서

白雲庵雅會

오래 전 약속 변함없이 지키고자 멀리 신발 끌고 찾아가니

백운암은 깊숙하여 속세가 침범함이 없네

꽃이 장차 멋대로 붉어져 봄빛이 이르게 오는데

풀은 이제 푸르름 뽑아내어 깊숙한 곳 세력 더하네

세상은 책을 태워 없애지 않았으나 사람들이 읽기를 그치니

내가 거문고 안고 타봤자 누가 그 소릴 알아주랴

이루기 어려운 학업은 사람 이미 늙었다 하니

지난 날 寸陰(촌음: 짧은 시간) 아끼지 않은 것이 한스럽네

숙 약 상 준 원 극 심
宿約常遵遠屐尋

백 운 암 거 속 무 침
白雲庵遽俗無侵

화 장 탄 적 춘 광 조
花將綻赤春光早

초 시 추 청 동 세 심
草始抽靑洞勢深

세 불 분 서 인 폐 독
世不焚書人廢讀

아 유 포 슬 숙 지 음
我惟抱瑟孰知音

난 성 학 업 인 칭 로
難成學業人稱老

한 미 증 년 석 촌 음
恨未曾年惜寸陰

---

101) 중국 越(월)나라가 吳(오)나라를 멸망시킨 후 궁정에 연못을 파고 꽃을 심음. 즉 망한 나라를 표상함.

238

장충단 중춘 시회에서
獎壇仲春雅會

구름 걷혀 날씨 따뜻한 봄날에
雲收日暖艷陽辰

신발 고쳐 신고 높은 곳 오르니 興(흥)이 궁하지 않네
理屐登臨興不貧

꽃은 붉은 입술 터트려 미미하게 향기 보내고
花綻絳脣微送馥

버들은 푸른 눈 열어 살포시 봄을 엿보네
柳開靑眼暗窺春

人情(인정)에 한스러움은 風霜(풍상)에 늙어 감이니
人情有恨風霜老

天道(천도)는 사사로움 없어 비와 이슬 고르네
天道無私雨露均

한가로운 아름다운 경치가 나를 부르고 몸 또한 건강하니
烟景惹吾身又健

느긋이 시가 문장 읊으며 왕래가 빈번하네
謾吟詞藻往來頻

비 오는 한식에
雨中寒食

晉(진)나라 풍속[102]이 바다 동쪽 우리나라로 전해져서
晉俗遺傳我海東

또 한식을 대하니 홀로 마음 끓이네
又當寒食惱孤哀

꽃에 玉(옥) 같이 떨어지는 눈물은 아침 비요
花垂玉淚沾朝雨

가는 허리 휘두르는 버드나무 춤은 저녁 바람이네
柳拂纖腰舞晚風

아버지 할아버지 계신 푸른 산은 천 리 밖에 있는데
父祖靑山千里外

자손은 일개 城(성) 안 초라한 집에 있네
兒孫白屋一城中

늙은 이래로 병든 약골이라 이젠 가기 어려워서
老來病骨今難去

단지 봄빛이 어른들께 미치지 못함을 한탄하네
只恨春光不及翁

---

102) 寒食(한식)의 유래는 晉文公(진문공)이 覇業(패업)을 이루는 데 크게 공헌한 介子推(개자추)가 진문공의 부름에서 빠지자 산속으로 은거했는데 진문공이 뒤늦게 후회하고 개자추를 불렀으나 응하지 않자, 억지로 나오게 하려고 숨어있는 산에 불을 질렀으나 끝내 나오지 않고 타 죽었다 함. 그 후로 그날에 불을 때지 않는 풍속이 생겼다 함.

중춘에 느긋이 읊음
仲春謾吟

東風(동풍)은 아직 서늘해 봄 기다림 늦어지고   東風尙冷待春遲

시인들 꽃 찾는 것도 점차 때를 놓치네   騷客探花漸失期

벼슬 길 인연 없으니 어찌 간절히 바랄 것인가   冠冕無緣何戀慕

강산에 자취 맡기니 하는 일 적네   江山托跡少營爲

버들 실은 푸르게 꾸며져 이제 실 같이 나오고   柳絲藏綠方生絮

복숭아 꽃봉오리는 붉음이 배었으나 아직 가지 터뜨리지 않네   桃蕾胎紅未綻枝

멀리 관광하지 않아도 살아있는 병풍처럼 꾸며져 있으니   不遠觀光粧活畫

술 한 잔 시 한 수는 응당 지난 때보다 좋아야지   咏觴應勝去年時

바람 온화하고 날씨 따뜻해 봄 기틀 움직여   風和日暖動春機

푸르름 묻고 붉음 찾으니 興(흥)이 툭 튀어나오네   問綠尋紅興遄飛

꽃은 情(정)이 있는 듯 항상 웃으며 서있고   花似有情常笑立

새는 무슨 일인가 매번 울며 돌아가네   鳥因何事每啼歸

사귀고 나면 사람들 잘나고 못난 것 쉽게 알아채는데   結交易覺人長短

일 얘기하면 세상 옳고 그름 얘기하기 어렵네   論事難言世是非

그림 같은 山川(산천) 속에서 술과 시 즐기니   畫裡山川觴咏樂

느긋이 첫째 둘째 다투며 지는 해 보내네   謾爭甲乙送斜暉

삼청공원에서 우연히 읊다
三淸公園偶吟

東風(동풍) 산들산들 불어 山城(산성) 흔들어대고

계곡 물가에 얼음 녹으니 언덕엔 풀 돋아나네

꽃은 환영해주는 듯 벽에 기대 웃고

기러기는 곧 작별 서러워하는 듯 사람 향해 우네

無謀(무모)하여 靑春(청춘)이 가는 것도 잡지 못했으니

정한 운수 있음에 공연히 슬퍼하며 백발만 허옇네

한가히 노닐며 세상 걱정 잊는 것만 못하니

수시로 모임 열어 시 읊으며 술 한 잔 하세나

동 풍 습 습 동 산 성
東風習習動山城
간 반 빙 소 안 초 생
澗畔氷消岸草生
화 사 환 영 의 벽 소
花似歡迎依壁笑
홍 장 석 별 향 인 명
鴻將惜別向人鳴
무 모 미 만 청 춘 거
無謀未挽靑春去
유 수 공 비 백 발 명
有數空悲白髮明
막 약 우 유 망 세 려
莫若優遊忘世慮
수 시 설 회 영 상 성
隨時設會詠觴成

남산에서 즉흥으로 짓다
南山卽事

옅은 녹색 진한 붉은색 지난해와 같이

봄빛이 다시 옛 山川(산천)에 다다랐네

복사꽃잎은 반쯤 터져 바야흐로 미소를 머금고

버들가지 눈은 먼저 열려 이미 잠에서 깼네

大地(대지)에 바람서리는 얼마나 긴 세월 거쳐 지나갔는가

어진 하늘은 비와 이슬 내려 또 새로이 푸르게 하네

지금까지 萬物(만물)이 입은 은혜 무겁게 큰데

쇠약한 늙은이에겐 미치지 않으니 정말 가련하구나

천 록 심 홍 사 거 년
淺綠深紅似去年
춘 광 갱 도 구 산 천
春光更到舊山川
도 시 반 파 방 함 소
桃腮半破方含笑
유 안 선 개 이 성 면
柳眼先開已醒眠
대 지 풍 상 과 호 겁
大地風霜過浩劫
인 천 우 로 우 신 록
仁天雨露又新綠
종 금 만 물 몽 은 중
從今萬物蒙恩重
불 급 쇠 옹 정 가 련
不及衰翁正可憐

봄바람
春風

점점 얼음 녹기 재촉하며 해는 더디게 더디게 지는데
이십사절기 따라 부는 바람은 몇 번이나 불어댔나
예쁜 복사꽃 활짝 펴 꽃잎은 붉은 점이 만 개나 되는데
물오른 낭창낭창한 버들은 푸르기가 천 갈래 실이네
솔 숲에 이는 바람은 파도치듯 밀려 장막 앞에 이르고
보리밭 물결은 전해지고 전해져서 들 밖으로 옮겨가네
가지 무성하고 잎 향기로우니 功(공)의 자취 크기도 하여라
단지 꽃 떨어져 날 슬프게 하는 것이 싫을 뿐이네

漸催解凍日遲遲
廿四番風幾度吹
開盡夭桃紅萬點
染成嫩柳綠千絲
松濤惹起帳前到
麥浪傳來野外移
枝茂葉芳功縱大
只嫌花落使吾悲

장충 시회에서
獎忠雅會

비 그친 뒤 푸른 하늘은 깨끗하게 구름 없고
시인들 날 갠 틈타 몇 번이나 무리 졌나
나비는 꽃 머리에서 춤추니 노랗기가 비단 같고
고기는 수면에서 헤엄치니 푸르게 물결무늬 만드네
어린 시절엔 그저 노는 것 좋다 말했지만
늙어 보니 바야흐로 공부 열심히 하지 않은 것이 부끄럽네
이곳에서 情(정)을 푸는 사람 그대와 난데
이별은 많고 만남은 적으니 서로의 헤어짐이 애석하네

雨餘碧落淨無雲
騷客乘晴幾作群
蝶舞花頭黃似錦
魚游水面翠成紋
幼時只道遊爲好
老景方羞學不勤
此地舒情君與我
別多逢少惜相分

북악산 시회에서

北岳雅會

사방이 살아있는 그림 같은 경치 좋은 곳 열렸으니	四方活畵勝區開
詩會(시회) 다시 열려 약속 지키려 왔네	雅會重成守約來
풀은 봄빛을 띠고 동네 길에 연이어 있고	草帶春光連巷陌
해는 산 그림자를 樓臺(누대) 위로 옮겨 놓네	日移山影上樓臺
一生(일생) 좋은 꽃 떨어짐을 너무나 안타까워하니	一生偏惜好花落
어느 곳엔들 좋은 나무 기르는 것 기뻐하지 않으랴	何處不歡嘉樹培
푸르름 즐기고 붉은 꽃 찾아 興(흥)이 끝없으니	賞綠尋紅無限興
문득 돌아가는 길 잊었으나 夕陽(석양)이 재촉하네	便忘歸路夕陽催
흐르는 세월이 봄을 다시 돌려놓아	居諸歲月復回春
萬象(만상)이 모두 빛나니 생긴 것마다 새롭네	萬象咸熙物物新
외진 곳까지 빛이 나니 꽃이 산을 수놓고	僻地光生花繡岳
작은 시내 크게 소리쳐 물가까지 가득 채우네	小溪聲大水盈濱
우리네들은 점차 風霜(풍상) 겪어 늙어지는데	吾儕漸作風霜老
草木(초목)은 거듭 자애롭게 비와 이슬 은혜 입네	草木重蒙雨露仁
내가 경치 좋은 곳 온 것 이제 몇 번이던고	我到名區今幾度
그윽하고 깊기로 제일 좋은 곳이니 모임 자주자주 여세나	幽深最好會頻頻

봄비
春雨

봄바람이 비를 빚어 정원 숲에 뿌리니

적막한 나그네 창가엔 날씨 음침하네

꽃잎은 세세히 날라 눈물 같이 떨어져서는

산머리에 어지러이 떨어져서 침입해 온 티끌 씻어내네

비 개길 기다리는 앵무새는 시름과 벗하니 깃털 모두 젖고

물 마른 웅덩이 벗어난 고기는 깊어진 물 기뻐하네

땅에 가득 찬 東君(동군: 봄의 神) 혜택 새롭고

우거져 가는 草木(초목)은 모두 다 기쁜 마음이네

춘 풍 양 우 쇄 원 림
春風釀雨洒園林

적 적 기 창 일 기 음
寂寂覊窓日氣陰

화 검 세 비 여 루 하
花臉細飛如淚下

산 두 란 락 세 진 침
山頭亂落洗塵侵

대 청 앵 우 수 의 습
待晴鶯友愁衣濕

탈 학 어 아 희 수 심
脫涸魚兒喜水深

만 지 동 군 신 혜 택
滿地東君新惠澤

향 영 초 목 총 흔 심
向榮草木摠欣心

정릉 시회에서
貞陵雅會

봄나들이 약속에 때 어기지 않으려고

이월 수놓은 듯한 정릉으로 서둘러 달려가네

시냇물 물결은 어젯밤 내린 비로 흠뻑 불었고

숲 속엔 이미 지난 해 가지에 꽃 활짝 폈네

오랫동안 물과 바위 사이에 노니는 것이 버릇이 되어

風潮(풍조)도 모르고 또 바보짓 하네

땅에 가득 푸르고 노란 색이 바야흐로 興(흥) 일으키니

夕陽(석양)의 산길로 돌아가는 지팡이 느릿느릿하네

상 춘 유 약 불 위 기
賞春有約不違期

이 월 정 릉 수 곡 치
二月貞陵繡縠馳

계 랑 방 첨 전 야 우
溪浪方添前夜雨

임 화 이 발 거 년 지
林花已發去年枝

구 유 수 석 잉 성 벽
久遊水石仍成癖

불 식 풍 조 우 작 치
不識風潮又作痴

만 지 청 황 방 야 흥
滿地靑黃方惹興

석 양 산 로 반 공 지
夕陽山路返筇遲

백운암 시 모임에서
白雲庵雅集

예전 閭閻(여염: 일반 동네)이 점차 화려한 거리로 변해 　華街漸變舊閭閻 _{화 가 점 변 구 여 염}

사방 경치 빛나 瑞氣(서기: 상서로운 기운) 더해지네 　四境生光瑞氣添 _{사 경 생 광 서 기 첨}

사업은 기약하여 한 세상에 이름 내기 어려우나 　事業難期名一世 _{사 업 난 기 명 일 세}

문장은 드날리려 하여도 한 글자 당 값이 三縑(삼겸)[103]이네 　文章欲擅字三縑 _{문 장 욕 천 자 삼 겸}

江山(강산)이 나를 부르니 詩(시) 짓기를 어찌 廢(폐)하리요 　江山召我詩何廢 _{강 산 소 아 시 하 폐}

꽃과 새가 사람 머무르게 하는데 술도 겸해 마실 수 있네 　花鳥留人酒可兼 _{화 조 류 인 주 가 겸}

모든 것이 높이 올라 시시각각 달라지는데 　萬物高騰時刻異 _{만 물 고 등 시 각 이}

어찌하여 글 값만 이리도 소박한가 　奈何詞藻價惟廉 _{내 하 사 조 가 유 렴}

봄 강에 배를 띄우고
春江泛舟

봄바람 부는 이월 한강 상류에 　春風二月漢江頭 _{춘 풍 이 월 한 강 두}

손님 실은 꽃배가 떠 위쪽으로 흘러가네 　載客蘭舟泛上流 _{재 객 란 주 범 상 류}

목동은 다투어 피리 불고 강가에 풀은 향기로운데 　牧笛爭吹芳草岸 _{목 적 쟁 취 방 초 안}

고기잡이 노래가 楊洲(양주)에 울려 퍼지네 　漁歌幷唱綠楊洲 _{어 가 병 창 록 양 주}

백 년의 큰 뜻은 공연히 하릴없는 꿈이니 　百年大志空餘夢 _{백 년 대 지 공 여 몽}

한나절 한가롭게 즐겨 잠시 근심 잊네 　半日開情暫忘愁 _{반 일 한 정 잠 망 수}

넘실대는 푸른 파도가 거울 같이 맑은 물속에 있으니 　潋灩蒼波明鏡裡 _{염 염 창 파 명 경 리}

끝없이 좋은 이 경치를 거두어 즐긴 사람 몇이나 되나 　無邊勝景幾人收 _{무 변 승 경 기 인 수}

---

103) 皇甫湜(황보식)이라는 사람이 福先寺(복선사)의 비문을 지었는데, 글을 의뢰한 裴度(배도)라는 사람이 보답으로 비단을 많이 실어 보냈으나 황보식이 말하기를 "비문의 글자가 3천 자인데 한 글자 당 三縑(삼겸: 세 겹으로 짠 비단)밖에 안 되니 어찌 이리 박한가!"라고 하였다는 데서 나온 말로, 글 값이 싸다는 뜻임.

정릉에서 즉흥으로 짓다
貞陵即事

정릉에서 두 번째로 아침나절에 모이니
버드나무는 푸르고 복사꽃은 붉어 날씨 또 좋네
골짜기 물 한 줄기 졸졸 흘러 맑은 거울 펼쳐지고
사방 산은 秀麗(수려)하여 그림 병풍으로 장식한 것 같네
꾀꼬리는 좋은 친구 같이 그 소리 들어도 물리지 않고
꽃은 佳人(가인)과 같으니 바라본들 어찌 거리낄 텐가
여전히 經綸(경륜) 있고 마음도 늙지 않았으니
文章(문장)을 닦고자 하여 흥취가 도리어 커지네

貞陵再度會朝陽
柳綠桃紅日又良
一澗潺湲明鏡展
四山秀麗畵屛粧
鶯如好友聽無厭
花似佳人看豈妨
尙有經綸心不老
文章欲學趣還長

북악에서 다시 만나서
北岳再會

하늘 흐려 비 오려 하다 느지막이 다시 개니
南北(남북)의 詩(시) 짓는 친구들 시회 이루었네
어지러이 춤추는 꽃방은 꽃가루 나르는 나비요
맑은 노래부르며 버들장막에 꾀꼬리 이리저리 옮겨다니네
詩(시) 짓는 일에 날이 가나 달이 가나 한가한 꿈이니
술 취한 江山(강산) 모두 정들어 좋게 보이네
푸른 잎 감상하고 붉은 꽃 찾아 詩(시) 지을 재료 풍족하니
취한 나머지 호탕한 興(흥)에 점점 和平(화평)해지네

天陰欲雨晩還晴
南北騷朋雅會成
亂舞花房傳粉蝶
淸歌柳幕擲梭鶯
詩城日月多閒夢
酒國江山摠好情
賞綠尋紅詩料足
醉餘豪興漸和平

우이동 시회에서
牛耳洞雅會

우연히 좋은 시절에 나그네끼리 모여서 偶得佳期會旅軒
좋다 하고 和氣(화기)롭게 안부 묻네 好將和氣問寒暄
소나무 삼나무 숲 빽빽하여 길 없는 듯 보이고 松杉鬱密疑無路
샘과 바위 그윽이 깊은 곳에 달리 마을 하나 있네 泉石幽深別有村
어리석은 나비는 무리 지어 섞여 어지러이 춤추고 痴蝶成群交舞亂
아리따운 친구 부르며 재잘재잘 노래 내뱉네 嬌鶯喚友放歌煩
글짓기도 끝나고 술도 깨니 산에는 해 넘어가고 題罷酒醒山日暮
닭은 나그네 돌아가기 재촉하여 창 너머 시끄럽네 鷄催客路隔窓喧

동갑내기 모임에서
同庚會

장충공원에서 잔치 열어 쪽지로 부르니 奬苑開筵折簡招
여러 친구들 어찌 같이 逍遙(소요)하지 않을 리 있나 諸朋何不共逍遙
꽃 감상하는 文士(문사)들 詩(시) 지을 감정 돋우니 賞花文士騷情動
술 권하여 佳人(가인)들 醉興(취흥) 높이네 勸酒佳人醉興挑
이슬 젖은 장미는 둑에 가득 붉고 浥露薔薇紅滿塢
연기처럼 짜인 수양버들 가지는 푸르게 다리 위로 늘어지네 織烟楊柳翠垂橋
남쪽 하늘 시름없이 바라보니 끝내 소식 없고 南天悵望終無信
물고기 잡이 늙은이끼리 詩(시) 읊으며 한나절 소일하네 汕叟同吟半日消

247

북악산 봄나들이
北岳賞春

평창동 3월의 上晴欄(상청란: 집 이름)은	平倉三月上晴欄
외지고 숲 깊은 곳이라 날씨 아직 춥네	地僻林深日尚寒
봄이 산중으로 들어오니 좋은 경치 장식하고	春入山中粧勝景
바람이 水面(수면) 위에 이르러 잔물결 일으키네	風來水面動微瀾
가난해도 술 살 수 있으니 능히 취할 수 있어	貧猶買酒能成醉
늙어 또한 꽃구경하며 느긋이 즐기네	老亦探花謾作歡
모임은 성대하여 좋은 친구들 그림 같은 지경에서 노니니	盛會良朋遊畫境
胸襟(흉금)이 쾌활하여 자연이 너그러워지네	胸衿快活自然寬
경치 즐겨 風情(풍정)에 얼굴 대하기 좋으니	探景風情好對顔
詩樓(시루)가 흰 구름 사이로 우뚝 솟네	詩樓聳出白雲間
여러 샘물 비 지난 뒤 산골 물 불어나고	百泉經雨水增潤
모든 나무 봄을 꾸며 꽃으로 산을 수놓네	萬樹粧春花繡山
병 치른 후 생애는 한갓 고달픈 번뇌이나	病後生涯徒苦惱
늙어 오는 취미는 한가함 아끼는 것이네	老來趣味愛淸閒
붉은 꽃 푸른 풀 감상에 興(흥)이 무궁하니	賞紅賞綠無窮興
남북의 詩(시) 짓는 친구들 종종 왔다 돌아가네	南北騷朋幾往還

(상)도동 시회에서

道洞雅會

醉興(취흥)이 陶陶(도도)하여 阮咸(완함)[104]과 같은데

백운암 밖에서 靑衫(청삼: 글하는 선비)들이 모였네

세상 인정 덥고 춥고 많이도 겪었는데

세상맛은 담백한가 짠가를 몇 번이나 맛봐야 할지 모르겠네

그윽한 계곡에 봄 돌아와 나무엔 꽃 주렁주렁 달렸는데

長江(장강)에 비 그치니 나그네는 돛 펼쳐 가네

비단 족자에 詩(시) 지으니 기묘한 글귀 이루어지고

좋은 경치 온전히 가져오니 興(흥)이 범상치 않네

취 흥 도 도 사 완 함
醉興陶陶似阮咸

백 운 암 외 회 청 삼
白雲庵外會靑衫

인 정 열 거 다 염 랭
人情閱去多炎冷

세 미 상 래 기 담 함
世味嘗來幾淡醎

유 곡 춘 회 화 착 수
幽谷春回花着樹

장 강 우 흘 객 장 범
長江雨訖客張帆

제 시 금 추 성 기 구
題詩錦軸成奇句

승 경 전 수 흥 불 범
勝景全輪興不凡

꾀꼬리 소리 들으며

聽鶯

꾀꼬리 옛 성 동쪽에서 베틀 짜듯 버드나무 사이로 날고

大地(대지)에 韶光(소광: 봄빛)은 곳곳에 한가지네

금색 깃털 옷 그윽한 계곡 밖으로 떨쳐 내선

숲 위에서 簧舌(황설: 피리 떨림판) 시험해 조율하고 있네

네 계절 좋은 절기 중 봄날을 맞으니

맑은 노래 몇 곡 불러 한낮 바람 보내네

술 한 병 귤 두 개 갖고 와서 들으니

내 詩興(시흥) 일으켜 쉽게 詩(시) 지어지네

창 경 직 류 고 성 동
倉庚織柳古城東

대 지 소 광 처 처 동
大地韶光處處同

진 출 금 의 유 곡 외
振出金衣幽谷外

시 조 황 설 상 림 중
試調簧舌上林中

사 시 가 절 봉 춘 일
四時佳節逢春日

수 곡 청 가 송 오 풍
數曲淸歌送午風

두 주 쌍 감 지 왕 청
斗酒雙酣持往聽

야 오 시 흥 이 성 공
惹吾詩興易成功

---

104) 竹林七賢(죽림칠현) 중 한 사람.

도봉산 늦은 봄에
道峰暮春

萬丈峰(만장봉) 앞 돌 비탈길은

십 리를 걸어도 아직도 아득하네

가면서 연이어 나오니 계곡물 끝이 없고

떨어져도 다시 피는 것은 다함 없는 꽃이네

다행히 나는 친구 따라 詩(시)에 취미 가지니

다른 것보다 나아 세상 잊고 술로 한세상 보내네

취하고 나면 호탕한 興(흥)에 오히려 일 많아지니

다시 돌아가는 사람 옷깃 끌어 잡고 술 한 잔 더하네

萬丈峰前石逕斜
步行十里尚如賒
逝而連出無窮水
落又重開不盡花
幸我隨朋詩趣味
勝他忘世酒生涯
醉餘豪興還多事
更挽歸衿一酌加

늙은 후 한탄
老後歎

紅顔(홍안)이 어제 같은데 흰머리 늙은 몸 되었으니

궁벽한 집에서 참으로 어찌 靜養(정양: 요양)하겠는가

한 조각 氷心(빙심: 티 없이 맑은 마음)은 지금 여전히 젊은데

천 갈래 눈 같은 귀밑머리 털은 점점 새로이 나네

하늘 가운데 비 이미 지나가면 달은 밝아지고

꽃은 떨어져도 다시 피어 大地(대지)에 봄 가져 오는구나

천지조화의 넓은 은혜는 이리 萬物(만물)에 고루 미치는데

어찌하여 늙어 쇠약한 사람에겐 미치지 않는고

紅顔如昨白頭身
無奈窮廬靜養眞
一片氷心今尚少
千莖雪鬢漸成新
月明已過中天雨
花落重開大地春
造化洪恩均萬物
如何不及老衰人

장충단에서 즉흥으로 짓다

獎忠卽事

장충단 형세 좋은 곳이라 이름 떨치니

남북에서 詩(시) 짓는 친구들 갖춰 입고 달려왔네

버들개지는 쇠약한 늙은이 같아서 흰머리 꾸미고

꽃은 美女(미녀) 같아서 점점이 붉은 입술이네

마음속에 얽매인 속세는 세 잔 술로 씻어버리고

두루마리 위에 아름다운 경치를 一筆(일필)로 휘 긋네

大塊(대괴: 대자연)는 나를 불러 그윽한 경치 좋다 하는데

詩(시)는 좋은 구절 안 나오니 문체가 황무지 같아 부끄럽네

장 충 형 승 천 명 구
獎忠形勝擅名區

남 북 사 붕 수 곡 구
南北詞朋繡穀駈

서 사 쇠 옹 장 수 백
絮似衰翁粧首白

화 여 미 녀 점 순 주
花如美女點脣朱

흉 중 속 루 삼 배 척
胸中俗累三盃滌

축 상 소 광 일 필 수
軸上韶光一筆輸

대 괴 초 오 연 경 호
大塊招吾烟景好

시 무 건 구 괴 사 무
詩無健句愧辭蕪

백운암 정례 회의에서

白雲庵例會

게을리 서울에 살아 농사 일 그친 지 오래니

전에 하던 밭일은 屠龍(도룡: 쓸모없는 일) 되었네

책 읽어봤자 神仙(신선)되는 秘訣(비결) 얻기 어렵고

절에 들어와 다만 세상 깨우는 종소리 듣네

아름다운 나무에 꽃펴 벌 나비 춤추고

높은 누각에 나그네들 모이니 술과 안주 대접받네

風潮(풍조)에는 견문이 어두운 흰머리의 나는

재주 없어 이 세상이 받아주지 않는다 어찌 한탄하랴

만 주 경 사 구 폐 농
謾住京師久廢農

치 전 구 업 시 도 룡
治田舊業是屠龍

독 서 난 득 성 선 결
讀書難得成仙訣

입 사 유 청 경 세 종
入寺猶聽警世鍾

가 목 개 화 봉 접 무
嘉木開花蜂蝶舞

고 루 회 객 주 효 공
高樓會客酒肴供

풍 조 소 매 백 두 아
風潮素昧白頭我

하 한 졸 재 금 미 용
何限拙才今未容

251

늦은 봄에 느긋이 읊다

暮春謾吟

서양 풍속이 동쪽으로 몰려와 선비는 쓸모없으니

書生(서생)이 오늘날 제일 어렵고 염려되는 사람일세

거센 風波(풍파)가 유리 거울 깨뜨리고

비 빚는 구름은 水墨畵(수묵화)를 그리네

나는 文章(문장)을 사모하여 이태백을 스승 삼았으나

富貴(부귀)를 구하는 사람들은 陶朱(도주)[105]를 배워야 하네

예와 지금은 학문이 달라 세상에 용납되기 어려우니

누가 할 일 잃어버린 나를 가련히 여겨줄지 모르겠네

西俗東漸不用儒

書生此日最艱虞

激波風碎琉璃鏡

釀雨雲成水墨圖

我慕文章師李白

人求富貴學陶朱

古今殊學難容世

未識誰憐失業吾

---

[105] 월(越)나라의 재상(宰相) 范蠡(범려)가 吳(오)나라를 쳐부순 공을 세운 후에도 자신이 모함으로 오히려 권력에서 밀려날 것을 걱정하여 陶(도) 땅에 도망쳐 숨어서 朱公(주공)이라는 이름으로 살며 富(부)를 쌓았다는 데서 나온 말로, 범려를 도주라고 칭하게 됨.

양화 나루 시회에서 낙서시사에서 지음

楊花渡雅會 洛西詩社題

태어난 이래 하는 일이란 經營(경영)하는 바 적고
生來事業少經營

六藝(육예: 禮樂射御書數) 중 하나도 이룬 것 없네
六藝之中一未成

차들은 달려 멀리 金浦(김포) 길로 통하고
車轂遙通金浦路

市街(시가)는 漢陽城(한양성)에 근접해 있네
市街近接漢陽城

근심 많으니 어찌 석 잔 술에 취하리요
愁多酒豈三盃醉

재주 얕아 詩(시) 짓기 어려우니 七步詩(칠보시)[106]에 놀라네
才淺詩難七步驚

이 모임 참석한 것은 그저 적막함 삭이기 위함이 아니요
參會非徒消寂寞

한 해 동안 못 만났던 두 동갑내기 만나기 위함이라네
爲逢隔歲兩同庚

해 지나 서로 만나 눈 씻고 기쁜 마음으로 보려니
隔歲相逢拭眼靑

양화 나룻가에 멀리 지팡이 짚고 와 멈추네
楊花渡上遠筇停

누렁이 소와 어미 핥는 송아지 강 언덕에 한가로이 쉬고 있고
黃牛舐犢閒休岸

푸른 물오리는 새끼 데리고 물가로 거슬러 오르기 시험하네
翠鴨將雛試溯汀

友誼(우의: 친구 사이의 정분) 잊기 어려워 이 모임 참석하니
友誼難忘參此會

風光(풍광)은 쉽게 알아봐 지난번과 닮았네
風光易識似曾經

사방으로 통한 큰길엔 車(차) 소리 이어지고
四通大路車聲續

지난 날 陽川(양천: 지명)은 땅의 精靈(정령) 뽐내네
昔日陽川擅地靈

---

106) 삼국지에서 조비가 동생 조식에게 일곱 발짝 걷는 동안 시를 지으라고 겁박하여 이루어진 시. 명문으로 이름 나 있음.

장충 시회에서

獎忠雅會

절기 순서가 돌고 돌아 밤낮으로 옮겨지니	節序循環晝夜移
슬그머니 봄 보내줄 때가 머지않네	居然不遠餞春時
綠陰(녹음)은 해를 가리고 버드나무는 천 갈래 실 가닥이니	綠陰蔽日柳千縷
온통 가지에서 바람에 떨어지는 꽃은 붉은 비네	紅雨落風花萬枝
추운 날씨 이미 따뜻하게 변하니 天道(천도)가 바름이요	寒已變溫天道正
늙어서 오히려 젊고자 하니 나의 사사로운 욕심이네	老猶欲少我情私
세상에 전해줄 德業(덕업) 하나 없이	一無德業傳於世
단지 몇 권의 詩文(시문)만 남아있네	只有詩文數卷遺
다시 城(성) 동쪽 찾아가려 서쪽에서 나가니	更訪城東出自西
바람은 온화하고 날은 따뜻하여 풀이 우거졌네	風和日暖草萋萋
아름다운 꽃은 나비를 불러 바위에 기대 웃고 있고	佳花惹蝶依岩笑
괴이한 새 숲 너머에서 울어 사람을 놀래네	怪鳥驚人隔樹啼
잠깐 취할 기분 내켜 멀리 가게를 찾았다가	俄有酒情尋遠店
느지막이 詩興(시흥)이 들어 긴 둑 위를 거니네	晚將詩興步長堤
江山(강산)엔 어딜 가나 차가운 기운 없는데	江山到處無寒氣
병들어 눈처럼 머리 흰 餘生(여생)에 이미 지팡이 끌고 다니네	病雪餘生杖已携

북악에서 즉흥으로 짓다
北岳卽事

북악산에 잔치 열어 詩(시) 짓는 친구들 모으니

모인 자리에서 글재주 자랑이 길게도 떨치네

꽃은 떨어지고 바람 눅으니 산 빛깔 연해지고

골짜기 산길엔 지난 밤 비에 물소리 늘었네

신령스러운 곳 모든 물건 때깔은 봄이라 바야흐로 좋은데

이지러진 세상 흘러가는 光陰(광음)에 늙는 것이 제일 싫구나

飜覆(번복)하는 세상 物情(물정)은 어느 날에나 정해질꼬

百年(백년)의 근심이나 즐거움은 얼마나 왔다 갔다 하겠는가

開筵北岳會詩朋
白戰場中久擅揚
花落輕風山色減
溪經宿雨水聲增
靈區物態春方好
缺界光陰老最憎
飜覆世情何日定
百年憂樂幾除乘

강가에서 즉흥으로 짓다
江上卽事

멀리 봄빛을 찾아 芸窓(운창: 서재)을 나서니

벌 나비는 꽃을 찾아 몇 몇 짝지어 춤추네

피리 부는 목동은 풀섶 길 따라 오고

낚싯대 맨 어부는 골짜기 징검다리 건너오네

병 많아 약 먹는 것 항상 끊기 어렵더니

조금 취해서는 근심 귀신 쉽게 항복시키지 못하네

글하는 친구끼리 옷깃 이어 좋은 경치 읊으니

詩(시)는 두루마리에 가득 차고 술은 항아리에 가득 찼네

遠尋春色出芸窓
蜂蝶探花舞幾雙
吹笛牧童來草逕
荷竿漁父渡溪矼
病多藥餌常難廢
醉少愁魔未易降
士友連衿吟勝景
詩盈錦軸酒盈缸

255

경희학원 봄나들이
慶熙學園賞春

고황산 아래로 지팡이 끌고 오니

특별한 곳 風煙(풍연)은 곳곳이 기이하네

복사꽃은 새로 비 내린 후 붉은 속 토해내고

버들은 푸른 눈 열어 때는 늦은 봄이라네

지루한 나그네 노릇은 본래 계획 아닌데

신속하게 고향으로 돌아가는 것은 때를 잡지 못하네

온갖 나무가 영화를 펼쳐 그림 같은 풍경 꾸미니

관광 나온 남녀가 좋게도 서로 따르네

高鳳山下倦筇移

特地風烟處處奇

桃吐赤心新雨後

柳開靑眼暮春時

支離作客元非計

迅速歸鄕未有期

萬樹敷榮粧畵境

觀光士女好相隨

수원에서 늦은 봄에 즉흥으로 짓다 화홍시사에서 지음
水原暮春卽事 華虹詩社題

龍潭(용담)에 약속이 있어 여럿이 앞서기를 다투니

나도 덩달아 한가롭게 지팡이 짚고 그림 같은 경치 앞에 섰네

지난번 고향 떠난 지 몇 달이나 되었나

다시 난초 같은 모임 또 이 자리에서 이야기하네

꾀꼬리는 베틀 북으로 베 짜듯 가느다란 버들가지 옮기고

꽃가루 전하는 나비는 꽃잎 찾아 신선하네

땅이 숨겨두고 하늘이 아껴둔 좋은 경치 지금 떨쳐내니

나이 들어서야 비로소 山川(산천) 좋음을 깨닫네

龍潭有約共爭先

惹我開筇畵境前

曾別萍鄕經幾月

更論蘭契又斯筵

擲梭鶯織柳絲細

傳粉蝶探花葉鮮

地秘天慳今擅勝

晩年始識好山川

복사꽃

桃花

大地(대지)가 봄 단장하는 것은 스물네 절기 부는 바람이요

어여쁜 복사꽃 난만하게 피어 정원에 붉게 가득 찼네

향기로운 꽃봉오리 길러냄은 온 겨울 지난 힘이요

두루 기이한 꽃잎 펼침은 봄 열흘 공력일세

꿀 따며 미친 듯 나는 벌의 노래는 교묘해지려 하고

향에 취해 어지러이 나는 나비의 춤은 도리어 공교하네

밤부터 이슬 머금은 臙脂(연지)는 촉촉하여

아름답기 佳人(가인)과 같으니 興(흥)이 끝이 없네

대 지 장 춘 입 사 풍
大地粧春卄四風
요 도 란 만 만 원 홍
夭桃爛漫滿園紅
양 성 방 뢰 삼 동 력
養成芳蕾三冬力
편 발 기 파 십 일 공
遍發奇葩十日功
취 밀 광 봉 가 욕 교
取蜜狂蜂歌欲巧
취 향 난 접 무 환 공
醉香難蝶舞還工
야 래 함 로 연 지 습
夜來含露臙脂濕
완 사 가 인 흥 불 궁
宛似佳人興不窮

남산에서 즉흥으로 짓다

南山卽事

좋은 경치에 봄나들이 興(흥)이 적지 않은데

詩(시) 생각하며 지팡이 끌고 저녁 햇빛 아래 거니네

온갖 나무는 할 일 다해 꽃은 점점 시들고

사방 들녘에 나는 풀빛은 처음으로 짙푸르러지네

가슴 속 품은 마음은 항상 젊은데

머리 위 세월은 나이 들었다 하네

해 지나 친구 따라 목멱산에 노닐며

각각 좋은 글귀 짓고는 읊으며 돌아가네

상 춘 승 지 흥 비 미
賞春勝地興非微
시 사 휴 공 보 만 휘
詩思携笻步晚暉
만 수 성 공 화 점 수
萬樹成功花漸瘦
사 교 생 색 초 초 비
四郊生色草初肥
흉 중 포 부 심 상 소
胸中抱負心常少
두 상 광 음 치 과 희
頭上光陰齒過稀
격 세 수 붕 유 목 멱
隔歲隨朋遊木覓
각 제 건 구 영 이 귀
各題健句咏而歸

성남시 희망대에서 즉흥으로 짓다

城南市希望坮卽事

성남시 밖에 만든 깨끗한 유람지 있어

희망대 앞에 일류 인사들 모였네

제비가 날아와 꽃에 다가서고 둑 위엔 살구꽃 붉어라

백로는 푸른 버들 물가에서 헤엄치는 쏘가리 엿보고 있네

따사로운 봄은 저물고자 무정하게 가버리고

멋진 경치는 제멋대로 새롭게 꾸며지네

홀연히 흐르는 세월이 白髮(백발)을 재촉하니

책 속에서 헛되이 늙는 나로 하여금 서럽게 하네

성 남 시 외 주 청 유
城南市外做清遊
희 망 대 전 회 일 류
希望坮前會一流
연 축 비 화 홍 행 오
燕蹴飛花紅杏塢
노 규 유 궐 록 양 주
鷺窺游鱖綠楊洲
양 춘 욕 모 무 정 거
陽春欲暮無情去
승 경 신 장 임 의 수
勝景新粧任意收
숙 홀 광 음 최 백 발
倏忽光陰催白髮
권 중 허 로 사 오 수
卷中虛老使吾愁

북악에서 봄을 전별하며

北岳餞春

해묵은 조상의 도리로 유학하는 사람들 모이니

여름 맞고 봄 보내는 것이 오늘에서 갈라지네

오는 것은 恩功(은공)이 있어 그림 같은 지경 장식하고

가는 것은 형체나 그림자 없어 뜬구름과 비등하네

꾀꼬리는 녹음 짙어짐을 슬퍼하여 울음소리 되레 떨떠름하고

나비는 남아있는 붉은 꽃 안타까워 부지런히도 춤추네

이제 내 삶 떠날 때 얼마나 남았나

마음속 회포는 섭섭하고 슬퍼 기쁨이 사라지네

재 진 조 도 회 사 문
載陳祖道會斯文
영 하 송 춘 금 일 분
迎夏送春今日分
내 유 은 공 장 화 경
來有恩功粧畫境
거 무 형 영 등 부 운
去無形影等浮雲
앵 수 로 록 성 환 삽
鶯愁老綠聲還澁
접 석 잔 홍 무 태 근
蝶惜殘紅舞太勤
차 별 오 생 여 기 도
此別吾生餘幾度
심 회 초 창 불 성 흔
心懷怊悵不成欣

"충주 봄 전별" 詩(시)의 운에 맞추어
次忠州餞春韻

봄이 떠나간다고 남녀들이 동서에서 모여 드니

마음에 섭섭한 생각은 누구라도 같지 않으랴

늙은이는 공연히 흰머리 털 늘어감 한탄하고

아름다운 사람은 붉은 얼굴 빛 줄어듦을 배로 아쉬워하네

미친 듯 떨어지는 버드나무 솜털은 언덕으로 날아가고

요염한 복사꽃은 점차 바람에 떨어지네

돌아가는 편 붙잡으려 하나 가는 곳 어디인가

形跡(형적)을 알 길 없으니 한스럽기 그지없네

전 춘 사 녀 회 서 동
餞春士女會西東
초 창 심 회 숙 부 동
怊悵心懷孰不同
노 수 공 탄 증 발 백
老叟空歎增髮白
가 인 배 석 감 안 홍
佳人倍惜減顏紅
전 광 류 서 분 비 안
顚狂柳絮紛飛岸
요 염 도 화 점 락 풍
妖艷桃花漸落風
귀 가 욕 류 하 처 거
歸駕欲留何處去
미 지 형 적 한 무 궁
未知形跡恨無窮

북악산에서 즉흥으로 짓다
北岳卽事

북악 약속 있어 신촌에 모이니

남아있는 성가퀴 길이 홍지문으로 통하네

잠시 詩(시)를 사랑하는 高士(고사)들과 발걸음 같이하여

다시 술 거나해 세상 잊음은 옛 친구가 건네주는 술잔이로다

꽃이 날려 섬돌에 떨어지니 봄 지나가는 자취요

시냇물 불어 징검다리 잠김은 비 온 후 흔적이네

잔치 열어 늙은이들 불러 모아 진수성찬 차려내니

축하하러 온 손님들 그 누가 정다운 말에 기뻐하지 않으리오

유 기 북 악 회 신 촌
有期北岳會新村
잔 첩 로 통 홍 지 문
殘堞路通弘智門
아 반 애 시 고 사 극
俄伴愛詩高士屐
갱 감 망 세 고 인 준
更酣忘世故人樽
화 비 락 체 춘 과 적
花飛落砌春過跡
계 창 침 강 우 후 흔
溪漲沉矼雨後痕
설 연 청 옹 진 성 찬
設宴聽翁陳盛饌
하 빈 수 불 희 정 언
賀賓誰不喜情言

259

백운암에서 즉흥으로 짓다

白雲庵即事

복사꽃 붉고 오얏꽃 하얀 진정 아름다운 계절이니
桃紅李白正佳時

騷客(소객)이 어찌 술 한 잔 시 한 수의 마땅함이 없겠나
騷客豈無觴詠宜

봄 興(흥)에 새 우나 산은 寂寂(적적)하기만 하고
春興鳥鳴山寂寂

낮잠 자는 중은 날 길어 해 더디 저무는 걸 잊었네
午眠僧忘日遲遲

구름 돌아와 곧 내릴 비 여전히 이고 있고
雲歸尙載將來雨

떨어지는 꽃 많지만 아직 가지 다 드러내지 않았네
花落還多未發枝

구십 년 春光(춘광)이 이제 다하려 하나
九十韶光今欲盡

늙어서도 오히려 좋은 경치 찾으니 떠나지 못하겠네
老猶探景不堪離

충주 탄금대 시회에서

忠州彈琴臺雅會

탄금대 위로 또 봄을 찾아서
彈琴坮上又探春

세 번이나 올랐는데도 경치는 더욱 새롭네
三度登臨景益新

소는 부드러운 바람 맞으며 누워있고 언덕에 풀은 향기로운데
牛臥和風芳草岸

해오라기는 지는 해 비껴 푸르른 버드나무 나루터에 나네
鷺飛斜日綠楊津

술잔 대작에 적수 만났으니 정 나눔이 어찌 끝이 있으리요
酒逢敵手情何極

詩(시)는 산수 좋은 곳에 이르렀고 興(흥)은 줄지 않네
詩到名區興不貧

詩(시)와 文章(문장) 쇠미해졌으니 그 누가 다시 떨칠 텐가
詞藻衰微誰復振

諸君(제군)들 이런 모임 자주 자주 갖기 바라네
諸君此會願頻頻

여러 친구와 이별에 임하여 운을 나누어 짓다
與諸友臨別分韻

각자 서울과 시골에 사나 글로 모임 갖게 되어
밤 보낸 후 이별 고하니 서로 헤어짐을 안타까워하네
비록 좋은 경치 올라 하루 잘 즐겼으나
이내 뜬 구름 같은 인생 모였다 흩어짐을 한탄하네
나비는 붉은 꽃을 사랑해 항상 짝을 이루고
꾀꼬리는 푸른 버들 어여삐 여겨 다시 무리를 부르네
가고 옴에 어찌 남쪽 북쪽이 다르리요
하늘이 아름다운 인연 빌려주었으니 가는 곳마다 즐거우리라

각 주 경 향 회 이 문
各住京鄕會以文
경 소 고 별 석 상 분
經宵告別惜相分
수 환 승 지 등 림 일
雖歡勝地登臨日
잉 탄 부 생 취 산 운
仍歎浮生聚散雲
접 애 화 홍 상 작 반
蝶愛花紅常作伴
앵 련 류 록 갱 호 군
鶯憐柳綠更呼群
거 래 기 유 수 남 북
去來豈有殊南北
천 차 가 연 도 처 흔
天借佳緣到處欣

남산공원 시 모임에서
南山公園雅集

남산에 약속이 있어 지팡이 끌고 오르니
우뚝 솟은 기이한 돌들이 층층을 이루었네
아름답고 화려한 화단은 짧은 섬돌 이어놓고
구불구불 돌길은 높은 산등성으로 돌아 오르네
꾀꼬리는 귀공자 같으니 누군들 사랑하지 않으리요만
파리는 小人輩(소인배) 같아 우리네 몹시 미워하네
그림 같은 경치에 배회하며 詩(시) 읊고 술 마시기 오래하니
胸襟(흉금)이 쾌활하여 기운이 높이 솟네

남 산 유 약 예 공 등
南山有約曳筇等
돌 올 기 암 기 작 층
突兀奇岩幾作層
가 려 화 천 연 단 체
佳麗花壇連短砌
위 이 석 경 전 고 릉
透迤石逕轉高陵
앵 여 공 자 숙 무 애
鶯如公子孰無愛
승 사 소 인 오 절 증
蠅似小人吾絶憎
화 경 배 회 상 영 구
畵境徘徊觴咏久
흉 금 쾌 활 기 헌 등
胸衿快活氣軒騰

261

삼청공원에서
三淸公園

모임은 비 오려 함에 당초보다 반 넘게 어겼으나

한 해 지나 하는 관광 興(흥)이 어찌 작겠는가

걸출한 선비들은 風情(풍정)에 맞좋은 술 따르고

아름다운 여인은 명승지 돌아다니느라 향기로운 수레 달리네

삼청궁전 터는 예전 어디에 있었던가

팔판동이라는 동네 이름은 지금도 헛되지 않네

나이 들어가며 공연히 힘쓴다고 말하지 말라

丹心(단심)은 아직 늙지 않았고 취향 오히려 여유 있으니

會因欲雨半違初

隔歲觀光興豈踈

傑士風情斟美酒

佳人濟勝走香車

三淸殿址昔何在

八判洞名今不虛

休道衰年空費力

丹心未老趣猶餘

마곡사에서
麻谷寺

어제 근심스레 밤에 내리던 비가 문득 이제 개니

다행히 시인들과 어울려 이 삶을 즐기네

중은 법당에 앉아 佛性(불성)을 깨우치려 하고

나그네는 경치 좋은 곳에 와서 또 情(정)을 푸네

꽃 앞에 춤추는 날개는 무리 진 나비요

낙엽 아래 노래 부르는 목청은 친구 부르는 꾀꼬리네

마곡사에 한 번 놀러 오는 것이 늘 바람이었던 바

우연히 오랜 바람 이루게 되니 내 마음 평온하네

昨愁夜雨忽今晴

幸伴騷人樂此生

僧坐法堂將見性

客來勝地又舒情

花前舞翅成群蝶

葉底歌喉喚友鶯

麻谷一遊常有意

偶償宿債我心平

고란사에서

皐蘭寺

부여성 밖에 시인들 모여

느지막이 고란사에 도착하니 해는 아직 지지 않았네

배는 길 가는 나그네 싣고 먼 포구로 돌아오고

해오라기는 물고기 엿보며 평평한 모래밭에 서있네

천 년 지난 일 흐르는 물 탄식하고

4월의 風光(풍광)은 떨어지는 꽃을 위로하네

오래된 절 종소리가 돌아가는 길 재촉하니

석양에 우뚝 선 나무에선 까마귀가 어지러이 나네

扶餘城外會詩家
부 여 성 외 회 시 가

晚到皐蘭日未斜
만 도 고 란 일 미 사

船載行人歸遠浦
선 재 행 인 귀 원 포

鷺窺魚躍立平沙
노 규 어 약 립 평 사

千年往事歎流水
천 년 왕 사 탄 류 수

四月風光吊落花
사 월 풍 광 조 낙 화

古寺鍾聲回路促
고 사 종 성 회 로 촉

夕陽喬木亂投鴉
석 양 교 목 란 투 아

사비루에서

泗泚樓

源翁(원옹)[107] 같은 친구가 시원하게 즐길 자리 만들어

사비루 중에 일류 시인들 모이게 했네

꽃은 떨어져 봄을 따라 가니 산속은 적적하고

용이 죽어 恨(한)을 같이 하니 물은 유유히 흐르네

구름은 비를 머금고 먼 산부리를 돌아가고

바람 소리 맞은 돛배는 아래 물가로 이별하네

이미 가버린 王孫(왕손)은 어디에 있는고

가없는 풀빛이 사람을 서럽게 하네

源翁設席做淸遊
원 옹 설 석 주 청 유

泗泚樓中會一流
사 비 루 중 회 일 류

花落春隨山寂寂
화 락 춘 수 산 적 적

龍亡恨共水悠悠
용 망 한 공 수 유 유

雲含雨意過遙岫
운 함 우 의 과 요 수

帆帶風聲下別洲
범 대 풍 성 하 별 주

已去王孫今不到
이 거 왕 손 금 불 도

無邊草色喚人愁
무 변 초 색 환 인 수

---

107) 宋(송)나라의 昭雍(소옹)을 일컬음. 항상 유유자적하며 주역에 밝은 것으로 이름 남.

백마강에서 옛 생각을 하며 청파공 이목의 운에 맞춰
白馬江懷古 次青坡李公穆韻

부여궁 터는 변해 빈 언덕 되었고

천 년 지나간 일은 한바탕 꿈이네

말을 미끼로 용을 낚으니 강은 한을 품고

물고기 회 안주 삼아 술잔 기울이니 나그네는 술 달게 마시네

낙화암 주변엔 아직 봄빛 남아있고

반월성 주위엔 거의 석양이네

이 동네 다시 오나 사람들은 알아보지 못하고

여전히 언덕에 서있는 버드나무만 줄을 져 있네

夫餘宮址變空岡

事去千年一夢場

投馬釣龍江有恨

膾魚酌酒客酣香

落花岩畔餘春色

半月城邊幾夕陽

重到斯鄉人不識

依依岸柳尚成行

수북정에서
水北亭

별달리 이름난 정자가 있어 사람들 끌어당기니

사계절 춤추며 노래하여 風煙(풍연)을 즐기네

물 맑아 유리 같은 물위로 물고기 뛰어오르고

비단 수놓은 듯 풍경 주위로 꽃피고 벌 나네

옛 나라 흥망은 모두 나비 꿈이요

떠도는 인생 흩어졌다 만났다 함은 또 부평초 인연이네

석양 돌아가는 길에 옷깃 연이어 앉아선

멀리서 가까이서 온 詩(시) 짓는 친구들 자리 같이하네

別有名樓士女牽

四時歌舞樂風烟

水淸魚躍琉璃上

花發蜂歌錦繡邊

故國興亡皆蝶夢

浮生散合又萍緣

夕陽歸路聯衿坐

遠近詩朋共一筵

공북루에서

拱北樓

이곳에 다시 오니 감정이 凄然(처연)한데

젊고 힘 있던 때는 지나 이미 말년이네

외로운 물오리 고기잡이 노래 몇 곡 외에

한 가닥 나무꾼 피리 소리 노을 지는 하늘 가로 들리네

봉산에 해지니 중은 절로 돌아가고

비단 같은 물결 산들바람에 나그네는 배 위로 올라가네

옛 나라 뽕나무 밭 변해 푸른 바다 됨은 모두 환상의 꿈이요

잠시 같이 술 한 잔 시 한 수 하는 것도 기이한 인연일세

重來此地感凄然

少壯虛過已暮年

數曲漁歌孤鶩外

一聲樵笛落霞邊

鳳山斜日僧歸寺

錦水微風客上船

舊國倉桑都幻夢

片時觴咏亦奇緣

백운암 정례 모임에서

白雲庵例會

백운암에 약속 있어 일찍 사립문 나서니

남쪽 북쪽 詩(시) 짓는 친구들 한낮에 모였네

연초록 꾀꼬리는 열심히도 버드나무 찾아 지저귀고

남아있는 붉은 꽃 안타까워 나비는 꽃 옆을 나네

쇠락은 정해진 운명 있는 것이니 때를 얻기 어렵고

취하고 버림은 無常(무상)한 것이라 뜻이 쉽게 어긋나네

술잔 기울이며 시 읊는 것도 한가한 취미이니

멀리 걸어와 석양에 돌아가는 것을 불평하지 않네

雲庵守約早離扉

南北詞朋會午暉

嫩綠鶯貪尋柳囀

殘紅蝶惜傍花飛

榮枯有數時難得

取捨無常志易違

酌酒吟詩閒趣味

不嫌遠屐夕陽歸

"태와"의 집에 모여 읊다
會吟泰窩家

詩文(시문) 짓는 친구 옛 친구 집에 부름 받으니
詞朋被速故人家

관악산 앞 큰 길 가네
冠岳山前大路斜

꾀꼬리는 금빛 베틀 북 던지듯 버들가지로 베 짜듯 날고
鶯擲金梭開織柳

해오라기는 월척 물고기 엿보며 느긋이 모래사장 휘젓네
鷺窺玉尺謾耕沙

독서로 일 삼으니 하는 일 다를 바 없고
讀書爲業事無異

취미 따라 교분 맺으니 情(정) 멀지 않네
隨趣結交情不遐

글 원고 나누어 전할 겸 모임 자리 가지니
文稿分傳兼設會

德門(덕문: 덕망 높은 집안)에 기쁜 기색 배나 더하네
德門慶色倍增加

늦게 詩會(시회) 찾아 산속 거처에 이르니
晚尋詩會到山居

비 기운이 구름 속에 느긋이 펼쳐지네
雨氣雲含謾卷舒

좁은 곳 뚫어 길 만드니 시가지 거리로 통하고
穿峽成途通市陌

강 너머 시가지로 이어지니 교외에 접했네
越江延市接郊墟

녹음은 점차 짙어져 나무 솜털 비로소 떨어지고
綠陰漸漲絮初落

붉게 비 내리는 꽃잎은 아직 그치지 않아 꽃이 여전히 남았네
紅雨未殘花尙餘

반세상 淸寒(청한)하게 능히 분수 지켰으니
半世淸寒能守分

오늘로써 팔십 늙은이로 옛날의 相如(상여)[108]로다
以今八耋古相如

---

108) 司馬相如(사마상여)는 漢(한)나라의 유명한 文人(문인). 관직을 그만둔 늙은 시절엔 가난하게 삶.

모내기 일본에서 지음
移秧 日本題

西疇(서주)[109]에 일 있으니 제일 바쁜 때이로세	西疇有事最忙時
모내기꾼 경주하듯 달려 힘 다해 움직이네	秧馬競馳專力移
비 온 물 많지 않으니 농사는 필시 빨리 해야 하는데	雨量無多耕必速
일꾼은 게으르고 수도 적으니 일이 어찌나 더딘지	雇夫縱少事何遲
붉은 줄 길게 늘여 가로로 띠를 두르고	長垂赤線如橫帶
푸른 떨기 흩어 심으니 바둑판 줄 닮았네	散植靑叢似列棋
농사라는 것이 원래 천하의 근본이니	農者元來天下本
예나 지금이나 경계하는 바는 때를 어기지 말 것이로세	古今所戒不違期

율리시사 정례 모임에서 지음
栗里詩社例會

終南(종남: 서울 남산의 별칭) 사월에 맑게 갠 처마 대하니	終南四月對晴簷
글 짓는 이들 옷깃 이어 빼어난 興(흥)이 불어나네	詞客聯衿逸興添
붉은 꽃잎 떨어져 점점 거둬지니 땅에는 꽃 줄어들고	紅雨漸收花減地
녹음은 이미 무성하여 북방을 가렸네	綠陰已盛葉遮葵
文章(문장)을 떨쳐보려 하는 이 나 혼자 아니나	文章欲擅非吾一
富貴(부귀)와 生光(생광: 빛이 남) 누가 겸해 가졌는가	富貴生光有孰兼
늙어 또한 높은 곳에 올라 술 한 잔에 시 읊기 좋으니	老亦登臨觴咏好
세상 사람들이 비웃어도 더 싫어하지는 않네	世人嘲笑不曾嫌

---

109) 도연명의 귀거래사에 "農人告余以春及 將有事於西疇 - 농부가 내게 봄이 왔다 고하고 장차 서쪽 밭두렁에 일이 있다 하네"라는 구절에서 유래하여, 西疇(서주)는 農地(농지)를 凡稱(범칭)하는 말이 됨.

충청도 가는 도중에
湖西途中

일찍 가볍게 차에 올라 남쪽으로 달려가니

붉은 꽃 듬성듬성하고 푸르름 짙어진 보리 수확할 때네

누에에 먹이려 뽕잎 많이 따니 뽕나무 그늘 점차 줄고

꽃은 비록 시들었어도 나비들이 엿보게 하네

三春(삼춘)이 왜 이리도 빨리 지나가는고

앉아서 천 리를 가나 지루하지 않네

사방 좋은 경치에 마음은 더욱 쾌활해지고

몇 번이나 속으로 깊이 생각해 새로운 詩(시) 지어내네

조가경차남향치
早駕輕此南向馳

홍잔록창맥추시
紅殘綠漲麥秋時

상음점박공잠식
桑陰漸薄供蠶食

화색수쇠야접규
花色雖衰惹蝶窺

과진삼춘하신속
過盡三春何迅速

좌래천리부지리
坐來千里不支離

사방승경심우쾌
四方勝景心尤快

수경침음부신시
數頃沈吟賦新詩

보문산에 들어서며
入寶文山

구불구불 돌길이 깎아지른 언덕을 둘러 가고

이 경치 좋은 곳 두 번 찾아 그윽한 회포 흩어내네

작은 시냇물 폭포 이뤄 소리 오히려 크게 나고

벽지에 마을 이루니 경치가 더욱 아름답네

한편으론 오랜 세월 인생사 변함 느끼니

어느 곳에 내 근심을 묻을 수 있을지 알지 못하겠네

옛 친구들 零落(영락)하여 삼분의 일만 모였으나

흰머리 사귀는 정분에 누가 어울리지 않겠는가

석경위이요단애
石逕逶迤繞斷崖

영구재도산유회
靈區再度散幽懷

소계작폭성환대
小溪作瀑聲還大

벽지성촌경익가
僻地成村景益佳

편감다년인사변
偏感多年人事變

미지하처아수매
未知何處我愁埋

구붕령락삼분회
舊朋零落三分會

백수교정숙불해
白首交情孰不諧

대전 시회에 참석해서
參大田詩會

글 짓는 이들 옷깃 연이어 와 한낮이 가까워지고   詞客聯衿近午陽

蕭蕭(소소)한 백발들 기운은 오히려 강건하네   蕭蕭鶴髮氣猶康

장미는 홀로 깊은 산 아름다움을 도맡고   薔薇獨管深山艶

뻐꾸기는 다투어 재촉하니 지는 해 바쁘네   布穀爭催落日忙

이름난 경치 마주하고 앉아 좋은 글귀 지어내고   坐對名區題健句

기이한 풀 찾아다니며 갖가지 향기로운 꽃 이름 적네   行尋異草譜群芳

이 모임 다시 참석해 공연히 느낌만 많으니   重參此會空多感

헤어짐에 임해 이별 고하기 어려워 술 한 잔 더하네   臨別難辭酒一觴

양평 가는 도중에
楊平途中

저 산머리 몇 번이나 지나갔으며 저 냇물 몇 번이나 건넜는가   幾過山巓幾渡溪

수레 몰아 급히 달리니 눈앞이 아른거리네   馳車急走眼花迷

갓 자란 볏모는 이미 자라 물위로 올라와있고   秧針已長翠分水

보리밭 물결은 누렇게 밭두둑에 다투어 흐르네   麥浪爭流黃轉畦

백 리에 뻗친 烟光(연광)은 멀거나 가깝거나 같고   百里烟光同遠近

사방에 마을 모양은 높낮이에 따라 다르네   四方村樣異高低

푸르름은 짙어지고 붉음은 옅어지니 진정 감상을 즐겨   綠肥紅瘦眞堪賞

文士(문사)는 옷차림 가볍게 하여 술과 음식 갖고 가네   文士輕裝酒食携

용문사에서

龍門寺

멀리서 용문사를 찾아 백 리를 달려오니	원 멱 룡 문 백 리 래 遠覓龍門百里來
世間(세간)과 별개 세상 골짜기 열렸네	세 간 별 계 협 중 개 世間別界峽中開
산비탈 밭엔 비 풍족히 내려 모두 곡식 심었고	산 전 우 족 개 재 곡 山田雨足皆栽穀
돌길은 다니는 사람 적어 반이나 이끼에 묻혔네	석 경 인 희 반 몰 태 石逕人稀半沒苔
세상 티끌 근심 씻어내지 못해 몸은 점점 늙고	미 척 진 수 신 점 로 未滌塵愁身漸老
좋은 글귀 구하고자 하나 뜻에 맞추기 어렵네	욕 구 건 구 의 난 재 欲求健句意難裁
천 년 지난 일 이젠 꿈과 같으니	천 년 왕 사 금 여 몽 千年往事今如夢
느긋이 영화와 쇠락으로 백발만 재촉하네	만 이 영 고 백 발 최 謾以榮枯白髮催
오래된 절 앞에 烟光(연광)을 거두어서	수 습 연 광 고 사 전 收拾烟光古寺前
두루마리에 가득 채워 써넣으니 마음이 기쁘네	축 중 만 사 의 흔 연 軸中滿寫意欣然
마음을 잘 잡아도 이 세상 부처 보기 어렵고	선 심 난 견 금 생 불 善心難見今生佛
詩(시) 잘 짓는 敵手(적수) 다시 만나니 옛날의 이태백이네	시 적 중 구 구 적 선 詩敵重逢舊謫仙
버드나무 장막에 꾀꼬리 지저귀니 천 갈래 실타래 어둡고	유 막 앵 제 천 루 암 柳幕鶯啼千縷暗
담뿍 모인 꽃 옆에 나비 춤추니 몇몇 가지 선명하네	화 방 접 무 수 지 선 花房蝶舞數枝鮮
용문사에 이렇게 모이는 것 쉽지 않으니	용 문 차 회 비 용 이 龍門此會非容易
劫海(겁해)[110] 여러 해에 제일 좋은 인연이네	겁 해 다 년 최 호 연 劫海多年最好緣

---

110) 고통으로 가득 찬 끝없는 바다. 화엄경에 나옴.

문우사 정례 모임에서
文友社例會

사월 절기에 맞춰 詩會(시회) 다시 열리니

녹음은 바다와 같고 세월 간 것은 한 해 같네

꽃잎은 이슬 젖어 물위에 붉게 떴고

버들가지 바람에 흩어져 푸르게 煙幕(연막) 짜네

티끌세상 얽매임에 관계치 않으니 마음은 쾌활하고

詩情(시정)은 그저 이름 보전하면 좋을 뿐이네

영험한 곳 좋은 풍경에서 마땅히 술 한 잔에 시 읊어야 하니

남쪽 북쪽 詩(시) 짓는 친구들이 한자리에 모여 있네

雅會重開四月天
녹음여해일여년
綠陰如海日如年
화용읍로홍부수
花容浥露紅浮水
유루미풍취직연
柳縷靡風翠織烟
진루불관심기쾌
塵累不關心氣快
시정지호성명전
詩情只好姓名全
영구승경의상영
靈區勝景宜觴咏
남북소붕일좌련
南北騷朋一座連

초여름에 즉흥으로 짓다
初夏卽事

온 세상이 때를 만났다 하나 나는 때가 아니고

평생을 옛것만 지켰으니 어찌 새 것을 알리오

장미는 난만히 피어 언덕을 붉게 물들이고

수양버들은 성긴 가지 들어 올려 푸르게 물가에 비치네

江山(강산)을 偏愛(편애)하니 신선의 취미와 가까우나

애써 富貴(부귀)를 구하는 속세의 情(정)은 다 같네

세상 태평하게 다스릴 大道(대도)는 펴볼 날 없고

그저 원하기는 餘生(여생)에 이런 모임 자주 가짐이로세

거세봉시아불신
擧世逢時我不辰
평생수구기지신
平生守舊豈知新
장미란만홍장오
薔薇爛漫紅粧塢
양류부소록영빈
楊柳扶踈綠映濱
편애강산선취근
偏愛江山仙趣近
역구부귀속정균
力求富貴俗情均
치평대도무시일
治平大道無施日
단원여생차회빈
但願餘生此會頻

양화나루에서 우연히 읊다

楊花渡偶吟

사방 아리따운 경치에 興(흥)이 범상하지 않으니

양화나루터에 푸른 옷소매 떨치네

물고기 엿보며 평평한 모래밭에 우두커니 선 것은 해오라기요

나그네 기다려 돌아가기 재촉하는 것은 먼 포구의 돛배일세

벗 사귐에 마음 한 번 열기는 항상 어려우니

時事(시사)를 얘기할 땐 매번 입 세 번 닫으라 맘에 새기네

사람들이 어찌 의리도 잊고 신뢰도 없을꼬

세상맛이 참 쓰기도 짜기도 하네

사 면 연 광 흥 불 범
四面烟光興不凡

양 화 도 상 진 청 삼
楊花渡上振青衫

규 어 저 립 평 사 로
窺魚佇立平沙鷺

대 객 최 귀 원 포 범
待客催歸遠浦帆

교 우 상 난 심 일 허
交友常難心一許

논 시 매 계 구 삼 함
論時每戒口三緘

인 하 망 의 겸 무 신
人何忘義兼無信

세 미 환 다 고 차 함
世味還多苦且鹹

미국에 있는 청운 심혁순이 보낸 시의 운에 맞추어

和聽雲沈爀舜在米國寄詩韻

느지막한 나이에 외국의 山(산) 관광하니

만 리 푸른 하늘 사이를 날아 지나네

구름은 鵬(붕)새의 등 위로 층층이 하얗고

섬은 자라머리처럼 점점이 아롱져 솟았네

번화한 신세계 두루 구경하시라

이별했던 옛 얼굴 기꺼이 마주하리라

보내준 편지는 진정 고맙기도 하니

멀리서 태평하게 무사히 돌아오길 축원하네

모 경 관 광 외 국 산
暮景觀光外國山

비 과 만 리 벽 공 간
飛過萬里碧空間

운 횡 붕 배 층 층 백
雲橫鵬背層層白

도 용 오 두 점 점 반
島聳鰲頭點點斑

편 람 번 화 신 세 계
遍覽繁華新世界

희 봉 리 별 구 용 안
喜逢離別舊容顏

혜 서 특 보 진 다 감
惠書特報眞多感

요 축 태 평 무 사 환
遙祝太平無事還

길동으로 역당 구회승을 찾아가서
訪具亦堂會升于吉洞

翰墨(한묵: 문필)으로 명성 떨친다 함 기쁘게 들어   희 문 한 묵 천 명 방
喜聞翰墨擅名芳

4월에 강남에 있는 역당을 찾아갔네   사 월 강 남 방 역 당
四月江南訪亦堂

서가에 가득한 詩書(시서)는 대대로 전해진 가업이요   만 가 시 서 전 세 업
滿架詩書傳世業

정원 둘러싼 花卉(화훼)는 風光(풍광) 좋다 알려오네   요 정 화 훼 보 풍 광
繞庭花卉報風光

다행히 이웃한 터 잡아 속된 세상 멀어지고   복 린 행 득 홍 진 원
卜隣幸得紅塵遠

글씨 쓰며 한가함 녹이니 한낮이 길구나   운 필 한 소 백 일 장
運筆閒消白日長

얼마간 정을 풀다 이내 고별하니   수 경 서 정 잉 고 별
數頃舒情仍告別

산그늘 돌아가는 길에 이미 해가 지네   산 음 귀 로 이 사 양
山陰歸路已斜陽

양주에 있는 동은 백인현을 방문해 같이 짓다

訪白東隱仁鉉于楊州共賦

비 오려다 다시 개니 날씨는 맑고	欲雨還晴日氣淸
백 리를 차 달려가니 기쁜 마음 솟네	馳車百里喜心生
僻村(벽촌)에 꽃 펴있으니 아직 봄빛 남아있고	僻村花發餘春色
우거진 나무에 꾀꼬리 우니 음악 소리보다 낫네	深愁鶯啼勝管聲
林泉(임천: 은거한 자연)에 오래 사니 신선의 취미 흡족하고	久住林泉仙趣足
富貴(부귀)는 깡그리 잊으니 속세의 인연은 가볍네	渾忘富貴俗緣輕
글로써 친구 모으고 겸해서 술대접까지 받으니	以文會友兼供酒
이 땅에 다시 와서 옛 情(정)을 느끼네	此地重來感舊情
사방 들판에 모내기 끝나 한가지로 푸른색이요	四野移秧一色靑
가운데 큰 누각 하나 있으니 멀리서 온 손님 머무네	中開巨閣遠賓停
바람이 가는 버들가지 빗어대니 길 위에 푸르게 펄럭이고	風梳細柳翠飜路
제비가 꽃잎 차 날리니 붉게 정자에 들어오네	燕蹴飛花紅入亭
온 세상 허튼 세태에 사람은 쉽게 취하니	擧世潮流人易醉
백 년 志操(지조)에서 누가 능히 깨어 나올꼬	百年志操孰能醒
그대 분수 지켜가며 농사지으며 겸해 책 읽는 것 부럽고	羨君守分耕兼讀
虛榮(허영) 때문에 보는 것 듣는 것 변하지 않는구려	不以虛榮動視聽
장미가 늦게 펴 봄빛이 아름다워	薔薇晚發住春光
초여름 양주에 이미 향기 내뿜네	初夏楊州已放香
늙어서도 꽃 찾으니 마음은 아직 젊고	老亦探花心尙少
멀어도 鶴(학) 타고 올 수 있으니 興(흥)은 도리어 길구나	遠能騎鶴興還長
밝은 등불로 달을 대신하니 별은 천 점으로 빛나고	明燈代月星千點
좋은 글귀 찾아 밤 지내니 시 쓴 두루마리 상 하나 가득 찼네	覓句經宵軸一床
나그네 머무는 창가가 항상 이와만 같다면	若使羈窓常若此
어디가 타향인지 알지 못하리라	不知何處是他鄕

한강 시 모임에서
漢江雅集

4월 風光(풍광) 점검한 것도 여러 번 　四月風光點檢多

靑山(청산) 綠水(녹수)를 몇 계절이나 지나쳤는고 　靑山綠水幾時過

萬頃(만경) 긴 강에는 물고기들 번득이고 　裁江萬頃魚飜尺

천 갈래 버들가지 사이로 꾀꼬리 베 짜며 북 놀리듯 나네 　織柳千絲鶯擲梭

일은 이미 마음에 어긋났거늘 편안히 분수 지킬 수 있겠는가 　事已違心安分可

詩(시)는 이 세상에 쓰임 없으니 고달프게 읊어본들 무엇 하랴 　詩非用世苦吟何

노량진 강가에서 詩會(시회) 열어 　鷺梁津上斯文會

공연히 시간 보내기 생각하며 해지도록 읊조리네 　空想消磨逐日哦

漢南(한남: 한강 남쪽)에 해질 무렵 푸른 옷 떨치고 가니 　漢南斜日振靑袍

아름다운 경치에 詩興(시흥)이 점차 호탕해지네 　佳景漸增詩興豪

사방 들판 가을 풍경에 보리 물결 번득이고 　四野秋光飜麥浪

숲속 상쾌한 기운에 소나무 너울 물결 흩어지네 　一林爽氣散松濤

늙어서 어찌 병도 많아 고달픔 잊기 어려운고 　老何多病難忘苦

가난해도 또한 걱정은 없으니 고단함이 싫지 않네 　貧亦無憂不厭勞

그림 속 풍경은 마땅히 우리네들이니 　畵裡江山宜我輩

다시 꽃 아래 모여 술 향기에 취해볼 것이네 　更兼花下醉香醪

금요일 모임에서

金曜會

느지막이 성대한 모임에 참석하니 보리 처음 거둘 때인데
晚參盛會麥秋初

나는 멋대로 몸 굴려 쇠약해도 지내기는 그런 대로네
我縱身衰尙起居

세상일에 천리마 구하지 말지니
世事無求千里馬

人情(인정)으로 제일 좋아하는 것은 네 바퀴 자동차라네
人情最愛四輪車

숲 속에서 지저귀는 새소리는 생황 소리와 흡사하고
林間鳥語笙相似

비 온 후 꽃 모양은 비단도 따라오지 못하네
雨後花容錦不如

재주가 모자라니 어찌 金谷罰(금곡벌)[111]을 싫어하리요
才拙何嫌金谷罰

석 잔에 이미 취했지만 興(흥)은 오히려 남아있네
三盃已醉興猶餘

백운암 시 모임에서

白雲庵雅集

시회 열기로 한 약속 있어 강남으로 건너가니
有期詩會渡江南

날씨는 깨끗이 개어 파르스름한 산 아지랑이 일어나네
日氣全晴起翠嵐

헛되이 늙어가며 완전히 변해버린 세상 잊기 쉽지 않으니
閱去滄桑非易忘

늙은 이래로는 추위 더위 견디기가 정녕 어렵네
老來寒暑正難堪

흰 구름은 비를 띠고 관악산으로 돌아가고
白雲帶雨歸冠岳

푸른 나무는 그늘 만들어 佛舍(불사)를 보호하네
碧樹成陰護佛庵

사방 風光(풍광)은 술 마시며 시 읊기 좋은데
四面風光觴詠好

짙어가는 푸르름 옅어지는 붉음이 사람들 술 취하게 하네
綠肥紅瘦使人酣

---

111) 晉(진)나라 石崇(석숭)이 자신의 정원인 金谷園(금곡원)에서 연회를 열고 시를 못 짓는 사람에겐 세 말의 罰酒(벌주)를 내렸다는 데서 나온 말.

그네 타기
鞦韆

端陽(단양: 단오) 좋은 시절 하루가 일 년 같은데

알록달록 줄에 몸 맡기고 서로 다투어 앞서네

이슬 젖은 비단 치마 버드나무 선 둑에 펄럭이고

안개 가르고 수놓은 그림 구름 낀 하늘 향하네

처음엔 세상에 드문 곱게 단장한 여인이더니

다시 보니 하늘나라에서 새로 내려온 선녀이네

차고 올랐다 차고 내렸다 진정 재미있는 놀이이니

漢(한)나라 唐(당)나라 남긴 풍속이 지금까지 전해오네

端陽佳節日如年

彩索依身互競前

沾露錦裳拖柳塢

劈烟繡寫向雲天

初知缺界盛粧女

更似玉京新降仙

蹴去蹴來眞戲劇

漢唐遺俗至今傳

단옷날에
端午

梅雨(매우: 장마) 점차 거둬지니 푸른 하늘 나타나고

단오 제사 끝내고는 물위 정자에서 한가히 쉬네

쑥 잎으로 사람 모양 만들어 기둥에 걸어놓은 집 많고

석류는 열매 맺어 몇 개가 뜰에 늘어져 있네

즐기는 情景(정경)에 누가 田文(전문)[112]의 일을 흠모하리요

弔意(조의)는 내가 屈子(굴자)의 깨어있음을 동정함이네

남자 여자 배를 띄워 서로 경쟁하듯 물 건너는데

석양 돌아가는 길에는 부평초처럼 흩어지네

漸收梅雨露天青

祭罷開休水上亭

艾葉成人多掛戶

榴花結實幾垂庭

歡情孰慕田文事

弔意吾憐屈子醒

士女汎舟相競渡

夕陽歸路散如萍

---

112) 孟嘗君(맹상군)을 이름. 춘추시대 사람으로 식객을 많이 두고 인재를 모은 것으로 유명.

단옷날 진강정에서 모여 읊다
端午會吟鎭江亭

행주성 아래 비는 완전히 개고
才子佳人(재자가인)이 다투어 물 건너 왔네
온갖 나무 꽃피어 바야흐로 색깔 뽐내고
큰 강은 급히 흐르니 어찌 소리가 없으리오
楚天(초천: 먼 하늘) 보낸 세월 모두 술 취한 꿈인데
한국의 관리와 국민은 몇이나 뜻 깨달을까
忠魂(충혼)을 조문하기 위해 좋은 글귀 찾으니
강과 못의 옛 감정[113]에 오히려 담담하기 어렵네

幸州城下雨全晴
才子佳人競渡成
凡樹花開方有色
大江浪急豈無聲
楚天日月皆酣夢
韓國官民幾醒情
爲吊忠魂開覓句
湘潭舊感尙難平

행주에 저녁 무렵 날 갬
幸州晚晴

저녁 무렵에 아침부터 오던 비 그치니 푸른 하늘 보이고
좋은 경치 찾아 지팡이 짚고 돌아와 한나절 머물었네
김포 가는 길엔 무지개다리가 길게 걸려있고
행주 물가에는 높이 나는 듯 그림 같은 집 있네
미인의 노래와 춤 지금 처음 대하지만
이름 난 곳에서 시 읊으며 술 마시기 몇 번이던고
無限(무한)한 경치가 능히 늙은 것 잊게 하니
진창 취하는 것 마다 않고 도리어 술 깨기 싫어하네

晚收朝雨見天青
探勝歸筇半日停
長架虹橋金浦路
高飛畵閣幸州汀
美人歌舞今初對
名地咏觴曾幾經
無限風光能忘老
不辭泥醉却嫌醒

---

113) 199쪽 각주 88 참조.

278

장충 시 모임에서
奬忠雅集

시 읊음에 옛 규칙을 숭상하는 버릇 있어 음 시 성 벽 고 규 숭 吟詩性癖古規崇

烟光(연광)을 거두어 意氣(의기)가 豪雄(호웅)하네 수 습 연 광 의 기 웅 收拾烟光意氣雄

噴水(분수)는 하늘에 번득여 날려 가늘게 비로 내리고 분 수 번 천 비 세 우 噴水飜天飛細雨

綠陰(녹음)은 땅을 흔들어 맑은 바람 일으키네 녹 음 불 지 동 청 풍 綠陰拂地動淸風

젊었을 땐 그저 놀러 다니는 것만 좋은 줄 알았더니 소 시 지 식 유 위 호 少時只識遊爲好

늙은 지경 되니 바야흐로 배움 모자란 것 부끄럽네 노 경 방 혐 학 미 충 老景方嫌學未充

가는 곳마다 江山(강산)은 모두 좋은 경치이고 도 처 강 산 개 승 경 到處江山皆勝景

騷人(소인)은 글재주 다투니 興(흥)이 어찌 없겠는가 소 인 백 전 흥 하 공 騷人白戰興何空

양화나루에서 다시 만나서
楊花渡再會

보리 거둘 계절에 성대한 모임 다시 여니 중 개 성 회 맥 추 천 重開盛會麥秋天

남쪽 북쪽 騷人(소인)들 함께 한자리에 모였네 남 북 소 인 공 일 연 南北騷人共一筵

爛漫(난만)한 복사꽃은 비단보다 더 붉고 난 만 도 화 홍 승 금 爛漫桃花紅勝錦

가벼운 버드나무 솜틀 가지는 명주보다 더 희네 경 영 류 서 백 어 면 輕盈柳絮白於綿

거듭 생각해보아도 世態(세태)는 오히려 잘못됨 많은데 삼 사 세 태 환 다 오 三思世態還多誤

백 번이나 단련한 내 몸에 혹시 잘못이 있는가 백 련 오 신 혹 유 건 百鍊吾身或有愆

요 몇 년엔 우연히 일없는 나그네 되어 우 작 년 래 무 사 객 偶作年來無事客

사계절 시와 술과 짝하니 신선의 인연이네 사 시 시 주 반 선 연 四時詩酒伴仙緣

북한산성 시 모임에서
北漢山城雅集

북한산 속을 틈내서 찾아오니

城(성)은 무너져 경내 적막한데 새들만 공연히 지저귀네

수풀 사이에 취한 나비는 꽃 찾는 꿈을 꾸고

연못 속 헤엄치는 물고기는 바다로 가고자 하는 마음인가

興(흥)이 일지만 詩句(시구)는 졸렬하여 부끄럽고

근심 잊고자 하는 마음에 술잔 더해가도 마다 않네

천 년 지난 일 이제 多感(다감)도 하여

느긋이 騷人(소인)의 눈물 그치지 못하네

북 한 산 중 차 가 심
北漢山中借暇尋
성 퇴 경 적 조 공 음
城頹境寂鳥空吟
임 간 접 취 탐 화 몽
林間蝶醉探花夢
담 저 어 유 향 해 심
潭底魚游向海心
야 흥 환 혐 시 구 졸
惹興還嫌詩句拙
망 회 불 염 주 배 심
忘懷不厭酒盃深
천 년 왕 사 금 다 감
千年往事今多感
만 사 소 인 루 미 금
謾使騷人淚未禁

반포 시 모임에서
盤浦雅集

세월 흘러 해와 달이 봄 다 보내버리니

동작동 주변엔 芳草(방초)가 새롭네

온 세상 같은 마음으로 머리 희어가는 것 슬퍼하지만

오직 나만 취미가 달라 티끌세상을 멀리하네

江(강)은 백 줄기 냇물 모아 어디로 돌아가려 하나

산은 늘어선 봉우리 천 개가 이 동네 보호하네

꽃은 짙어지는 그늘 사양하고 꾀꼬리 지저귐은 재잘대는데

다행히 詩會(시회)로 인해 이때를 즐기네

거 저 일 월 송 삼 춘
居諸日月送三春
동 작 동 변 방 초 신
銅雀洞邊芳草新
거 세 동 정 비 백 발
擧世同情悲白髮
유 오 이 취 원 홍 진
惟吾異趣遠紅塵
강 수 백 간 귀 하 처
江收百澗歸何處
산 열 천 봉 호 차 린
山列千峰護此鄰
화 사 음 농 앵 어 활
花謝陰濃鶯語滑
행 인 시 회 락 금 신
幸因詩會樂今辰

금요일 모임에서
金曜會

짙은 초록빛에 붉은빛 남아 경치 좋은 곳을 둘러싸고

떨어지는 꽃조차 제비가 평평한 황무지로 차 내리네

반평생 취미는 詩(시) 千首(천 수) 지은 것이요

가는 곳마다 술 한 병 꼭 차고 다니네

자잘한 찌꺼기들 아침 비가 씻어 내버리고

위태한 바위는 떨어지려 하나 어지러운 구름이 붙들고 있네

몇 해 전부터 세상 잊은 여러 君子(군자)들이

한가하게 귀양간 신선처럼 술 마시며 시 읊고 있네

심 록 잔 홍 요 승 구
深綠殘紅繞勝區
비 화 연 축 하 평 무
飛花燕蹴下平蕪
반 생 취 미 시 천 수
半生趣味詩千首
도 처 행 장 주 일 호
到處行裝酒一壺
섬 개 점 퇴 조 우 세
纖芥漸堆朝雨洗
위 암 욕 추 란 운 부
危岩欲墜亂雲扶
연 래 망 세 중 군 자
年來忘世衆君子
한 사 적 선 상 영 구
閒似謫仙觴咏俱

성조회관 시회에서
誠助會館雅會

사방 주위 風光(풍광)이 볼거리 제공하고

靑山(청산)과 綠水(녹수)는 맑게 갠 하늘 처마에 둘러있네

하늘 끝 잇닿은 보리밭 물결은 그윽한 골짜기 만들어 내고

땅을 박차는 소나무 파도는 가는 주렴 사이로 파고 드네

詩(시)로 사람들 놀래보려 하지만 짓기는 더욱 어려워지고

술로 세상 일 잊을 수 있으니 취한다 마다하리오

좋은 날 詩會(시회)에 名士(명사)들 많이 모여

글재주 겨루며 불콰하게 취하기를 몇 번이나 함께하네

사 면 풍 광 공 시 첨
四面風光供視瞻
청 산 록 수 요 청 첨
靑山綠水繞晴簷
연 천 맥 랑 생 유 학
連天麥浪生幽壑
동 지 송 도 입 세 렴
動地松濤入細簾
시 욕 경 인 음 익 고
詩欲驚人吟益苦
주 능 망 세 취 하 혐
酒能忘世醉何嫌
양 신 아 회 다 명 사
良辰雅會多名士
백 전 홍 감 기 도 겸
白戰紅酣幾度兼

일요일 모임에서
日曜會

공원의 경치 정말 화려하고 예쁜데

한가한 팔십 노인 지팡이 짚고 멈췄네

보리는 風光(풍광) 빌려 자주 물결 일으키고

비 내릴 마음 없는 구름은 그저 봉우리만 이루고 있네

人情(인정)은 쉽게 변하니 친해도 믿기 어렵고

세상일은 多端(다단)하여 다만 折衝(절충)할 뿐이네

騷壇(소단)에 너무 늦게 왔다 탓하지 말게

늙으면 氣力(기력)이 저절로 떨어진다네

공원물색정화봉
公園物色正華丰
팔질한옹주권공
八耋閒翁住倦筇
맥차풍광빈기랑
麥借風光頻起浪
운무우의만성봉
雲無雨意謾成峰
인정이변난친신
人情易變難親信
세사다단진절충
世事多端盡折衝
막도소단참태만
莫道騷壇參太晚
노래기력자소용
老來氣力自踈慵

한가한 가운데 회포를 쓰다
閒中書懷

술 취한 후 쇠약한 늙은이가 興(흥) 호탕하게 일으켜

좋은 경치 구경하려 수풀 우거진 언덕에 오르네

詩情(시정)은 가는 곳마다 화려한 시 두루마리에 열리고

그리고픈 마음 들 땐 채색 붓을 놀리네

세상일과는 무관하여 가난해도 항상 편안하니

文章(문장)을 배우고자 늙어도 고단함 잊네

모자 벗어 나무에 걸고 찌는 더위 피하니

골짜기 가득한 소나무 삼나무 상쾌한 파도가 번득이네

취후쇠옹발흥호
醉後衰翁發興豪
위간승경상림고
爲看勝景上林皐
시정도처개화축
詩情到處開華軸
화의간시롱채호
畵意看時弄彩毫
세사무관빈상일
世事無關貧尚逸
문장욕학로망로
文章欲學老忘勞
탈건괘수피증서
脫巾掛樹避蒸暑
만학송삼번상도
滿壑松杉飜爽濤

강가 나루터 시 모임에서
江頭雅集

나그네 기다리는 강 나루터에 문빗장 닫지 않았으니
햇볕 잘 드는 곳에 세 칸짜리 逆旅(역려: 여관) 두 채네
하늘에 닿을 듯한 山勢(산세)는 천 길이나 되고
동네 둘러가는 물결 소리는 한 굽이 물길이네
시 솜씨 겨루고자 하여 함께 苦惱(고뇌)하고
능한 재주 하나 없으니 홀로 淸閒(청한)하네
旗亭(기정: 음식점)에 모여 첫째 둘째 다투는 곳엔
글 짓는 친구들 태반이 옛날 얼굴이네

대 객 강 두 불 엄 관
待客江頭不掩關
향 양 역 려 량 삼 간
向陽逆旅兩三間
연 천 악 세 봉 천 척
連天岳勢峯千尺
요 동 파 성 수 일 만
繞洞波聲水一灣
시 욕 쟁 공 동 고 뇌
詩欲爭工同苦惱
사 무 장 기 독 청 한
事無長技獨淸閒
기 정 갑 을 상 쟁 처
旗亭甲乙相爭處
태 평 사 붕 구 일 안
太平詞朋舊日顔

비 오는 가운데 몇몇이 모여서
雨中小會

비를 무릅쓰고 친구 찾아 逆旅(역려)에서 만나니
詩情(시정)으로 함께 모여 醉情(취정: 취한 정취)이 짙어지네
둑 주변 버드나무에 꾀꼬리는 깃을 점점 적시는데
시냇가 소나무에 鶴(학)의 꿈은 이루기 어렵네
이슬 맺힌 꽃잎은 점점이 붉고
구름 속에 숨은 산 모습은 희고도 희네
지루해도 웃으며 얘기하여 능히 적적함 삭이니
黃昏(황혼)이 가까워도 아직 발걸음 돌려보내지 않네

모 우 심 붕 역 려 봉
冒雨尋朋逆旅逢
시 정 공 회 취 정 농
詩情共會醉情濃
앵 의 점 습 제 변 류
鶯衣漸濕堤邊柳
학 몽 난 성 간 반 송
鶴夢難成澗畔松
노 결 화 순 홍 점 점
露結花脣紅點點
운 장 산 면 백 중 중
雲藏山面白重重
지 리 소 화 능 소 적
支離笑話能消寂
시 박 황 혼 미 반 종
時薄黃昏未返蹤

장충 시 모임에서
獎忠雅集

夢寐間(몽매간: 자는 동안)에 세월을 헛되이 보내니
어느새 팔십 노인이 되어 스스로 淸閒(청한)하네
여름 구름 幻像(환상)은 봉우리에 거듭 쌓이고
밤새 내린 비는 물굽이에 물 넘치는 소리 더하네
약을 먹어도 새로 나는 흰머리 고치기 어렵지만
술잔 들면 쉽게도 예전의 붉은 얼굴로 돌아간다네
騷壇(소단)에서 읊조리니 능히 늙음을 잊고
장충공원에 맡긴 지팡이 땅거미 질 때 돌아오네

허 도 광 음 몽 매 간
虛度光陰夢寐間
거 성 팔 질 자 청 한
遽成八耋自淸閒
하 운 환 상 봉 다 첩
夏雲幻像峰多疊
야 우 첨 성 수 창 만
夜雨添聲水漲灣
복 약 난 의 신 백 발
服藥難醫新白髮
거 배 이 복 구 홍 안
舉盃易復舊紅顔
소 단 소 영 능 망 로
騷壇嘯咏能忘老
장 원 귀 공 박 모 환
獎苑歸筇薄暮還

비 오는 가운데 즉흥으로 짓다
雨中卽事

雅會(아회: 시회)에 참석하려 城(성) 서쪽으로 나서니
하늘은 아직 깨끗이 개지 않아 구름이 낮게 깔렸네
日氣(일기)는 음침하여 먼 산봉우리 희미하고
부딪치는 물결은 앞 냇물에 세차네
功名(공명)은 정해진 분수 있어 넘기 어렵고
才德(재덕)은 無窮(무궁)하니 어찌 쉽게 이루겠는가
옛날부터 儒生(유생)은 薄命(박명)한 이 많으니
품은 마음 잊으려고 몸 가눌 수 없이 취하네

위 참 아 회 출 성 서
爲參雅會出城西
천 미 쾌 청 운 진 저
天未快晴雲陣低
일 기 음 침 미 원 수
日氣陰沉迷遠峀
격 파 흉 용 창 전 계
激波洶湧漲前溪
공 명 유 수 증 난 월
功名有數曾難越
재 덕 무 궁 기 이 제
才德無窮豈易齊
종 고 유 생 다 박 명
從古儒生多薄命
욕 망 회 서 취 여 니
欲忘懷緒醉如泥

모내기 충주에서 지음

移秧忠州題

농촌에 밤새 내리던 비 홀연히 개니

모내기 일꾼 무리 차례대로 만나네

물위에 나뉘어 늘어섰다 같이 흩어져 변하니

줄 앞에 열 지어 선 것이 城(성) 둘러 싼 것 같네

풍년의 징조는 정녕 농부의 뜻과 부합하고

술 취한 흥취가 새참 내오는 부녀자의 情(정)보다도 많네

擊壤歌(격양가: 풍년가) 속에 無限(무한)한 뜻 있으니

사방에서 모두 같이 즐거이 외치며 노래하네

농 촌 숙 우 홀 연 청
農村宿雨忽然晴

회 중 이 앙 차 제 영
會衆移秧次第迎

수 상 분 배 동 산 변
水上分排同散變

선 전 열 립 사 위 성
線前列立似圍城

풍 징 정 합 전 부 지
豊徵正合田夫志

취 흥 편 다 엽 부 정
醉興偏多饁婦情

격 양 가 중 무 한 의
擊壤歌中無限意

사 방 창 화 홀 환 성
四方唱和摠歡聲

한여름 시회에서

仲夏雅會

매주 정례 모임에 몇 명 친구 함께 했나

이 세상 生涯(생애) 잊어버리니 입은 이미 다물었네

땅을 박차는 강물 소리 물결은 滾滾(곤곤: 세차게 흐름)하고

하늘 떠받치는 山勢(산세)는 바위가 높고 험하네

술은 그저 취하면 그만이니 막걸리라고 마다하랴

詩(시)는 잘 짓고자 하나 凡常(범상)에서 벗어나지 못하네

자취를 책 속에 맡겼으나 이름값 적고

쓸쓸한 백발이라도 여전히 靑衫(청삼)이라네

매 주 예 회 기 붕 함
每週例會幾朋咸

망 세 생 애 구 이 함
忘世生涯口已緘

동 지 강 성 파 곤 곤
動地江聲波滾滾

탱 천 악 세 석 암 암
撐天岳勢石岩岩

주 유 취 취 하 혐 탁
酒惟取醉何嫌濁

시 욕 제 가 미 출 범
詩欲題佳未出凡

탁 적 서 중 성 가 소
托跡書中聲價少

소 소 백 발 상 청 삼
蕭蕭白髮尙青衫

일요일 시 모임에서
日曜雅集

다방이 오늘은 芸窓(운창: 서실)으로 변해서　茶房此日變芸窓

상 머리에 詩(시) 가득하고 항아리엔 술이 가득하네　詩滿床頭酒滿缸

山(산)은 수풀을 무성하게 키워 後園(후원)을 둘러싸고　山養茂林圍後苑

시냇물은 흩어진 빗물 모아 앞 강으로 보내네　溪收散雨送前江

즐겨 읊는 타고난 습관은 오직 내 것이로되　愛吟性癖惟吾獨

취하고자 하는 風情(풍정)은 그대와 雙璧(쌍벽)이네　貪醉風情與子雙

술 한 잔 詩(시) 한 수 지루하게 긴 하루를 보내니　觴咏支離消永日

다방 아가씨가 나를 위해 새로운 노래 불러주네　店娥爲我唱新腔

황매우[114] 일본에서 지음
黃梅雨 日本題

사방 들판에 모내기 아직 끝내지 않았을 때　四野移秧未畢時

지루한 장마 비 개기 오래도록 기다리네　支離梅雨待晴遲

떨어진 꽃의 남은 흔적은 황금 같은 열매요　落花餘跡黃金實

무성한 잎이 새로 꾸미는 것은 비취 같은 가지라네　茂葉新粧翡翠枝

길 위에 잠시 멈춰 나그네 말 불러세우니　途上暫停征客馬

길거리 술집은 언제나 열려 있네　街頭尙掛酒家旗

풍년 징조는 진정 농부의 바람이니　豊徵正得農夫望

정다운 이웃과 만나 삽자루 메고 따라가네　會合芳鄰荷鍤隨

---

114) 매화나무 열매가 노랗게 익을 무렵 내리는 비. 곧 장마 비.

장충단 시 모임에서
獎忠壇雅集

이름난 공원에서 모임 열어 한가한 발걸음을 기다리니

차례로 친구들 맞는데 삽살개 어찌 짖어대나

바람은 멀리 있는 절로부터 종소리 전하고

해는 나무 그림자를 서쪽 창문으로 옮겨놓네

배움이 적어 시 짓는 적수 대적하기 항상 어렵고

조금 취해서는 근심 귀신 항복시키기 쉽지 않네

책 속에서 헛되이 늙어가 貧賤(빈천)하고

재주 모자라니 어찌 집안과 나라를 책임질 수 있으랴

名園設會待閒蹤
次第迎朋幾吠猹
風送鍾聲來遠寺
日移樹影倒西窓
學微詩敵常難抗
醉少愁魔未易降
虛老書中貧且賤
菲才那得保家邦

의림지 제천 에서
義淋池堤川

物色(물색: 자연 경치)은 지난 시절보다 번화하니

늙어서 다시 찾음에 돌아보는 걸음 늦네

천둥소리 울리며 떨어지는 폭포는 그림으로 옮기기 어렵고

그림 같은 물결에 배 띄우니 쉽게 詩(시) 지어지네

이 경치 좋은 곳 즐길 수 있는데도

또 다른 경치 좋은 곳을 어찌 찾으려 하는가

百年(백 년) 지나간 자취에 응해 꿈이 되었으니

오늘 내가 이곳에서 노닐던 것을 뒤에 누가 알아주리오

物色繁華勝昔時
老來重賞步還遲
雷聲動瀑難移畵
鏡浪汎舟易作詩
樂此名區猶可矣
求他好景欲何之
百年往跡應成夢
今日吾遊後孰知

287

장릉[115] 참배하고 회포를 쓰다 영월에서
莊陵參拜書懷寧越

길 가는 나그네가 손가락으로 가리키고 앞서 가니

오늘 묵은 감회로 슬퍼하여 무덤 앞에 절하네

남은 아침 이슬에 백양나무는 눈물 머금고

푸른 풀은 마음 아프게도 한낮 안개에 가렸네

높은 벼슬하기 백 년을 누가 꿈꾸지 않을까만

林泉(임천: 은거하는 자연)에서 오늘 나는 신선과 같네

집안을 교화하고 나라를 위한 功(공)은 어디에 있는가

슬픔과 즐거움이 결국 桑田碧海(상전벽해)의 인연이 됐네

路上行人指點先

悲今感古拜陵前

白楊含淚餘朝露

靑草傷心鎖午烟

軒冕百年誰不夢

林泉此日我如仙

化家爲國功安在

哀樂竟成桑海緣

단양 동굴에서
丹陽洞窟

신기한 동굴이 우리 동쪽 나라에 자리하니

별다른 세계에 造化(조화)의 神功(신공)이네

닮기로는 말없이 손 늘어뜨린 부처이나

마치 어지러이 춤추며 요란하게 머리 흔드는 아이 같네

층층 바위 절벽으로 세 방향은 막혔고

따뜻한 햇볕 온화한 기운이 한쪽으로 통하네

관광 나온 남녀들은 몇 번이나 예 왔을꼬

詩心(시심)에 우두커니 그림 속에 서있네

神奇洞窟擅吾東

別有乾坤造化功

近似無言垂手佛

宛如亂舞撓頭童

層岩絶壁三方塞

暖日和風一面通

士女觀光來幾許

詩心佇立畫圖中

---

115) 단종 임금의 무덤.

도담삼봉에서
島潭三峰

연못 가운데 큰 바위 세 봉우리가 우뚝 솟았으니

그림 그리고 시 짓고픈 마음에 지팡이 거두고 섰네

사방을 두른 거울은 모두 흰 물결이요

물결 이는 양쪽 언덕엔 푸른 소나무 몇 그루 섰네

땅의 신령은 신기한 형상을 내주었고

人傑(인걸)들은 富貴(부귀)한 용모 탐냈네

하늘은 영웅을 내려주어 大業(대업)을 이루었고

聖君(성군)[116]은 훌륭한 補佐(보좌) 얻어 서로 잘 따랐네

潭中巨石聳三峰

畵意詩心住倦筇

鏡繞四方皆白浪

濤生兩岸幾靑松

地靈鍾出神奇像

人傑徒貪富貴容

天降英雄成大業

聖君良佐好相從

장충 시 모임에서
獎忠雅集

공원에 남긴 약속 있어 아침 일찍 나서서

느긋이 詩興(시흥) 갖고 오래도록 어슬렁대네

장미꽃 활짝 펴 붉은 송이 천 개이고

짙은 녹음 수양버들 가지는 만 개라

陋巷簞瓢(누항단표: 가난한 형편)에 항상 어리석음만 지키니

잘살고 권세 누리는 자들 어찌 경시함이 없겠는가

서재에 홀로 앉아 외롭고 적적함이 싫어서

글재주 겨루는 곳에서 한나절 보냈네

留約公園出早朝

謾將詩興久逍遙

薔薇化發紅千朶

楊柳陰濃綠萬條

陋巷簞瓢常守拙

豪門軒冕幾無驕

芸窓獨坐嫌孤寂

白戰場中半日消

---

116) 성군 및 보좌는 조선 태조 임금과 정도전을 이름.

빗속에서 즉흥으로 짓다
雨中即事

보리 거둘 시기에 날씨가 비 오고 바람도 부니　麥秋天氣雨兼風
글재주 겨루는 시인들의 흥취가 쓸 데 없지는 않네　白戰騷人興不空
향기로운 풀은 점점 무성해져 언덕에 잇닿아 푸르고　芳草漸肥連岸碧
떨어지지 않고 남은 꽃이 창문에 붉게 비치네　殘花未落映窓紅
일찍이 富貴(부귀)는 포기한 변화무쌍한 때에　早抛富貴滄桑際
만년에 水石(수석: 자연 경치)에서 淸閒(청한)을 누려보네　晚作淸閒水石中
이미 詩經(시경) 書經(서경)은 버리고 서양 풍속 배우니　已廢詩書西俗學
누가 道(도)의 脈(맥)을 부지시켜 무궁하게 이어가나　誰扶道脈繼無窮

청오 임평이 부쳐 보내준 시의 운에 맞추어
和林靑吾平寄示

한강 북쪽이 맑고 푸르니 한강 남쪽도 그러하여　漢北淸綠又漢南
물가 정자와 산 아지랑이에 관계치 않네　不關水樹與山嵐
識韓(식한: 한번 뵙기를 원함)[117] 생각은 잊기 어렵고　識韓有願思難忘
이태백으로 하여금 불평 없으니 그 기쁨 어찌 감당하나　御李無嫌喜豈堪
情(정) 품은 강가 나무 만나지 못한 채 나뉜 길과　江樹含情分手路
林泉(임천)에 생색나는 머리 맞대는 암자일세　林泉生色合簪庵
사방에 꽃과 새 있으나 그대 늙어 가는 것 걱정되니　四方花鳥愁君老
아픔이 많다 생각 말고 마음껏 달게 술 마셔 보게나　莫念傷多任意酣

---

117) 이태백의 시 與韓荊州書(여한형주서)에서 형주 자사였던 韓朝宗(한조종)을 만나보고 싶다는 구절에서 나와 識韓(식한)은 한번 만나보기 원한다는 뜻으로 쓰임.

일요일 시 모임에서
日曜雅集

솔개는 푸른 물결 위에 떠있고 해오라기는 언덕에 서서

물고기 움직임 살펴보고 있으니 저절로 신기하네

가을에 앞서 시든 나뭇잎은 바야흐로 나무를 떠나고

여름 기다리는 이름난 꽃은 느지막이 제때 얻었네

世態(세태)는 사람이 검은지 흰지 분간하기 어렵고

세속 근심은 나라의 安危(안위) 걱정 쉽게도 불러일으키네

萬物(만물)이 優劣(우열) 다투는 것 봐왔으나

오직 나는 세상 욕심 잊고 내 뜻대로 하려네

일찍이 詩(시) 다 지어주고 나니 흥취가 도리어 사그라들더니

이어 지을 韻(운)자 나누니 興(흥)이 바로 오르네

꽃은 아름다운 여인처럼 비단 장막 두르고

公子(공자)라 불리는 꾀꼬리는 금빛 옷 떨치네

열 중 여덟아홉은 詩(시) 다 짓기 어려울 텐데

백 중 혹시 두서너 개는 마음에 들지 모르겠네

여러 친구들 문장은 오색 갖춘 호랑이 같아

다시 좋은 글귀 찾아 지으니 아직도 남은 빛 있네

치 범 창 파 로 립 피
鴟泛蒼波鷺立陂

규 어 동 정 자 성 기
窺魚動靜自成奇

선 추 병 엽 방 사 수
先秋病葉方辭樹

대 하 명 화 만 득 시
待夏名花晚得時

세 태 난 언 인 조 백
世態難言人皂白

진 수 이 야 국 안 위
塵愁易惹國安危

간 래 만 물 쟁 우 렬
看來萬物爭優劣

유 아 망 기 임 의 지
惟我忘機任意之

조 상 시 채 취 환 미
早償詩債趣還微

속 운 분 배 흥 천 비
續韻分排興遄飛

화 사 가 인 위 금 장
花似佳人圍錦帳

앵 칭 공 자 진 금 의
鶯稱公子振金衣

십 상 팔 구 사 난 숙
十常八九事難孰

백 혹 이 삼 심 불 위
百或二三心不違

제 우 문 장 여 수 호
諸友文章如繡虎

재 제 건 구 상 여 휘
再題健句尙餘暉

동갑내기 모임에서
同庚會

공원에서 모임 갖기로 하여 일찍 집을 나서서

동갑내기끼리 마주하여 옛 사귐을 이어가네

가을도 오기 전에 수양버들은 누런 잎 날려버리고

여름 기다리는 해당화는 가지 끝 붉게 물들이네

술은 무릇 근심을 잊게 하니 그대 쉽게 취하고

시는 세상에 쓰이지 아니하나 나는 버리기 어렵네

예와 지금의 배움이 다르다는 것을 사람들이 알지 못하니

예전 세태를 묵은 풍속이라 부르며 비웃는 것도 당연하구나

개 회 공 원 조 출 소
開會公園早出巢

동 경 상 대 계 전 교
同庚相對繼前交

선 추 양 류 황 비 엽
先秋楊柳黃飛葉

대 하 해 당 홍 착 초
待夏海棠紅着梢

주 시 망 우 군 이 취
酒是忘憂君易醉

시 비 용 세 아 난 포
詩非用世我難抛

고 금 수 학 인 무 식
古今殊學人無識

시 태 의 호 구 속 조
時態宜乎舊俗嘲

장충 시회에서
獎忠雅會

뽕나무 밭 변해 바다 된 지 이미 오래지만

지난날 장충단을 지금도 또한 알고 있네

대나무 싹터 자라는 공원에는 대나무 손자 나오고

꽃 스러지지 않은 섬돌 위로는 아들 나뭇가지 걸려있네

山川(산천)은 나라의 興亡(흥망)으로도 바뀌지 않으나

歲月(세월)은 오직 계절이 변하면 흘러가네

白髮(백발)은 슬그머니 늙어가며 자라니

그저 詩(시)와 술로 합했다 다시 떨어지네

해 상 변 환 이 다 시
海桑變幻已多時

전 일 장 충 금 상 지
前日獎忠今尚知

순 장 원 중 손 출 죽
筍長園中孫出竹

화 잔 체 상 자 현 지
花殘砌上子懸枝

산 천 불 이 흥 망 개
山川不以興亡改

세 월 유 인 랭 난 이
歲月惟因冷暖移

백 발 거 연 성 로 대
白髮居然成老大

지 장 시 주 합 환 리
只將詩酒合還離

금요일 모임에서
金曜會

綠陰(녹음)은 바다와 같이 경치도 아름다운데

이 공원 차지하여 함께 더위 씻어버리네

옛것 배운 나는 詩(시)의 취미 탐하는데

지금 그대의 술로 지내는 生涯(생애) 아파하네

한 구역 계곡 골짜기는 한가로운 세계인데

사방에 달리는 차량은 큰 길을 울리네

우리네들 원래 일 없는 자들이라

느긋이 술과 詩(시)로 오래도록 회포나 풀어보세

녹 음 여 해 경 겸 가
綠陰如海景兼佳

복 차 공 원 척 서 해
卜此公園滌暑偕

학 고 여 탐 시 취 미
學古余貪詩趣味

상 금 자 작 주 생 애
傷今子作酒生涯

일 구 계 학 성 한 계
一區溪壑成閒界

사 면 륜 제 동 대 가
四面輪蹄動大街

오 배 원 래 무 사 자
吾輩元來無事者

만 장 상 영 구 서 회
謾將觴咏久舒懷

백운암 시 모임에서
白雲庵雅集

느지막이 갠 하늘 아래 지팡이 끌고 가 멈추니

친구들 먼저 도착해 相逢(상봉)하니 좋다네

동산 속 정경은 적막한데 꾀꼬리 버드나무에서 울어대고

개울가엔 맑은 바람에 鶴(학)이 꿈꾸는 소나무 있네

자리 옮겨 더위 보내다 보니 붉은 해는 멀어지고

頭巾(두건) 벗어 더위 씻다 보니 녹음이 짙네

세상 변화 오래도록 보자니 내 머리 희어지고

依舊(의구)한 山川(산천)은 모습 변하지 않네

만 대 청 광 예 권 공
晚帶晴光曳倦筇

고 인 선 도 호 상 봉
故人先到好相逢

원 중 경 적 앵 제 류
園中境寂鶯啼柳

간 반 풍 청 학 몽 송
澗畔風淸鶴夢松

이 좌 납 량 홍 일 원
移座納凉紅日遠

탈 건 척 서 록 음 농
脫巾滌暑綠陰濃

창 상 구 열 여 두 백
滄桑久閱余頭白

의 구 산 천 불 변 용
依舊山川不變容

인숙재 조원구의 "양행"시 운에 맞추어

和仁熟齋趙元九洋行韻

멀리 鵬(붕)새 날개 타고 푸른 하늘에 오르니

팔십 나이 쇠약한 노인 아직도 소년이네

몸은 붉은 해 아래 三淸(삼청)[118]에 가까이 있고

길은 흰 구름 가로 만 리를 통하네

일찍이는 온 나라 힘 기울여도 세속을 떠나기 어려웠는데

지금은 한 자루 금 덩어리만 쓰면 쉽게도 신선되네

海外(해외) 風光(풍광) 다 본 후에

어서 이 땅에 돌아와 부평초 인연 이어 가세나

遠乘鵬翼上靑天

八耋衰翁尙少年

身近三淸紅日下

路通萬里白雲邊

曾傾國力難離俗

今費囊金易作仙

海外風光收拾後

早歸此地繼萍緣

비행기

飛行機

鵬(붕)새 날개에 어른 아이 모여 타니

가야 할 길 스스로 六大洲(육대주)에 통하네

잠깐 만에 북해를 지나니 바다 물결 푸르고

홀연히 서산을 쫓으니 落照(낙조)가 붉네

땅에 있는 이 그 누군들 俗客(속객)이 아니리요만

이날 하늘에 오르니 모두 다 신선이네

乾坤(건곤)의 造化(조화)를 지금은 능히 본받을 수 있으니

과학 문명의 원리는 무궁하다네

鵬翼會乘冠與童

前程任意六洲通

俄過北海流波碧

忽逐西山落照紅

在地何人非俗客

昇天此日摠仙翁

乾坤造化今能倣

科學文明理不窮

---

118) 道家(도가)에서 말하는 신선이 사는 곳이라고 하는 玉淸(옥청)·上淸(상청)·太淸(태청).

일요일 다시 만나서

日曜再會

절기는 순환해서 초여름인데 / 節序循環小暑初

공원에 옛 친구들 다시 만나 情(정)을 베푸네 / 公園更會舊情舒

바람 앞에 버들잎은 가을 오기도 전에 떨어지고 / 風前柳葉先秋落

비 온 후 장미꽃은 늦여름에도 남아있네 / 雨後薔花晚夏餘

지난 날 詩文(시문)은 魯壁(노벽)[119]에 묻혀있고 / 昔日詩文藏魯壁

지금 시절 富貴(부귀)는 서양 책에 있네 / 此時富貴在洋書

뽕나무 밭이 푸른 바다로 변한 지금 어찌하겠나 / 滄桑變幻今無奈

陋巷簞瓢(누항단표)가 나 살기에는 마땅하네 / 陋巷簞瓢適我居

風月(풍월)을 홀로 읊자니 모양새는 도리어 외롭고 / 獨吟風月勢還孤

장충공원에 연회 열어 취하니 興(흥)이 갖추어지네 / 奬苑開筵醉興俱

십 리 걸친 화려한 거리는 사람들 북적이고 / 十里華街人作市

사방에 아름다운 풍경은 그대로 자연이 그림이네 / 四方淑景自然圖

紅塵(홍진: 속세)에 바라던 바 이룬 자는 모두 名士(명사)요 / 紅塵得意皆名士

마음 지키지 못한 센머리는 그저 拙夫(졸부)일세 / 白首違心是拙夫

서양 풍속 점차 동으로 밀려와 뽕밭이 푸른 바다 됐건만 / 西俗東漸桑變海

일생을 옛것에 질척대니 고칠 수 없는 바보일세 / 一生泥古不移愚

---

119) 魯(노)나라 孔子(공자)의 옛집 벽 속에서 수많은 古典(고전) 서적이 나왔다 하여, 가치 있는 물건이 쓰이지 않고 숨겨져 있음을 말함.

초복에 열린 시 모임에서
初伏雅集

江山(강산) 氣色(기색)이 맑은 빛 두르니

팔십 노인 한가로이 지팡이 짚고 느지막이 사립문 나서네

불의 기운이 왕성해져 세상의 金(금) 기운 곧 굴복하고[120]

하늘엔 구름 걷혀 비 올 기미 없네

장미꽃 향기 보내는 것이 붉은 천 송이요

버들잎은 그늘 만들어 사방 주위를 푸르게 두르네

더위 삭이고 시원함 들이기는 이곳이 진정 적합하니

친구들 모여 술 한 잔에 시 읊다가 석양에 돌아가네

江山氣色帶淸暉
강 산 기 색 대 청 휘

八耋閒筇晩出扉
팔 질 한 공 만 출 비

火旺人間金始伏
화 왕 인 간 금 시 복

雲收天上雨無機
운 수 천 상 우 무 기

薔花送馥紅千朶
장 화 송 복 홍 천 타

柳葉成陰碧四圍
류 엽 성 음 벽 사 위

消暑納凉眞適地
소 서 납 량 진 적 지

會棚觴咏夕陽歸
회 붕 상 영 석 양 귀

비 온 끝에 몇몇이 모여서
雨餘小集

장충공원에서 모임 가진 것이 몇 번이던고

음침한 天氣(천기)가 아무도 없는 樓臺(누대)에 반쯤 찼네

시냇물 근처 분수는 항상 빗방울 날리고

길 위에 치닫는 차는 급히 천둥소리 굴리네

學海(학해)[121]로써 經綸(경륜)함은 대개 환상의 꿈이라

國家(국가) 事業(사업)에 재능 보태지 못했네

겨우 여섯 친구 만나 두루마리에 詩(시) 짓자니

興(흥) 더욱 陶陶(도도)해져 다시 술잔 권하네

奬苑開筵幾度回
장 원 개 연 기 도 회

陰沉天氣半空坮
음 침 천 기 반 공 대

溪頭噴水恒飛雨
계 두 분 수 항 비 우

道上馳車急轉雷
도 상 치 차 급 전 뢰

學海經綸都幻夢
학 해 경 륜 도 환 몽

國家事業未施才
국 가 사 업 미 시 재

纔逢六友題詩軸
재 봉 륙 우 제 시 축

興尙陶陶更勸盃
흥 상 도 도 갱 권 배

---

120) 五行相克(오행상극) 중 火克金(화극금)을 이름. 火는 여름의 더운 기운이요, 金은 가을의 서늘한 기운임.

121) 百川學海(백천학해)에서 나온 말로, 학문에 힘쓰는 것을 말함.

새벽 창가에서 회포를 쓰다
曉窓書懷

하늘을 이고 땅을 밟아 내 몸을 세웠으니
載天踏地立吾身

萬物(만물) 가운데 다행히 사람으로 태어났네
萬物之中幸作人

詩(시)와 禮(예)의 참 근원 家學(가학: 집안의 배움)은 낡았고
詩禮眞源家學古

뽕밭 바다로 변하는 오랜 세월 세상 물정은 새로워졌네
滄桑浩劫世情新

소년은 늙기 쉽고 헛되이 병만 많고
少年易老空多病

잎은 떨어져도 다시 나 또 봄을 맞네
落葉還生又得春

저 깊은 榮枯(영고: 번영했다 시듦)는 누가 만드는 것인가
底裡榮枯誰所使

한번 가면 다시 오는 시간이 없음을 한탄하네
恨無一去再來辰

自古(자고)로 男兒(남아)는 다시 태어나지 못하는 법이니
自古男兒不復生

차마 앞으로 가야 할 길 헛된 꿈 되게 할 수 있으리오
忍使前程蝶夢成

窮(궁)해도 가난이 편안한 듯이 하여 응당 치욕을 멀리하고
窮若安貧應遠辱

進達(진달)해도 마땅히 德(덕)을 사랑하여
　　더욱 이름 드날려야 하네
達須好德益揚名

조롱 속 새가 깃 퍼덕이는 것은 산에 들어가려는 계획이요
振翎籠鳥入山計

마른 물 속 고기가 꼬리 흔드는 것은 바다로 돌아가려는
　　마음이라네
掉尾涸魚歸海情

公道(공도)는 천하에 언론 있어 속이기 어렵고
公道難欺天下筆

百年(백년)의 善惡(선악)은 뒤에 분명해지리라
百年善惡後分明

백운암 시회에서
白雲庵雅會

비 온 후 한가롭게 지팡이 짚고 나그네 머무는 곳으로 향하니	우 후 한 공 향 려 창 雨後閒筇向旅窓
흰 구름 그림자 뒤로 삽살개가 짖어대네	백 운 영 리 폐 청 방 白雲影裡吠靑狵
멀리까지 石磬(석경) 소리 전해지는 산속 절에는	요 전 석 경 산 중 사 遙傳石磬山中寺
고을 밖에 떠 있는 배의 쌍 돛이 높이 걸려있네	고 괘 풍 범 동 외 쌍 高掛風帆洞外艭
세상일은 근심거리만 되니 술만 더 마시게 되고	세 사 성 수 첨 주 량 世事成愁添酒量
景光(경광)이 興(흥) 일으키니 싯가락 감응하네	경 광 야 흥 동 시 강 景光惹興動詩腔
시인 가는 곳마다 술 한 잔에 詩(시) 한 수 곁들이니	소 인 도 처 겸 상 영 騷人到處兼觴咏
千金(천금)도 아까워하지 않고 술 한 동이에 취하네	불 석 천 금 취 일 항 不惜千金醉一缸

비 온 뒤 몇몇이 모여서
雨後小集

십 리를 차로 달려 버들 둑방 아래로 가니	십 리 치 차 하 류 제 十里馳車下柳堤
잠깐 갰다 잠깐 흐렸다 검은 구름 끼어있네	사 명 사 암 흑 운 저 乍明乍暗黑雲低
한층 낮아진 하늘에 비 기운이 바야흐로 갈무리 돼있고	일 천 우 기 방 장 수 一天雨氣方藏峀
사방에 물 흐르는 소리 들리고 이미 시냇물은 넘쳐 흐르네	사 경 파 성 이 창 계 四境波聲已漲溪
시 짓고자 하여 술잔 드니 마음속 유쾌해지고	시 의 거 배 흉 해 쾌 詩意擧盃胸海快
그림 그리고자 풍경 본뜨니 눈이 흐릿하여 아른거리네	화 심 모 경 안 화 미 畵心模景眼花迷
일곱 친구 서로 정다운 애기 나누다	칠 붕 상 대 분 정 화 七朋相對分情話
묵은 빚 겨우 다 갚고 나니 해는 서산에 기울었네	숙 채 재 상 일 도 서 宿債纔償日倒西

강가 정자에 몇몇이 모여서
江亭小集

詩(시) 짓고자 느긋이 여기 저기 돌아다니니

즐거운 마음은 새장 벗어난 새와 같네

녹음 속에서 이야기하며 고비 캐는 아낙네

모래 언덕 지나가며 피리 부는 아이들

버드나무에 처음 우는 쓰르라미 소리 아직 매끄럽지 못하나

꽃 찾는 늙은 나비의 춤은 오히려 솜씨 일품이네

붉은 꽃 찾아 녹음 즐기는 맑고 한가로운 취미로

예닐곱 시인이 한자리에 함께하네

詩意謾將西復東
歡情正似鳥離籠
樹陰對話採薇女
沙岸轉過吹笛童
吟柳新蜩聲未滑
探花老蝶舞還工
尋紅賞綠淸閒趣
六七騷人一座同

비 온 후 시회에서

雨後雅會

남산 유월에 비 개기 시작하여

글재주 겨루며 불콰하게 취해보니 빼어난 興(흥) 남아있네

그윽이 퍼져 나오는 향기에 꽃은 나비를 붙잡고 있고

깊은 잠을 자는 척 고요히 해오라기는 물고기 노리고 있네

가난한데도 사업 없으니 마음은 번뇌와 동류고

늙어 經綸(경륜) 있으나 꿈은 어찌 헛되기만 한가

온갖 약 다 써도 詩(시) 짓는 痼癖(고벽) 낫게 하기 어려우니

世情(세정)은 다 잊어버려 모든 것이 生疎(생소)하네

빠르기만 한 세월은 진정 한바탕 꿈이요

늦은 나이 임박하니 감정은 더욱 새롭네

뜬구름이 힘을 얻어 산봉우리 천 겹으로 눌렀고

향기로운 무궁화는 성공하여 꽃이 사방 마을에 폈네

마음은 깨어있고자 함이지 취하고자 함이 아니지만

세상은 道(도) 걱정은 어려워하고 가난 걱정 쉽게 하네

江山(강산)은 예나 지금이나 변함이 없지만

天地(천지)는 무정하여 이 사람만 늙었네

자연에 자취 맡기고 하늘의 진정함을 즐기니

잎은 떨어지고 꽃이 피기를 몇 번이나 새롭게 했는가

나비는 위아래로 훨훨 춤추고 붉은 무궁화는 둑에 가득한데

쓰르라미 울음 푸른 버들 근처에서 끊어졌다 이어졌다 하네

티끌세상 세월에 그대들과 한가지로 늙어가는데

모인 자리에 文辭(문사)는 나만 홀로 부족하구나

뱃속에 가득 詩書(시서)가 있어도 세상에 쓰이기 어려우니

젊은이들은 詩(시) 읊기 좋아하는 이 嘲笑(조소)하네

終南六月雨晴初
종 남 륙 월 우 청 초

白戰紅酣逸興餘
백 전 홍 감 일 흥 여

暗放淸香花惹蝶
암 방 청 향 화 야 접

故如深寐鷺窺魚
고 여 심 매 로 규 어

貧無事業心徒惱
빈 무 사 업 심 도 뇌

老有經綸夢豈虛
노 유 경 륜 몽 기 허

百藥難醫詩痼癖
백 약 난 의 시 고 벽

世情忘却摠生疎
세 정 망 각 총 생 소

迅速光陰一夢眞
신 속 광 음 일 몽 진

暮年臨迫感尤新
모 년 림 박 감 우 신

浮雲得勢峰千疊
부 운 득 세 봉 천 첩

香槿成功花四隣
향 근 성 공 화 사 린

心是欲醒非欲醉
심 시 욕 성 비 욕 취

世難憂道易憂貧
세 난 우 도 이 우 빈

江山不變今如古
강 산 불 변 금 여 고

天地無情老此人
천 지 무 정 로 차 인

林泉托跡樂天眞
임 천 탁 적 락 천 진

葉落花開幾度新
엽 락 화 개 기 도 신

蝶舞高低紅槿塢
접 무 고 저 홍 근 오

蜩聲斷續綠楊隣
조 성 단 속 록 양 린

塵間歲月君同老
진 간 세 월 군 동 로

座上文辭我獨貧
좌 상 문 사 아 독 빈

滿腹詩書難用世
만 복 시 서 난 용 세

少年嘲笑愛吟人
소 년 조 소 애 음 인

추모재 안상섭 묘사에서

追慕齋安商燮墓舍

錦柱(금주) 동쪽에 추모재(묘사) 완성되니

思亭(사정)의 옛 느낌은 모두다 매한가지네

시내와 산은 단청 들보 밖에 生色(생색)내고

서리와 이슬은 무덤 영역 안에 情(정) 이끄네

자손에게 좋은 도리 끼치고 옛 예절 尊崇(존숭)하니

그 선조의 덕을 잇고 文風(문풍)을 숭상함이로세

이로써 끝이 없기를 칭송하고 빌어 마지않으니

香火(향화)가 永遠不窮(영원불궁)토록 相傳(상전)하소서

추 모 제 성 금 주 동
追慕齊成錦柱東
사 정 구 감 일 반 동
思亭舊感一般同
계 산 생 색 화 량 외
溪山生色畵樑外
상 로 야 정 령 역 중
霜露惹情靈域中
이 궐 손 모 존 고 례
貽厥孫謨尊古禮
승 기 조 무 상 문 풍
繩其祖武尙文風
용 진 송 도 무 강 의
庸陳頌禱無疆意
향 화 상 전 영 불 궁
香火相傳永不窮

장충 시회에서

獎忠詩會

음침한 날씨 때문에 내 행차 늦어지고

언덕에 느티나무 그림자는 해를 따라 움직이네

절기는 流頭(유두: 음력 6월 보름)라 깨끗이 머리 감고

詩(시) 지으며 옛 친구 만나니 기뻐 눈썹 휘날리네

열흘이나 연이어 비 내리니 이름난 꽃 시들고

해는 가려지고 바람 많으니 병든 잎은 위태롭네

詩句(시구) 찾고 가야금 타며 세월 소일하니

峨洋(아양) 연주하는 곳이 거의 鍾子期(종자기)네[122]

음 침 천 기 아 행 지
陰沉天氣我行遲
괴 영 수 양 안 상 이
槐影隨陽岸上移
절 계 류 두 청 탁 발
節屆流頭淸濯髮
시 봉 구 면 희 양 미
詩逢舊面喜揚眉
연 순 강 우 명 화 수
連句降雨名花瘦
축 일 다 풍 병 엽 위
逐日多風病葉危
심 구 탄 금 소 세 월
尋句彈琴消歲月
아 양 주 처 기 종 기
峨洋奏處幾鍾期

---

122) 아양과 종자기는 71쪽 각주 23 참조. 아양은 훌륭한 음악을 이르고 종자기는 진정으로 그 음악을 이해해주
는 사람을 이름.

수원 화녕전에서 옛날을 생각하며

水原華寧殿懷古

御殿(어전: 임금의 궁전)은 荒凉(황량)한데 떠도는 나그네가

御殿荒凉客子遊

지난 나라 돌이켜 생각하니 눈물만 공연히 흐르네

前朝回憶淚空流

이미 새로운 정치 펼쳐져 무너졌던 성벽 다 보수했는데

已施新政補殘堞

어찌하여 옛 궁궐은 아직도 폐허인가

何使舊宮成廢丘

팔달문 비 갠 광경은 먼 산봉우리 맑게 보이고

八達晴光明遠岫

西湖(서호)에 지는 노을은 긴 물가에 거꾸로 떨어졌네

西湖落照倒長洲

王孫(왕손)은 한번 가고 소식이 없으니

王孫一去無消息

우거진 芳草(방초: 향기로운 풀)는 내게 근심만 주네

芳草萋萋惹我愁

옛 궁전 향기로운 바람에 나그네와 더불어 보나

古殿薰風伴客遊

사람도 옛사람 아니요 일도 가버렸으니 세월만 공연히 흘렀네

人非事去歲空流

오백 년 王業(왕업)이 세 번이나 놀라게 변했어도

半千王業三桑海

십수 년 친구 그리는 마음은 한결같이 고향 향하네

十數朋情一貉丘

목동의 피리소리는 芳草(방초) 언덕에 높이 나고

牧笛聲高芳草岸

고깃배 그림자는 흰 물결 가에 드리웠네

漁舟影倒白蘋洲

그림 같은 곳에서 술 한 잔 시 한 수도 좋다 하지만

畵中觴咏雖云好

눈에 가득 찬 風光(풍광)은 근심만 일으키네

滿目風光尙惹愁

달산을 맑은 날 바라보며
達山晴眺

華山(화산) 좋은 경치 속에 儒家(유가: 유학자)들 모이니
밤새 오던 비 모두 개어 한낮에 그림자 지네
갯버들 가을 앞서 누가 잎 떨어뜨리나
장미는 여름 맞아 꽃피기 시작하는데
한가하고 일 적으니 詩(시) 덜 짓기 어렵고
늙어가며 근심 많아지니 술은 쉽게 느네
八達(팔달)의 비 갠 광경 마땅히 바라보기 좋아
詩興(시흥)에 이끌려 멀어지기 싫네

화 산 승 경 회 유 가
華山勝景會儒家
숙 우 전 수 오 영 사
宿雨全收午影斜
포 류 선 추 수 락 엽
蒲柳先秋雖落葉
장 미 대 하 시 개 화
薔薇待夏始開花
한 래 소 사 시 난 감
閒來少事詩難減
노 거 다 수 주 이 가
老去多愁酒易加
팔 달 청 광 의 조 망
八達晴光宜眺望
야 어 소 흥 불 혐 하
惹於騷興不嫌遐

초가을 서늘한 기운 일본에서 지음
新凉日本題

칠월 江南(강남)에 비 비로소 개니
더위 물러나고 서늘한 기운 일어남이 옳은 일이네
뜬 구름은 힘 잃으니 긴 하늘 깨끗하고
향기로운 벼는 잘도 익으니 넓은 들 환하네
온 동네 모든 집에 바람 잘 드니 여름 기운은 조금 남아있고
온갖 벌레 이슬에 젖어 울어대니 모두 다 가을 소리네
글 읽는 젊은이들은 푸른 등불 밑에 있는데
흰머리 노인네는 도리어 옛 감정만 많이 느끼네

칠 월 강 남 우 시 청
七月江南雨始晴
정 당 서 퇴 우 량 생
正當暑退又凉生
부 운 실 세 장 천 결
浮雲失勢長天潔
향 도 성 공 대 야 명
香稻成功大野明
만 호 영 풍 여 하 기
萬戶迎風餘夏氣
백 충 읍 로 총 추 성
百虫泣露摠秋聲
독 서 소 배 청 등 하
讀書少輩青燈下
백 수 환 다 감 구 정
白首還多感舊情

성수동에 있는 경포정에서

聖水洞鏡浦亭

中伏(중복) 더위에 다행히 성대한 모임에 참석하게 되니

뚝섬 가운데 경포 앞일세

더위 피하는 데 인연 없어 공연히 집 비키고 있는데

納凉(납량: 서늘함을 맛봄) 약속이 있어 다시 돛배를 띄우네

강물은 지난 밤 비에 불어 파도가 거센데

구름은 겹겹이 쌓여 기세가 온전하네

한 해 지나 다시 와보니 사람은 점점 늙는데

내키는 대로 詩(시)와 술을 대하니 그래도 즐겁기만 하네

幸參盛會仲庚天

纛島之中鏡浦前

避暑無緣空守戶

納凉有約更汎船

江經宿雨波濤壯

雲輔層巒氣勢全

隔歲重來人漸老

漫將詩酒尙欣然

강 위에 배 띄우고

江上汎舟

斜陽(사양: 해질 무렵)에 노 저어 물 가운데로 나아가니

칠월 薰風(훈풍)에 뚝섬 뱃놀이네

錦繡(금수)로 새로 꾸민 것은 붉은 여뀌 핀 강 언덕이요

어지러이 떨어지는 눈과 서리는 흰 갈대 핀 물가일세

한가하게 놀러 온 취미 사람마다 즐기는데

지나가는 風光(풍광)마다 한 글자 한 글자 詩(시)로 남기네

우연히 좋은 인연 얻어 물놀이 즐기니

저녁종이 나를 재촉해 나루머리로 내려가라 하네

斜陽放櫂泛中流

七月薰風纛島舟

錦繡新粧紅蓼岸

雪霜亂落白蘆洲

閒來趣味人人樂

經去風光字字收

偶得淸緣遊水國

暮鍾催我下津頭

남산을 맑은 날 바라보며
南山晴眺

예닐곱 글 친구들 산 중턱에 앉아

더위 속에 뭘 해보려니 땀이 옷을 적시네

해오라기 긴 물가에서 쉬며 물고기 튀어 오르기를 엿보고

기이한 향기 내뿜은 꽃은 나비를 날게 만드네

술자리 風流(풍류)에 酬酌(수작: 술잔 주고받음) 즐겁고

詩城(시성) 事業(사업)에 講磨(강마: 갈고 닦음)가 드무네

짙푸른 나무그늘은 깊기가 바다 같아

짐짓 맑고 서늘한 기운 받았다 저녁 빛으로 보내주네

六七詞朋坐翠微

暑中行役汗沾衣

鷺眠長渚窺魚躍

花放寄香惹蝶飛

酒國風流酬酌快

詩城事業講磨稀

陰濃綠樹深如海

故納淸凉送夕暉

장충공원 시 모임에서
獎苑雅集

별세계 공원에서 좋은 모임 여니	別有公園勝會開
깊은 골짜기 심히 아득한 형세 또한 높구나	洞壑幽深勢亦嵬
때는 마침 혹독한 더위라 찌는 듯 불이요	時値酷炎蒸似火
땅은 지난 밤 비로 깨끗이 쓸려 티끌 하나 없네	地經宿雨淨無埃
靑燈(청등: 젊은 날의 유흥)은 이미 내 앞길 그르쳐 났고	靑燈已誤前程夢
白髮(백발)은 공연한 늦은 나이 든 때 표시일세	白髮空成晚景辰
萬事(만사) 보아하니 억지로 이루어지는 것 없고	萬事看來非力致
百年(백년) 장엄한 뜻은 칠 할이나 잿더미 돼버렸네	百年莊志七分灰
天理(천리)는 循環(순환)하여 날 가는 대로 새로운데	天理循環逐日新
슬그머니 절기는 立秋(입추)일세	居然節序立秋辰
굼벵이는 날개 돋아 바야흐로 여름이라 울어대고	壞虫羽化方鳴夏
향기로운 무궁화는 피어나 때늦은 봄인 줄 아네	香槿花開晚得春
歲月(세월)은 사사로움 없어 사람은 누구나 늙고	歲月無私人盡老
金銀(금은)은 정해진 분수 있어 세상 조화롭기 어렵네	金銀有數世難均
나이 팔십이면 당연히 남은 삶을 즐겨야 하니	年當八耋餘生樂
그저 술잔 앞에 놓고 글과 글씨와 친하려네	只付樽前翰墨親

306

긴 여름 산촌에서
長夏山村

風潮(풍조)에 물들지 않고 옛 글 읽는 소리를
산골짜기 마을에서 발걸음 멈추고 놀라서 듣네
물 소리는 폭포같이 울리는 것이 비 온 후이고
산 기세는 아지랑이 일으켜 이미 구름을 흩었네
더위 피하는 시냇가에는 아이들이 어울려 있고
서늘함 맞는 나무 아래에는 불려온 손님들이 무리 져 있네
농사일은 이미 마쳤으니 등불 가까이 하고
씨 뿌리고 걷는 生涯(생애)에 즐거움 모자람 없네

불 염 풍 조 독 고 문
不染風潮讀古文
협 촌 주 극 아 경 문
峽村住屐我驚聞
수 성 여 폭 증 경 우
水聲如瀑曾經雨
산 기 성 람 이 산 운
山氣成嵐已散雲
피 서 계 변 아 작 반
避暑溪邊兒作伴
납 량 수 하 객 초 군
納涼樹下客招群
농 공 이 필 친 등 화
農功已畢親燈火
가 색 생 애 락 십 분
稼穡生涯樂十分

방배동 시 모임에서
方背洞雅集

詩人(시인)들 약속 있어 이른 아침에 모이니

경치 좋은 곳 감상하려 멀리서 불려왔네

비로 불어난 샘물은 푸른 바다 같은 굴로 통하고

산을 뚫고 들어난 길은 흰 구름 허리에서 나오네

詩(시) 짓는 취미는 가난해도 오히려 즐길 수 있어

술 취한 風情(풍정)에 부자인 듯 도리어 으쓱해 보네

우연히 어울린 江南(강남)에 일없는 나그네와 어울려

녹음 아래서 느긋이 좋게도 서성이네

관악산 중에 별천지 세상이 있어

녹음 짙은 곳에 하루가 한 해 같네

잠시 복잡한 티끌세상 일 잊어버리고

청아하고 한가한 글하는 선비 인연 우연히 얻었네

큰 길이 나 푸른 산봉우리 뒤를 가르고

높은 건물 우뚝 흰 구름 가에 섰네

궁벽하던 마을이 큰 저자 이루니 옛 모양이 아니고

땅을 박차고 선 여염집들이 한낮 햇빛 가리네

소 인 수 약 회 평 조
騷人守約會平朝

위 상 령 구 부 원 초
爲賞靈區赴遠招

차 우 천 통 창 해 굴
借雨泉通蒼海窟

천 산 로 출 백 운 요
穿山路出白雲腰

시 성 취 미 빈 유 악
詩城趣味貧猶樂

주 국 풍 정 부 반 교
酒國風情富反驕

우 반 강 남 무 사 객
偶伴江南無事客

녹 음 지 하 호 소 요
綠陰之下好逍遙

관 악 산 중 별 유 천
冠岳山中別有天

녹 음 심 처 일 여 년
綠陰深處日如年

잠 망 복 잡 풍 진 국
暫忘複雜風塵局

우 득 청 한 한 묵 연
偶得淸閒翰墨緣

대 로 평 분 청 장 리
大路平分靑嶂裡

층 루 흘 립 백 운 변
層樓屹立白雲邊

벽 향 성 시 비 전 양
僻鄕成市非前樣

박 지 여 염 쇄 오 연
撲地閭閻鎖午烟

사육신 묘를 참배하고

參拜死六臣墓

영웅을 조문하러 노량진에 도달하여	욕 조 영 령 도 로 량 欲弔英靈到鷺梁
지난 자취 회상하니 느끼는 감회 길기만 하네	회 사 왕 적 감 회 장 回思往蹟感懷長
首陽大君(수양대군)의 세월 티끌 같은 많은 시간 이루어	수 양 일 월 성 진 겁 首陽日月成塵劫
永樂(영락)123)의 세상은 한바탕 헛된 꿈 돼버렸네	영 락 건 곤 환 몽 장 永樂乾坤幻夢場
勸力(권력)으로 한때 惡行(악행)을 쌓을 수 있으나	권 력 일 시 능 적 악 權力一時能積惡
忠心(충심)은 萬古(만고)에 더욱 향기 남기네	충 심 만 고 상 유 방 忠心萬古尙遺芳
가련하구나 주인 팔아 영화 구한 무리들아	가 련 매 주 구 영 배 可憐賣主求榮輩
어찌 春秋(춘추)124)가 바로 꾸짖지 않겠는가	기 내 춘 추 직 필 양 其奈春秋直筆揚

여름을 보내며

送夏

正當(정당)히 여름을 보내주려 이름 난 곳에 도착하니	정 당 전 하 도 명 구 正當餞夏到名區
해질녘 공원에 大儒(대유: 큰 선비)들 모였네	사 일 공 원 회 대 유 斜日公園會大儒
꾀꼬리는 점점 시간 지났다 하여 버드나무 떠나려 하고	앵 점 위 시 장 사 류 鶯漸違時將謝柳
매미는 바야흐로 제때라 하여 오동나무에서 울기 시작하네	선 방 득 의 시 명 오 蟬方得意始鳴梧
황금에 병든 세상 君子(군자)는 드문데	황 금 병 세 희 군 자 黃金病世稀君子
독한 술에 흠뻑 취하면 모두다 丈夫(장부)라네	백 주 감 인 총 장 부 白酒酣人摠丈夫
여름 기운 쇠약해져 가을 기운 다시 나오려 하니	화 기 쇠 미 금 재 복 火氣衰微金再伏
내 눈 같은 귀밑머리만 자라게 독촉하여 스스로 즐길 일 없네	최 오 설 빈 자 무 오 催吾雪鬢自無娛

---

123) 중국 명(明)나라 年號(연호)로 단종과 세조 시대임.

124) 공자가 지은 중국 춘추시대의 역사. 의로운 일은 기리고 의롭지 못한 일은 폄하여 기록했으므로, 바른 역사 비평이라는 뜻으로 쓰임.

가을을 맞으며
迎秋

더위 대신해 서늘함 인사 오고 여름 가을 교차하니

五穀(오곡)이 풍년 들기 점쳐 푸르름이 들에 가득하네

정원에 무궁화는 제때 맞아 꽃 펴나고

우물가 오동나무는 힘 잃어 가지에서 잎 떨구네

富貴(부귀)와는 인연 없으니 꿈 이루기 어렵고

분수 따라 波瀾(파란: 크고 작은 물결)은 쉬 거품 일으키네

맑은 이슬 서늘한 바람이 공연히 한스럽게 만드니

회포 잊는 좋은 계책은 술과 안주로세

염 량 대 사 하 추 교
炎涼代謝夏秋交

오 곡 점 풍 록 만 교
五穀占豊綠滿郊

원 근 득 시 화 발 체
園槿得時花發蒂

정 오 실 세 엽 사 초
井梧失勢葉辭梢

무 연 부 귀 난 성 몽
無緣富貴難成夢

유 수 파 란 이 기 포
有數波瀾易起泡

옥 로 금 풍 공 야 한
玉露金風空惹恨

망 회 량 책 주 겸 효
忘懷良策酒兼肴

가을을 새로 맞아 회포를 쓰다
新秋書懷

경치 좋은 곳에 다시 놀러 오니 興(흥)이 작지 않은데

오히려 오래 품었던 뜻 싫어하여 풀어낼 수가 없네

山(산)으로 돌아가려는 옛 꿈은 조롱 떠난 새요

흐르는 물 앞길은 바다 향하는 물고기일세

詩(시)로 사람들 놀래 보려 하지만 잘 짓기 어렵고

재주는 세상 구제할 만하지 못하니 점점 허망한 일 되가네

이제 홀로 齊(제)나라 성문에서 거문고 끌어안으니[125]

비바람 치는 오랜 세월에 白髮(백발)만 남았네

승 경 중 유 흥 불 소
勝景重遊興不疎

유 혐 숙 지 미 능 서
猶嫌宿志未能舒

귀 산 구 몽 리 롱 조
歸山舊夢離籠鳥

유 수 전 정 향 해 어
游水前程向海魚

시 욕 경 인 난 입 묘
詩欲驚人難入妙

재 비 제 세 점 성 허
才非濟世漸成虛

이 금 독 포 제 문 슬
以今獨抱齊門瑟

풍 우 다 년 백 발 여
風雨多年白髮餘

---

125) 齊(제)나라 임금을 만나려는 자가 제나라 임금이 싫어하는 거문고를 매일 성문 앞에서 타며 만나주기를
바랐다는 고사에서 나온 얘기로, 쓸 데 없는 일을 하는 것을 이름.

매미 소리 들으며

聽蟬

매미 소리는 귀에 쟁쟁하고 녹음은 짙으니

관현악 소리와 같이 제대로 울어 대네

지난해 동안 땅속에 자위 묻어 겨울잠 자고

가을을 기다려 날개 돋아 숲 위로 오르네

황폐한 城(성)에 해는 지니 짝 구하는 것 한스럽고

옛 驛(역)에 부는 서늘한 바람은 나그네 마음 움직이네

淡白(담백)한 生涯(생애)에 취미는 신선 같으니

世間(세간)에 얽매인 티끌은 본래 침범함이 없다네

선 성 괄 이 록 음 심
蟬聲聒耳綠陰深

여 죽 여 사 득 의 음
如竹如絲得意吟

격 세 잠 종 증 칩 토
隔歲潛蹤曾蟄土

대 추 화 우 경 등 림
待秋化羽更登林

황 성 락 일 견 규 한
荒城落日牽閨恨

고 역 량 풍 동 객 심
古驛涼風動客心

담 박 생 애 선 취 미
淡泊生涯仙趣味

세 간 진 루 본 무 침
世間塵累本無侵

가을 기러기

秋雁

남으로 가고 북으로 가고 하는 것이 제비와 다르고

평생을 바다와 호수에 깃들어 사네

계절 알리는 소리 높은데 관악산엔 달 뜨고

무리 지어 어울린 그림자는 한강변 갈대 위에 떨어지네

가고 오는 것이 매번 더운 때 추운 때 지키고

곡식이 있건 없건 배고프고 배부른 것이 관계 없네

비단 편지 묶어주면 천 리라도 소식 전하니

몇 사람이나 한스럽게 하고 몇 사람이나 즐기게 했는가

가을엔 남으로 봄엔 북으로 가고 옴이 다른데

홀연히 가을 추위 알리는 소리를 멀리 호수를 향해 보내네

한밤중 산봉우리 너머 달은 밝고

십 리 모래펄에 갈대 근처를 건너네

청상과부 근심에 하염없이 듣는 소리는 도리어 고달프고

나그네 꿈 번거롭게 놀라 깨어보나 곧 아무것도 없네

일생 더위와 서늘함을 본성 따라 즐기니

제비와 기러기는 길이 달라 서로 즐기지 않는다네

之南之北與燕殊

栖息平生海又湖

報候聲高冠岳月

伴群影落漢江蘆

去來每守時寒暑

飢飽非關穀有無

繫帛能傳千里信

幾人惹恨幾人娛

秋南春北去來殊

忽送寒聲遠向湖

明月三更雲外岫

平沙十里渡頭蘆

孀愁謾引聽還苦

旅夢頻驚覺便無

一生炎凉隨性好

燕鴻異路不相娛

미국에 있는 청운이 부쳐 보내준 운자에 맞춰
和聽雲在米國寄示韻

화려한 거리가 좋은 江山(강산) 차지하고 얻으니 華街占得好江山

백 층 높은 건물이 구름 사이로 솟아 있네 樓聳百層雲底間

달리는 바퀴 길에 이어 우레 같은 소리 크고 走轍連途雷響大

떨어지는 꽃과 붙어있는 풀은 아롱져 무늬지네 落花粘草錦紋斑

그림 속 그윽한 경치는 모두 눈을 놀라게 하고 畵中烟景皆驚目

海外(해외) 나그네 인연으로 거의 구경 다했네 海外萍緣幾解顔

오르고 내림은 원래 전기 힘으로 하여 升降元來由電氣

다리 힘 쓰지 않고 갔다가 돌아오네 不勞脚力往而還

이상 뉴욕시 103층 건물. 紐育市百三層樓(뉴육시백삼층루)

큰 강가에 사방 둘러 싼 산 보고 大江之上四圍山

노 저어 푸른 물위로 배회하네 放棹徘徊綠水間

들 나루터에 가을 빛 붉은 여뀌 요염하고 野渡秋光紅蓼艶

낚시터 옛 모습은 이끼 잔뜩 꼈네 漁磯古態碧苔斑

좋게 노닐다 바야흐로 평생의 뜻 이루니 好遊方遂平生志

경치 구경하며 한가히 읊조림이 칠월의 모습이네 賞景閒吟七月顔

赤壁(적벽)의 風流(풍류)만 어찌 홀로 아름다우리요 赤壁風流奚獨美

한나절 잘 노닐다 석양에 돌아오네 優遊半日夕陽還

이상 허드슨 강 유람선. 허드슨江船(허드슨강선)

누가 흰 비단을 푸른 산에 걸쳐 놓았나 誰將素練掛靑山

상서로운 채색이 흰 돌 사이에 영롱하네 瑞彩玲瓏白石間

물위엔 물결 무늬 지고 바람은 솔솔 부니 水上生紋風細細

언덕 가에 뿜어지는 물보라가 비처럼 아롱지네 岸邊噴沫雨斑斑

훌륭한 잔치 또 여행 시작한 자리에 도착하니

좋은 손님들 다시 얼굴 대하네

絶景(절경) 보아온 것 중 제일이라 할 만하니

관광 나온 남녀들 돌아감을 쉽게 잊네

이상 나이아가라 폭포.

승 연 우 도 시 행 지
勝筵又到始行地
고 객 기 봉 중 대 안
高客幾逢重對顏
절 경 간 래 칭 제 일
絶景看來稱第一
관 광 사 녀 이 망 환
觀光士女易忘還

나이아가라瀑布 (나이아가라폭포)

북한산성에서 즉흥으로 짓다
北漢山城即事

북한산성 주변에 한가한 날 놀러 가니

靑山(청산)은 依舊(의구)한데 물만 공연히 흐르네

그네 타는 그림자는 수양버들 아래 스쳐 지나가고

목욕하며 튀는 물은 작은 시내 머리로 흩어지네

가는 곳마다 풍취 맞게 술집들 많으니

때때로 모이긴 하나 詩(시) 지을 만한 데는 많지 않네

놀러 나온 남녀들은 다투어 노래하고 춤추니

취한 흥취 陶陶(도도)하여 갑자기 근심 잊네

북 한 성 변 가 일 유
北漢城邊暇日遊
청 산 의 구 수 공 류
靑山依舊水空流
추 천 영 불 수 양 하
鞦韆影拂垂楊下
목 욕 파 양 소 간 두
沐浴波揚小澗頭
도 처 풍 정 다 주 사
到處風情多酒肆
수 시 회 합 소 시 루
隨時會合少詩樓
관 광 사 녀 쟁 가 무
觀光士女爭歌舞
취 흥 도 도 돈 망 수
醉興陶陶頓忘愁

청운에게 주는 시
贈聽雲

들자 하니 그대가 미국에 기이한 인연 있어

한 번 멀고 먼 길에 올라 쉽게도 신선이 되었다며

헤어진 지 오래니 응당 고향 꿈꾸는 번뇌 많을 터

멀리 가서 어찌 나그네 시름 끌 일이 적겠는가

귀뚜라미 소리 끊어졌다 이어졌다 달밤 깊어 三更(삼경)인데

기러기 그림자는 높았다 낮았다 만 리 떨어진 하늘이네

구름 낀 하늘 시름없이 바라보니 소식은 끊어졌는데

홀연히 좋은 글귀 받으니 기쁘기 가없네

문 군 미 국 유 기 연
聞君米國有奇緣
일 상 붕 정 이 작 선
一上鵬程易作仙
구 별 응 다 향 몽 뇌
久別應多鄉夢惱
원 유 기 소 객 수 견
遠遊豈少客愁牽
공 음 단 속 삼 경 월
蛩音斷續三更月
안 영 고 저 만 리 천
雁影高低萬里天
창 망 운 소 소 식 절
悵望雲霄消息絶
홀 승 건 구 희 무 변
忽承健句喜無邊

빗속에서 즉흥으로 짓다
雨中卽事

밤새 이어 세찬 비 내려 발걸음 옮기기 어려우니

길 위에 행인은 반쯤은 흙투성이네

뜬 구름 점점 흩어져 먼 산봉우리로 돌아가고

홀연히 늘어난 물은 흘러 앞 개울물 불어났네

詩(시)의 城(성)은 적막하여 功(공)은 도리어 적고

술의 나라는 번영하여 興(흥)이 싸지 않네

이곳은 商山(상산)과 비슷하여 四皓(사호)[126]가 와서

바둑 두는 여가에 또 회포도 써내네

연 소 취 우 극 난 휴
連宵驟雨屐難携
로 상 행 인 반 몰 니
路上行人半沒泥
점 산 부 운 귀 원 수
漸散浮雲歸遠岫
홀 증 류 수 창 전 계
忽增流水漲前溪
시 성 적 막 공 환 소
詩城寂寞功還少
주 국 번 영 흥 부 저
酒國繁榮興不低
지 사 상 산 래 사 호
地似商山來四皓
전 기 여 가 우 서 회
戰棋餘暇又書懷

---

126) 商山四皓(상산사호)는 중국 秦(진)나라 말기에 商山(상산)이란 곳에 은거하여 살던 東圓公(동원공), 夏黃公(하황공), 用里先生(녹리선생), 綺里季(기리계)를 말하는데 모두 눈썹과 머리카락이 희어 四皓(사호)라 함.

장충단에서 즉흥으로 짓다
獎忠壇卽事

한결같이 하늘은 개어 밝은 색이 붉은 기둥 누각에 비치고	일천제색영주헌 一天霽色映朱軒
술 취한 興(흥)으로 시끌벅적한 情(정)에 곳곳이 소란하네	취흥소정처처훤 醉興騷情處處喧
水面(수면) 파문 생긴 것은 바람 뒤의 흔적이요	수면문생풍후적 水面紋生風後跡
풀잎 끝에 맺힌 구슬은 비 온 후 흔적이네	초두주결우여흔 草頭珠結雨餘痕
고향 친구 사이 정분으로 한가히 오가니	평향우의한래왕 萍鄕友誼閒來往
티끌세상 풍조 흐름은 급하게도 번복됐네	진세조류급복번 塵世潮流急覆飜
광복절에 마땅히 좋은 모임 가지고	가회정당광복절 佳會正當光復節
기쁘게 좋은 글귀 지으며 향기로운 술잔에 취하네	희제건구취향준 喜題健句醉香樽

청추(음력 8월)에 즉흥으로 짓다
淸秋卽事

자연히 번화한 거리를 나와 또 시냇물 건너	출자화가우도계 出自華街又渡溪
여러 친구들 약속 지켜 東西(동서)에서 모였네	제붕수약회동서 諸朋守約會東西
꽃은 벌써 얼굴 익혔다고 情(정) 머금고 웃고	화증관면함정소 花曾慣面含情笑
새는 이름 모르나 생각 있는 듯 지저귀네	조부지명유의제 鳥不知名有意啼
山水(산수)가 깊숙이 신선 사는 동네를 감추어 놓고	산수심장선동부 山水深藏仙洞府
구름과 숲이 멀리 둘러서 招提(초제)[127] 부처를 보호하네	운림원호불초제 雲林遠護佛招提
오랫동안 술 한 잔에 詩(시) 한 수 읊으니 세상 잊을 만하여	지리음영능망세 支離飮咏能忘世
산봉우리 뒤로 해 넘어가는 것도 알아채지 못했네	미각봉두백일저 未覺峰頭白日低

---

127) 官府(관부)에서 賜額(사액)한 절.

초가을에 회포를 쓰다
初秋書懷

늙어가며 오히려 세상 물정 화려해짐을 많이 느끼니

무료하게 앉아서 지는 해를 마주하네

우물가 오동나무는 일찍 세력 잃어 나뭇잎 날려 보내고

울타리에 무궁화는 빛 얻어 느지막이 꽃 피웠네

적막함 삭이는 詩(시) 생각은 줄이기 어렵고

시름 씻기 위한 酒量(주량)은 쉽게도 늘어나네

壯志(장지: 큰 포부) 이루기 전에 서리 같은 귀밑털 더해지니

푸른 하늘 향해 느긋이 嗟嘆(차탄)하기 몇 번이던고

숲 너머에 비둘기 울음은 새로이 날 맑았다 알려오고

고개에 걸쳐진 烟光(연광)이 興(흥) 일으키네

두루미는 외로운 구름과 짝해 山(산) 밖으로 가버리고

시냇가 머리는 흩어진 비가 돌 꼭대기에서 소리 울리네

바람 따라 움직이는 풀잎을 오히려 가여워 하나니

오직 해를 따라 기우는 해바라기를 사랑하네

책 속에서 헛되이 늙어 이제 白髮(백발)이니

느긋이 詩(시)와 술로 餘生(여생)을 즐기리라

노 거 편 다 감 물 화
老去偏多感物華

무 료 좌 대 석 양 사
無聊坐對夕陽斜

정 오 실 세 증 비 엽
井梧失勢曾飛葉

이 근 생 광 만 착 화
籬槿生光晚着花

소 적 시 회 난 감 소
消寂詩懷難減少

척 수 주 량 이 증 가
滌愁酒量易增加

미 성 장 지 첨 상 빈
未成壯志添霜鬢

만 향 창 천 기 발 차
謾向蒼天幾發嗟

격 림 구 어 보 신 청
隔林鳩語報新晴

안 현 연 광 야 흥 성
鞍峴烟光惹興成

학 반 고 운 산 외 거
鶴伴孤雲山外去

계 두 산 우 석 두 명
溪頭散雨石頭鳴

편 련 초 엽 수 풍 동
偏憐草葉隨風動

유 애 규 화 향 일 경
惟愛葵花向日傾

허 로 서 중 금 백 발
虛老書中今白髮

만 장 시 주 락 여 생
謾將詩酒樂餘生

317

관폭정에서
觀瀑亭

정자에 올라 폭포 경치 바라보니 맑고 아름다워

급히 세차게 쏟아져 내리는 물이 비취 빛 언덕 이루네

바람이 멈추니 긴 냇물은 明鏡(명경)처럼 펼쳐졌고

구름이 첩첩 산봉우리 거두어 가니 그림 병풍 둘러쳤네

하늘이 이룬 좋은 경치는 본래 보기 드문 것이니

사람이 만든 기이한 경치로 이제 대신 맞이하네

이름난 꽃 나누어 심어 놓고 가게도 열어 놓았으니

경치 구경 약속 있어 함께 詩(시) 읊고 술 마시네

登亭觀瀑景淸佳

急瀉飛流下翠崖

風息長川明鏡展

雲收疊嶂畵屛排

天成勝景本稀見

人作奇功今易諧

分植名花兼設店

探光有約咏觴偕

느지막이 날 갠 목동에서
木洞晩晴

비 오려다 다시 개어 햇빛 뜰에 비치니

놀러 나온 글 친구들 울적한 회포 풀어내네

靑山(청산)은 사방을 둘러 긴 하늘에 서있고

綠水(녹수)는 大地(대지)를 가운데 갈라 흘러오네

글귀 찾아보려 하나 재주 없어 써 내리기 어렵고

시름 삭이는 방법 있으니 쉽게 술잔만 늘어가네

궁벽했던 마을이 변해 화려한 땅 되니

한가함 찾던 사람들이 갔다가 다시 오네

欲雨還晴日照垆

觀光士友鬱懷開

靑山四塞長天立

綠水中分大地來

覓句無才難下筆

消愁有計易添盃

僻鄕變作繁華地

遊子偸閒去復回

새로 온 가을에 즉흥으로 짓다
新秋卽事

비 온 뒤 맑게 갠 景色(경색)이 점점 아름다워지니

조용한 절에서 해질녘에 옛 친구들 모였네

淸寒(청한)에 자취 맡긴 내 친구 몇이나 되나

富貴(부귀)에 온통 마음 쏟는 것이 세상사람 모두 다라네

꾀꼬리는 벌써 세력 잃어 버드나무 떠나고

여치는 때 만나 느티나무에서 시끄럽네

술잔 가득 술이 있어 詩賦(시부) 지으니

나그네 천 갈래 회포 자연히 사라지네

우 여 제 색 점 성 가
雨餘霽色漸成佳

소 사 사 양 회 구 제
蕭寺斜陽會舊儕

탁 적 청 한 오 우 기
托跡淸寒吾友幾

전 심 부 귀 세 인 개
專心富貴世人皆

군 경 실 세 증 사 류
鶤鶊失勢曾辭柳

혜 고 승 시 만 조 괴
蟪蛄乘時晚噪槐

유 주 영 준 시 우 부
有酒盈樽詩又賦

객 회 천 서 자 연 배
客懷千緒自然排

금계 이종영공의 '유거' 시 운에 맞추어
次金溪李公種榮幽居韻

후세가 옛사람의 은거를 追慕(추모)하여

林泉(임천)을 偏愛(편애)하나 즐거움은 남음이 있네

세속 잊고자 하는 生涯(생애)에 자주 취하나

조상의 事業(사업)을 이어 매양 책을 보네

靑雲(청운)의 옛 꿈은 鳥籠(조롱) 떠난 두루미요

白首(백수)의 새로운 情(정)은 그물 피한 물고기네

富貴(부귀)와 무관하게 항상 분수 지켜

산에서 나무하고 물에서 고기 낚으며 작은 밭뙈기 농사짓네

후 인 추 모 고 인 거
後人追慕古人居

편 애 림 천 락 유 여
偏愛林泉樂有餘

망 세 생 애 빈 취 주
忘世生涯頻醉酒

승 선 사 업 매 간 서
承先事業每看書

청 운 구 몽 리 롱 학
靑雲舊夢離籠鶴

백 수 신 정 피 망 어
白首新情避網魚

부 귀 무 관 항 수 분
富貴無關恒守分

초 산 조 수 우 치 여
樵山釣水又治畬

삼청공원에서
三淸公園

멀리서 공원을 방문해 깊이 돌아 들어가니

구름 낀 먼 산과 한참 전에 이별하여 다시 찾아왔네

꽃은 보던 것이 아니나 뜰 앞에 웃고 있고

새는 情(정)이 남아 있어 나무 위에서 지저귀네

한 가지 일도 이루지 못해 오히려 빈손인데

백 년 동안 변하지 않는 것은 그저 丹心(단심)일세

薰風(훈풍)이 소매를 흔드니 더위 아직 남아 있어

전에 놀러 왔던 것 돌이켜 생각하며 녹음 속에 앉아있네

원 방 공 원 전 입 심
遠放公園轉入深
운 산 구 별 갱 래 심
雲山久別更來深
화 비 관 면 계 전 소
花非慣面階前笑
조 유 여 정 수 상 음
鳥有餘情樹上吟
일 사 난 성 유 백 수
一事難成猶白手
백 년 불 변 지 단 심
百年不變只丹心
훈 풍 불 수 잔 서 재
薰風拂袖殘暑在
회 억 전 유 좌 록 음
回憶前遊坐綠陰

사직단 시 모임에서
社稷壇雅集

詩(시) 짓는 누각 힘써 찾아오니 더위가 아직 한창이라

상쾌한 바람소리 맞으려 부러 발을 걷어 올리네

길은 계곡 속으로 통해 羊(양) 창자처럼 구불구불 험하고

하늘 언덕 우뚝 솟은 산봉우리는 말 귀처럼 뾰족하네

江山(강산)을 두루 다닌다고 책망할 일 무엇 있으며

風月(풍월)을 같이 읊는다고 어찌 淸廉(청렴)함이 손상되랴

관광 나온 늙은이 젊은이 함께 이곳 즐기니

훌륭한 춤과 맑은 노래가 다행히도 같이 있네

역 방 시 루 모 성 염
力訪詩樓冒盛炎
위 영 상 뢰 고 수 렴
爲迎爽籟故收簾
노 통 곡 리 양 장 험
路通谷裡羊腸險
봉 용 천 애 마 이 첨
奉聳天涯馬耳尖
편 답 강 산 무 수 책
遍踏江山無受責
공 음 풍 월 기 상 렴
共吟風月豈傷廉
관 광 로 소 동 유 지
觀光老少同遊地
묘 무 청 가 행 득 겸
妙舞淸歌幸得兼

갈대꽃 일본에서 짓다

蘆花 日本題

십 리 평평한 한강 모래톱에

갈대꽃 만발하여 기이한 모습 나타내네

바람 따라 땅에 떨어지는 것은 어렴풋이 눈과 같고

달빛 띠고 공중에 휘날리는 것은 별과 거의 비슷하네

물고기 엿보는 백로는 갈대 줄기 아래 서있고

손님 기다리는 비단 돛배는 정자 앞에 나뭇잎이네

관광 나온 곳에서 가을 흥취를 이기지 못해

몇 번이나 불콰하게 취했다 몇 번이나 깨어났는고

십 리 평 사 한 수 정
十里平沙漢水汀
노 화 만 발 로 기 형
蘆花滿發露奇形
수 풍 락 지 의 희 설
隨風落地依俙雪
대 월 표 공 방 불 성
帶月飄空彷彿星
백 로 규 어 경 하 립
白鷺窺魚莖下立
금 범 대 객 엽 전 정
錦帆待客葉前停
불 승 추 흥 관 광 처
不勝秋興觀光處
기 도 홍 감 기 도 성
幾度紅酣幾度醒

음력 십육일 밤에 한강에 배를 띄우고

旣望漢江泛舟

음력 십육일 밤에 노를 저어 푸른 파도 머리로 나가서

글 친구들 크게 모여 좋은 유람에 대해 글 짓네

좋은 글귀는 蘇子(소자: 소동파)의 글 솜씨를 따르기 어려워도

호탕한 정취 양보하지 않고 강에 띄운 배 굳게 지키네

바람이 水面(수면) 위로 불어오니 새로 서늘함 밀려오고

달이 하늘 가운데 이르니 밤새 내리던 비도 걷혔네

부귀는 바야흐로 힘으로 얻는 것이 아님을 알았으니

글과 술 이외에 다시 무엇을 구하리오

기 망 방 도 벽 파 두
旣望放棹碧波頭
대 회 사 붕 부 승 유
大會詞朋賦勝遊
가 구 난 추 소 자 필
佳句難追蘇子筆
호 정 불 양 벽 강 주
豪情不讓壁江舟
풍 래 수 면 신 량 동
風來水面新凉動
월 도 천 심 숙 우 수
月到天心宿雨收
부 귀 방 지 비 력 취
富貴方知非力取
문 준 이 외 갱 하 구
文樽以外更何求

광릉나루 시회에서
廣陵津雅會

西風(서풍)이 광릉나루에 발걸음 멈추게 하니
五穀(오곡)이 노랗게 우거져 들 빛이 새롭네
밤새 내리던 비 산으로 물러나니 꽃에는 이슬 맺히고
향기로운 진흙이 바다 되어 길에는 티끌 하나 없네
몸 돌봐 살핌은 내게 있어 그대와 같이 늙어가나
일을 이루는 것은 하늘에 달려 세상이 고르지 못하네
한가하게 강 머리에 앉아 술과 시로 즐기니
불콰하게 술 취해 글재주 겨루는 사람 십여 명 있네

서 풍 주 극 광 릉 진
西風住屐廣陵津
오 곡 창 황 야 색 신
五穀蒼黃野色新
숙 우 귀 산 화 결 로
宿雨歸山花結露
향 니 작 해 로 무 진
香泥作海路無塵
양 생 재 아 군 동 로
養生在我君同老
성 사 유 천 세 불 균
成事由天世不均
한 좌 강 두 상 영 락
閒坐江頭觴咏樂
홍 감 백 전 십 여 인
紅酣白戰十餘人

빗속에서 즉흥으로 짓다
雨中卽事

빗속에서 글귀 찾다 몇 번이나 보탰다 몇 번이나 깎아냈나
詩(시)로 사람들 놀라게 해보려 하지만 글짓기 어렵네
山勢(산세) 높고 낮음은 구름 저 밖이요
시내 소리 緩急(완급: 느리고 빠름)은 그 사이에 돌 있어서네
시든 나뭇잎 새로 가을 빛 띰을 가련히 여기나
정다운 친구가 옛 얼굴 그대로임에 기쁨은 배가 되네
몇 달이나 연이어 장마 지고 더워 苦悶(고민) 많다가
詩(시) 짓는 모임 이루지 못해 오랫동안 놀다가만 돌아가네

우 중 멱 구 기 증 산
雨中覓句幾增刪
시 욕 경 인 하 필 간
詩欲驚人下筆艱
산 세 고 저 운 저 외
山勢高低雲這外
계 성 완 급 석 기 간
溪聲緩急石其間
편 련 병 엽 신 추 색
偏憐病葉新秋色
배 희 정 붕 구 일 안
倍喜情朋舊日顏
연 월 료 염 다 고 민
連月潦炎多苦憫
소 단 부 득 구 유 환
騷壇不得久遊還

남북통일을 기원하며

統一祈願

檀君(단군)이 처음 만주 벌판에 나오셔서
弘益人間(홍익인간) 큰 은혜 펴셨네
天運(천운)이 다시 돌아와 세상이 새로우나
世情(세정)은 옛 하늘과 땅을 나누어 갈랐네
사천만 무리가 가운데 끊어짐을 원망하며
삼십오 년이나 復元(복원)되기를 바랐네
통일이 이루어지기를 朝野(조야)가 축원하니
太平聖代(태평성대)에 자손 번영하라

檀君首出滿洲原
弘益人間布大恩
天運重回新日月
世情分管舊乾坤
四千萬衆怨中斷
三十五年求復元
統一期成朝野祝
太平聖代子孫繁

느지막이 날 개서

晩晴

한 구역 깨끗이 쓸어 세상 티끌 끊으려나
비 오려다 도로 개어 멀리서 나그네들 돌아오네
赤弁丈人(적변장인: 고추잠자리)은 물 따라 점점이 박혔고
金衣公子(금의공자: 꾀꼬리)는 산에 들어가라 재촉하네
보이는 것은 오직 그저 스스로 가련해 하는 쇠약해진 뼈대이니
젊어 배운 이가 그 누구인가 재주 없음이 애석하네
우리의 길이 다시 떨칠 날 오기 기대하기 어려우니
느긋이 바보 같은 생각 가져보나 뜻으로 펴기 어렵네

一區瀟灑絶塵埃
欲雨還晴遠客回
赤弁丈人隨水點
金衣公子入山催
眼寬只自憐衰骨
學少其誰愛不才
吾道難期重振日
謾將痴想意難裁

한가한 가운데 회포를 쓰다
閒中書懷

헛되이 光陰(광음: 세월) 보내 漢城(한성: 서울)에서 늙어가니　虛度光陰老漢城

허다한 사업 중에 하나도 이루기 어렵네　許多事業一難成

無情(무정)히 빠진 대머리는 사람들이 모두 싫어하고　無情禿髮人皆忌

힘 빠진 낡은 배움을 세상이 얼마나 맞아주나　失勢殘篇世幾迎

온갖 나무는 꽃 피면 다시 생색내고　凡樹開花還有色

작은 시냇물도 비 오고 나면 소리 배나 높이는데　小溪經雨倍揚聲

이른 나이에 배운 것 장차 어디에 쓸까　早年所學將何用

저 서늘한 때 맞아 자랑하듯 울어대는 귀뚜라미 부럽구나　美彼寒蛩得意鳴

진관사에서
閒中書懷

진관사 아래 석양 기울어지는데　津寬寺下夕陽斜

백발 노인 다시 와서 세월 감을 느끼네　白髮重來感歲華

채마 밭 가득 너더 잎 새로 난 배추 있고　滿圃新菘三四葉

산에 의지한 옛 마을엔 십여 채 집 있네　依山古里十餘家

영화를 탐하는 세상은 바람에 쓰러지는 풀잎 같으니　貪榮世似靡風草

누가 분수 지켜 해바라기와 같을꼬　安分誰如向日花

이곳도 점점 거리 이뤄 옛 모습이 아닌데　地漸成街非舊樣

오직 나만 변하지 않고 담백한 생애 보내네　惟吾不變淡生涯

저녁나절 날 갠 상도동에서
道洞晚晴

글 짓는 이들 모임 날 맞춰 구름 같이 모이니
같은 소리는 서로 應(응)해 쉽게 무리 이루네
가뭄에 나던 싹은 비 맞아 바야흐로 생색나고
빠른 물결은 바람 없어도 또한 파문 이네
백 번이나 꽃구경해도 볼수록 더욱 좋고
每週(매주) 손님으로 마주해도 항상 즐겁네
몇 번이나 詩(시) 생각이 있어 이 자리에 참석했는가
온 동네 냇물과 산은 거의 그림이네

사 객 수 기 회 사 운
詞客隨期會似雲
동 성 상 응 이 위 군
同聲相應易爲群
한 묘 득 우 방 생 색
旱苗得雨方生色
급 랑 무 풍 역 기 문
急浪無風亦起紋
백 도 탐 화 간 유 호
百度探花看愈好
매 주 봉 객 대 상 흔
每週逢客對常欣
기 장 시 의 참 사 석
幾將詩意參斯席
일 동 계 산 화 칠 분
一洞溪山畫七分

밤새 내리던 비가 새로 개서
宿雨新晴

騷壇(소단: 문필가 모임) 정례 모임이 가을 맞아 있으니
십 리 맑게 갠 풍광이 성대한 잔치 자리 비추네
바람이 뜬 구름을 깊이 골짜기로 쫓아내고
시냇물은 흩어진 빗방울 모아 멀리 큰 내로 돌려보내네
봄기운 挽回(만회)한 무궁화는 생색내고
한여름 더위 없애기에는 부채가 쓸만하네
백 가지 약으로도 詩(시) 짓는 고질병 고치기 어려워
늙어서도 오히려 글귀 찾는 데 온 마음 쏟네

소 단 례 회 제 추 천
騷壇例會際秋天
십 리 청 광 조 성 연
十里晴光照盛筵
풍 축 부 운 심 입 학
風逐浮雲深入壑
계 수 산 우 원 귀 천
溪收散雨遠歸川
만 회 춘 기 근 생 색
挽回春氣槿生色
제 각 경 염 선 유 권
除却庚炎扇有權
백 약 난 의 시 고 벽
百藥難醫詩痼癖
노 유 멱 구 용 심 전
老猶覓句用心全

동은 이창구를 애도하는 글

挽李東隱昌九

어제 玉皇上帝(옥황상제) 배알했다 전해 들었네

여러 해 오랜 인연 져버리고 幽明(유명)을 달리했다고

상업이나 공업 사업은 이 티끌세상 꿈에 지나쳐 버리고

詩(시)와 술의 풍류로 友情(우정)을 이끌었지

放鶴亭(방학정)에서 자주 會合(회합)했었고

白雲庵(백운암)에서 몇 번이나 불러 마주했었나

溫和(온화)한 氣像(기상)을 이제는 보기 어려워

남쪽 龍山(용산)을 바라보니 슬픈 눈물이 나네

昨日憑聞朝玉京

多年宿契隔幽明

商工事業經塵夢

詩酒風流惹友情

放鶴亭中頻會合

白雲庵上幾招迎

溫和氣像今難見

南望龍山感淚生

음력 8월에 백운암에서 즉흥으로 짓다

白雲庵清秋卽事

좋은 경치 찾으려 멀리 眞景(진경) 찾아오다

마침 8월 맞으니 빼어난 興(흥)이 새롭네

암자는 관악산 아래 흰 구름 속에 있으니

흑석동에서 한강 물가로 이어진 동네라네

꽃은 보아도 보아도 싫어하지 않고 항상 미소를 머금고

술을 마주하여 사양한다 해도 어찌 찡그리겠나

온갖 나무에 서늘함 배어 오니 더위는 점차 물러가고

매미 소리 쾌활하니 아직도 좋은 때라네

爲探勝景遠尋眞

適値清秋逸興新

庵在白雲冠岳下

洞連黑石漢江濱

看花不厭常含笑

對酒雖辭豈有嚬

萬樹生涼炎漸退

蟬聲快活尙良辰

금운 안상섭을 찾아갔으나 만나지 못하고

訪安錦雲商燮不遇

부평초 같은 타향살이 여러 해에 글로 사귐을 맺었으나
萍海累年交以文

詩壇(시단: 시인 사회)은 매양 그대 드물게 만남을 한탄하네
詩壇每恨罕逢君

그저 한가한 속세 사람이 倉洞(창동)으로 와보니
淸閒俗履來蒼洞

적막한 신선 집 문빗장은 흰 구름으로 잠겨있네
寂寞仙局鎖白雲

집을 나서며 장차 오리가 마른 풀 만나듯 만나길 기약하고
出戶將期鳧藻合

마을로 들어서니 다시금 제비와 기러기 나뉜 것 같네
入村還作燕鴻分

훗날 다시 찾으면 남은 인연 있으리니
他時更訪餘緣在

섭섭해 하며 돌아오는 길에 어스름 저녁이네
怊悵歸程帶夕曛

일농 권중길을 찾아가서

訪權一儂重吉

오랜 약속 찾아 멀리서 맑게 갠 처마에 이르니
遠尋舊契到晴簷

처마는 북한산을 마주하여 三角(삼각)이 뾰족하네
簷對華山三角尖

배움이 의학기술에 있으니 초목을 감추고
學在醫工藏草木

마음은 세속 맛을 잊어버렸으나 薑鹽(강염)[128]이 있네
心忘世味有薑鹽

시냇물은 밤새 비 온 후에 흐르는 소리 커졌고
溪經宿雨流聲大

버드나무는 가을바람을 띠고 실처럼 하늘거리네
柳帶秋風動縷纖

만남은 적고 이별은 많은 것은 어찌 할 수 없는 일
逢少別多無奈事

한 해에 몇 번이나 시 읊고 술잔 기울이기를 같이 할꼬
一年幾度咏觴兼

---

128) 薑汁(강즙)에 버무리어 볶은 소금. 霍亂(곽란)에 약으로 먹음.

한가을에 백호정에서 즉흥으로 짓다
仲秋卽事白虎亭

射亭(사정: 활터 정자)은 산촌과 같이 靜肅(정숙)하니

단지 깊은 숲 속에 지저귀는 새소리만 시끄럽네

한줄기 맑은 시냇물은 바야흐로 비에 불어나고

사방 둘러싼 아름다운 나무들이 점점 울타리 이루네

聖書(성서)는 쉽게 잊히니 마음에 항상 기억하고

世事(세사)는 말하기 어려니 입으로 論(논)하지 않네

적막함 삭이기에는 술 한 잔에 詩(시) 한 수 같은 것이 없으니

겨우 지어줄 詩(시) 다 짓고 나니 오늘도 黃昏(황혼)이네

사 정 정 숙 사 산 촌
射亭靜肅似山村
지 유 심 림 조 작 훤
只有深林鳥雀喧
일 맥 청 계 방 창 우
一脈淸溪方漲雨
사 위 가 목 점 성 번
四圍佳木漸成藩
성 서 이 망 심 상 기
聖書易忘心常記
세 사 난 언 구 불 론
世事難言口不論
소 적 무 여 상 여 영
消寂無如觴與詠
근 상 시 채 일 황 혼
僅償詩債日黃昏

행단(향교)에서 열린 시회에서
杏壇雅會

비 내리려던 하늘 뜻이 느지막이 맑게 개니

향교에서 열린 시회에 感懷(감회)가 일어나네

점점 이 세상 倫理綱領(윤리강령) 퇴폐해지니

다시 어느 날 道德(도덕)이 밝아지길 기다리리오

남은 여름 기운에 紈扇(환선: 헝겊 부채)도 쓸모 있고

숲 속에 매미는 신나서 가을 알리는 소리 내네

이번 시행하는 釋奠祭(석전제)는 비록 옛 방식대로 하지만

存羊(존양)[129]의 禮(예) 아끼고 싶은 것이 요즘 심정이라네

욕 우 천 심 만 작 청
欲雨天心晚作晴
행 단 아 회 감 회 생
杏壇雅會感懷生
점 위 차 세 륜 강 폐
漸爲此世倫綱廢
갱 대 하 시 도 덕 명
更待何時道德明
환 선 성 공 여 하 기
紈扇成功餘夏氣
임 선 득 의 보 추 성
林蟬得意報秋聲
금 행 석 전 수 의 구
今行釋奠雖依舊
애 례 존 양 근 일 정
愛禮存羊近日情

---

129) 공자의 제자가 허례허식이 된 초하루 제사를 폐하고 제사에 소용되는 희생양을 없애고자 할 때, 공자가
허례의 예식이라도 예는 보존해 나가는 것이 좋으니 희생양도 보존하라 -存羊- 했다는 데서 나온 말임.

장충단 시 모임에서
獎忠雅集

남산 아래 장충단 앞에서
매번 좋은 때 정해 여러 어진 이들 모이네
세상에 잊어버릴 일 많으니 한가히 세월 보내고
글 짓는 것 편애하여 林泉(임천)을 즐기네
제비와 기러기는 길이 달라 철 따라 바뀌고
오리와 해오라기는 같은 심정으로 물가에서 어울리네
젊은 날의 꿈은 이미 져버리고 백발이 되어서
늙어만 가니 어찌 할 수 없이 風煙(풍연)이나 즐기네

종 남 지 하 장 단 전
終南之下獎壇前
매 정 가 기 회 중 현
每定佳期會衆賢
망 세 상 다 한 일 월
忘世常多閒日月
부 시 편 애 호 림 천
賦詩偏愛好林泉
연 홍 이 로 수 시 환
燕鴻異路隨時換
치 로 동 정 반 수 천
鴟鷺同情伴水遷
이 부 청 등 성 백 발
已負青燈成白髮
노 래 무 내 락 풍 연
老來無奈樂風烟

백운암에서 시 지으며 여러 친구를 봄
白雲庵賦詩視諸友

稀罕(희한)하게 서로 만나선 매번 헤어지기 안타까워하니
헤어짐은 서운하고 마주함은 항상 기쁘네
티끌세상 잊고자 놀러 다님만 좋아하니
헛되이 늙어가서 글방에선 배움이 부지런하지 못하네
기러기 그림자 하늘을 가로지르니 늦은 여름 지나고 있고
매미 소리 나무를 흔드니 저녁 어스름에 다다랐네
근래엔 술잔 기울이며 詩(시) 읊음만이 적막함 삭이는 것이니
시회 자주 열어 또 그대와 어울려 보세

희 한 상 봉 매 석 분
稀罕相逢每惜分
별 상 초 창 대 상 흔
別常怊悵對常欣
욕 망 진 세 유 편 호
欲忘塵世遊偏好
허 로 서 유 학 부 근
虛老書帷學不勤
안 영 횡 천 경 만 하
雁影橫天經晚夏
선 성 동 수 도 사 훈
蟬聲動樹到斜曛
근 래 상 영 유 소 적
近來觴咏惟消寂
아 회 빈 개 우 반 군
雅會頻開又伴君

어촌을 지나며

過漁村

그림 속 江山(강산)은 비 온 후가 진짜일세

흰 갈대 붉은 여뀌로 새로 詩(시) 지을 거리 삼네

千金(천금)은 쉽게 시름없는 세월 만들어도

百藥(백약)은 늙지 않는 몸 만들기 어렵네

밥 짓는 연기 일제히 올라 저녁이라 알리고

꽃은 차례로 피는 것이나 무궁화가 봄이라고 남아있네

어촌의 살림 계획은 물고기 많고 적음에 달린 것이니

농업이나 상업으로 가난에서 벗어나려 하지 말게나

畵裡江山雨後眞

白蘆紅蓼入詩新

千金易作無愁日

百藥難成不老身

炊飯一齊烟報夕

開花次第槿留春

漁村活計魚多少

不以農商欲脫貧

팔당 호수에서 즉흥으로 짓다

八堂湖卽事

바람이 남쪽에서 불어와 찌는 듯한 더위 씻으니

관광 온 나그네들 기분이 하늘로 솟네

江(강) 깊은 곳은 이미 하나로 합쳤으나 물위는 수천 물결이요

구름은 홀연히 일어나 山(산)을 한층 더 높게 하네

아름다운 경치는 새로 둘러봐야 하지 않을 수가 없는 곳이나

淸緣(청연: 깨끗하고 좋은 인연)은 모두 예부터 사귄 친구네

팔당 호숫가에 逍遙(소요)하는 즐거움이

묘하게 詩心(시심)으로 들어오니 酒量(주량)만 느네

風自南來洗暑蒸

觀光客子氣軒騰

江深已合水千派

雲起忽添山一層

佳景無非新賞地

淸緣摠是舊交朋

八堂湖上逍遙樂

入妙詩心酒量增

330

우이동 시 모임에서
牛耳洞雅集

天地(천지)가 詩(시) 지을 생각을 재촉하게 하여
같이 간 글 짓는 나그네들과 멀리 坮(대) 위에 오르네
느티나무 그늘은 해를 쫓아 들쭉날쭉 나오고
무궁화 꽃봉오리는 봄을 맞아 차례로 열리네
雄志(웅지: 큰 뜻) 이루기 어려워 공연히 칼날만 어루만지고
한가한 시름은 씻어내기 쉬워 또 술잔을 기울이네
부평초 같이 타향에 이십 년이나 떠돈 나그네가
하릴없이 세월 보내니 재주 없음이 부끄럽네

천 지 야 오 시 사 최
天地惹吾詩思催
행 동 사 객 원 등 대
幸同詞客遠登坮
괴 음 축 일 참 치 출
槐陰逐日參差出
근 뢰 영 춘 차 제 개
槿蕾迎春次第開
웅 지 난 성 공 무 도
雄志難成空撫釖
한 수 이 척 우 경 배
閒愁易滌又傾盃
평 향 입 재 류 리 객
萍鄉廿載流離客
허 도 광 음 괴 불 재
虛度光陰愧不才

화계사를 찾아가서
訪華溪寺

절 누각 편애하여 약속대로 찾아와서
앉아서 새 우는 소리 듣자 하니 산속 깊이 들어왔네
해바라기 꽃 섬돌 앞에 서있으니 봄빛이 남아있고
나무 그늘 창문에 가로지르니 또 저녁 그늘이네
萬事(만사)가 틀어져버렸으니 白髮(백발)만 서러울 뿐이요
한평생 戰戰兢兢(전전긍긍)[130] 丹心(단심)[131]을 보전하네
詩(시) 짓는 데 오래된 적수 만나 새로운 경치 읊으니
늙어가도 한가한 정취에 興(흥)을 禁(금)치 못하네

편 애 사 루 수 약 심
偏愛寺樓隨約尋
좌 청 제 조 입 산 심
坐聽啼鳥入山深
규 화 립 체 여 춘 색
葵花立砌餘春色
수 영 횡 창 우 석 음
樹影橫窓又夕陰
만 사 차 타 비 백 발
萬事蹉跎悲白髮
일 생 긍 전 보 단 심
一生兢戰保丹心
시 봉 구 적 음 신 경
詩逢舊敵吟新景
노 거 한 정 흥 불 금
老去閒情興不禁

---

130) 戰戰兢兢(전전긍긍)은 원래 삼가하고 조심한다는 뜻인데, 근래에 와서 두려워 몸을 떤다는 의미로 변질돼 쓰이고 있음. 여기서는 원래의 뜻으로 쓰였음.
131) 정성스러운 마음.

행주산성에서 다시 만나서
幸州山城再會

오래 전 약속 어기기 어려워 나루터 머리에서 모여

행주성 밖으로 시원하게 노니네

시원한 바람 이미 불어와 누렇게 기장 익어가는데

비 내려 처음 고인 물위로 하얗게 해가 비쳐 흐르네

詩(시) 한 수에 술 한 잔으로 정담 나누니 인연이 얕지 않고

江山(강산)은 그림같이 아름다우니 어찌 興(흥)을 감추겠나

유유히 흘러간 지난 일에 공연히 느낌만 많으니

향기로운 막걸리 다시 따라 옛 시름을 씻어내네

숙 약 난 위 회 도 두
宿約難違會渡頭

행 주 성 외 주 청 유
幸州城外做淸遊

양 풍 이 동 황 량 숙
涼風已動黃粱熟

적 우 초 수 백 일 류
積雨初收白日流

시 주 론 정 연 불 천
詩酒論情緣不淺

강 산 사 화 흥 하 유
江山似畵興何幽

유 유 왕 사 공 다 감
悠悠往事空多感

갱 작 향 료 척 구 수
更酌香醪滌舊愁

산촌에서 즉흥으로 짓다
山村卽事

멀리 좋은 경치 찾아오니 멀다고 꺼리지 않고

그저 시름 삭이려 자연 아름다움을 글로 지어내네

항상 핑계 대기 어려워 세상 잊어보려 술 마시지만

매번 본다고 어찌 봄 꽃 구경에 실증 내리오

골짜기 하늘에 비 그치니 구름이 먼저 흩어지고

농가엔 연기 피어오르니 날은 이미 저녁이네

늙은 후의 經綸(경륜)이란 山水(산수)를 즐기는 것

경치 풍광 시 두루마리에 적고 느지막이 歸家(귀가)했네

원 탐 승 경 불 혐 사
遠探勝景不嫌賖

지 위 소 수 부 물 화
只爲消愁賦物華

상 대 난 사 망 세 주
常對難辭忘世酒

매 간 기 염 상 춘 화
每看豈厭賞春花

동 천 수 우 운 선 산
洞天收雨雲先散

전 사 생 연 일 이 사
田舍生烟日已斜

노 후 경 륜 산 수 요
老後經綸山水樂

경 광 제 축 만 귀 가
景光題軸晚歸家

인숙재의 미국 관광을 축하하며

賀仁熟齋米洲觀光

멀리 鵬(붕)새 날개 타고 서쪽 하늘로 향하니	遠乘鵬翼向西天
근래 문명으로 신선되는 것도 쉽게 배우네	近日文明易學仙
삼백 년 전 신세계	三百年前新世界
만여 리 밖 별천지	萬餘里外別風烟
인연 있어 나라를 떠나니 앞서 詩(시) 한 수 드리노니	有緣離國詩先贈
무사히 旅程(여정)에서 돌아와서 본 것 다시 전해주오	無事回程布更傳
司馬(사마)씨가 남쪽에 놀러 간 것을 어찌 여기에 비하랴	司馬南遊何足比
그대 몇 달간 잘 연이어 머무르는 것 부럽소	羨君數月好留連

한가을 저녁에 바라보며

仲秋晩眺

客樓(객루)에 높이 앉아 갠 하늘에 메와 마주 하니	客樓高坐對晴巒
十里風光(십리풍광)이 미소 띠고 바라보네	十里風光帶笑看
산은 푸르게 병풍처럼 둘러쳐서 나무 빽빽하고	山繞翠屏多樹木
물은 밝은 거울처럼 열려 물결이 잔잔하네	水開明鏡少波瀾
詩心(시심)이 묘하게 들어오니 胸襟(흉금)이 쾌활하고	詩心入妙胸衿快
술 취해 興(흥)이 바야흐로 짙어지니 생각도 너그러워지네	醉興方濃意思寬
詩(시) 읊기 끝내고 술도 깨니 나무 그림자 거꾸러졌고	吟罷酒醒林影倒
세상 시름에 또 눈썹 끝 치켜 올려지네	塵愁又欲上眉端

여주 가는 도중에

驪州途中

오랜 약속 어기기 어려워 아침 일찍 나서니
丹心(단심)은 늙지 않았지만 머리털이 蕭蕭(소소)하네
이 모임 다시 이룰 수 있으니 江山(강산)이 너그럽고
예전 유람 돌이켜 생각하니 세월이 아득하네
나비가 춤추는 해바라기 정원에는 꽃술에 이슬 맺히고
매미 울어대는 언덕 버드나무는 안개 속에 가지 묻었네
갈대는 희고 여뀌는 붉어 가을 풍광 좋은데
계절 알고 돌아가는 기러기는 또 하늘 가로질러 가네

宿約難違出早朝
丹心不老髮蕭蕭
重成此會江山慣
回憶前遊歲月遙
蝶舞園葵含露蕊
蟬鳴岸柳帶烟條
蘆白蓼紅秋光好
知候歸鴻又過霄

신륵사에서

神勒寺

한가을에 큰 절 관광할 즈음이라
詩心(시심)을 갖고 九龍樓(구룡루)에 한참을 앉아있네
山(산)은 해를 집어 삼켜 들 아래로 내려앉게 하고
돛배는 산들 바람에 밀려 멀리 섬으로 내려가네
하늘 색 홀연히 밝아져 구름은 이미 거두어졌고
강물 소리는 점차 줄어드니 비는 모두 그쳤네
속세의 사람이 우연히 맑고 한가한 세계에 와서
한참을 염불소리 듣다 보니 시름은 까맣게 잊었네

甍寺觀光際仲秋
詩心久坐九龍樓
山含落日低平野
帆帶輕風下遠洲
天色忽明雲已散
江聲漸減雨全收
俗人偶到淸閒界
半晌聽經頓忘愁

334

영릉(여주 세종대왕릉)을 참배하고
英陵參拜

珠丘(주구)[132]를 살펴보려 옛 친구와 벗해 오니   欲省珠丘伴舊交

蒼梧(창오)[133]의 산 빛은 평야에 접해있네   蒼梧山色接平郊

王孫(왕손)의 풀은 늙어 비록 시든 잎이나   王孫草老雖荒葉

帝子(제자)의 꽃은 아직도 푸른 가지 끝에 남아있네   帝子花殘尙綠梢

文明(문명)은 점차 새로운 속된 배움에 익숙해져   漸習文明新俗學

이미 聖德(성덕)은 잊혀지고 古規(고규)는 버려졌네   已忘聖德古規抛

되짚어 지난날 생각해보니 아득히 느낌이 많아   追思昔日謾多感

가게 아가씨가 가져다 준 술과 안주 다 치워버렸네   消盡店娥供酒肴

여강에서 시원히 노닐며
驪江淸遊

관광 약속이 있어 강 마을에 다다르니   觀光有約到江鄕

이미 긴 장마 끝이 나서 날씨가 서늘하네   已捲長霖日氣凉

기러기 그림자는 때를 알아 먼 변방에서 날아오고   雁影知時來遠塞

무궁화 꽃은 제 때 만나 맑은 향기 내뿜네   槿花得勢放淸香

구름은 아직 빗 기운이 남아 있어 산속으로 천천히 들어가고   雲餘雨意入山緩

돛배는 旅程(여정) 다하려 서둘러 포구로 돌아가네   帆爲旅程歸浦忙

불콰하게 취해 글재주 겨루니 興(흥)이 높아져   白戰紅酣多少興

배 안이 변해서 글 짓는 마당 되었네   舟中變作賦詩場

---

132) 원래는 舜(순)임금의 묘를 이르는 말이나, 일반화 하여 王陵(왕릉)을 뜻함.
133) 순임금이 돌아가신 곳 지명이 창오임. 일반화하여 임금의 죽음을 뜻함.

기영회에 참석해서

參耆英會

꽃다운 늙은이 자리에 가득하니 모두 옛 친구들이지만
이름값은 동떨어진 섬과 추운 들판처럼 떨어졌네
오랫동안 세속 밖에서 읊조리니 詩(시) 비록 졸렬하지만
헛되이 늙어가는 시름 속에 어찌 술을 포기할 수 있으리오
百代(백대)의 興亡(흥망)이 모두 나비 꿈이요
一生(일생)의 哀樂(애락)은 바람 앞의 꽃이요 물거품이네
길거리 맛있는 음식 구하기 쉬운데
山海珍味(산해진미)도 또 안주로 올라오네
매번 경치 좋은 곳에 다다르니 意氣(의기)는 호탕하고
詩(시)에는 敵手(적수) 만나 재주 높게 다투네
동산 가득 꽃과 나무는 詩(시) 읊는 데 화려한 자리 돼주고
十里(십리) 뻗친 시냇물과 산은 붓으로 그린 채색 그림이네
전에 서글피 헤어졌던 맑은 인연 잊기 어려우니
오랜 약속 어기지 말고 또 즐겁게 모이자꾸나
늦은 더위 아직도 고달파 그늘 따라 앉아 있으니
소나무 사이로 부는 한 바탕 바람이 파도처럼 밀려오네

만 좌 기 영 총 구 교
滿座耆英摠舊交
성 명 수 도 여 한 교
聲名瘦島與寒郊
구 음 물 외 시 수 졸
久吟物外詩雖拙
허 로 수 중 주 기 포
虛老愁中酒豈抛
백 대 흥 망 개 접 몽
百代興亡皆蝶夢
일 생 애 락 기 화 포
一生哀樂幾花泡
가 두 미 미 구 용 이
街頭美味求容易
해 착 산 진 우 공 효
海錯山珍又供肴
매 도 령 구 의 기 호
每到靈區意氣豪
시 봉 적 수 경 재 고
詩逢敵手競才高
만 원 화 목 음 화 석
滿園花木吟華席
십 리 계 산 화 채 호
十里溪山畫彩毫
난 망 청 연 전 창 별
難忘清緣前悵別
불 위 숙 약 우 환 조
不違宿約又歡遭
만 염 상 고 수 음 좌
晚炎尙苦隨陰坐
일 진 송 풍 자 기 도
一陳松風自起濤

336

관음사에서 춘정 변계량의 운에 맞추어

觀音寺次卜春亭季良韻

옛 절 다시 고쳐 녹음 속에 우뚝 솟으니

별천지가 다시 열려 구름으로 숲 둘렀네

붉음 찾아 끊임없이 꽃 찾는 것은 나비요

푸르름 찾아 많이 몰리는 것은 깃들일 나무 찾는 새들일세

들 빛은 가을로 물들어 한해 저물어감을 알게 하고

종소리는 세상을 울리고 산속으로 깊이 들어가네

전에 놀러 왔던 일은 꿈만 같이 기억하기 어려운데

스님은 나그네에게 어디를 찾아가느냐 물어오네

古寺重修聳綠陰

別開勝地繞雲林

搜紅不絶探花蝶

訪碧偏多擇木禽

野色粧秋知歲晚

鍾聲警世入山深

前遊若夢今難記

僧問客從何處尋

금요일 모임에서

金曜會

밤새 내리던 비 모두 개고 이슬 내린 날씨에

騷壇(소단: 문인 모임) 약속이 있어 먼 곳도 마다 않네

해바라기는 여름 지나니 바야흐로 씨를 맺고

버들잎은 가을에 앞서 점차 가지에서 떨어지네

한세상 風霜(풍상)에 시름 다하지 못했는데

百年(백년) 壯志(장지)의 꿈은 장차 사그라지려 하네

陽春白雪(양춘백설)[134]의 고상한 가락은 이제 듣기 어렵고

동네 골목에 흘러 전하는 것은 그저 속된 노래일세

宿雨全收露絳霄

騷壇有約不嫌迢

葵花經夏方成子

柳葉先秋漸減條

一世風霜愁未盡

百年壯志夢將消

陽春白雪今難聽

里巷流傳只俗謠

---

134) 楚(초)나라의 고상한 악곡으로 쉽게 따라 부르지 못해 널리 알려지지 않음으로 해서, 이해하는 사람이 적음을 뜻함.

봉은사 시 모임에서

奉恩寺雅集

봉은사 아래에서 다 함께 시 읊으며 술 마시니

글 짓는 이들 재주 화려함은 보통을 훨씬 넘네

하늘은 날 갠 빛 내보내니 구름은 淡淡(담담)하고

山勢(산세)는 험하게 꾸며져 바위가 울퉁불퉁하네

人情(인정)을 다 살펴보니 도리어 두터움이 많고

세상 맛 보아하니 조금도 짜지 않네

林泉(임천)을 偏愛(편애)하여 일 삼는 바 없으니

지금 누가 옛 靑衫(청삼: 典樂 담당자)을 알아주리오

봉 은 사 하 영 상 함
奉恩寺下咏觴咸

사 객 재 화 형 출 범
詞客才華逈出凡

천 방 청 광 운 담 담
天放晴光雲淡淡

산 장 험 세 석 암 암
山粧險勢石岩岩

인 정 열 진 환 다 후
人情閱盡還多厚

세 미 상 래 불 소 함
世味嘗來不少鹹

편 애 림 천 무 소 사
偏愛林泉無所事

이 금 수 식 구 청 삼
以今誰識舊青衫

한가을에 즉흥으로 짓다
仲秋卽事

가을 빛 감상하려 객사 마루에 앉으니 　　爲賞秋光坐旅軒

꽃은 차례로 펴 아직 동산에 남아있네 　　花開次第尙留園

구름은 비올 기미 없이 한가히 왔다 가고 　　雲無雨意閒來往

나뭇잎은 바람소리 내며 급하게 번득이네 　　葉帶風聲急覆飜

멀리서 온 나그네는 지팡이 짚고 동구 밖에 이르고 　　遠客携筇來洞口

늙은 중은 빗자루 들고 울타리 밑 쓸어내네 　　老僧持箒掃籬根

지루하게 환담하다 보니 산그늘 덮여오고 　　支離笑話山陰倒

잠 자리 찾는 새들은 나무에 앉아 문밖에서 시끄럽네 　　宿鳥投林隔戶喧

부평초처럼 타향 떠돌던 흔적이 오래 서울에 머물러 　　萍鄕浪跡久留京

헛되이 세월 보내니 귀밑머리만 눈처럼 밝아지네 　　虛度光陰雪鬢明

일찍이 經綸(경륜)을 갖고 두로 널리 배웠더니 　　早有經綸遊學海

나중엔 일이 없어 근심의 나락에서 늙어가네 　　晚無事業老愁城

아름답게 벼가 익어 누런 구름 물결치고 　　嘉禾結實黃雲動

향기로운 무궁화는 꽃이 펴 자줏빛 비단 이루네 　　香槿開花紫錦成

노래하고 춤추며 놀아대면 이름값 비싸지는데 　　歌舞蹴球聲價重

詩(시)는 세상에 쓰이는 것 아니니 그 힘 도리어 가벼워지네 　　詩非世用勢還輕

추석 달
中秋月

달 기다려 詩(시) 읊으며 한가을에 앉아있으니
대 월 음 시 좌 중 추
待月吟詩坐仲秋

좋은 시절에 노래와 춤은 風流(풍류)를 짓네
양 신 가 무 주 풍 류
良辰歌舞做風流

거울 빛이 처음 북두 견우 아래에서 나와
경 광 초 출 두 우 하
鏡光初出斗牛下

아름다운 그림자가 점차 은하수 머리를 침범하네
계 영 점 침 은 한 두
桂影漸侵銀漢頭

지팡이 끌고 찾아가니 (나공원)[135] 응당 고달픔 있고
예 장 이 심 나 공 원 응 유 고
曳杖以尋羅公遠應有苦

구름사다리로 닿으니 (주생)[136] 조금도 근심 없으리라
제 운 가 취 주 생 소 무 수
梯雲可取周生少無愁

백성 편안하고 나라 태평한데 곡식마저 잘 여무니
민 안 국 태 겸 성 임
民安國泰兼成稔

이외에 또 꼭 무슨 즐거움을 누리기를 구하리오
차 외 하 수 향 락 구
此外何須享樂求

九十(구십) 년 세월에 한 번 제일 좋은 가을이니
구 십 광 음 일 봉 추
九十光陰一丰秋

달이 장차 동쪽에서 솟아나와 서쪽으로 빛내며 흘러가리라
월 장 동 용 화 서 류
月將東湧火西流

書樓(서루) 위에서 지루하게 苦待(고대)하다 보니
지 리 고 대 서 루 상
支離苦待書樓上

잠시잠깐 玉宇(옥우: 천제가 사는 하늘) 머리에 높이 걸리네
경 각 고 현 옥 우 두
頃刻高懸玉宇頭

십오일 밤에 제일 둥그니
삼 오 야 간 륜 최 만
三五夜間輪最滿

千里(천리) 안에 비올 걱정 없네
만 천 리 내 우 무 수
萬千里內雨無愁

아이들 손자들 모두 모이고 아울러 편안히 지내 보내니
아 손 총 회 겸 안 과
兒孫摠會兼安過

바라는 바가 꼭 이 밖에 무엇을 구하리오
소 원 하 수 차 외 구
所願何須此外求

---

135) 지팡이를 허공에 던져 은하수를 만들어 月宮(월궁)에 들어갔다 전해지는 인물.
136) 고대소설 주생전의 주인공으로 道術(도술)을 부림.

장충단에서 즉흥으로 짓다
忠壇卽事

글재주 겨루며 다투어 연이어 자리하니

남산 아래 장충단 앞일세

한줄기 강 찬 그림자엔 처음으로 기러기 날고

온갖 나무의 맑은 소리는 아직도 있는 매미 울음일세

흘러가는 물과 세월은 어찌 그리 빨리 오나

뜬구름에 나그네 모임은 화목하네

百年(백년) 富貴(부귀)는 꿈 아님이 없으니

누가 있어 꽃다운 이름을 이 세상에 전할꼬

산은 그림 병풍처럼 강 밖을 둘러싸고

멋대로 품은 詩意(시의)가 旅店(여점) 창문을 두드리네

정원에 꽃 몇 가지는 맑은 향기 뿜어내고

시냇가 버드나무 천 갈래 가지는 푸른 그림자로 얽혀있네

늙어도 經綸(경륜) 있으니 책 읽기 그만둘 수 없고

가난한데 사업도 없으니 쉽게 조롱 소리 듣네

백년을 두루 공부했어도 마음으로 알아주는 이 드무나

느지막이 만난 글 짓는 친구들과는 옻과 아교처럼 화목하네

白戰爭工座共連

終南山下獎壇前

一江寒影初飛雁

萬樹淸音尙噪蟬

逝水光陰來迅速

浮雲客子會團圓

百年富貴無非夢

有孰芳名此世傳

山似畫屛江外包

謾將詩意旅窓敲

園花數朵淸香動

溪柳千絲翠影交

老有經綸難廢讀

貧無事業易聽嘲

百年學海知心少

晩遇詞朋漆和膠

회천 마장화에게 지어 줌

贈馬晦泉長華

회천 늙은이 文章(문장)은 수놓은 배 포대기 같아

晦老文章繡肚包

詩(시)로 세상 論(논)하고 고쳐 다듬어주기를 물어오네

以詩論世問椎敲

吉凶(길흉)은 이미 하늘이 내려준 象(상)에 나타나 있고

吉凶已著天垂象

禍福(화복)은 장차 聖人(성인)이 演繹(연역)한
　卦爻(괘효)[137]대로 될 것이네

禍福將來聖演爻

날 저무니 산머리엔 소나무 그림자 드리워지고

日暮山頭松影倒

비 지난 개울가엔 짐승 발자국 패어있네

雨過溪上獸踪坳

따라 어울려 수년간 講磨(강마: 배움을 갈고 닦음)하니

從遊數載講磨久

사귀어 맺음이 자연히 옻칠과 아교 같네

交契自然同漆膠

백운암에서 즉흥으로 짓다

白雲庵卽事

멀리서 詩會(시회)에 참석해 높은 누각에 앉아서

遠參詩會坐層欄

시냇물과 산을 둘러보니 눈에 뵈는 게 시원하네

周覽溪山眼界寬

비 온 후 물결 소리는 작은 개울 울리고

雨後波聲鳴小澗

가을 오니 경치는 수놓은 듯 맑게 갠 날 산이네

秋來景色繡晴巒

빠져가는 머리털 고치기 어려워 천 갈래 흰 머리니

難醫禿髮千莖白

그저 공평한 마음 정성 한 조각으로 보전하세

只保公心一片丹

부평초처럼 떠도는 세상에 일 없이 만난 이들

萍海相逢無事客

멋대로 술 마시며 詩(시) 읊어 情(정) 가는 대로 즐기세

謾將觴咏任情歡

---

137) 聖人이 演繹한 卦爻: 周易(주역)을 이름.

342

일요일 모임에서
日曜會

바둑 친구 글 친구 같이 정자에 모이니 棋友詩朋共會亭

多端(다단)한 세상 일 자연히 듣게 되네 多端世事自然聽

봄날에는 무궁화 꽃 펴 언덕 꾸미고 槿粧春日花開岸

바람 부는 가을엔 시든 버들잎 뜰 앞에 떨어지네 柳病秋風葉落庭

지난 자취는 莊子(장자)의 꿈 아닌 것 없고 往蹟無非莊子夢

지금 情勢(정세)엔 屈原(굴원)[138]이 거의 깨어 있어야 하네 時情幾是屈原醒

童心(동심)은 바뀌지 않았는데 지금 늙어버렸으니 童心未改今成老

白髮(백발) 고치기 어렵거늘 藥(약)이 어찌 靈驗(영험)하리오 白髮難醫藥豈靈

가을밤에 회포를 쓰다
秋夜書懷

깊은 밤 누추한 동네 적막하니 시끄러움 없으니 燈深陋巷寂無喧

잠 못 이루는 쇠약한 늙은이 홀로 대나무 마루에 앉아있네 失寐衰翁坐竹軒

변방 밖에서 돌아오는 기러기 푸른 하늘 가로지르고 塞外歸鴻橫碧落

고개 머리에 걸려 떠오르는 달이 黃昏(황혼)을 깨뜨리네 嶺頭殘月破黃昏

詩(시) 공부는 아직 三昧境(삼매경)에 통달하지 못했는데 詩工未得通三昧

道(도) 깨치는 맛은 오히려 六根(육근)[139] 깨닫기를 기약하네 道味猶期悟六根

반평생 부평초처럼 타향에 떠도니 공연히 느낌만 많아 半世萍鄉空有感

남쪽으로 고향 바라보며 남모르게 魂(혼)을 달래네 南望故里暗消魂

---

138) 屈原(굴원: 楚나라 사람)이 자기가 쫓겨난 이유를 남들은 다 취해 있는데 나 홀로 깨어있기 때문이라 한 데서 나온 말임.

139) 眼耳鼻舌身意(안이비설신의) 여섯을 총칭.

한강에 배를 띄우고 일본 죽림시사에서 지음

漢江汎舟 日本竹林詩社

단풍나무 잎 붉고 갈대꽃 흰 팔월 가을에 　風葉蘆花八月秋
한강에 배 띄우고 풍경을 구경하네 　汎舟漢水景光收
서늘한 바람 잠시 선뜻 불어오니 푸른 물결 일고 　凉風乍動蒼波起
질기게 오던 비 처음 개니 해가 하얗게 물위에 흐르네 　積雨初晴白日流
十里(십리) 煙霞(연하: 고요한 경치)가 그림 세계처럼 열리고 　十里烟霞開畵界
이때 짓는 글은 환상 속에 詩(시) 읊는 누각이네 　一時詞賦幻吟樓
뱃전 두드리는 歌客(가객)이 퉁소 소리에 화합하니 　扣舷歌客吹簫和
취하고 나니 호탕한 감정에 시름은 까맣게 잊네 　醉後豪情頓忘愁

연희동 조용히 사는 곳에서

延禧洞幽居

집안 다스림과 아들 일에는 모두 무관하게 　治家任子摠無關
이십 여 년을 모두 잊고 지내다 보니 살림살이 어렵네 　廿載渾忘桂玉艱
기와집이 산에 의지해 있으니 마을 집들이 좌우로 있고 　瓦屋依山村左右
돌다리가 가운데로 길을 뚫었네 　石橋通路水中間
상업과 공업에 누가 신경 쓰지 않으리요만 　商拱事業誰無惱
시 한 수 술 한 잔에 보내는 생애에 나 홀로 여유롭네 　詩酒生涯我獨閒
이 세상에선 지금 이 백발 용납되기 어려우니 　此世難容今白髮
매번 香社(향사)[140]를 찾는 것은 옛 친구와 함께일세 　每尋香社舊同班

---

140) 唐(당)나라 때 백거이가 결성한 모임인 香火社(향화사)의 준말로 여기서는 글 모임을 이른 듯함.

비웃음 해명하는 시를 지음
題詩解嘲

세상 길 기구하여 때 못 얻음 한탄하니

오직 자벌레처럼 굽혔으면 다시 펼 수 있기 바라네

무정하게도 백발노인들 다 같이 늙어가고

정해진 數(수) 있는 황금이라 나 홀로 가난하네

낮처럼 달이 밝아도 그래도 밤일 뿐이요

가을 기다리는 때 꽃이 핀다고 어찌 봄이라 하리오

굽이쳐 흐르는 물에 제대로 알아주는 이 드무니

노란 꽃 정원에서 실컷 책이나 읽어 진심 오래도록 기르려네

세 로 기 구 탄 불 신
世路崎嶇歎不辰

유 기 척 확 굴 환 신
惟期尺蠖屈還伸

무 정 백 발 인 동 로
無情白髮人同老

유 수 황 금 아 독 빈
有數黃金我獨貧

여 주 월 명 유 시 야
如晝月明猶是夜

대 추 화 발 기 비 춘
待秋花發豈非春

곡 중 류 수 지 음 소
曲中流水知音少

만 독 황 정 구 양 진
謾讀黃庭久養眞

장충단에서 회포를 쓰다
獎忠壇書懷

자취를 강산에 맡겼으나 멀리 갈 계획 없고

늦더위 아직 남아있는데 또한 서로 만나네

한번 들은 모기 소리 항상 고달프지만

백 번이나 꽃을 봐도 볼수록 어여쁘네

騷壇(소단)에서 헛되이 늙어가니 지어 줄 詩(시)만 쌓여가는데

매번 술의 나라에서 노닐다 보면 세상 시름 사라지네

壁(벽) 속에 갈무리한 책 읽지 않은 것 없으나

우리네 길에 누가 능히 적막함을 깨뜨릴 수 있으려나

높은 누각에 한가로이 앉아 맑게 갠 하늘에 산 바라보니

그림 속 煙光(연광)이 눈에 가득 들어오네

나뭇잎은 바람소리와 어울려 섬돌 아래 떨어지고

날이 저물어 가니 나무 그림자가 난간 조각에 드리우네

詩(시)로써 痼癖(고벽)이 되어 많이도 읊어대고

술을 빌어 시름을 녹이니 온갖 걱정 사라지네

늙어가는 生涯(생애)에 할 일 따로 없으니

멋대로 술 마시며 시 읊으며 갔다가 돌아오네

탁 적 강 산 불 계 요
托跡江山不計遙

만 염 상 재 역 상 요
晚炎尙在亦相邀

일 번 청 예 청 상 고
一番聽蚋聽常苦

백 도 간 화 간 익 교
百度看花看益嬌

허 로 소 단 시 채 적
虛老踈壇詩債積

매 유 주 국 세 수 소
每遊酒國世愁消

미 증 장 벽 서 무 독
未曾藏壁書無讀

오 도 수 능 파 적 요
吾道誰能破寂寥

고 루 한 좌 망 청 만
高樓閑坐望晴巒

화 리 연 광 안 계 관
畫裡烟光眼界寬

엽 반 풍 성 비 석 체
葉伴風聲飛石砌

일 이 수 영 상 조 란
日移樹影上雕欄

이 시 성 벽 음 천 수
以詩成癖吟千首

차 주 소 수 해 백 단
借酒消愁解百端

노 거 생 애 무 소 사
老去生涯無所事

만 탐 상 영 왕 이 환
謾貪觴咏往而還

수송동을 지나며 옛일을 생각함 친구 박우태 집
過壽松洞感舊 朴友泰緒家

지난 일 돌이켜 생각하니 감회가 배나 더한데

왕 사 회 사 배 감 회
往事回思倍感懷

사람들에게 물어 물어 수송동 거리에 왔네

향 인 빈 문 수 송 가
向人頻問壽松街

도시는 변천하여 옛날과 지금이 다르고

변 환 도 시 고 금 이
變還都市古今異

번복되는 세상 정세는 前(전)과 後(후)가 다르네

번 복 세 정 전 후 괴
飜覆世情前後乖

遺澤(유택: 옛집)은 어디에 있었는지 알 수 없고

유 택 부 지 하 처 재
遺宅不知何處在

정다웠던 친구는 이미 고향에 돌아가 묻혔다네

정 붕 이 반 고 향 매
情朋已返故鄕埋

三十(삼십) 년 지난 세월이 지금은 꿈과 같으니

세 과 삼 십 금 여 몽
歲過三十今如夢

뱃속 가득한 슬픔은 술을 빌어 밀어내네

만 복 비 심 차 주 배
滿腹悲心借酒排

검단산 성남시 단대동 시회에서
黔丹山 城南市丹垈洞 雅會

삼가 희생과 폐백을 갖추어 하늘에 제사 지내니

근 장 생 폐 제 우 천
謹將牲幣祭于天

典禮(전례: 정해진 의식)는 반만년 내려온 것일세

전 례 유 래 반 만 년
典禮由來半萬年

봄가을로 무궁화와 국화가 제단 섬돌 앞에 피고

근 국 개 화 계 체 상
槿菊開花階砌上

저자 거리 주변엔 벼와 기장이 열매 맺어 가네

도 량 결 실 시 가 변
稻粱結實示街邊

三韓(삼한: 우리 삼국시대)의 시절은 벌써 꿈이 되었으나

삼 한 일 월 증 성 몽
三韓日月曾成夢

百濟(백제)의 山河(산하)가 다시 인연을 잇네

백 제 산 하 경 속 연
百濟山下更續緣

오직 바라기는 빨리 삼팔선을 없애

유 원 속 제 삼 팔 선
惟願速除三八線

檀君(단군)과 箕子(기자)의 聖德(성덕) 무궁히 전하는 것이네

단 기 성 덕 무 궁 전
檀箕聖德无窮傳

신구대학 발전을 기원하며
祝新丘大學發展

학교 일 경영이 해마다 새로워진다 하니 　校務經營歲歲新

검단산 아래로 다시 참된 곳 찾아왔네 　黔丹山下再尋眞

어쩌다 보니 여름 지나 기러기는 북쪽에서 떠나고 　因循過夏鴻離北

차례로 꽃피니 무궁화가 봄을 얻었네 　次第開花槿得春

半世(반세) 열심히 노력하여 성과가 크고 　半世勤勞成果大

각각 학과의 技藝(기예) 이름 떨침이 고루 높네 　各料技藝擅名均

한 시절 흐르는 자취라도 맑은 인연 소중한 것이니 　一時浪跡淸緣重

가르치는 아름다운 곳의 글 숭상 풍습 우러러 하례하네 　講樹文風仰賀頻

백운암에서 즉흥으로 짓다
白雲庵卽事

푸른 나무 사이에 별도로 공원 만들어 놨으니 　別作公園碧樹間

매 주일마다 옛 친구 얼굴 마주하네 　每週相對故人顏

山(산)의 형용은 반쯤 가리었고 구름은 층층이 천 겹인데 　山形半掩雲千疊

江(강)의 형세는 굽이쳐 돌아 물 한 굽이네 　江勢彎回水一彎

취해서 시름 잊기는 비록 쉬운 일이나 　因醉忘愁雖有易

詩(시) 읊지 않고 하루 보내기는 어찌 어려움 없다 하리오 　不吟消日豈無難

얕은 재주로 어리석은 본성이라도 지키는 것이 내 분수이니 　淺才守拙宜吾分

경치 좋은 곳에서 잘 노닐고 세상과 관여하지 않으려네 　勝地優遊世未關

춘원 이우명이 보내준 시의 운에 맞추어
和李春園愚明奇詩韻

鰲頭(오두)를 혼자 차지하니 感情(감정)이 깊어지고
첫째 다투던 술집은 모두 詩(시) 읊기 좋은 곳이네
文學(문학)은 지금에 이르러 배움의 바다에 드높고
聲名(성명)은 젊어서부터 儒林(유림)에 드날렸네
일찍이 훌륭한 분 한 번 만나 보고픈 소원은 그저 꿈이었는데
그대 만나 인연 이루어 이미 마음을 허락했네
보내준 빛나는 편지 삼가 받았는데 겸해서 후한 선물 있으니
좋은 술 사다가 응당 세속의 시름 침범을 씻어내리라

鰲頭獨占感情深
爭甲旗亭摠愛吟
文學到今高學海
聲名自少擅儒林
識荊有願曾多夢
御李成緣已許心
華翰謹承兼厚貺
買醇應滌世愁侵

문수사에서 즉흥으로 짓다
文殊寺卽事

북악산 앞으로 다시 절에 찾아가니
때 맞춰 興(흥)이 일어나 등나무 넝쿨 끌어당기네
바람에 시든 누런 잎은 가을빛에 물들었고
비가 오려나 맑은 푸른 하늘엔 습기 가득 찼네
詩(시)로 이름 떨치지도 못하며 공연히 痼癖(고벽)만 얻고
일은 뜻대로 되기 어려워 無能(무능)함이 부끄럽네
우연히 시회에 참석해서 여러 친구 만나고
한바탕 글재주 겨루니 酒量(주량)이 늘어가네

北岳山前更訪僧
隨時惹興曳枯藤
病風黃葉秋光染
欲雨靑天日氣蒸
詩不擅名空有癖
事難如意愧無能
偶參雅會逢諸友
白戰場中酒量增

북악산 시회에서
北岳雅會

騷壇(소단)에 약속이 있어 이른 아침 집을 나서

十里(십리) 산길 감에 몇 번이나 다리를 건넜는고

길은 험하나 車(차)가 통하도록 靑石窟(청석굴)이 있고

地境(지경)은 한가로운데 마을이 흰 구름 허리에 있네

詩(시) 짓는 데 敵手(적수) 만나니 읊고 싶은 정신이 높아지고

술 한참 마셔 좋은 때 되니 醉興(취흥)이 돋아나네

단풍과 국화와 예쁨을 다투는데 비도 오지 않으니

지루하지만 술 마시며 詩(시) 읊으며 세상 시름 녹여보세

소 단 유 약 출 평 조
騷壇有約出平朝
십 리 산 행 기 도 교
十里山行幾渡橋
노 험 차 통 청 석 굴
路險車通靑石窟
경 한 촌 재 백 운 요
境閒村在白雲腰
시 봉 적 수 음 혼 야
詩逢敵手吟魂惹
주 도 양 신 취 흥 도
酒到良辰醉興挑
풍 국 쟁 연 천 불 우
楓菊爭姸天不雨
지 리 상 영 세 수 소
支離觴咏世愁消

탑골공원에서 회포를 쓰다 기다리는 사람이 늦게 옴
塔洞公園書懷待人晚來

탑골공원을 주의 깊게 바라보고

친구에게 약속 남겨 놓고 빈 난간에 앉아있네

노란 국화 이슬에 젖으니 가을은 바야흐로 깊어가고

붉은 잎 바람에 흩날리니 날씨는 점점 추워지네

平生(평생) 行路(행로)는 원래 쉬운 것 아니니

잠깐 동안 사람 기다리는 무에 어렵다 하리오

유유히 흘러간 일은 모두 꿈으로 돌아가니

白首(백수)가 다시 돌아와서 생각이 만 갈래네

탑 동 공 원 주 의 간
塔洞公園注意看
여 붕 류 약 좌 공 란
與朋留約坐空欄
황 화 읍 로 추 방 모
黃花浥露秋方暮
홍 엽 표 풍 일 점 한
紅葉飄風日漸寒
행 로 평 생 원 불 이
行路平生元不易
대 인 수 경 기 무 난
待人數頃豈無難
유 유 왕 사 전 귀 몽
悠悠往事全歸夢
백 수 중 래 의 만 단
白首重來意万端

장충단 공원 시회에서

獎忠公園雅會

매번 詩魂(시혼)이 일어날 때마다 일찍 둥지를 떠나니 每惹詩魂早出巢

말은 비록 좋은 글귀 없더라도 책은 몇 권 뽑아 가네 語雖不健卷猶抄

高山(고산)이 빈 곳에는 구름이 들어가 메워주고 高山缺處雲歸補

平野(평야)가 끊긴 머리에는 강물이 이르러 감싸주네 平野斷頭江到包

부평초 같은 타향에 마음 같이 하는 옛 친구 드물고 萍海同心稀舊契

旗亭(기정)에 모인 敵手(적수)들 반은 새로 사귀는 사람들이네 旗亭敵手半新交

安貧樂道(안빈낙도)하여 항상 無事(무사)하니 安貧樂道恒無事

술 마시며 詩(시) 읊는 사이에 세간의 걱정은 버려지네 觴咏之間世慮抛

敵手(적수)를 만남에 興(흥)은 빼어나게 높아지고 敵手相逢逸興高

흰머리 옛 친구는 동쪽 언덕으로 걸어오네 白頭故舊步東皐

갈대꽃은 어지러이 떨어져 눈처럼 흩날리고 蘆花亂落散如雪

소나무 사이 바람 소리 急騰(급등)하여 파도처럼 밀려오네 松響急騰來似濤

잠시나마 단단했던 시름 깨뜨리니 술 취한 사람 많고 暫破愁城多醉客

오랫동안 배움의 바다에서 노니니 거의 詩(시)는 호탕하네 久遊學海幾詩豪

黃河(황하)가 맑아졌다는 소식은 지금도 아직 멀기만 하니 河淸信息今猶遠

일찍이 세속 밖으로 도망치지 못한 것이 한스럽네 恨不曾年物外逃

백운암 시 모임에서
白雲庵雅集

衿芝山(금지산) 아래 白雲庵(백운암) 앞으로
남쪽 북쪽에서 글 짓는 친구들 와서 한자리에 모였네
사람이 늙으면 시간이 많으니 세월 한가하고
땅이 영험하고 하늘이 만들었으니 좋은 林泉(임천)일세
나무는 저녁노을 머금으니 매미 소리 흘러나오고
꽃은 맑은 향기 뿜어주니 나비가 꿈에 끌려가네
속세 나그네가 불경소리 들으면 모두 느낌이 많아지니
티끌세상 시름 잊어버리고 道心(도심)을 온전히 하네

衿芝山下白雲前
南北詞朋一座連
人老時多閒日月
地靈天作好林泉
樹含落照蟬聲出
花送清香蝶夢牽
俗客聽經皆有感
塵愁忘却道心全

장충단 시회에서
獎忠壇雅會

땅에 가득한 단풍과 국화에 興(흥)을 숨겨놓지 못하고
글 짓는 친구들 약속 지켜 같이 누각에 오르네
뜬구름 산봉우리에서 나오니 장차 비올 듯하고
분수는 하늘을 찌르다 필경은 도랑으로 내려가네
百藥(백약)도 영검하지 못하니 사람은 쉬 늙고
千金(천금)도 정해진 數(수) 있으니 내가 얻기는 어렵네
이곳은 딴 세상 말고 한가한 세계이니
才子(재자) 佳姬(가희)들이여 맘껏 노시게나

滿地丹黃興不幽
騷朋守約共登樓
浮雲出岫將成雨
噴水衝天竟下溝
百藥無靈人易老
千金有數我難謀
此區別作清閒界
才子佳姬任意遊

늦은 가을 시 모임에서
晩秋雅集

흰머리 시인들이 푸른 옷소매 떨치며

글귀 찾느라 지루하지만 탁주 몇 잔이나 마셨는고

개울에 내린 비 모두 걷히니 돌에 이끼 돋아나고

언덕에 내린 서리 다 녹지 못해 시냇가엔 풀이 삐쭉하네

취하면 능히 세상 잊을 수 있으니 깨어있는 시간 항상 적고

시는 사람 놀라게 하지 못하고 도리어 읊는 소리만 높아지네

자리 가득한 친구들 정답게 얘기하다 늦어지니

슬그머니 지는 해가 숲 덕에 드리우네

白頭騷客振靑袍
覓句支離幾酌醪
溪雨全收生石髮
岸霜未下長溪毛
醉能忘世醒恒少
詩不驚人咏返高
滿座親朋情話晩
居然落日倒林皐

안양유원지에서
安養遊園地

노란 국화 붉은 단풍잎이 수풀 언덕 수놓고

유원지 안쪽으로 점점 들어갈수록 길은 높아지네

저수지 연못엔 물 흐름 온화하고

산을 둘러싼 돌 벽은 호탕한 형상이네

가을 천 가지 그림자 속에 붉은 소매 번득이고

빨래 빠는 소리 머리에 흰 파도 부서지네

안양의 늦은 가을 풍경이 너무나 좋아

한참을 높이 올랐으나 힘든지 모르겠네

黃花赤葉繡林皐
漸入園中路益高
貯水池塘流勢穩
環山石壁立形豪
秋千影裡飜紅袖
洴澼聲頭散白濤
安養暮秋粧勝興
登臨半晌不知勞

충주 중양 시의 운에 맞추어
次忠州重陽韻

또 중양절(음력 9월 9일)을 맞아 멀리 누각에 오르니
又卜重陽遠上樓
우 복 중 양 원 상 루

타향살이 세월에 몇 번이나 가을을 맞았나
他鄕歲月幾迎秋
타 향 세 월 기 영 추

喜情宮(희정궁) 궁녀는 수유 같은 미소 머금고
喜情宮女佩茱笑
희 정 궁 녀 용 수 소

술 취한 모습 參軍(참군)은 떨어지도록 노니네
醉態參軍落頻遊
취 태 참 군 락 빈 유

바람은 갈대꽃을 때려 浦口(포구)로 날려보내고
風打蘆花飛浦口
풍 타 로 화 비 포 구

서리는 감나무 잎을 꾸며 산머리를 수놓네
霜粧柿葉繡山頭
상 장 시 엽 수 산 두

오랫동안 객지에 머물러 있으니 언제나 돌아갈까
久留客地何時返
구 류 객 지 하 시 반

마음은 季鷹(계응)[141]과 같아 시름 풀기 어렵네
心似季鷹難解愁
심 사 계 응 난 해 수

중양절에 북악산에 올라
重陽登北岳山

고향 떠난 지 스물두 해 되는 중양절이니
吏鄕二十二重陽
이 향 이 십 이 중 양

京鄕(경향: 나라 전체) 곳곳에 자취 맡긴 세월이 기네
托跡京鄕歲月長
탁 적 경 향 세 월 장

단풍잎은 서리 맞은 후 모두 붉어졌고
楓葉經霜皆染赤
풍 엽 경 상 개 염 적

국화는 비를 무릅쓰고 펴 반쯤 노랗네
菊花冒雨半舒黃
국 화 모 우 반 서 황

詩(시) 짓는다고 가는 곳마다 시름은 피하기 어렵고
詩城到處愁難避
시 성 도 처 수 난 피

술 취한다고 언제나 세상을 잊지 않나
酒國何時世不忘
주 국 하 시 세 불 망

북악산 앞에 성대한 모임 열리니
北岳山前開盛會
북 악 산 전 개 성 회

멀리 고향 땅 바라보며 취했는데 또 한 잔 하네
遙望故里醉餘觴
요 망 고 리 취 여 상

---

141) 晉(진)나라 사람 張翰(장한)의 字(자). 벼슬을 하다 가을 바람 불어오니 고향의 음식이 그리워진다 하여 그 길로 사직하고 고향으로 돌아간 일화가 유명함.

북악산 가을 회포
北岳秋懷

앞선 王朝(왕조)는 꿈과 같아 그저 城(성)만 남겨놓았는데	前朝若夢只遺城
흐르는 물은 천년을 변하지 않고 소리 내네	流水千年不變聲
가소롭구나 날 어둡기 기다려 나오는 하루살이야	可笑蜉蝣伺陰出
태양 따라 밝음 향하는 해바라기를 가엽다고 할 수 있겠느냐	堪憐葵藿向陽明
서리로 물든 단풍잎은 붉은 비단처럼 펼쳐있고	染霜楓葉紅綾展
돌로 꾸며진 산 모습은 白玉(백옥)을 이루었네	粧石山容白玉成
이 좋은 곳 風光(풍광)이 느낌을 불러일으키니	勝域風光還惹感
다시 남은 술 갖고 그윽한 情(정)을 씻어 보련다	更將餘酒滌幽情

북한산성 구로회의 운에 맞추어
次北漢山城九老會韻

아홉 늙은이 모임 이루어지니 비 막 개어	九老會成收雨初
大西門(대서문) 밖에 오랫동안 차 멈추었네	大西門外久停車
해바라기 해 따라 얼굴 돌리지만 향기 오히려 남아있고	葵花向日香猶在
버들잎은 바람에 날려 그림자 점점 옅어지네	柳葉飛風影漸踈
산 위엔 사람들 많이 다녀 돌 사이에 오솔길 나있고	山上通人多石逕
길 머리에 차려진 가게는 농가와 반반이네	街頭設店半田廬
나는 밖에서 온 나그네라 참석하기 어려웠으나	我惟外客難參席
멀찌감치 티끌 날리며 온 것 생각하니 興(흥)이 아직 남아있네	遙想行塵興尙餘

355

도봉산에서 가을 감상하며

道峰賞秋

興(흥)에 겨워 한가한 지팡이 짚고 골짜기 깊이 들어오니 乘興閒筇入洞深

노란 국화 붉은 단풍이 구름 같이 숲을 수놓았네 菊黃楓赤繡雲林

道心(도심)에 누가 천년의 환상을 깨우치리요 道心誰識千輪幻

塵累(진루: 세속에 얽매임)에 나는 한 조각 마음만 괴롭히네 塵累余勞一片心

비록 땅은 변했어도 기러기는 철에 맞춰 날아오는데 隨候雁程雖地變

계절 어긴 나뭇잎이 어찌 서리를 못 내리게 하리오 違時木葉豈霜禁

舞雩坮(무우대) 아래에 공연히 느낌만 많으니 舞雩坮下空多感

先賢(선현)을 追慕(추모)하며 허구하게 詩(시) 읊네 追慕先賢許久吟

백운암 시회에서

白雲庵雅會

공원의 바람은 쌀쌀하고 낙엽은 소소히 지는데 公園風冷葉蕭蕭

약속 있어 서로 만남은 특별히 불러낼 필요도 없네 有約相逢不費招

거미줄에 얽힌 꽃이 서까래에 매달려 있고 花胃蛛絲懸屋角

비 머금은 뭉게구름이 산허리를 지나가네 雨藏雲陣過山腰

讀書(독서)에는 실망하여 이름 떨치기는 어렵지만 讀書失望名難振

出世(출세)에는 인연 없어도 뜻은 아직 초연하네 出世無緣志尙超

우리네 다행히도 건강하게 지내니 吾輩幸多康健日

단풍 구경하고 국화 주제 詩(시) 읊으며 슬슬 걸어봄이 좋겠네 賞楓吟菊好逍遙

장충단에서 즉흥으로 짓다
獎忠壇卽死

글 짓고 글씨 쓰는 친구들 매주 찾기를	騷朋墨客每週尋
푸른빛으로 둘러싼 영검한 별 세상이네	別有靈區繞翠林
분수대에서 흐르는 물은 비 되어 내리고	噴水坮流人作雨
바람에 울어대는 대나무 소리는 자연히 가야금이네	鳴風竹奏自然琴
누가 文字(문자)가 千金(천금)이나 값나가는지 알리요	孰知文字萬金重
내가 우정을 느끼는 것은 千尺(천척)이나 깊네	余感友情千尺深
山色(산색)은 붉고 누르니 감상할 만하고	山色丹黃堪可賞
술엔 항상 쉽게 취하나 경치를 읊긴 어렵네	酒常易醉景難吟

가을밤에 경주에서 지음
秋夜慶州題

물 내리는 소리 밤을 재촉하더니 비는 새로 개었고	漏聲催夜雨新晴
한가하게 書窓(서창)에 누우니 세상 걱정 가벼워지네	閒臥書窓世慮輕
大地(대지)엔 바람 없으니 나무들 모두 조용하고	大地無風千樹靜
長天(장천)엔 수레바퀴 같은 달 있어 환하네	長天有月一輪明
일찍이는 부평초 같이 타향 떠돌다 청춘 흘려보내고	早遊萍海靑春過
늙어선 달팽이 집 지키느라 머리만 희어가네	晩守蝸廬白髮生
다행히 이웃 친구들과 어울려 술 같이 하니	幸伴隣朋同酌酒
취한 나머지 韻字(운자) 나누어 다시 느낌을 풀어내보네	醉餘分韻更舒情

357

창경원에서 가을 회포를 쓰다
昌慶苑秋懷

菖蒲亭(창포정)이 우뚝 연못 머리를 누르고 있고

一葉片舟(일엽편주)가 물위에 떠있네

색칠한 壁(벽)은 모두 새로운 제도 따랐으니

노니는 사람들은 옛날 風流(풍류)에 관심 없네

훌륭하던 옛 왕조 문물은 바야흐로 꿈이 돼버렸고

秘苑(비원)의 樓臺(누대)는 상기도 시름 짓게 하네

오늘날 남겨진 백성들 옛날 생각 품으니

집안을 교화하고 나라를 위함이 千秋(천추: 천년)에 아름답네

菖蒲亭屹壓池頭
一葉片舟水上浮
彩壁皆從新制度
遊人不作舊風流
勝朝文物方成夢
秘苑樓坮尙惹愁
今日遺民懷古感
化家爲國丰千秋

남산 시 모임에서
南山雅集

물은 본디 洋洋(양양)하고 산은 본디 높디높은 것

이 가운데 詩興(시흥)을 몇 번이나 읊었던가

지형은 기묘해서 그림과 같고

나무 색깔은 붉고 노랗게 비단 수놓았네

무정하게 쇠약하고 늙었으나 마음은 젊자 하고

태평세월 바래보나 꿈이 도리어 많네

文章(문장)은 멋대로 전력을 다해보나

하늘이 내려준 재주가 모자라니 장차 어찌 하리오

水自洋洋山自峨
此中詩興幾吟哦
地形奇妙如圖畵
樹色丹黃繡綺羅
衰老無情心欲少
昇平有望夢還多
文章縱道由專力
天禀菲才將奈何

백운암에서 즉흥으로 짓다
雲庵卽事

每週(매주) 모임 열어 좋게 서로 사귀니

詩(시)와 술로 같은 마음인 것이 옻칠과 아교이네

가을 색은 뜰의 느티나무 잎에 옮겨오고

봄빛은 섬돌 앞 무궁화 가지를 둘러싸네

책 속에서 공연이 늙어가니 항상 부끄럽기만 하고

세상 밖에서 한가히 노니니 몇 번이나 비웃음 사네

가는 비 지루하게 내리니 구름 기운 어둠침침하니

가야 할 사람은 부득이 늦게나마 둥지로 돌아가네

매주설회호상교
每週設會好相交

시주동정사칠교
詩酒同情似漆膠

추색이정괴목엽
秋色移庭槐木葉

춘광요체근화초
春光繞砌槿花梢

서중공로항다괴
書中空老恒多愧

물외한유수기조
物外閒遊受幾嘲

세우지리운기암
細雨支離雲氣暗

행인불득만귀소
行人不得晚歸巢

양화 나루에서 즉흥으로 짓다
楊花渡卽事

양화 나루터 아래 仙班(선반: 신선 같은 친구) 찾아오니

여름 지나고 다시 온 것이 꿈속인 것 같네

물가 따라 날아가는 기러기는 먼 포구로 돌아가고

서리에 물든 단풍잎은 가을 산을 수놓네

평생 道(도)를 즐기며 몸 항상 건강하고

모든 일 하늘에 맡기니 마음 또한 한가롭네

百藥(백약)이 영검하지 못해 白髮(백발) 슬퍼하는데

우연히 술을 빌어 다시 紅顔(홍안) 되네

양화도하방선반
楊花渡下訪仙班

경하중래사몽간
經夏重來似夢間

준저안정귀원포
遵渚雁程歸遠浦

염상풍엽수추산
染霜楓葉繡秋山

평생락도신상건
平生樂道身常健

만사임천의역한
萬事任天意亦閒

백약무령비백발
百藥無靈悲白髮

우연차주경홍안
偶然借酒更紅顔

장원에서 즉흥으로 짓다
獎苑卽事

한강 남쪽으로부터 모임 날자 지키자 하여
遵期會自漢江南

가는 길 따라 風光(풍광)을 하고픈 대로 찾아보네
連路風光任意探

오동잎은 일찍 시들어 푸르른 빛 삭아 들고
梧葉早凋多翠減

무궁화 꽃은 늦게 펴 아직도 불그레하네
槿花晚發尙紅酣

한가한 이래로 술 빚지는 것 꼭 싫어할 이유 있나
閒來酒債何須忌

늙어가며 詩(시)의 시름 또한 견딜만한 것을
老去詩愁亦可堪

세상 피한 여러 해에 하는 일 없으니
遯世多年無所事

한바탕 諧謔(해학)이 곧 淸談(청담)이네
一場詼謔卽淸談

도선사 시회에서
道詵寺雅會

책 속에서 세월 속에서 늙어가는 이 늙은이
書裡光裡老此翁

文章(문장)은 여전히 졸렬하여 하찮은 詩賦(시부) 부끄럽네
文章尙拙愧雕蟲

기회 있을 때마다 경치 좋은 곳 찾아가는 것이
  공연히 痼癖(고벽)이 되었고
靈區適趣空成癖

세상 일은 마음과 어긋나니 짐짓 귀머거리인 체하네
世事違心故作聾

버드나무 그림자 바야흐로 성기어지니 낙엽 많이 떨어지고
柳影方踈多落葉

국화 향기 점점 여러 개 떨기 지어 펴나네
菊香漸動幾開叢

예부터 興敗(흥패)는 권력으로 말미암는 것
古來興敗由權力

지금까지 오직 白髮公(백발공)[142]만이 있네
惟有于今白髮公

---

142) 杜牧(두목)의 送隱者(송은자)라는 시에서, 세상에 공평한 것은 白髮(백발)뿐이라는 데서 나온 말로 세상
에 변함없이 공평한 것은 누구에게나 똑 같이 가는 세월이라는 뜻임.

울리지 않는 종 일본에서 지음

廢鐘日本題

거리에 鐘(종)은 예와 같이 지금까지 전해오는데	街鐘依舊尙傳今
그 울림 소리 들으려 했으나 지금껏 찾지 못했네	欲聽其鳴未得尋
조화로운 소리 높고 낮아 남겨진 法(법) 묘하고	合律高低遺法妙
울려 나오는 소리는 아침 저녁으로 사람들을 깊이 깨우쳤네	出音朝暮警人深
종에 조각해 넣은 것은 天地文明(천지문명)의 형상이요	鑄成天地文明象
江山(강산)의 적막한 마음을 깨뜨렸었네	打破江山寂寞心
편리하기는 시계의 좋음만 같지 못하나	便利無如時計好
세상 사람들이 千金(천금)을 아끼지 않고 사려 하네	世人不惜買千金

장충단에서 늦은 가을에

獎壇暮秋

詩(시) 짓고 싶은 마음이 한가하지 못하게 하여 돌 언덕으로 걸어가니	詩意偸閒步石坡
서리 흠뻑 먹은 나무는 온통 그림자 도리어 많네	酣霜萬樹景還多
포구 머리에 차가운 그림자는 날아오는 손님 기러기요	浦頭寒影來賓雁
소나무 꼭대기에 봄 빛은 길어진 이끼이네	松頂春光長女蘿
좋은 술로 시름 삭이니 취해봄도 좋을 듯 하고	美酒消愁謀醉可
경치 좋은 곳에서 興(흥) 돋우니 詩(시) 읊지 않고 어찌 하리오	勝區挑興不吟何
좋은 벗들 合席(합석)하여 같이 술 마시며 시 읊으니	良朋合度同觴咏
취한 후에 胸襟(흉금)은 저절로 화합하네	醉後胸衿自得和

칠석 운자에 맞추어

次七夕韻

玉樓(옥루: 옥황상제의 궁전) 앞에 반달 높게 뜨니	반 륜 월 고 옥 루 전 半輪月高玉樓前
견우 직녀 두 별이 옛 인연을 다시 잇네	우 녀 쌍 성 속 구 연 牛女雙星續舊緣
하늘엔 좋은 때가 이 저녁뿐인가	천 상 가 기 유 차 석 天上佳期惟此夕
인간 세계 좋은 절기도 또 금년 지금이라네	인 간 금 절 우 금 년 人間今節又今年
거미는 盒(합)중에 빽빽이 거미줄 쳐놓고	지 주 결 망 합 중 밀 蜘蛛結網盒中密
烏鵲(오작: 까마귀와 까치)은 은하수 위에 다리를 이어 이루네	오 작 교 성 하 상 련 烏鵲橋成河上連
오랜 약속 어기지 않고 항상 會合(회합)하니	숙 약 무 위 상 회 합 宿約無違常會合
응당 헤어진 지 오래면 마음 凄然(처연)함을 알리라	응 지 구 별 의 처 연 應知久別意凄然

늦가을에 회포를 쓰다
晚秋書懷

어젠 青春(청춘) 같더니 이미 白頭(백두)요
如昨青春己白頭

지난 자취 돌이켜 생각하니 아득하게 부끄러움만 많네
回思往蹟謾多羞

몸소 하는 일 없으니 한가하나 도리어 고달프고
身無事業閒還苦

마음엔 經綸(경륜) 있으나 늙어 항상 근심이네
心有經綸老尙愁

百草(백초: 온갖 풀)는 아직 다 시들지 않았는데 국화 꽃이 보이고
百草餘榮花看菊

九天(구천: 온 천지)이 생색내니 누각엔 비 그쳤네
九天生色雨收樓

찍어놓은 詩文(시문)이 삼천 수인데
詩文所印三千首

애오라지 후세에 전해지기를 바보처럼 바래보네
痴想聊爲後世留

煙霞(연하: 그윽한 경치)에 痼癖(고벽: 고질병)은 즐기는
　순수한 백성이니
烟霞痼癖樂天民

潁水(영수)와 箕山(기산)[143]에 들어가는 꿈이 잦네
潁水箕山入夢頻

억지로 몸 한가하다 하나 건강하다고 하기는 어렵고
强作閒身難稱健

제 분수 모르니 쉽게도 가난함을 걱정하네
不知安分易憂貧

서리에 물든 단풍잎 자줏빛 된 것은 오히려 병든 것이요
染霜楓葉紫惟病

이슬에 흠뻑 젖은 국화가 노란 것이 정말로 진정이네
滋露菊花黃是眞

金蘭(금란)[144] 같이 사귐 맺은 친구 서넛과
契托金蘭三四友

매번 詩(시)와 술로 좋게 서로 친하네
每將詩酒好相親

---

143) 潁水(영수)와 箕山(기산)은 모두 옛날 중국의 隱者(은자)들이 숨어살던 곳의 地名(지명)임.
144) 단단하기가 金(금)과 같고 향기롭기가 蘭草(난초) 같다는 말임.

장충단에서 즉흥으로 짓다
獎壇卽事

한가히 지팡이 짚고 서쪽 물가 언덕으로부터 오니
겨우 도착하자마자 해는 이미 기우네
가을이 산 정원에 드니 느티나무 낙엽지고
향기로운 손님들 자리엔 가게에서 茶(차)를 내오네
늙어 힘 쏟아 붓기 어려우니 詩(시)의 공교로움은 줄어들고
일은 쉽게도 시름 늘려만 가니 술 마실 일만 더해가네
홀로 싸늘한 창가에 앉아 취미도 없으니
시간 가는 대로 취해서 시 읊으며 煙霞(연하)를 좋아하네

한 공 원 자 수 서 애
閒笻遠自水西涯
재 도 공 원 일 이 사
纔到公園日已斜
추 입 산 정 괴 락 엽
秋入山庭槐落葉
향 생 객 좌 점 공 다
香生客座店供茶
노 난 전 력 시 공 감
老難專力詩工減
사 이 첨 수 주 채 가
事易添愁酒債加
독 좌 한 창 무 취 미
獨座寒窓無趣味
수 시 취 영 호 연 하
隨時醉咏好烟霞

고향에 돌아와 보고 느낌이 있어서
還鄉有感

고향 떠난 지 이십 년 지나 고향 이웃에 돌아가보니
어려서 사람 대하기 시작한 것 아님이 없네
낙엽은 붉고 노랗게 가을 氣色(기색)이요
뜬구름 검고 흰 것은 비 올지 안 올지 달린 것이네
山川(산천)은 歷歷(역력)히 비록 예와 같아도
文物(문물)은 빛나고 빛나 이미 모두 새로운 것이네
지난 자취 생각해보니 慷慨(강개)한 마음 더해지니
一生(일생)이 꿈과 같아 風塵(풍진)에서 늙어가네

이 향 입 재 반 향 린
離鄉廿載返鄉隣
연 소 무 비 시 대 인
年少無非始對人
낙 엽 단 황 추 기 색
落葉丹黃秋氣色
부 운 흑 백 우 정 신
浮雲黑白雨精神
산 천 력 력 수 여 구
山川歷歷雖如舊
문 물 빈 빈 이 환 신
文物彬彬已換新
왕 적 추 사 증 강 개
往蹟追思增慷慨
일 생 여 몽 로 풍 진
一生如夢老風塵

창석 이병구를 추도하며

追悼李蒼石秉龜

그대 소식 듣고는 슬픔 이기지 못하겠네	問君消息不勝悲
작년에 신선이 되어 영원히 떠났다 하니	去歲成仙永別離
十代(십대)에 같은 동네에서 사귄 정의가 무거웠는데	十代同鄉交誼重
百年(백년)에 길을 달리하니 마음 허락하기 늦었네	百年異路許心遲
이 세상에서 다시 모일 날은 더 없을 터인데	世間更會曾無日
땅속에서 서로 만날 때는 이미 가까워졌네	地下相逢已近期
고향 마을 지금 지나며 서운함 마음으로 서 있으니	故里今過怊悵立
전과 다름 없이 그대 옛모습을 보고 있는 것 같네	依然若睹舊容儀

노량진 시 모임에서

鷺梁津雅集

느지막이 가을 興趣(흥취)에 밀려 앞 거리로 걸어가니	晚將秋興步前街
사방 경치가 정말 아름답네	四面江山景正佳
이슬 머금은 국화는 섬돌에 노랗게 비치고	含露菊花黃映砌
서리에 시든 단풍잎은 검붉어 언덕으로 날라가네	病霜楓葉紫飛厓
百年(백년) 헛되이 늙기는 나 홀로만 그런가	百年虛老吾惟獨
一世(일세) 영화 구하기는 누구나 다 그렇지 않나	一世求榮孰不皆
우연히 旗亭(기정)에 이르러서 세상 이치 다시 깨달으니	偶到旗亭知甲乙
멋진 詩(시)와 좋은 술로 회포 풀어낼 만하네	健詩美酒可舒懷

남산 시 모임에서
南山雅集

발걸음 끌고 강 건너 또 산등성이 걸어 오르니 　携屐過江又陟岡

蕭蕭(소소) 白髮(백발)이 詩(시) 주머니 찼네 　蕭蕭白髮佩詩囊

浮雲(부운)은 비 쏟아내지 않고 바야흐로 골짜기로 돌아가고 　浮雲不雨方歸壑

噴水(분수)는 구슬 맺었다가 다시 연못으로 들어가네 　噴水成珠更入塘

蝶夢(접몽: 나비 꿈) 처음 깨어보니 몸은 이미 늙었고 　蝶夢初醒身已老

鵬程(붕정)[145]은 다하지 않았는데 하고픈 것은 도리어 기네 　鵬程未盡意還長

잠시 집안 일로 공연히 일거리 많아 　暫時家累空多事

점심 무렵에야 騷壇(소단: 시인 모임)에 도착해서 시 한편 짓네 　午到騷壇賦一章

淸遊(청유: 세속을 떠나 노님) 약속 있어 산속 집에 모이니 　淸遊有約會山家

처마 끝에 落照(낙조) 기울어지는 것도 몰랐네 　未覺簷頭落照斜

늙어가며 한편으로 한가한 날 많아지니 　老去偏多閒日月

이곳 걸어와서 煙霞(연하) 좋아하기 적지 않네 　踏來不少好烟霞

친구 따라 술잔 주고받으며 시름은 모두 잊고 　隨朋酌酒愁全忘

국화를 마주하고 詩(시)를 생각하니 興(흥)이 배나 더하네 　對菊思詩興倍加

따분하게 술 마시며 시 읊으며 한참을 보내니 　觴咏支離消半晌

개중에는 취미가 세상 정리와 머네 　箇中趣味世情遐

---

145) 앞으로 가야 할 먼 길.

366

단풍 구경하며
賞楓

단풍잎 구경하러 산꼭대기 앉아보니

맑은 이슬 서늘한 바람이 구월 날씨네

황홀하기는 밝게 갠 노을 같아 방금 비 그치고

흐릿하기는 들 불 같아서 연기 내지 않네

본디 색은 파란 것이었으나 서리에 병들어 변하고

붉은 것은 가식으로 꾸민 것이라 지는 해 아래 예쁘네

吳江(오강)[146]이라고 해서 진정 여기보다 더 나을까

내 맑은 홍취 일으키니 詩(시) 한편 짓네

위 간 풍 엽 좌 산 전
爲看楓葉坐山巓

옥 로 금 풍 구 월 천
玉露金風九月天

황 약 청 하 방 지 우
恍若晴霞方止雨

혼 여 야 화 불 생 연
渾如野火不生烟

청 유 본 색 병 상 변
靑惟本色病霜變

홍 시 가 장 사 일 연
紅是假粧斜日姸

미 필 오 강 진 승 차
未必吳江眞勝此

야 오 청 흥 부 시 편
惹吾淸興賦詩篇

늦가을에 회포를 쓰다
暮秋書懷

스르르 차가운 소리가 골짜기 방으로 들어오니

슬그머니 가는 세월이 늦가을에 당도했네

햇빛 담뿍 받은 국화는 황금처럼 빛나고

서리 흠뻑 맞은 단풍잎은 자줏빛 지단 장식이네

지나간 經綸(경륜)은 꿈 환상 같으니

늙어서 하는 사업을 어찌 잘 헤아리리오

靑山(청산)과 綠水(녹수)는 노는 자리로 넉넉한 것이니

단지 원하는 것은 餘生(여생)에 건강 지키는 것이네

석 력 한 성 입 동 방
淅瀝寒聲入洞房

거 연 세 월 모 추 당
居然歲月暮秋當

국 화 쇄 일 황 금 련
菊花曬日黃金煉

풍 엽 감 상 자 금 장
楓葉酣霜紫錦粧

과 거 경 륜 여 몽 환
過去經綸如夢幻

노 래 사 업 기 상 량
老來事業豈商量

청 산 록 수 우 유 석
靑山綠水優遊席

단 원 여 생 보 건 강
但願餘生保健康

---

146) 중국 강소성 소주에 있는 아름답기로 이름난 강.

초겨울 시회에서

初冬雅會

光陰(광음)이 갑자기 물처럼 흘러가

계절이 공연히 白髮(백발)을 재촉하네

지는 해 긴 하늘엔 안개 모두 걷혔고

가을 지난 넓은 들엔 벼 수확이 반쯤 됐네

淸閒(청한)도 정해진 數(수) 있어 진작 의당 내 것이요

富貴(부귀)는 인연 없어 이미 남에게 맡겨버렸네

南北(남북)의 風雲(풍운)이 아직 사그라지지 않았으니

이 生(생)에 太平歌(태평가) 듣기는 어렵겠네

光陰倏忽水如過
節序空催白髮多
斜日長天全罷霧
經秋大野半收禾
淸閒有數曾宜我
富貴無緣已任他
南北風雲猶禾息
此生難聽太平歌

368

장충단에서 즉흥으로 짓다
忠壇卽事

땅에 가득한 風光(풍광)이 볼 거리 제공하고	滿地風光供視瞻
취한 情(정)에 詩興(시흥)이 자연이 더해지네	醉情詩興自然添
나그네는 좋은 글귀 찾느라 소나무 의자에 걸터앉아 있고	客因覓句依松榻
누각에선 산을 바라보려 대나무 발을 걷어 올리네	樓欲看山捲竹簾
붉은 잎이 비단처럼 꾸며지니 서리 기운 세졌고	紅葉錦粧霜氣重
국화에는 구슬 같이 구르는 이슬이 화려하게 젖어있네	黃花玉轉露華霑
古都(고도: 옛 도읍)엔 날씨 추워져 겨울철 다가오는데	故都日冷來冬候
나는 이유 없이 오래도록 머물러 있게 되어 부끄럽네	愧我無端久滯淹
장충단에 약속 있어 옷자락 떨치고 오니	柳約忠壇振布杉
이른 아침부터 한강에는 멀리 뜬 돛단배 보이네	早朝遠掛漢江帆
계단에 가득한 가을 기운에 노란 국화 남아있지만	滿階秋氣餘黃菊
또 한해 봄빛을 보려면 마음 잡고 기다려야지	一歲春光住翠杉
몸은 이미 늙고 쇠약해졌어도 마음은 젊고	身已老衰心似少
본성은 우매하더라도 취미는 뛰어나네	性雖愚昧趣超凡
말하기 어려운 세상 일 들어도 보탬 될 것 없으니	難言世事聽無益
귀머거리처럼 벙어리인양 지내려네	耳若佯聾口若緘

봉암이 찾아와서 같이 짓다

訪鳳庵共賦

小春(소춘: 음력 10월)에 옛 마을로 친구가 찾아오니

글과 술로 사귀어 友誼(우의)가 점점 깊어졌네

천 리 타향에 일 없는 나그네들

백 년 두루 배운 늙은 儒林(유림)일세

서리는 붉은 잎을 꾸며 산 빛 더 짙게 하고

배는 은빛 비늘 싣고 물 가운데로 내려가네

옛 말씀 논하며 오늘 한나절을 보내고

석양 무렵 돌아오는 길에 정 풀어 읊는다네

소 춘 고 역 우 인 심
小春古驛友人尋

교 이 문 준 의 점 심
交以文樽誼漸深

천 리 평 향 무 사 객
千里萍鄉無事客

백 년 학 해 로 유 림
百年學海老儒林

상 장 적 엽 증 산 색
霜粧赤葉增山色

선 재 은 린 하 수 심
船載銀鱗下水心

논 고 담 금 소 반 일
論古談今消半日

석 양 회 로 서 정 음
夕陽回路敍情吟

장충단에 늦게 도착해서

晚到忠壇

소슬하게 싸늘한 바람에 낙엽은 노랗게 변하고

세월 한탄하며 견디다 보니 분주하고 바쁜 일 물리쳐 버렸네

가난한데 사업 없어도 몸은 항상 편안하고

늙어서도 經綸(경륜) 있으니 뜻은 잊지 않고 있네

넓은 들엔 풍년 들어 벼 수확해 집안으로 들이고

뜬구름은 힘 잃어 마당엔 비 그쳤네

공원엔 오후 늦게 날씨 새로 개었으니

글재주 다투어 겨루며 술잔 엎기가 몇 번인가

소 슬 한 풍 낙 엽 황
蕭瑟寒風落葉黃

감 탄 세 월 거 분 망
堪歎歲月去奔忙

빈 무 사 업 신 상 일
貧無事業身常逸

노 유 경 륜 지 불 망
老有經綸志不忘

대 야 성 공 화 입 실
大野成功禾入室

부 운 실 세 우 수 장
浮雲失勢雨收場

공 원 만 대 신 청 일
公園晚對新晴日

백 전 쟁 공 기 도 상
白戰爭工幾倒觴

초겨울에 즉흥으로 짓다
初冬即事

부슬부슬 새벽부터 내리던 가랑비 한낮 되어 처음 개니
濛濛曉雨午初晴

십 리 風光(풍광)이 눈 아래 환하네
十里風光眼下明

今日(금일) 화려한 거리는 큰 저자 이루었으나
今日華街成大市

前朝(전조: 앞선 왕조) 지켜주던 곳은 도리어 무너져
　남은 城(성)뿐일세
前朝保障返殘城

젊어서는 事業(사업) 없어도 生涯(생애)가 무거웠지만
早無事業生涯重

늙어서는 經營(경영) 않아도 세상 걱정이 가볍네
老不經營世慮輕

旗亭(기정)에 드나듦이 오랜 세월이지만
出入旗亭多歲月

누가 장차 첫째 둘째 겨루며 名聲(명성)을 떨칠꼬
誰將甲乙擅名聲

흰구름 그림자 뒤에 詩(시)가 전해지는 옛집이 있어
白雲影裡有詩家

아침 일찍 城(성) 서쪽으로 급히 차를 달리네
早出城西急走車

江(강) 머리에 물이 줄어 돌들 삐죽 많이 드러나고
水落江頭多出石

산 깊은 길엔 반쯤이나 모래가 쌓였네
山深路上半堆沙

시든 모습 국화는 가을 바람에 늙어가고
衰容菊以秋風老

창가에 따뜻한 기운은 지는 해 비쳐서이네
暖氣窓因夕日斜

富貴(부귀)로 하늘을 흔드는 것은 종래는 꿈이 돼버렸으니
富貴掀天終化夢

누가 德業(덕업)으로 후세 사람에게 자랑할꼬
誰將德業後人誇

중소기업은행 연희동 지점 벽 위에 짓다
題中小銀行壁上延禧洞支店

過分(과분)한 虛榮(허영)은 구하면 안되며

가난함을 편안히 여기고 저축하면 크게 성공을 거둔다

꽃은 萬樹(만수)를 따라 春心(춘심)을 發(발)하고

江(강)은 千山(천산)을 합해 물줄기 이뤄 흐른다

일에 임해 사욕을 따라가면 끝내는 후회할 일 만들게 되고

바름으로 사람을 사귀면 본래 시름이 없다네

이른 나이에 자신 꾸려갈 계획 세우지 않으면

늙은 뒤에 생애가 어찌 넉넉함 있으리오

과 분 허 영 불 가 구
過分虛榮不可求

안 빈 저 축 대 공 수
安貧貯蓄大功收

화 종 만 수 춘 심 발
花從萬樹春心發

강 합 천 산 수 맥 류
江合千山水脈流

임 사 순 사 종 작 회
臨事循私終作悔

교 인 이 정 본 무 수
交人以正本無愁

조 년 약 미 모 신 책
早年若未謀身策

노 후 생 애 기 유 우
老後生涯豈有優

초겨울에 회포를 쓰다
初冬書懷

터잡은 곳이 우연히 인근에 시장이 있어 시끄러우니

세상일 번거로운 세상 일 자주 듣지 않고 어찌리오

서리 온 후에도 남은 봄기운이 대나무 잎에 머물러 있고

비 온 나머지 패어나간 오솔길엔 소나무 뿌리 드러나있네

詩(시) 짓다 보니 세월은 한가히 왔다 가고

부평초 같은 세상 바다엔 風波(풍파)가 몇 번이나 뒤집혔는가

이십 년을 그저 잘 보냈으나 아직도 돌아가지 못하니

매번 고향을 생각하면 魂(혼)이 삭으려 하네

복 린 우 근 시 조 훤
卜鄰偶近市朝喧

무 내 빈 문 세 사 번
無奈頻聞世事煩

상 후 여 춘 류 죽 엽
霜後餘春留竹葉

우 여 퇴 경 로 송 근
雨餘頹逕露松根

시 성 일 월 한 래 왕
詩城日月閒來往

평 해 풍 파 기 복 번
萍海風波幾覆飜

입 재 우 유 귀 미 득
廿載優遊歸未得

매 사 고 리 욕 소 혼
每思故里欲消魂

송경(개성)을 회고하며 일본 시사의 운에 맞춘 시 삼수

松京懷古次日本詩事韻三首

의연히 松嶽山(송악산)이 하늘에 우뚝 솟아 있으나

인물은 남쪽으로 옮겨와 전과 변했네

滿月臺(만월대)는 황폐해지고 푸른 풀도 시들었고

紫霞洞(자하동)도 궁벽해져 찬 연기조차 나지 않네

多端(다단)한 나라 형세에 이 시대 슬퍼하니

굽히지 않는 신하의 마음 가진 옛 賢者(현자)를 사모하네

압록강을 치고 鷄林(계림) 장악함[147]은 한바탕 꿈이고

杜門洞(두문동)의 위대한 자취는 아직도 남아 전해지네

의 연 송 악 용 어 천
依然松岳聳於天

인 물 남 천 이 변 전
人物南遷已變前

만 월 대 황 위 벽 초
滿月坮荒萎碧草

자 하 동 벽 쇄 한 연
紫霞洞僻鎖寒烟

다 단 국 세 비 금 겁
多端國勢悲今劫

불 굴 신 심 모 석 현
不屈臣心慕昔賢

박 압 조 계 성 일 몽
搏鴨操鷄成一夢

두 문 위 적 상 유 전
杜門偉蹟尙遺傳

평양을 회고하며 위와 같음

平壤懷古同上

王(왕)의 기운이 남쪽으로 옮겨와 거듭 王朝(왕조)가 변하니

檀君(단군)과 箕子(기자)가 남긴 풍속은 점차 사라져 가네

柳京(유경: 평양)엔 옛 성가퀴가 모두 헐렸고

浿水(패수: 대동강)을 건넘엔 지금 鐵橋(철교)를 통하네

세상 일이 千年(천년) 前後(전후)로 다르고

팔월의 風光(풍광)은 따뜻함과 서늘함이 조화롭네

지난 자취 돌이켜 생각하니 慷慨(강개)한 마음 높아져

가슴 가득 그윽한 회포를 술을 빌려 녹여보네

왕 기 남 천 루 변 조
王氣南遷累變朝

단 기 유 속 점 성 요
檀箕遺俗漸成寥

유 경 전 철 구 성 첩
柳京全撤舊城堞

패 수 통 행 금 철 교
浿水通行今鐵橋

세 사 천 년 전 후 이
世事千年前後異

풍 광 팔 월 난 한 조
風光八月暖寒調

회 사 왕 적 다 강 개
回思往蹟多慷慨

만 복 유 회 차 주 소
滿腹幽懷借酒消

---

147) 통일신라의 서울인 계림(경주)을 차지하고 압록강까지 영토를 넓힌 高麗(고려)의 통일 공적을 일컬음.

가야국을 회고하며 위와 같음

駕洛懷古同上

아름다운 언덕이 불쑥 城(성) 가운데 높으니

뜻밖에 옛 가야국 땅 관광 기회 얻었네

故國(고국)의 興亡(흥망)은 환상의 꿈에 따라 돌아가니

遺民(유민: 나라 잃은 백성)의 드나듦이 바쁜 파도와 같네

城(성)을 둘러싼 山岳(산악)이 그림 병풍 열었고

포구에 연이은 田園(전원)은 땅 기름지다 뽐내네

유유한 지난 자취를 어디에 가 물으리요

씁쓸히 시 읊으며 風騷(풍소: 시를 지음)에 보탬이나 되려네

珠丘突兀域中高

駕洛觀光料外遭

故國興亡輪幻夢

遺民出入等奔濤

繞城山岳開屏畵

連浦田園擅土膏

往蹟悠悠何處問

苦吟只欲補風騷

정릉 시회에서

貞陵雅會

정릉에 약속이 있어 城(성) 동쪽에 이르니

貞陵柳約到城東

집들이 번화해져 예와는 다르네

第宅繁華古不同

병든 몸 고치기 어려우니 구유에 엎드린 천리마처럼 가련하고

病骨難醫憐櫪驥

웅장한 마음이라도 쉬 늙으니 구름에 떠 노는 기러기가 부럽네

雄心易老羨雲鴻

地境(지경) 깊숙한 곳에 마을이 風塵(풍진) 밖에 있으니

境深村在風塵外

단풍은 곱고 새들은 錦繡(금수) 속에서 우네

楓艶禽鳴錦繡中

다시 이름난 곳 골라잡아 단란하게 모여 즐기니

更卜名區團會樂

景光(경광)이 더욱더 좋아 興(흥)이 어찌 다하리오

景光還勝興何窮

金(금)처럼 단단하고 蘭(난)처럼 향기롭게 사귐 맺어
　글 같이 하기로 모이니

契以金蘭會以文

늙어가며 일 없어도 쉽게도 부지런해지네

老來無事易爲勤

바람 없어도 서리에 시든 잎은 저절로 떨어지고

無風自落病霜葉

비 머금고 급히 달려 해를 가리는 것은 구름일세

含雨急奔遮日雲

이 좋은 곳 시냇물과 산은 누구를 주인으로 맞나

特地溪山誰作主

좋은 자리 詩(시)와 술 있는데 다행히도 그대를 만났네

勝筵詩酒幸逢君

旗亭(기정)은 첫째 둘째 서로 따져 보는 곳

旗亭甲乙相論處

술 마시며 시 읊다 보니 지루하지만 저녁 어스름 보내네

觴咏支離送夕曛

375

소춘(음력 10월) 시회에서

小春雅會

소춘에 약속대로 일찌감치 정자에 오르니	小春依約早登亭
남쪽 북쪽 시인들이 지팡이 짚고 차례로 와서 멈추네	南北詩筇次第停
나뭇잎은 가을 빛 띠고 멀리서 와 난간 안으로 들어오고	葉帶秋光遙入檻
해는 한낮 그림자 옮겨 뜰에 반쯤 비꼈네	日移午影半斜庭
세상 인정 모두 취해 莊子(장자)의 꿈인데	世情皆醉莊生夢
사람 일 누가 屈原(굴원) 같이 깨어있겠는가	人事誰如屈子醒
뽕나무 밭 변해 바다 됨이 여러 해 되도록 일이 없어	桑海多年曾失業
林泉(임천)에 자취 맡기니 오래도록 형세를 잊었네	林泉托跡久忘形
좋은 절기에 미리 날 잡아 여러 친구들 모으니	佳期預卜會諸朋
날씨는 따뜻하고 바람은 산들거려 빼어난 興(흥)이 더해지네	日暖風微逸興增
구름 흩어지니 먼 산엔 하늘이 비 멈추고	雲散遠山天罷雨
밤이 싸늘하니 작은 시냇물엔 얼음 얼었네	夜寒小澗水成氷
본성적으로 일찍이 술을 경계하여 비록 깨어있는 시간 많아도	性曾戒酒雖多醒
재주 없어 詩(시) 정교하지 못하니 어찌 재능 떨치리요	才未工詩豈擅能
팔십 쇠약한 늙은이 하는 일 없지만	八耋衰翁無所業
文壇(문단) 가는 곳마다 늙어도 자랑스럽네	文壇到處老惟矜

효도는 모든 행실의 근원 충주 예성시사에서 지음
孝百行之源忠州藥城詩社題

人生(인생)에 모든 행실엔 효도가 근원이 되니

이를 옮겨 충성으로 크게 문을 두드리라

江(강)은 천 갈래 개울을 합해 바다로 들어가고

꽃은 만 송이가 펴도 본래 뿌리로부터 근원 하네

나를 힘써 길러주시느라 이미 專念(전념)하셨으니

정성과 공경으로 어버이를 봉양해 응당 은혜를 갚아라

후배들은 서로 전하고 선배들에게 배워서

따라서 대를 이어 알게 하여 현명한 후손에게 계승하라

인 생 백 행 효 위 원
人生百行孝爲源
추 차 이 충 대 천 문
推此移忠大擅門
강 합 천 계 종 입 해
江合千溪終入海
화 개 만 타 본 유 근
花開萬朶本由根
구 로 양 아 이 전 념
劬勞養我已專念
성 경 봉 친 응 보 은
誠敬奉親應報恩
후 배 상 전 선 배 학
後輩相傳先輩學
종 지 세 세 계 현 손
從知世世繼賢孫

탑골공원에서 즉흥으로 짓다
塔洞公園卽事

멋대로 맑은 흥취를 갖고 斜陽(사양: 해질 무렵)에 앉으니

騷客(소객)들 부평초처럼 떠도는 타향에서 우연히 만나네

느티나무 그림자 창가에 비스듬하니 푸른색은 전혀 없어지고

국화 향기 앉은 자리에 들어오니 그래도 노란 빛 남아있네

술잔 들어 술 권하니 心神(심신)이 쾌활하고

두루마리 늘려 詩(시) 지으니 취미가 길어지네

시월 찬바람 부는 圓覺寺(원각사)에서

지난 자취 돌이켜 생각해보니 마음이 처량하네

만 장 청 흥 좌 사 양
謾將淸興坐斜陽
소 객 우 봉 평 수 향
騷客偶逢萍水鄕
괴 영 사 창 전 실 벽
槐影斜窓全失碧
국 향 입 좌 상 여 황
菊香入座尙餘黃
거 배 권 주 심 신 쾌
擧盃勸酒心神快
인 축 제 시 취 미 장
引軸題詩趣味長
십 월 한 풍 원 각 사
十月寒風圓覺寺
회 사 왕 적 의 처 량
回思往蹟意凄凉

꿈속에서 지은 시 더듬어 보충 꿈속에서 "화" 자 운 시를 짓고 깬 후 더듬어 보충하다

夢中作追補夢中作花字句醒後追補

순환하는 밀물 썰물이 지나가는 세월 재촉하니

내 남은 수명 줄어들어 하릴없이 차탄하네

바다는 천 갈래 골짜기 물 다 받아들일 만큼 아량 있고

봄빛은 산이 만개라도 다 꽃 흩뿌려 피울 수 있네

功名(공명)은 정해진 數(수) 있어 靑雲(청운)은 멀고

세월은 무정하여 백발만 비스듬하네

살아 세상에서 사업 이룰 수 없으니

시와 글을 남겨 후세 사람에게 자랑하려 하네

순 환 조 석 촉 년 화
循環潮汐促年華

감 아 잔 령 만 발 차
減我殘齡謾發嗟

해 량 능 용 천 간 수
海量能容千澗水

춘 광 산 작 만 산 화
春光散作萬山花

공 명 유 수 청 운 원
功名有數靑雲遠

세 월 무 정 백 발 사
歲月無情白髮斜

생 세 불 능 성 사 업
生世不能成事業

욕 류 사 부 후 인 과
欲留詞賦後人誇

한강 남쪽에서 즉흥으로 짓다

漢南卽事

힘 다해 글 짓는 것도 감내하기 어려워

詩(시)의 공교함도 점차 못해져 쉽게도 부끄러워지네

가게에서 사온 막걸리는 품질 나빠 오히려 탁한 것이 싫고

거리에 감은 새롭게 맛보니 다행히 다네

바람이 낙엽을 흩날리니 가을 빛 따라 흐르고

하늘은 뜬구름 껴안으니 비 많이 올 듯 하네

반쪽 얼굴 푸른 산이 햇빛 속에 비치는데

친구는 나를 이별하고 강남으로 향하네

전 력 문 사 불 가 감
專力文辭不可堪

시 공 점 감 이 성 참
詩工漸減易成慙

점 료 매 천 환 혐 탁
店醪買賤還嫌濁

가 시 상 신 행 득 감
街柿嘗新幸得甘

풍 표 낙 엽 추 광 전
風飄落葉秋光轉

천 옹 부 운 우 의 감
天擁浮雲雨意酣

반 면 청 산 사 조 리
半面靑山斜照裡

고 인 별 아 향 강 남
故人別我向江南

유학을 천명하며 한성문우사에서 지음

闡明儒學漢城文友社詩題

道(도)는 新羅(신라)로부터 海東)해동: 우리나라)에 시작되어   道自新羅始海東

儒學(유학)이 여러 王朝(왕조)를 거쳐 闡明(천명)됐네   闡明儒學累朝中

倫理綱領(윤리강령)은 추락하지 않고 당초 열린 대로   倫綱不墜開來志
　뜻이 이어져 왔고

禮義(예의)가 서로 전해져 지난 공적을 잇네   禮義相傳繼往功

예부터 오로지 공자와 맹자의 풍속을 숭상하여 왔는데   從古專崇鄒魯俗

지금에 이르러 어찌 미국 영국 풍으로 변하는가   到今何變米英風

사특한 것을 물리치고 바른 것을 옹위함이 끊이지 않게 하여   斥邪衛正無間斷

敎化(교화)는 응당 萬國(만국)이 같게 해야 하네   敎化應爲萬國同

겨울밤에

冬夜

초가을 한가을 늦가을 다 가고 또 겨울 오는데   三秋過盡又吟冬

백발 소소한 팔십 늙은이 가 바로 나일세   白髮蕭蕭八耋儂

한바탕 찬바람이 북쪽 창호를 울리고   一陳寒風鳴北戶

반 바퀴 밝은 달이 서쪽 산봉우리에 걸려있네   半輪明月掛西峰

晚年(만년)에 獨樂(독락: 홀로 즐김)은 司馬(사마)[148]와 같고   晚年獨樂同司馬

일찍 죽은 몸소 농사지은 이는 사모하는 臥龍(와룡)[149]일세   早歲躬耕慕臥龍

서울 아래에는 항상 일없는 날 많아   洛下恒多無事日

여러 친구들과 사귐 맺어 서로 좋게 보내네   諸朋結契好相從

---

148) 宋(송)나라의 司馬光(사마광)을 말함. 獨樂園記(독락원기)를 지었음.

149) 諸葛亮(제갈량)을 말함. 유비가 부르기 전에는 융중에서 몸소 농사짓고 삶.

한강을 건너며
渡漢江

온 하늘엔 씻은듯이 저녁 구름 걷히고

느지막이 맑게 갠 빛에 흰 태양이 흐르네

신발 끌며 산꼭대기 오르니 잠자던 鶴(학)이 놀래고

배 기다리는 강가엔 가벼운 갈매기들이 친하자 하네

소나무 바람은 골짜기 지나며 비 오는 소리 내고

단풍잎은 공중에 번득여 편편이 가을이네

늙어가며 한가한 마음으로 일없는 나그네가

또 맑은 흥취 일어 詩樓(시루: 시 짓는 누각)를 찾네

九天如洗暮雲收
晚作晴光白日流
曳屐山頭驚睡鶴
待船江上押輕鷗
松風度壑聲聲雨
楓葉飜空片片秋
老去閒情無事客
又將淸興訪詩樓

반포에 있는 운사의 집에서 가진 시 모임에서
盤浦雲史家雅集

부름 받아 일찍 漢陽城(한양성)을 나서서

차를 달려 갓끈 휘날리며 반포로 가네

물가 따라 있는 기러기 길은 천리나 먼 것 같은데

숲 건너 비둘기는 한결같이 하늘 맑다고 지저귀네

부평초처럼 떠도는 타향살이 언제나 끝낼꼬

헛되이 늙어가는 騷壇(소단: 시인들 모임)이 이 세상 삶이네

귀양으로 내려온 雲翁(운옹)[150] 지금 팔십 늙은이 되었으나

다행히 이 좋은 자리 참석하니 진정으로 축하하네

被招早出漢陽城
馳轂振纓盤浦行
遵渚雁程千里遠
隔林鳩語一天晴
踏來萍海何時了
虛老騷壇此世生
謫降雲翁今八耋
幸參壽席賀眞情

---

150) 원래는 蘇東坡(소동파)를 말하나, 여기에서는 자신을 소동파에 비긴 것임.

백운정 정릉 안에 있음 에서
白雲亭在貞陵內

멀리 새로 단장한 習射亭(습사정: 활쏘기 연습장)을 바라보고	遙看新粧習射亭
힘든 것도 마다 않고 멀리서 지팡이 짚고 와 멈추네	不嫌勞力遠筇停
한줄기 돌 사이 계곡물이 밝은 거울처럼 열려 있고	一條石澗開明鏡
골짜기 온통 단풍 숲은 수놓은 그림 병풍이네	萬壑楓林繡畵屛
문물은 번화하고 모인 이물은 걸출한데	文物繁華人會傑
계곡과 산의 장관은 靈氣(영기)가 한데 모인 것이네	溪山壯觀地鍾靈
초연이 한동안 앉아있다 보니 세상 티끌 생각 없어져	超然坐久無塵想
詩(시) 읊다 보니 저녁 해가 반쯤 뜰에 드리웠네	吟到斜陽半倒庭

장충단 시 모임에서

獎忠雅集

부평초같이 타향에 떠돈 지 십여 년에 일 없는 신세 가벼우나	萍鄉十載布衣輕
좋은 계절 놓치지 않고 漢城(한성)에서 모일 때 잡았네	不負佳期會漢城
술로 근심 생각 씻어내니 취한 모습 많고	酒滌愁懷多醉態
詩(시) 는 좋은 글귀 안 나오니 虛名(허명)만 괴롭히네	詩無佳句役虛名
탁자 위에 갖다 놓은 감과 배는 산속의 맛이요	柿梨供卓山中味
담장에 연이은 花卉(화훼)는 세상 밖의 風情(풍정)이네	花卉連墙世外情
별세상 공원이 좋은 경치 갈무리해있어	別有公園藏勝景
詩(시)로도 다 쓰기 어렵고 그림으로도 이루기 어렵네	吟難盡記畵難成
산 빛은 쓸쓸해 점차 푸르름 잃어가고	山色蕭條漸減青
북풍은 제철 만나 겨울 오는 길목에 섰네	北風得意立冬經
서리로 시든 늙은 버드나무는 산길을 누렇게 채우고	病霜老柳黃岳路
눈도 아랑곳 않는 외로운 소나무는 푸르게 뜰을 비추네	凌雪孤松翠映庭
세상과 서로 잊고자 하니 한가한 것이 복이라	與世相忘閒是福
몸 휴양한다고 움직여 봤자 편안치 못하네	爲身休養動非寧
우연히 騷客(소객: 글 하는 이) 만나 詩(시)짓는 자리 여니	偶逢騷客開詩席
술잔 주고받고 지루해도 몇 번을 취했다 깼나	酬酌支離醉幾醒

백운암에서 즉흥으로 짓다

白雲庵卽事

小春(소춘: 음력 10월)에 와서 백운암 문짝을 두드리니

나보다 먼저 친구가 신선 같은 친구가 발걸음 멈추고 있네

버들잎은 바야흐로 성겨져서 옛모습 없고

장미는 아직 다 지지 않아 남은 향기가 있네

날씨는 아직 따뜻해 찬 얼음 보이지 않고

地境(지경)은 외져서 오히려 야릇한 새소리 많이 들이네

이 저녁 풍경 녹이려면 의당 술 한 잔에 시 한 수 있어야 하니

멋대로 詩興(시흥)이 일어 앞뜰로 걸어나가네

소 춘 래 고 백 운 경
小春來叩白雲扃

선 아 고 인 선 극 정
先我故人仙屐停

유 엽 방 소 무 구 태
柳葉方疎無舊態

장 화 불 진 유 여 형
薔花不盡有餘馨

일 온 상 미 한 빙 견
日溫尙未寒氷見

지 벽 환 다 괴 조 청
地僻還多怪鳥聽

상 영 의 어 소 모 경
觴咏宜於消暮景

만 장 시 흥 보 전 정
謾將詩興步前庭

정릉 시 모임에서
貞陵雅集

북풍이 슬슬하니 때는 이른 겨울이라

사방 들판엔 일 잘되어 농사 이미 끝났네

개미들 공명 다투다 사슴 쫓아내나니

반딧불 창가에서 사업한답시고 龍(용) 죽여버릴까 두렵네

쓸쓸한 여윈 그림자는 시냇가 버드나무요

스산하게 찬 소리 내는 것은 계곡물가 소나무네

글재주 겨루며 불콰하게 술 취해 한나절 보내니

정릉 시월에 친구 따라왔네

天氣(천기)는 침침하게 느지막이 창 밖으로 나오고

白雲(백운) 그림자 뒤에선 仙界(선계)의 삽살개가 짖네

세월은 詩(시) 千首(천수: 천 편) 짓는 데 다 써버리고

세상일 삭여 없애려 술 한 동이 다 비우네

날이 따뜻하니 족두리꽃은 셀 수 없이 많고

바람 높으니 떼 지어 나는 기러기는 몇 쌍이나 되는가

새로운 소리 좋아하지 않는 사람 없으니

江山(강산) 어느 곳에서 옛 소리 들어볼 수 있을까

북 풍 슬 슬 제 초 동
北風瑟瑟際初冬

사 야 성 공 이 필 농
四野成功已畢農

의 국 공 명 쟁 축 록
蟻國功名爭逐鹿

형 창 사 업 괴 도 룡
螢窓事業愧屠龍

소 조 수 영 계 변 류
蕭條瘦影溪邊柳

석 력 한 성 간 반 송
淅瀝寒聲澗畔松

백 전 홍 감 소 반 일
白戰紅酣消半日

정 릉 십 월 고 인 종
貞陵十月故人從

천 기 침 침 만 출 창
天氣沉沉晚出窓

백 운 영 리 폐 선 방
白雲影裡吠仙狵

광 음 비 진 시 천 수
光陰費盡詩千首

세 사 소 마 주 일 항
世事消磨酒一缸

일 난 신 화 난 계 수
日暖菫花難計數

풍 고 안 진 기 성 쌍
風高雁陣幾成雙

무 인 불 호 신 현 송
無人不好新絃誦

하 처 강 산 청 구 강
何處江山聽舊腔

축구 일본 죽림시사

蹴球 日本竹林詩社

누가 강한지 약한지 시험해 보려고 동쪽 서쪽으로 나누어 서서	試看强弱立西東
차고 가고 차고 오니 힘 다하는 것은 같네	蹴去蹴來專力同
크고 작은 둥근 형용은 달과 같고	大小形容圓似月
오르고 내리는 기세는 질풍 같네	降升氣勢痴如風
옥구슬 같은 공이 급하게도 광장 위에 굴러다니고	玉丸急轉廣場上
맑은 하늘에 雷斧(뇌부)151) 소리 어지러이 울리네	雷斧亂鳴晴日中
세계에 구기 경기 파다하게 많으니	世界頗多球競技
사람마다 학습하는 것이 활 쏘기보다 좋은 모양이네	人人學習勝於弓

겨울 밤에 회포를 쓰다

冬夜書懷

홀로 싸늘한 창가에 앉아 촛불 대하니 불그레하고	獨坐寒窓大燭紅
비 개고 나니 구름 흩어져 달은 하늘에 밝네	雨晴雲散月明中
거세던 바람 힘 잃으니 숲은 온통 조용하고	長風失勢千林靜
넓은 들엔 농사 잘돼 五穀(오곡)이 풍년이네	大野成功五穀豊
비록 헛되이 변하고 변하는 세상 백발만 많아진다 해도	雖閱滄桑多白髮
어찌 富貴(부귀)를 탐해 붉은 衷心(충심) 바꾸리오	豈貪富貴變丹衷
한가히 노닐며 날 보내 하는 일 없으니	優遊度日無行事
늙은 좀벌레 같은 생애 다하지 않음이 한스럽네	老蠹生涯恨不窮

---

151) 원래는 하늘에서 벼락친 곳에 떨어진 돌도끼라는 뜻이나, 여기에서는 어떤 뜻으로 쓰였는지 번역자가 헤아리지 못함. 유식한 분들의 질정을 기대함.

눈 속 시 모임에서
雪中雅集

진흙 녹은 길 위에는 물 넘쳐흐르는데　泥融道上水流陵
옛 약속 어기기 어려워 꽃 차 타고 달리네　舊約難違繡轂乘
璞玉(박옥: 좋은 옥)이 산을 꾸민 것은 처음 내린 눈이요　璞玉粧山初降雪
유리가 계곡물 덮으니 또한 얼음 언 것일세　琉璃覆澗亦成氷
매화를 마주하면 그래도 청춘을 안타까워하나니　對梅吾尙靑春惜
거울 보고 白髮(백발) 미워하지 않는 이가 누가 있겠나　覽鏡誰無白髮憎
苦海(고해)의 세월에 한해 저물어가니　苦海光陰年欲暮
지난날 돌이켜 생각하니 感懷(감회)만 더해가네　回思昔日感懷增

겨울날 새벽에 우연히 읊다
冬曉偶吟

눈 그치고 사람은 흩어지며 북풍은 차가운데　雪晴人散北風寒
달도 없는 구석 방에 등불도 꺼지려 하네　無月洞房燈欲殘
세상과 같은 마음인 것이 머리 희어 가는 것인데　與世同情悲髮白
오직 나만 가는 길이 달라 마음을 정성스레 보전하네　惟吾異趣保心丹
매화는 섬돌 앞에 서서 초겨울도 다 간다 하는데　梅花立砌初冬暮
종소리는 창가에 울려 밤도 반이나 지났다 하네　鍾響鳴窓半夜闌
팔십 늙은이 놀래 일어나 앉아　八耋衰翁驚起坐
멋대로 甕算(옹산)[152] 하다 보니 마음이 천 갈래네　謾將甕算意千端

---

152) 옹기장수가 팔리지도 않은 항아리를 몇 개나 팔릴까 셈해본다는 것으로, 쓸 데 없는 생각을 이름.

백운암 시 모임에서

白雲庵雅集

진흙 길 마다 않고 寺院(사원)에 오르니

다리 건넌 餘興(여흥)에 여러 친구들 모이네

七言詩(칠언시: 7자 한 구절의 시) 모임에 누군들 손님 아니랴

티끌세상 인연을 웃어넘기고 나는 승려와 어울리네

눈 쌓여 그늘진 언덕엔 山色(산색) 변하고

얼음 녹은 따뜻한 날씨에 계곡물 소리 커지네

늙어서 술과 詩(시) 탐하는 것이 아주 고질이 되니

억지로 찬바람 무릅쓰며 멀리 등나무 지팡이 짚고 가네

불 애 니 정 사 원 등
不碍泥程寺院登

파 교 여 흥 회 제 붕
灞橋餘興會諸朋

칠 언 시 계 수 비 객
七言詩契誰非客

삼 소 진 연 아 반 승
三笑塵緣我伴僧

설 적 음 애 산 색 변
雪積陰厓山色變

빙 소 난 일 간 성 증
氷消暖日澗聲增

노 탐 상 영 공 다 벽
老貪觴咏空多癖

강 모 한 풍 원 장 등
强冒寒風遠杖藤

장충단 정례 모임에서

忠壇例會

십여 년 타향 떠도는 자취 漢城(한성)에 머물러 있으니

이 세상 헛된 꿈에서 점차 깨어나 보니 이승 삶이 가볍네

술로 능히 답답함 물리칠 수 있으니 의당 세상 일 잊고

詩(시)는 정교하게 지려고 연습하지만 이름 낼 필요는 없네

길 위에 아직 남아있는 아침에 내린 눈이 희고

숲 사이로는 석양의 빛살이 밝게 새어 나오네

고향에 아직 돌아가지 못했으니 어찌 하리요

錦水鷄山(금수계산)[153]에 그저 감정만 느낄 뿐이네

흰 머리 늙은이가 느릿느릿 발걸음으로 한낮에 와 멈추니

날씨는 새로 개어 맑고 눈은 뜰에 가득 덮였네

구름은 빗 기운을 띠고 북쪽 산봉우리로 돌아가고

기러기는 물고기 자취 찾아 남쪽 모래톱으로 향하네

詩(시)는 항상 잘 짓고자 하나 도리어 고달픔만 많고

사는데 가난함 마다 않으니 또한 편안하네

이 세상 세태가 秦楚(진초)[154]의 風俗(풍속) 구분키 어려우니

지금 누가 屈原(굴원)이 깨어있는 것 같으리오

십 재 평 종 주 한 성
十載萍蹤住漢城

점 성 진 몽 차 생 경
漸醒塵夢此生輕

주 능 배 민 의 망 세
酒能排悶宜忘世

시 습 정 공 불 요 명
詩習精工不要名

도 상 유 여 조 설 백
道上猶餘朝雪白

임 간 루 출 석 양 명
林間漏出夕陽明

미 귀 고 리 금 무 내
未歸故里今無奈

금 수 계 산 지 감 정
錦水鷄山只感情

백 두 권 극 일 중 정
白頭倦屐日中停

천 기 신 청 설 만 정
天氣新晴雪滿庭

운 대 우 징 귀 북 수
雲帶雨徵歸北峀

안 심 어 적 향 남 정
雁尋魚跡向南汀

시 상 욕 건 환 다 고
詩常欲健還多苦

거 불 혐 빈 역 유 녕
居不嫌貧亦有寧

시 태 난 분 진 초 속
時態難分秦楚俗

이 금 수 사 굴 원 성
以今誰似屈原醒

---

153) 錦水(금수)는 충청도 錦江(금강)을 이르는 것으로 보이나 鷄山(계산)은 충청도의 鷄龍山(계룡산)인지 詩人(시인)의 고향인 宋村(송촌)의 鎭山(진산)인 鷄足山(계족산)을 이르는지 알 수 없음.

154) 秦(진)나라 楚(초)나라는 원래 中華文明(중화문명)의 변두리로 저급한 풍속을 이르나, 여기에서는 서양 풍속을 저급한 것으로 비유한 것으로 보임.

금요일 모임에서
金曜會

눈 속에 느릿느릿 발걸음으로 느지막이 누각에 오르니
늙어가며 한가한 정취에 노닐기 제일 좋네
한 세상 潮流(조류)가 모두 환상으로 변했으나
百年(백년) 文翰(문한)이 箕裘(기구: 이어받은 가업)일세
조롱에 갇힌 鶴(학)은 취해 산으로 돌아가는 꿈꾸고
물 마른 웅덩이 물고기는 헤엄쳐 바다로 들어갈 계획 세우네
숨어사는 자취에 새로운 정책이 무슨 상관있으랴
이로운지 해로운지 바라지 않고 다시 머리 돌리네

설 중 권 극 만 등 루
雪中倦屐晚登樓
노 거 한 정 최 호 유
老去閒情最好遊
일 세 조 류 개 변 환
一世潮流皆變幻
백 년 문 한 시 기 구
百年文翰是箕裘
수 롱 학 취 귀 산 몽
囚籠鶴醉歸山夢
처 학 어 유 입 해 모
處涸魚游入海謀
둔 적 하 관 신 정 책
遯跡何關新政策
불 장 리 해 갱 회 두
不將利害更回頭

새벽에 읊은 회포를 쓰다
曉吟書懷

잠 못 이루고 등불 돋아 새벽녘까지 앉아서
世態(세태)를 곰곰이 생각해 보니 앞길을 그르쳤네
黃金(황금)은 정해진 數(수) 있어 다분히 공연한 상상이요
白髮(백발)은 실마리 없이 늙은 느낌일 뿐이네
눈도 아랑곳 않는 매화는 玉骨(옥골: 고결한 사람) 꾸미고
바람 맞는 대나무 잎은 가야금 소리 내네
餘生(여생)은 그저 맑고 한가한 興趣(홍취)에 맞추리니
詩書(시서)를 涉獵(섭렵)하고 글씨나 쓰려네

실 매 도 등 좌 사 경
失寐挑燈坐四更
상 량 세 태 오 전 정
商量世態誤前程
황 금 유 수 다 공 상
黃金有數多空想
백 발 무 단 감 로 정
白髮無端感老情
능 설 매 화 장 옥 골
凌雪梅花粧玉骨
영 풍 죽 엽 주 금 성
迎風竹葉奏琴聲
여 생 지 합 청 한 취
餘生只合淸閒趣
섭 렵 시 서 우 필 경
涉獵詩書又筆耕

389

백운암 시 모임에서
白雲庵雅集

늙은 儒林(유림) 일 없이 서로 잘 어울리니

十里(십리) 江湖(강호)가 다 우리 무리네

졸렬한 글귀는 唐(당)나라 律詩(율시)의 眞髓(진수) 따르기
　　어렵지만

淸談(청담)[155]은 晉(진)나라 風流(풍류)에 뒤지지 않네

구름은 비올 듯 산꼭대기를 지나가고

기러기는 지는 햇빛 등지고 물 머리로 내려가네

한나절 남은 情(정)에 술잔 주거니 받거니 하다

돌아가는 길 아주 늦어져 저녁에서야 배에 오르네

老儒無事好相遊

十里江湖屬我儔

拙句難追唐律髓

淸談不讓晉風流

雲含雨意過山頂

雁帶斜陽下水頭

半日餘情仍酌酒

歸程太晚暮乘舟

정릉에 다시 모여서
貞陵再會

느긋이 詩心(시심) 띠고 일찍 사립문 나서나

평생에 배운 것이 세상 실정과 어긋나네

일어나는 興(흥) 견디기 어려워 자주 발걸음 옮겨서

좋은 시기 놓치지 않고 옷소매 떨치며 온 것이 몇 번이던가

비 실은 뜬구름은 산 너머로 물러나고

바람은 낙엽을 몰아 언덕 머리로 날려 보내네

景光(경광)을 詩(시)에 담기 쉽지 않아

두루마리에 쓰기 늦어지기만 하다 저녁 무렵 돼 돌아가네

謾帶詩心早出扉

平生所學世情違

難堪逸興頻携屐

不失佳期幾振衣

雨載浮雲山外去

風驅落葉岸頭飛

景光收拾非容易

題軸遲遲薄暮歸

---

155) 세속과 무관한 얘기.

눈길을 걸으며
雪行

분분히 떨어지는 瑞雪(서설: 상서로운 눈) 아래 바람은 세고	紛紛瑞雪下强風
玉(옥)으로 새로 꾸민 나무는 造化(조화)의 功(공)일세	玉樹新粧造化功
솜처럼 날려 쌓여서 땅을 하얗게 만들고	飛絮積來成白地
뜬구름 흩어져 사라지니 푸른 하늘 나타나네	浮雲散去露蒼空
매화 찾은 시인은 시 지을 흥취 일으키고	訪梅騷客惹詩趣
보리 살피는 농부는 풍년이 올지 점쳐 보네	驗麥農夫占歲豊
눈에 뵈는 것엔 티끌 한 점 없으니	眼界難看塵一點
끝없는 좋은 경치에 興(흥)이 어찌 다하리오	無邊勝景興何窮

한겨울 시 모임에서
中冬雅集

추위 무릅쓰고 약속 지키려 詩(시) 지을 누각에 오르니	冒寒遵約上騷漏
눈 뒤에 맑게 갠 광경이 붓끝에 들어오네	雪後晴光入筆頭
저자 빙 둘러 정원 이룬 진정 좋은 곳에서	環市成園眞勝地
글하는 친구 불러 모이니 모두 名流(명류)일세	以文會友總名流
바람은 낙엽을 몰아내 가을을 골짜기에 숨겨놓고	風駈落葉秋藏壑
물은 맑은 얼음 만들어 구슬로 골짜기 가득 채웠네	水作淸氷玉滿溝
번복하는 烟雲(연운)이 시시각각 다르니	飜覆烟雲時刻異
詩(시) 짓는 재주 아직도 얕아 모두 써내지 못하네	詩工尙淺未全收

기영회 운에 맞추어
次耆英會韻

장충단 위에 한낮 그림자 비스듬히 지는데
詩(시) 읊는 고질 벽 견디기 어려워 느지감치 집을 나서네
계곡물은 얼어붙어 돈 안 줘도 되는 玉(옥)이 되었고
나무는 모두 눈을 이고 때 아니게 꽃 피웠네
누가 천 리에 뜻을 둔 구유에 묶인 천리마 가여워할까
나는 벽 속에 책이 다섯 수레나 됨이 한스럽네
지어줄 詩(시) 다 지어주고 겸해서 술까지 취하니
다시 興(흥)이 남아 煙霞(연하) 아래로 거니네

장 충 단 상 오 음 사
奬忠壇上午陰斜
음 벽 난 감 만 출 가
吟癖難堪晩出家
간 이 성 빙 무 가 옥
澗已成氷無價玉
수 개 착 설 불 시 화
樹皆着雪不時花
수 련 력 기 지 천 리
誰憐櫪驥志千里
오 한 벽 서 장 오 거
吾恨壁書藏五車
시 채 재 상 겸 취 주
詩債纔償兼醉酒
갱 장 여 흥 보 연 하
更將餘興步烟霞

금요일에 이어 모여서
金曜續會

詩(시)로 인해 느긋이 지팡이 짚고 이 모임 자리 찾으니
산 은 몇 번이나 넘었으며 물은 몇 번이나 건넜는가
돌 사이 계곡물은 얼어붙어 모두가 白玉(백옥)이요
언덕에 소나무는 피리소리 보내니 자연이 가야금 소리네
백발은 고치기 어려우니 신선의 인연은 멀고
쉽게 끌리는 황금에 세속의 얽매임 침범하네
부평초처럼 타향에 떠돌기 여러 해에 이름값도 적고
세상은 옛것 숭상하지 않고 특별히 지금 것만 배우네

인 시 권 공 차 연 심
因詩倦筇此筵尋
산 기 경 과 수 기 림
山幾經過水幾臨
석 간 성 빙 도 시 옥
石澗成氷都是玉
안 송 송 뢰 자 연 금
岸松送籟自然琴
난 의 백 발 선 연 원
難醫白髮仙緣遠
이 병 황 금 속 루 침
易病黃金俗累侵
평 해 다 년 성 가 소
萍海多年聲價少
세 비 숭 고 학 수 금
世非崇古學殊今

노량진 시 모임에서

鷺梁雅集

騷客(소객)끼리 모여 강가 누각에 노니니

눈 앞에 맑은 풍경 다 볼 수 없네

가을에 시든 낙엽은 그윽한 골짜기 메워놓고

해 따라 돌아가는 기러기는 물가 떠나 아래로 가네

詩(시) 고질병에는 약도 없어 고치기 어렵지만

돈만 있으면 쉽게 술 취한 風流(풍류) 즐길 수 있네

일생을 돌아보니 공연히 恨(한)만 많고

苦海(고해)에 浮沈(부침)하는 나는 갈매기 같네

騷客會遊江上樓

眼前晴景未全收

病秋落葉埋幽壑

隨日歸鴻河別洲

無藥難醫詩痼癖

有錢易作酒風流

一生回憶空多恨

苦海浮沉我似鷗

백운암 시회에서

白雲庵雅會

느긋이 발걸음 천천히 옮겨 계곡 깊이 들어오니

성성한 백발 노인들 몇몇 옷깃 잇고 있네

얼음은 다시 물이 되어 계곡물 늘리고

눈 남은 흔적이 아직도 산꼭대기에 쌓여 있네

술 빌려 시름 삭이다 보니 항상 쉽게 취하고

詩(시)로 뜻을 펴 말하기는 매번 읊기 어렵네

일은 모두 아들에게 맡겨놓고는 쇠약하고 늙게 되도

자취를 강산에 맡기니 興(흥)을 금할 길 없네

倦屐遲遲入峽深

星星白髮幾聯衿

氷還化水方添澗

雪有餘痕尙積岑

借酒消愁常易醉

以詩言志每難吟

事皆任子兼衰老

托跡江山興不禁

정릉에서 세 번 모여서
貞陵三會

좋은 경치 찾아보려 촌 마을 찾아갔더니   爲探勝景訪村居

시인 친구 여남은 명이 옷자락 접하고 있네   十數騷朋好接裾

사방 들판엔 농사 잘돼 집안엔 곡식 쌓이고   四野農功家積穀

겨울철인데도 채마 밭에서 반찬거리 채소 거두네   三冬饌料圃收蔬

文翰(문한)에 마음 다했으나 종래 얻지 못하고   着心文翰終無得

강산에서 즐거움 찾으니 그래도 여유 있네   取樂江山尙有餘

구유에 메여있어도 오히려 천 리를 달릴 마음 있으니   櫪驥猶存千里志

지루하게 고대하기는 꿈이 헛되지 않기를   支離苦待夢非虛

눈 구경
賞雪

밤새 눈 내려 쌓여 하얗게 茫茫(망망)하니   夜來積雪白茫茫

天上(천상)이나 人間(인간)이나 모두 한 빛이네   天上人間摠一光

大地(대지)는 새로 銀世界(은세계)를 이루고   大地新成銀世界

수정같이 맑게 된 도시엔 높은 누각이 홀연히 섰네   高樓忽立水晶鄕

이때 나무 있어 꽃이 모두 폈고   此時有樹花皆發

어딜 봐도 산이 안 뵈니 玉(옥)으로 꾸미지 못하네   到處無山玉未粧

밤이 오지 않은 듯 乾坤(건곤: 세상)은 달을 마주한 듯하니   不夜乾坤如對月

매화 찾는 시인의 興(흥)을 어찌 헤아릴꼬   訪梅騷客興何量

동짓날에 두보 시의 운에 맞춰

冬至次杜韻

六陰(육음)이 다한 곳에 一陽(일양)이 재촉하니[156]

동지 눈 속에 봄이 또 오네

珍味(진미) 木盤(목반) 위에 팥죽 올려 오니

좋은 시기 대나무 대롱에 葭灰(가회)[157]가 움직이네

杜翁(두옹)의 두루마리 위엔 방금 제목 글귀 올라오고

孟氏(맹씨) 다리 근처에선 매화 감상하려 하네

늙은 좀 벌레 생애에 쓸 데 없는 나이만 더해 가니

내게 오래 살라 칭송하며 올리는 술잔이 부끄럽네

육 음 궁 처 일 양 최
六陰窮處一陽催

동 지 설 중 춘 우 래
冬至雪中春又來

진 미 목 반 공 두 죽
珍味木盤供豆粥

양 신 죽 관 동 가 회
良辰竹管動葭灰

두 옹 축 상 방 제 구
杜翁軸上方題句

맹 씨 교 두 욕 상 매
孟氏橋頭欲賞梅

노 두 생 애 첨 천 치
老蠹生涯添賤齒

괴 오 송 수 진 하 배
愧吾頌壽進霞盃

율리음사 정례 모임에서

栗里吟社例會

화롯가에 둘러 앉아 즐겨 서로 얘기하니

서릿발 머리 시인들 열 두서너 명이네

興(흥) 일어난 詩城(시성)에선 번번이 글재주 다툼이요

시름 잊으려는 酒國(주국)에선 몇 번이나 불쾌하게 취했는가

아침 구름은 눈 내려 산을 玉(옥)으로 꾸며놓고

한낮 해는 얼음 녹여 연못 물 넘치게 하네

이번 모임 참석에 늦었다 탓하지 말라

늙어 가며 걷는 것도 점점 난감하다네

노 변 회 좌 호 상 담
爐邊會坐好相談

상 발 소 인 십 이 삼
霜髮騷人十二三

야 흥 시 성 빈 백 전
惹興詩城頻白戰

망 수 주 국 기 홍 감
忘愁酒國幾紅酣

조 운 강 설 산 장 옥
朝雲降雪山粧玉

오 일 소 빙 수 창 담
午日消氷水漲潭

막 도 금 행 참 석 만
莫道今行參席晚

노 래 보 극 점 난 감
老來步屐漸難堪

---

156) 음력 10월은 주역의 坤爲地(곤위지) 괘로 여섯 개 爻(효)가 모두 陰(음)이다 - 육음. 동짓달이 되면 地雷復(지뢰복) 괘로 변해 제일 아래의 효 하나가 陽(양)으로 변한다 - 일양.

157) 고대 중국에서 節氣(절기)의 이르고 늦음을 점치는 데 대나무 대롱에 葭灰(가회: 갈대를 태운 재)를 넣고 그 움직임을 보아 판단했다는 데서 나온 얘기임.

노량진에서 회포를 쓰다 낙서 시사에서 지음
鷺梁津書會洛西詩社題

城(성) 서쪽으로 멀리 발걸음 옮겨 차가운 江(강)을 건너니

별세계 공원이 있어 수놓은 窓(창)을 접하네

성밖에는 병정들이 戰亂(전란)을 막고 있고

서울 안에는 풍속이 그래도 아름답네

겨울 날씨 따뜻하니 몇몇 사람 노닐고 있고

얼음 녹은 긴 물가엔 해오라기가 雙(쌍)으로 섰네

文化(문화) 生涯(생애)가 전보다는 지금이 좋은데

同族(동족)이 각각 나라가 나뉘었으니 어찌할꼬

城西遠屧渡寒江
別有公園接繡窓
城外兵丁防戰亂
國中風俗尙淳尨
冬天日暖人遊幾
長渚氷消鷺立雙
文化生涯今勝昔
奈何同族各分邦

백운암 시 모임에서
白雲庵雅集

내게 詩心(시심) 일어나게 하니 눈과 추위도 무릅쓰는데

층층 언덕에 있는 작은 절이 구름 끝에 나와 뵈네

나뭇잎 모두 말라 떨어지니 산속 나그네 여위었고

곡식 이미 모두 거두어들였으니 들판 풍경은 휑하네

사방 地境(지경)이 맑고 한가하니 진정 佛家(불가)의 세계요

한바탕 마당 쾌활하니 詩(시) 읊기 좋은 곳이네

늙어가며 일없는 것이 도리어 괴로움 되니

술 마시고 시 읊으며 지내는 것이 늦은 나이 즐김일세

惹我詩心冒雪寒
層厓小寺出雲端
葉皆凋落山客瘦
穀已全收野色寬
四境淸閒眞佛界
一場快活好騷壇
老來無事還爲苦
觴咏堪爲晚景歡

수종사에서 서사가의 운에 맞추어
水種寺次徐四佳韻

옛 절에 하늬바람 부는데 釋家(석가) 사는 곳에 찾아오니
고 사 서 풍 방 석 서
古寺西風訪釋棲

층층 바위 절벽에 무성한 숲이 둑을 이루네
층 암 절 벽 무 림 제
層岩絶壁茂林堤

경치 좋은 곳에 사람 자취 다니는 길이 서로 접하니
경 가 인 적 로 상 접
景佳人跡路相接

산은 험해 불당이 하늘 높이와 가지런하네
산 험 불 당 천 여 제
山險佛堂天與齊

단풍과 국화가 가을 경치 꾸미니 볼수록 더욱 좋고
풍 국 장 추 간 익 호
楓菊粧秋看益好

아지랑이와 구름이 들을 덮으니 바라보면 도리어 어지럽네
연 운 엄 야 망 환 미
烟雲罨野望還迷

비로소 좋은 곳 찾아오니 누가 전에 알았으리요
시 래 탐 승 숙 능 식
始來探勝孰能識

오직 이름 모를 새들이 나그네 맞아 지저귀네
유 유 괴 금 영 객 제
惟有怪禽迎客啼

눈이 오려나
雪意

아득히 막막한 乾坤(건곤: 천지)은 안개 속에 있는 것 같고
묘 막 건 곤 사 무 중
杳漠乾坤似霧中

化翁(화옹: 조물주)이 눈을 빚나 산들바람 불어오네
화 옹 양 설 소 징 풍
化翁釀雪消徵風

山川(산천)은 그림자 잃고 해의 精氣(정기) 가리워지니
산 천 실 영 일 정 엄
山川失影日精掩

宇宙(우주)엔 빛이 없고 구름 기운이 조롱에 갇혀있네
우 주 무 광 운 기 롱
宇宙無光雲氣籠

곧 매화 같은 눈송이가 땅 하얗게 만들 터인데
장 작 매 화 성 백 지
將作梅花成白地

미리 버드나무 솜털 같은 눈 푸른 하늘에서 떨어지는 것은
싫어하나 보네
예 혐 류 서 하 창 궁
豫嫌柳絮下蒼穹

잠깐 어둡다 잠깐 밝았다 헤아리기 어려워
사 명 사 암 금 난 측
乍明乍暗今難測

자주 하늘 끝 바라보니 맑게 갠 색 통하네
빈 망 천 애 제 색 통
頻望天涯霽色通

소림사 시 모임에서

小林寺雅集

맑게 갠 아침에 빨리 하라 재촉 받아 내가 먼저 오르니

잠깐 동안 길 오르기는 늙었어도 아직 할만하네

몇 송이 매화 꽃 펴 멀리서 온 나그네 붙잡아 두고

종소리 한번 울려 떨어지니 놀란 중이 돌아오네

비 그친 계곡 입구엔 눈 모두 녹았고

날씨 따뜻하니 시냇물 머리에도 점점 얼음이 녹네

북한산 속 소림사에

자리 가득 채운 시인들은 예부터 같이 노닐던 친구들일세

청 조 피 속 아 선 등
晴朝被速我先登

반 식 행 정 로 상 능
半息行程老尙能

수 타 매 개 류 원 객
數朶梅開留遠客

일 성 종 락 경 귀 승
一聲鍾落警歸僧

우 수 곡 구 전 소 설
雨收谷口全消雪

일 난 계 두 점 해 빙
日暖溪頭漸解氷

배 한 산 중 소 림 사
北漢山中少林寺

소 인 만 좌 구 유 붕
騷人滿座舊遊朋

병천정에서 삼가 늑천선생의 운에 맞추어

瓶泉亭謹次櫟泉先生韻

병천은 익숙하게 알아 본래 의심 없더니

푸른 산봉우리들이 중간에 푸른 물결 출렁이듯 하네

절기는 비록 겨울 여름 따라 변한다 해도

내 마음이 어찌 뽕나무 밭이나 바다 따라 바뀔 수 있으리오

해를 바라보고 草木(초목)은 일찍 꽃 펴내는데

세속에 초연하게 산과 계곡 떠도는 나그네가 도착이 늦었네

지난 일 일찍이 동네 늙은이에게 듣고 보니

선생의 남긴 업적을 이미 자세히 알았네

병 천 관 식 본 무 의
瓶泉慣識本無疑

벽 수 중 간 양 록 의
碧岫中間漾綠漪

천 후 수 종 동 하 변
天候雖從冬夏變

아 심 기 이 해 상 이
我心豈以海桑移

향 양 초 목 화 개 조
向陽草木花開早

초 속 계 산 객 도 지
超俗溪山客到遲

왕 사 증 수 향 로 청
往事曾隨鄕老聽

선 생 유 적 이 상 지
先生遺蹟已詳知

백운암 정례 모임에서
白雲庵例會

약속이 있어 두 번 한강 남쪽으로 건너가니

有約重過漢水南

騷壇(소단)이 이미 백운암에 열려있네

騷壇已設白雲庵

틈내서 다행히도 턱 풀고 웃어볼 수 있게 되니

偸閒幸得解頤笑

술 취한 기운에 다시 입 벌려 이야기하네

乘醉更兼開口談

얼음 아래 개울물 소리는 흡사 비 오는 소리 같고

氷下溪聲猶似雨

눈 속에 산 색깔은 아지랑이 지피지 않네

雪中山色不成嵐

늙어가며 이런 雅會(아회: 시회) 몇 번 못 가질 것 같으니

老來雅會將無幾

이리 맑게 노니는 興(흥)을 어찌 견디나

如此淸遊興豈堪

봉암이 찾아와서 같이 짓다
鳳庵來訪共賦

한나절 무료하게 홀로 앉아있는 때에

半日無聊獨坐時

그대 멀리서 찾아온단 소식 들었는데 왜이리 더딘고

聞君遠訪待何遲

산 모양은 쌓인 눈으로 전처럼 험하고

山容積雪以前險

꽃 소식은 매화에 붙은 후에야 기이하네

花信着梅然後奇

사람 일은 이미 뽕나무 밭 바다로 바뀌듯 변해버렸고

人事已從桑海變

세월은 몇 번이나 제비와 기러기를 오가게 했는가

歲華幾作燕鴻移

열흘 넘어 얼굴 못 보니 서로 생각함이 괴롭다가

一旬阻面相思苦

반가운 낯빛으로 환영하여 같이 詩를 짓네

靑眼歡迎共賦詩

운사를 찾아가서
訪雲史

부평초 같이 떠도는 타향에서 사귐을 맺으니 이미 친척이 되어
萍鄉結契已成親

운 늙은이 찾으러 바퀴 굴려 가네
爲訪雲翁轉翠輪

泉石(천석: 산수의 경치)는 빛이 나는데 좋은 주인 만나
泉石生光逢好主

글과 술로 興(흥) 일으키니 아름다운 손님 맞았다 하네
文樽惹興會佳賓

종소리 멀리 華藏寺(화장사)에서 울려 나오고
鍾聲遠出華藏寺

돛 그림자는 동작 나루를 가로지르네
航影暫橫銅雀津

같이 詩(시) 읊는 것이 일없는 이들이니
同是吟詩無事客

슬그머니 白首(백수)가 風塵(풍진)에 늙어가네
居然白首老風塵

지은 이재린을 애도하며
挽芝隱李在麟

德行(덕행)이 그대와 같은 이 누구도 없었는데
德行如君未有誰

여러 해를 사귀며 욕되게도 어깨를 나란히 했네
屢年交契辱肩隨

이젠 다시 땅 위에서 상봉할 다른 날 없으니
更無他日相逢地

지난 가을 永訣(영결)하고 멀리 詩(시)를 지어 부치네
永訣前秋遠寄詩

白玉(백옥) 같은 마음을 지녔으니 진정 사랑할 만하고
白玉持心眞可愛

靑山(청산)에 뼈를 묻으니 정녕 슬픔을 견디네
靑山葬骨正堪悲

평소의 은근했던 友誼(우의)를 잊기 어려워
難忘平素殷勤誼

한 폭 슬픈 글로 옛 친구와 이별하네
一幅哀辭別舊知

싸늘한 창가에 홀로 앉아

寒窓獨坐

싸늘한 창가에 홀로 앉아 나갈 수가 없으니

늙은 심정에 옛날 같이 놀던 친구들을 배나 더 생각하네

고뇌와 근심은 처음엔 봄 생각하는 여인네 같더니

묵묵히 앉아 있으니 도리어 夏安居(하안거) 들어가는 중과 같네

어느 곳 산봉우리 꼭대기 마다 눈 쌓이지 않은 곳 있으리요

이 무렵 도로는 모두 얼어붙었네

집 주위 한 바퀴 도니 마음 비록 울적하지만

한 발짝도 띠기 어려워 오를 수가 없네

독 좌 한 창 출 미 능
獨坐寒窓出未能

노 정 배 억 구 유 붕
老情倍憶舊遊朋

뇌 수 초 사 회 춘 녀
惱愁初似懷春女

묵 좌 환 여 결 하 승
默坐還如結夏僧

하 처 봉 밀 무 적 설
何處峯密無積雪

차 시 도 로 총 성 빙
此時道路總成氷

일 주 수 호 심 수 울
一週守戶心雖鬱

촌 보 난 행 불 가 등
寸步難行不可登

장충단 시 모임에서
獎忠壇雅集

추위 무릅쓰고 느긋한 발걸음으로 비로소 누각에 오르니	_{모 한 권 극 시 등 루} 冒寒倦屐始登樓
글재주 겨루기를 슬그머니 십일이나 쉬었네	_{백 전 거 연 십 일 휴} 白戰居然十日休
천리를 달리고자 하는 웅장한 마음은 구유에 메어 우는 천리마요	_{천 리 웅 심 시 력 기} 千里雄心嘶櫪驥
일생 졸렬한 계획은 남의 집 빌려 사는 비둘기네	_{일 생 졸 계 차 소 구} 一生拙計借巢鳩
얼음 구멍 뚫은 어부는 고기가 장차 낚으려 하고	_{천 빙 어 부 어 장 조} 穿氷漁父魚將釣
눈 쓰는 거리 사람은 길이 역시 수양시키네	_{소 설 가 인 로 역 수} 掃雪街人路亦修
추운 계절이니 오는 시인들 별로 없으나	_{냉 절 소 단 객 객 소} 冷節騷壇來客少
香山九老(향산구로)[158]가 좋게 서로 수작하네	_{향 산 구 로 호 상 수} 香山九老好相酬
눈 속에 한강 남쪽으로 가기 어려우니	_{설 리 난 행 한 수 남} 雪裡難行漢水南
장충단 안에서 景光(경광)을 찾네	_{장 충 단 내 경 광 탐} 獎忠壇內景光探
詩(시)로 버릇을 이루니 피로도 도리어 잊고	_{이 시 성 벽 로 환 망} 以詩成癖勞還忘
술 빌어 근심 삭이니 기쁨을 견디지 못하네	_{차 주 소 수 희 불 감} 借酒消愁喜不堪
나그네는 뜬구름과 어울려 먼 포구로 돌아가고	_{객 반 부 운 귀 원 포} 客伴浮雲歸遠浦
중은 지는 해 따라 새로 지은 절로 올라 가네	_{승 수 락 일 상 신 암} 僧隨落日上新庵
재산 다스릴 줄 모르고 한가히 노니는 나는	_{부 지 치 산 우 유 아} 不知治産優遊我
글재주 겨루며 때때로 興(흥) 일으키고 술 달게 마시네	_{백 전 시 시 일 흥 감} 白戰時時逸興酣
길에 얼음은 玉(옥)과 같고 눈은 소금 뿌려 놓은 것 같은데	_{노 빙 여 옥 설 여 염} 路氷如玉雪如鹽
늙은 후에 지팡이도 힘에 부치니 시름이 저절로 더해지네	_{노 후 권 공 수 자 첨} 老後倦笻愁自添
기러기는 차가운 울음소리 내며 먼 포구로 돌아가고	_{안 대 한 성 귀 원 포} 雁帶寒聲歸遠浦
매화는 봄소식을 궁벽한 여염까지 다다르게 하네	_{매 전 춘 신 도 궁 염} 梅傳春信到窮閭
둔탁한 재주로 글재주 겨루는 이는 오직 나 뿐이나	_{둔 봉 백 전 오 유 독} 鈍鋒白戰吾惟獨

---

158) 당나라 시인 백거이가 벼슬을 그만 두고 여덟 친구를 모아 낙양에서 모임을 갖고 놀며, 이 모임을 향산구로
회라 칭했음. 여기에서는 장충단 모임에 나온 분들을 여기에 비긴 것으로 보임.

술 많이 마시고 불콰하게 취한데다 그대까지 또 겸해 있네

가슴 가득 품은 經綸(경륜)은 쓸 데가 없으니

일찍이 세상 일 잊으니 마음은 도리어 편안하네

거 량 홍 감 자 우 겸
巨量紅酣子又兼

만 복 경 륜 무 용 처
滿腹經綸無用處

증 망 세 사 의 환 념
曾忘世事意還恬

백운암에서 회포를 쓰다
白雲庵書懷

좋은 모임 어기지 않으려고 늦었지만 옷소매 떨치고 가니

衣冠(의관) 濟濟(제제: 엄숙하고 장중함)하게 한자리에 모였네

뜬구름 다 지나가니 남은 것은 하얀 눈이요

낙엽 모두 떨어져 없으니 삼나무가 파랗게 있네

오직 詩(시) 잘 쓰기에 힘썼거늘 聖人(성인) 경지 들기 어렵고

産業(산업)에 상관치 않으니 쉽게도 超凡(초범)해지네

팔십 년 지난 세월 일 돌이켜 보니

세상 맛이 얼마나 쓰고 짰던가

문 앞엔 티끌 한 점 움직이지 않고

비가 온 듯 얼음이 녹아 대나무 처마 아래로 내려가네

힘 잃은 文章(문장)으로 어찌 이름 낼 수 있으리요

때 얻은 翰墨(한묵: 문필)이라야 값 쳐준다오

매화는 봄소식 전해 문 앞이 빨갛게 되나

겨울 위세 그대로 가진 눈이 하얗게 주렴에 비치네

단청 용마루 禪樓(선루: 절)는 높이 백척이요

사방의 산수에는 볼거리 많이 있네

가 회 무 위 만 진 삼
佳會無違晚振衫

의 관 제 제 일 연 함
衣冠濟濟一筵咸

부 운 과 진 백 여 설
浮雲過盡白餘雪

낙 엽 전 수 청 유 삼
落葉全收靑有杉

전 무 시 공 난 입 성
專務詩工難入聖

불 관 산 업 이 초 범
不關産業易超凡

회 사 팔 십 년 간 사
回思八十年間事

세 미 상 래 기 고 함
世味嘗來幾苦鹹

문 전 불 동 일 진 섬
門前不動一塵纖

여 우 빙 소 하 죽 첨
如雨氷消下竹簷

실 세 문 장 명 기 천
失勢文章名豈擅

득 시 한 묵 가 무 렴
得時翰墨價無廉

매 전 화 신 홍 생 호
梅傳花信紅生戶

설 대 동 위 백 영 렴
雪帶冬威白映簾

수 동 선 루 고 백 척
數棟禪樓高百尺

사 방 산 수 공 하 첨
四方山水供遐瞻

정릉 시회에서

貞陵雅會

멀리 정릉을 찾아와서 좋은 경치 감상하니	원 방 정 릉 상 승 구 遠訪貞陵賞勝區
눈이 장식한 銀世界(은세계)에 티끌 한 점 없네	설 장 은 계 일 진 무 雪粧銀界一塵無
하늘 찌르는 돌 형세에 산은 三角(삼각)이요	충 천 석 세 산 삼 각 衝天石勢山三角
바다로 들어가는 개울물 소리는 골짜기 양 모퉁이에 있네	입 해 계 성 동 량 우 入海溪聲洞兩隅
세월 가는 법칙엔 머물기 어려워 태양 따라 줄어들고	세 률 난 류 수 일 감 歲律難留隨日減
집안 법규도 쉽게 변해 시간 흐름과 함께 가네	가 규 역 변 여 시 구 家規易變與時俱
불쾌하게 술 취해 글재주 겨루는 것으로 風流(풍류)는 족하니	홍 감 백 전 풍 류 족 紅酣白戰風流足
몇 번이나 詩(시)를 짓고 몇 번이나 술동이 비웠던고	기 도 제 시 기 도 호 幾度題詩幾倒壺
반세상 詩(시) 지은 것은 齊(제)나라 친 것과 같고	반 세 시 공 등 벌 제 半世詩工等伐齊
책 속에서 헛늙어가니 마음은 도리어 처량하네	서 중 허 로 의 환 처 書中虛老意還凄
산을 뚫은 통로는 깊은 굴을 지나고	천 산 통 로 과 심 굴 穿山通路過深窟
물가를 연이어 이룬 마을은 시냇가 옆을 따라 굽이져 있네	연 수 성 촌 방 곡 계 連水成村傍曲溪
물 안 새는 신발 신고 높이 오르니 가슴은 바다처럼 넓어지고	납 극 등 고 흉 해 활 蠟屐登高胸海闊
지팡이 멈추고 멀리 바라보니 눈앞이 아롱아롱 희미하네	주 공 망 원 안 화 미 住筇望遠眼花迷
선대로부터 물려받은 舊業(구업)은 오직 文翰(문한)뿐이니	기 구 구 업 유 문 한 箕裘舊業惟文翰
글귀 찾으며 지루하게 있다 저녁 되어 서쪽으로 돌아가네	멱 구 지 리 모 반 서 覓句支離暮返西
騷壇(소단) 열린 곳이 陵齋(능재: 왕릉 앞의 재실)와 가깝고	소 단 설 처 근 릉 재 騷壇設處近陵齋
三面(삼면)은 산으로 둘러싸였고 一面(일면)은 거리에 접했네	삼 면 위 산 일 면 가 三面圍山一面街
빨갛게 陽春(양춘: 음력 정월)이 왔다고 매화가 소식 가져오고	홍 보 양 춘 매 유 신 紅報陽春梅有信
하얗게 덮인 大地(대지)에는 눈 쌓여 끝이 없네	백 봉 대 지 설 무 애 白封大地雪無涯
醫人(의인)의 약과 침으로도 몸 젊게 하기 어렵고	의 인 약 석 신 난 소 醫人藥石身難少
병든 세상에 金銀(금은)의 일은 쉽게도 틀어지네	병 세 금 은 사 이 괴 病世金銀事易乖
고요한 乾坤(건곤: 세상)에 詩(시) 趣向(취향) 족하니	정 리 건 공 시 취 족 靜裡乾空詩趣足
시 읊으며 술 마시며 한나절 그대와 함께 하려네	영 상 반 일 여 군 해 詠觴半日與君偕

봉암 시회에 참석해서

參鳳庵詩會

들의 색깔 빛남이 엷어지니 해질 무렵과 같은데	野色熹微等日昏
성성한 흰머리 노인네가 衡門(형문: 초라한 집)을 나서네	星星白髮出衡門
一生(일생) 배움을 좋아했으나 꿈 이루기 어렵고	一生好學難成夢
천리 밖 고향 생각하니 쉽게도 魂(혼)이 끊어지도록 애통하네	千里思鄉易斷魂
서리 온 후에도 남은 봄기운이 대나무 잎에 머물러있고	霜後餘春留竹葉
비 온 나머지 패인 길에는 소나무 뿌리 드러나 있네	雨餘頹逕露松根
經綸(경륜)은 몸에 가득 차있으나 베풀 곳 없으니	經綸滿腹無施處
헛되이 芸窓(운창: 서재)에서 보내는 세월만 바쁘구나	虛送芸窓歲月奔
옛 驛(역)을 찬바람에 눈 밟고 돌아오니	古驛寒風踏雪回
주인이 미소 머금고 좋은 낯으로 열어주네	主人含笑好顏開
누렇게 물든 실 같은 가지는 장차 버드나무 펴려 하고	染黃舊縷將舒柳
이슬에 하얗게 된 새 꽃은 이미 매화를 터뜨렸네	露白新花已放梅
점점 친밀해지는 사귐의 情(정)이 떠나지 못하도록 하니	漸密交情欲投轄
짐짓 이별할 마음 늦춰놓고 술잔 멈추지 않네	故遲別意不停盃
좋은 곳 빼어난 경치에 글 지으니	名區勝景堪題句
돌아가는 길에 어찌 저녁놀이 재촉한다 싫어하리오	歸路何嫌落照催

405

늦은 겨울에 회포를 쓰다
暮冬書懷

榮枯(영고: 번영과 쇠망)는 운수소관이라 도모해서 이루는 것 아니고

榮枯有數不成謀

비웃음 견뎌내며 국가 시름 속에 늙어가네

堪笑老於家國愁

외국과도 단합해 통역해서 서로 통하는데

團合外邦通象譯

나라 안 땅은 가운데 나뉘어 鴻溝(홍구)[159]로 갈라졌네

中分內地割鴻溝

人心(인심)을 만약 측량한다면 천길 물이요

人心若測千尋水

世路(세로)를 만일 오른다면 백척 누각이네

世路如登百尺樓

功利(공리) 서로 다투니 고아한 음악은 폐지되니

功利相爭絃誦廢

문화 없는 天地(천지)에서 다시 무엇을 구할꼬

無文天地更何求

서늘함과 따스함이 순환하여 세월은 가고

冷暖循環歲月移

강산은 예와 같은데 귀밑머리털만 쇠잔해 가네

江山依舊鬢毛衰

눈은 화려하게 환상적 玉(옥)처럼 색깔 더하지만

雪華幻玉雖增色

솔잎은 봄을 머금고 자태를 바꾸지 않는다네

松葉含春不變姿

商工業(상공업) 익히지 않아 가난해져 후회하지만

未習商工貧後悔

文翰(문한)을 이루고자 하는 것이 죽기 전 바람이라네

欲成文翰死前期

책을 천 권 읽었어도 이름값 내지 못하고

讀書千卷無聲價

功名(공명)은 정해진 數(수) 있다고 나 스스로 속이네

有數功名我自欺

---

159) 漢(한)의 유방과 楚(초)의 항우가 다툴 때 서로 鴻溝(홍구)를 경계로 천하를 나눠 갖자 하는 말에서 나와, 서로 다는 세력의 경계선을 이름.

강촌에서 저녁에 눈을 맞으며

江村暮雪

강촌에 눈이 가득하니 저녁이 텅 빈 것 같아
乾坤(건곤: 하늘과 땅)이 한 모양으로 銀(은)이
   흩어져 있는 것과 같네
소금가루에 파묻힌 바위는 쭈그려 앉은 호랑이가 아닌가
   의아하고
모래밭에 찍힌 발톱 자국으론 기러기 지나갔음을 알겠네
돈 내라 하지 않는 玉(옥)이 천리 밖까지 이어있고
때도 아닌데 숲 속엔 온통 꽃 펴있네
灞橋(파교)[160] 건너 돌아가는 나그네는 시 읊을 興(흥)이 나서
雲師(운사: 구름의 신)를 불러내게 하여 천지를 바꾸게 하네

설 만 강 촌 박 모 공
雪滿江村薄暮空
건 곤 일 양 산 은 동
乾坤一樣散銀同
석 매 염 설 아 준 호
石埋鹽屑訝蹲虎
사 인 조 흔 지 과 홍
沙印爪痕知過鴻
무 가 옥 련 천 리 외
無價玉連千里外
불 시 화 발 만 림 중
不時花發萬林中
파 교 귀 객 음 시 흥
灞橋歸客吟詩興
야 출 운 사 조 화 공
惹出雲師造化功

삼청공원 시회에서

三淸公園雅會

근래 문학이 스승으로 삼을 만한 것 별로 없는데
시회에서 때때로 이별을 아쉬워하네
천리의 좋은 친구를 나그네 길에서 만나
십년 외로운 나그네가 서울에 머무네
혼백은 깊은 골짜기 건너며 얇은 얼음 밟고 섰는데
해는 늙은 소나무 그림 그려 성긴 그림자 따르게 하네
이 좋은 곳 烟光(연광)은 모두가 壯觀(장관)이라
마음 다해 글귀 찾느라 턱 괴고 있네

근 래 문 학 소 고 비
近來文學少皐比
시 회 시 시 석 별 리
詩會時時惜別離
천 리 량 붕 봉 도 려
千里良朋逢途旅
십 년 고 객 체 경 사
十年孤客滯京師
귀 과 절 간 박 빙 리
鬼過絶澗薄氷履
일 화 로 송 소 영 수
日畫老松踈影隨
승 지 연 광 개 장 관
勝地烟光皆壯觀
전 심 멱 구 정 지 이
專心覓句靜支頤

---

160) 옛날 중국의 孟浩然(맹호연)이라는 사람이 말 타고 지나가다 좋은 詩想(시상)을 얻었다는 다리의 이름.

정릉에서 다시 만나
貞陵再會

느긋이 詩(시) 지을 마음으로 정릉에 도달하니

좋은 날짜 잡아 옛 친구들 모였네

玉(옥) 같은 죽순은 하늘을 밀어내고 구름은 나뭇잎처럼
　움직이는데

水晶(수정)이 땅에 가득 눈꽃송이 엉겼네

세속 벗어난 얘기에 다행히 티끌 털어낸 선비와 짝하고

술 취해 춤추니 도리어 破戒僧(파계승) 같네

평생을 등불 아래에서 괴로워한 것을 스스로 부끄러워하노니

궁하면 통한다는 것도 정해진 數(수) 있다 하나 상기도
　부름이 없네

만 장 시 의 도 정 릉
謾將詩意到貞陵
별 택 양 신 회 구 붕
別擇良辰會舊朋
옥 순 배 천 운 엽 동
玉筍排天雲葉動
수 정 만 지 설 화 응
水晶滿地雪華凝
청 담 행 반 초 진 사
淸談幸伴超塵士
취 무 환 여 파 계 승
醉舞還如破戒僧
자 괴 평 생 등 하 고
自愧平生燈下苦
궁 통 유 수 상 무 칭
窮通有數尙無稱

세밑에 나그네의 회포 일본 해동시사
歲暮旅懷 日本海東詩社

십년을 서울에서 떠돌며 집으로 돌아가지 못하니

슬그머니 한 해가 저무는데 눈꽃송이 내려치네

대나무 그늘은 능히 성긴 잎 보전해서 부지할 수 있고

매화 꽃봉오리는 처음 펴도 담백한 꽃이네

꿈속에선 고향 돌아가는 길이 멀지 않은데

타향에 있는 동안 계절이 바뀌어도 마음이 머무를 곳 없네

德業(덕업)은 이루기 어려운데 도리어 목숨은 길어지니

짐짓 회포 푼다고 술 한 잔 더하네

십 재 서 유 미 반 가
十載西遊未返家
거 연 세 모 설 화 사
居然歲暮雪華斜
죽 음 능 보 부 소 엽
竹陰能保扶踈葉
매 뢰 초 개 담 박 화
梅蕾初開淡泊花
몽 리 귀 향 정 불 원
夢裡歸鄕程不遠
객 중 환 절 의 무 가
客中換節意無佳
난 성 덕 업 환 증 수
難成德業還增壽
고 욕 소 회 일 작 가
故欲消懷一酌加

장충단에서 즉흥으로 짓다
忠壇卽事

한글	한자(독음)
쓸쓸히 낙엽 진 나무에 겨울은 이미 깊었는데	蕭條落木已冬深 (소조락목이동심)
獎苑(장원)에 소나무 삼나무는 그래도 푸르른 숲이네	獎苑松杉尙翠林 (장원송삼상취림)
평평이 널린 유리는 얼어붙은 물이요	平展琉璃氷結水 (평전류리빙결수)
장식 꾸며진 璞玉(박옥: 가공 전의 옥)은 눈 덮인 산봉우리네	粧成璞玉雪對岑 (장성박옥설대잠)
지금 세월에 신선 보기 어려우니	此時日月仙難見 (차시일월선난견)
江山(강산) 어느 곳인들 속세가 침범하지 않은 곳 있으리오	何處江山俗不侵 (하처강산속불침)
百藥(백약)이 靈驗(영험)하지 못해 나는 점점 늙어가니	百藥無靈吾漸老 (백약무령오점로)
공연히 白髮(백발) 한탄하며 또 길게 읊조리네	空嘆白髮又長吟 (공탄백발우장음)
술 마시고 시 읊으며 지루하게 장충단 남쪽에 앉아 있으니	觴咏支離坐苑南 (상영지리좌원남)
섬돌 가득 찬 붉은 빛은 夕陽(석양)을 머금었네	紅光滿砌夕陽含 (홍광만체석양함)
두꺼웠던 얼음도 햇빛 쬐니 다시 물이 되고	厚氷曬日還成水 (후빙쇄일환성수)
차가운 눈에 덮인 산에는 아지랑이 기운 오르지 않네	寒雪埋山不起嵐 (한설매산불기람)
세상살이 하늘에 맡기니 窮(궁)해도 또한 즐겁고	處世任天窮亦樂 (처세임천궁역락)
집안살림 아들에게 전해 놓으니 늙는 것 견디기 어렵네	治家傳子老難堪 (치가전자로난감)
장충단 안에서 자주 모임 여니	獎忠壇裡頻開會 (장충단리빈개회)
좋은 경치 속에서 詩(시)와 인연 맺는 것이 내 즐기는 바네	勝景緣詩我所耽 (승경연시아소탐)

백운암에서 즉흥으로 짓다
白雲庵卽事

눈 쌓여 슬그머니 늦은 겨울 이르니
乾坤(건곤)은 한 색으로 玉(옥)같은 형용일세
차가운 소리 萬里(만리)에 뻗친 것은 쌍으로 나는 기러기요
온 숲에 푸르른 기운은 홀로 보존하는 소나무일세
詩(시)는 잘 지어 보려 하나 글귀 생각 어렵고
술은 適性(적성)이 아니니 술잔 들기 내키지 않네
지루하게 술잔 주거니 받거니 하다 돌아갈 길 잊었는데
흰구름 놀라 일으키는 것은 새 절의 종소리네

積雪居然到暮冬
乾坤一色玉形容
寒聲萬里雙飛雁
翠氣千林獨保松
詩欲成功思句苦
酒非適性擧盃慵
支離酬酢忘歸路
驚起白雲新寺鍾

늦은 겨울에 우연히 읊다
暮冬偶吟

추위 두려워 웅크려 엎드렸으니 문은 항상 빗장 걸려있고
지 앞길은 심히 위험해 걸음걸이 어렵네
쌓인 눈은 티끌 세상 전부 묻어 버리고
얼어붙은 얼음은 玉(옥)으로 江山(강산)이 변한 양 환상을 만드네
천년 뒤까지 文翰(문한)을 전하려 하나
光陰(광음)을 헛되이 보내니 한 순간 꿈이네
멀지 않아 和風(화풍)이 얼어붙은 세상 녹여 주리니
무순 시름 있다고 나막신 끌고 나갔다 들어 오리오

畏寒蟄伏戶常關
前路甚危行步難
積雪全埋塵世界
結氷幻作玉江山
欲傳文翰千年後
虛送光陰一夢間
不遠和風將解凍
何愁蠟屐去而還

반한재[161] 안동에 사는 이기일 공이 세웠음
伴閒齋安東居李公奇一建

梅溪(매계: 사람 호)가 지난 날 閒翁(한옹: 사람 호)과 짝한 것은 　梅溪昔日伴閒翁

洙泗(수사)[162]의 진정한 근원이 一脈(일맥)으로 통하기 때문이네 　洙泗眞源一脉通

담백한 그림자가 뜰을 가로질러 소나무에 달 그림 그리고 　淡影橫庭松畵月

차가운 소리가 문안으로 들어오니 대나무가 바람에 우는 소리네 　寒聲入戶竹鳴風

靈氣(영기) 모인 곳 골라 잡아 집 지어 구름과 학을 찾으니 　靈區卜築尋雲鶴

어지러운 세상 편안히 지나 기러기 잡혀 떨어지는 꼴
　　피할 수 있으려네 　亂世安過避繳鴻

세상 이치 미루어 살펴보면 줄었다 늘었다 하는 것이니 　物理推觀消長裡

평생 분수 지켜 그 끝을 참되게 하세나 　平生守分愼其終

법주사 속리산에서 박효수 공의 운에 맞춰
法住寺俗離山次朴公孝修韻

하늘가에 깎여 드러난 것은 푸른 芙蓉(부용: 연꽃)이요 　天涯削出碧芙蓉

물은 산을 끼고 돌아 몇 번을 거듭하네 　水抱山回幾作重

푸르른 색이 뜰에 남아있는 것은 君子竹(군자죽)이요 　翠色庭留君子竹

기이한 얘기대로 길에 서있는 것은 大夫松(대부송)이네 　奇談路立大夫松

어느 곳에서 신선의 세계를 찾을 지 모르는데 　未知何處尋仙界

그저 이번에 가며 보는 것이 속세의 종적을 지나는 것이네 　只看今行過俗蹤

오고 가며 복 비는 자 아닌 이 없어 　來往無非求福者

石佛(석불)을 조성하여 크게 형용했네 　造成石佛大形容

---

161) 한가함과 짝하는 집.

162) 수강과 사강의 두 강 이름으로 공자의 고향 근처를 흐름. 따라서 儒家(유가)를 뜻함.

장충단에서 즉흥으로 짓다

獎忠卽事

눈 속에서 서로 만나 좋은 경치 찾아서는 　　　　　　　　雪裡相逢勝景探
　　　　　　　　　　　　　　　　　　　　　　　　　　설 리 상 봉 승 경 탐

은빛 모래 세상에서 옛 회포를 얘기하네 　　　　　　　　銀沙世界舊懷談
　　　　　　　　　　　　　　　　　　　　　　　　　　은 사 세 계 구 회 담

차가운 바람은 제 철이라고 말을 북으로 달리게 하고 　　寒風得意騏馳北
　　　　　　　　　　　　　　　　　　　　　　　　　　한 풍 득 의 기 치 북

따뜻한 날씨는 마땅한 情(정)이라고 기러기 남으로 이르게 하네 暖日宜情雁到南
　　　　　　　　　　　　　　　　　　　　　　　　　　난 일 의 정 안 도 남

한참을 시름 잊기에는 詩(시)가 제일 좋고 　　　　　　　　半晌忘愁詩最好
　　　　　　　　　　　　　　　　　　　　　　　　　　반 상 망 수 시 최 호

한때 목마름 달래기에는 술이 한편으로 다네 　　　　　　一時解渴酒偏甘
　　　　　　　　　　　　　　　　　　　　　　　　　　일 시 해 갈 주 편 감

늙어가며 서울의 쌀만 축내고 있으니 　　　　　　　　老來徒食長安米
　　　　　　　　　　　　　　　　　　　　　　　　　　노 래 도 식 장 안 미

일에 성공 없는 것을 정말 부끄러워해야 하네 　　　　　事不成功正可慚
　　　　　　　　　　　　　　　　　　　　　　　　　　사 불 성 공 정 가 참

백운정에서

白雲亭

백운정은 白雲坮(백운대)를 바라보고 있으니 　　　　　白雲亭見白雲坮
　　　　　　　　　　　　　　　　　　　　　　　　　　백 운 정 견 백 운 대

산은 정릉을 향해 십리를 도네 　　　　　　　　　　　山向貞陵十里回
　　　　　　　　　　　　　　　　　　　　　　　　　　산 향 정 릉 십 리 회

객지에서 名士(명사)들 발걸음 다시 만나니 　　　　　客地重逢名士屐
　　　　　　　　　　　　　　　　　　　　　　　　　　객 지 중 봉 명 사 극

騷壇(소단)에서 몇 번이나 술잔을 비웠는가 　　　　　騷壇幾倒故人盃
　　　　　　　　　　　　　　　　　　　　　　　　　　소 단 기 도 고 인 배

이미 봄소식 전해 받았나 매화는 먼저 피고 　　　　　已傳春信梅先發
　　　　　　　　　　　　　　　　　　　　　　　　　　이 전 춘 신 매 선 발

아직도 겨울 위세 남았나 눈이 내리려 하네 　　　　　尙有冬威雪欲來
　　　　　　　　　　　　　　　　　　　　　　　　　　상 유 동 위 설 욕 래

절의 石磬(석경)은 어찌 저리 빨리도 소리 내나 　　　寺磬如何聲早動
　　　　　　　　　　　　　　　　　　　　　　　　　　사 경 여 하 성 조 동

좋은 글귀 만들지도 못했는데 지팡이 짚고 돌아가라 재촉하네 未成佳句返筇催
　　　　　　　　　　　　　　　　　　　　　　　　　　미 성 가 구 반 공 최

관서(평안도와 황해도 북부)의 여덟 아름다운 경치를 읊음
關西八詠

몇 년 전에 일가 중 한명인 聖島(성도: 사람 호) 宋孝淳(송효순)이 일찍이 지은 관서 팔영 시를 내게 보여주고 그 운에 맞춰 시를 지어달라 했는데, 추후에 운을 맞춰 시를 짓는다　年前宗人醒島宋孝淳以曾所作關西八詠詩示余而要次其韻追後次之

성공과 실패는 多端(다단: 사건이 많음)하고

궁궐 터는 허물어진 지 오래인데 또 해가 지네

東明(동명: 고구려 주몽)의 왕성한 運(운)에 일찍이 창업했고

箕子(기자)의 遺風(유풍)이 아직도 紀綱(기강)을 지키네

大塊(대괴: 대지)는 누구를 위해 이 아름다운 땅을 열었는고

따뜻한 봄이 나를 부르고 詩(시)에 미친 자들 모이게 하네

한없는 경치에 홍이 끝이 없으니

아름다운 꽃 향기로운 풀이 맑은 향을 보내네

성 패 다 단 전 기 장	成敗多端戰幾場
궁 허 구 폐 우 사 양	宮墟久廢又斜陽
동 명 왕 운 증 창 업	東明旺運曾創業
기 자 유 풍 상 수 강	箕子遺風尙守綱
대 괴 위 수 개 지 승	大塊爲誰開地勝
양 춘 소 아 회 시 광	陽春召我會詩狂
무 한 경 광 무 한 홍	無限景光無限興
기 화 방 초 송 청 향	奇花芳草送淸香

平壤(평양) 연광정　　　　　　　　　　　　　　　平壤緣光停

좋은 곳 있다 듣고 멀리서 安市城(안시성)에 오르니

천년 지나간 일이 내 詩情(시정)을 일으키네

꽃 주위에서 어지러이 춤추는 것은 쌍쌍이 나비요

나무 속에서 맑게 노래 부르는 것은 지저귀는 꾀꼬리네

唐(당)나라 임금이 흉한 계획 세웠다 눈 한쪽만 잃고 마니

楊公(양공: 양문춘)의 위대한 업적 향기로운 이름 떨치네

그때 勝戰(승전)이 지금껏 아직도 유쾌하니

나 또한 가보고 싶으나 일정 계획 잡지 못했네

문 승 원 등 안 시 성	聞勝遠登安市城
천 년 왕 사 야 시 정	千年往事惹詩情
화 변 란 무 쌍 비 접	花邊亂舞雙飛蝶
수 리 청 가 백 전 앵	樹裡淸歌百囀鶯
당 주 흉 모 상 일 목	唐主凶謀傷一目
양 공 위 적 천 방 명	楊公偉蹟擅芳名
차 시 승 전 금 유 쾌	此時勝戰今猶快
아 역 관 광 불 계 정	我亦觀光不計程

龍岡(용강) 안시성　　　　　　　　　　　　　　　龍岡安市城

물결처럼 떠돌다 百尺(백척) 높은 누각에서 시 읊으니 　　낭 적 한 음 백 척 루
浪跡閒吟百尺樓

끝없이 펼쳐진 좋은 경치 다 볼 수 없네 　　무 변 승 경 미 전 수
無邊勝景未全收

복사꽃은 이슬에 젖어 담장 모퉁이에서 밝게 웃고 　　도 화 읍 로 명 장 각
桃花浥露明墻角

버들 솜털은 바람에 날려 언덕 머리에 흩어지네 　　유 서 표 풍 산 안 두
柳絮飄風散岸頭

즐거운 일로 잠깐 천리 발걸음을 멈추고 　　낙 사 아 정 천 리 극
樂事俄停千里屐

경치 즐기는 마음에 다시 조각배 하나 띄우네 　　상 심 갱 범 일 편 주
賞心更泛一扁舟

유유히 지난 자취에 공연히 느낌만 많으니 　　유 유 왕 적 공 다 감
悠悠往蹟空多感

술로 시름 삭이며 아래 물가로 떠나네 　　환 주 소 수 하 별 주
喚酒消愁下別洲

安州(안주) 百祥樓(백상루) 　　　　安州百祥樓

納淸亭(납청정)은 曉星山(효성산)에 있는데 　　납 청 정 재 효 성 산
納淸亭在曉星山

시인들이 바라보면 살아있는 그림 사이에 있는 듯하네 　　소 객 첨 망 활 화 간
騷客瞻望活畵間

이름난 곳 두루 돌아다니다 보면 비록 고달프긴 하나 　　편 답 명 구 수 유 고
遍踏名區雖有苦

오랫동안 아름다운 경치 시로 읊조리다 보면 도리어 한가해지네 　　구 음 승 경 전 성 한
久吟勝景轉成閒

하늘 둘러싼 사방 산봉우리는 첩첩 천 겹인데 　　위 천 사 면 봉 천 첩
圍天四面峰千疊

땅을 갈라 가운데로 흐르는 물은 한 굽이졌네 　　할 지 중 류 수 일 만
割地中流水一灣

天地造化(천지조화)는 원래 南北(남북)이 다름이 없어 　　조 화 원 무 남 북 이
造化元無南北異

눈앞에 꽃과 풀은 모두가 봄빛이네 　　안 전 화 초 총 춘 안
眼前花草摠春顔

定州(정주) 納淸亭(납청정) 　　　　定州納淸亭

지팡이 멈추고 누각 위에 오르니 오후 그늘 기울어지고 　　주 공 루 상 오 음 사
住筇樓上午陰斜

골짜기는 외지고 城(성)은 깊어 아직 꽃 피지 않았네 　　동 벽 성 심 미 발 화
洞僻城深未發花

사방 옹위한 높은 봉우리는 石壁(석벽)을 밀쳐내고 　　사 옹 고 봉 배 석 벽
四擁高峰排石壁

가운데에 싸 안긴 沃土(옥토)에는 뽕나무와 삼이 심겨있네 　　중 포 옥 토 종 상 마
中包沃土種桑麻

세상에 좋은 경치 찾는 많은 이 나와 같아 기쁘지만 　　세 다 탐 승 동 오 희
世多探勝同吾喜

詩(시)를 아는 사람 드무니 누굴 향해 자랑하나　　人少知詩向孰誇

물결처럼 떠돌며 서쪽으로 놀러 오니 봄은 이미 저물어 가는데　　浪跡西遊春已暮

경치 구경 다 못했으니 집에 돌아가기 부끄럽네　　未收全景愧歸家

寧邊(영변) 運籌樓(운주루)　　　　　　　　　　　　　　　寧邊運籌樓

우연히 松讓(송양: 비류국의 왕)의 舊林泉(구림천)을 지나니　　偶過松讓舊林泉

홀골산성[163] 머리가 釰鶴(일학) 앞이네　　　　　釰骨城頭釰鶴前

깎아지른듯한 산봉우리엔 푸른 아지랑이 펴 오르고　　削立峰巒靑靄起

얽혀 도는 강물엔 푸른 물결 연이었네　　縈回江水翠波連

仙人(선인)이 언제 내려왔는지 아는가　　　　仙人下降知何日

나그네가 관광하는 것은 오늘날일세　　　　客子觀光卽此天

지난 자취는 천 년이 쌓였으나 누각은 아직도 남아있으니　　往蹟千年樓尙在

한참을 회포 푸니 마음이 欣然(흔연)히 기쁘네　　敍懷半晌意欣然

成川(성천) 降仙樓(강선루)　　　　　　　　　　　　　　　成川降仙樓

멀리서 와 높은 누각에 오르니 시 읊기 고달픈데　　遠上高樓費苦吟

나무꾼 노래와 목동의 피리 소리가 앞에 있는 숲 넘어 들려오네　　樵歌牧笛隔前林

구름 길 萬里(만리) 열리니 鵬程(붕정: 앞으로 갈 길)은 먼데　　雲開萬里鵬程遠

온 산엔 꽃 펴 나비 꿈 깊어지네　　　　花發千山蝶夢深

사업은 이루어진 것 없이 지금은 백발인데　　事業空成今白髮

經綸(경륜)은 아직도 옛 靑衿(청금: 유학자)이네　　經綸尙似舊靑衿

天下(천하)를 두루 돌아다녀도 제대로 알아주는 이 드무니　　遍遊天下知音少

흐르는 물소리 속에서 홀로 가야금 끌어안고 있으리라　　流水聲中獨抱琴

江界(강계) 仁風樓(인풍루)　　　　　　　　　　　　　　　江界仁風樓

---

163) 송양이 도읍으로 정하고 쌓은 성.

萬里(만리) 하늘 가에 물결 흔적 같이 지나가니

나그네 興(흥)을 이기지 못해 느긋이 읊조리네

술은 경치 좋은 곳 만나면 항상 적어 싫고

詩(시)는 좋은 때 만나면 어찌 많다고 마다하랴

위화도 저녁 구름은 공연히 비를 빚고

압록강 봄 물은 저절로 물결 일으키네

서쪽으로 놀러 왔다 홀홀하게 지나가니

아름다운 경치 다 보지 못해 한스러우니 어찌할꼬

義州(의주) 統軍亭(통군정)

만 리 천 애 랑 적 과
萬里天涯浪跡過

불 승 객 흥 만 음 아
不勝客興謾吟哦

주 봉 승 지 상 혐 소
酒逢勝地常嫌少

시 도 양 신 기 염 다
詩到良辰豈厭多

위 도 모 운 공 양 우
威島暮雲空釀雨

압 강 춘 수 자 양 파
鴨江春水自揚波

서 유 미 료 홀 홀 과
西遊未了忽忽過

가 경 난 수 한 내 하
佳景難收恨奈何

義州統軍亭

여러 친구가 찾아와 같이 짓다
諸友來訪共賦

林泉(임천)을 편애하여 세상일에 간여치 않는데

우연히 詩會(시회)를 여니 한 자리가 단란하네

손님들 이미 동쪽 남쪽 名士(명사)들 모두 왔고

한 해 저물어 바야흐로 대한 소한 지났네

시렁에 가득한 책 마음에 맞는 대로 골라 읽고

두어 칸 좁은 집이라도 몸 붙이기에 편안하네

초라한 집에서 글재주 겨루는 것 쉽지 않으나

하늘이 맑은 인연 빌려주어 한나절 즐기네

편 애 림 천 세 불 간
偏愛林泉世不干

우 연 아 회 일 연 단
偶然雅會一筵團

객 래 이 진 동 남 미
客來已盡東南美

세 모 방 과 대 소 한
歲暮方過大小寒

만 가 시 서 수 의 독
滿架詩西隨意讀

수 간 동 우 착 신 안
數間棟宇着身安

봉 문 백 전 비 용 이
蓬門白戰非容易

천 차 청 연 반 일 환
天借淸緣半日歡

백운암 시 모임에서
白雲庵雅集

적막한 창가에 혼자 앉아있기 견디기 어려워

추이도 무릅쓰고 외로운 나그네 또 강을 건너네

구름 깊은데 억지로 발걸음 옮겨 산에 오르니

얼어붙었던 것 바야흐로 풀려 艭(쌍)배 물 건너네

文學(문학)의 여유가 지금은 얼마나 남아있나

世情(세정)에 어둡기는 나와 짝할 자 없네

근래엔 온 나라 風潮(풍조)가 변했는데

다행히 시골에서 듣는 노래엔 옛 가락이 아직 있네

獨坐難堪寂寞窓
冒寒孤客又過江
雪深强曳登山屐
氷結方休渡水艭
文學裕餘今有幾
世情蒙昧我無雙
近來擧國風潮變
幸聽村謳尙舊腔

관수동 시 모임에서
觀水洞雅集

한해 절기 立春(입춘)이 멀지 않은데

꿈속에서 세월은 만년에 다다랐네

몸 늙으면 紅顔(홍안) 변하는 것은 뒤의 일이요

백발같이 되어 느끼는 마음은 전에 살아보지 못한 것이네

눈은 녹아 태반이 바야흐로 업어져 버리고

매화는 들쭉날쭉 펴 또 푸르름 맺네

江湖(강호)에 떠도는 일없는 나그네가

다행이 재미난 모임에 참석하니 취미가 도리어 온전해지네

歲時不遠立春時
夢裡光陰際暮年
身老紅顔曾變後
心如白髮未生前
雪消太平方過劫
梅發參差又結緣
流落江湖無事客
幸參盛會趣還全

세밑에 회포를 쓰다

歲暮書懷

歲除(세제: 섣달 그믐날 밤)가 다가오니 세월 가는 것 아프고

화살같이 한해 흐르니 점차 서릿발 귀밑머리털 쇠잔해지길
  재촉하네

사람 일 제대로 닦기 어려우니 가난한 것이 바로 恨(한)이요

세상 물정 모르니 늙어서 더욱 바보 같네

아직 남은 겨울 위세가 온 골짜기에 눈 채웠어도

먼저 도착한 봄빛이 매화 한 가지에 걸렸네

느지막한 정경에 의당 티끌에 얽매임은 잊어야 하니

나그네 수심은 세월 따라 공교롭게 눈썹에 파고 드네

나이 따져보니 팔십 줄 됐다 하는데

童心(동심)은 그대로인데 白頭(백두)는 새롭네

돈 뿌려 약을 사도 늙는 것은 고치기 어려우나

술로 근심 녹이면 쉽게 젊어지네

매화는 이미 꽃펴 바람에 소식 실어오는데

구름은 방금 뭉쳐 눈 내릴 것만 같네

반평생을 하는 일 없이 먹고 지내니

萬事(만사)에 無能(무능)한 허수아비 인간이로세

歲除將至謾傷時

年矢漸催霜鬢衰

人事難修貧是恨

世情不識老尤痴

尙餘冬勢雪千壑

先着春光梅一枝

晚景宜乎塵累忘

客愁逐日巧侵眉

壽算將云八十辰

童心未改白頭新

散金買藥難醫老

喚酒消愁易作春

梅已開花風信息

雲方結陣雪精神

半生徒食長安米

萬事無能一偶人

한라산에서 해동시사에서 지음
漢拏山海東詩社題

한라산 위에 흰구름 하늘 맑고

萬里(만리) 파도가 눈 아래 밝네

크고 작은 배 나루에 어지러이 바다 멀리 통하고

땅 위엔 여염집이 마을 城(성)에 가득 찼네

나그네 2월에 오니 신선 같은 인연 무거우나

聖人(성인) 떠난 지 천년이니 나비 꿈은 가볍네

좋은 경치 너무 많아 다 보지 못하고

이름난 꽃 괴이한 돌에 아직도 情(정)이 남네

漢拏山上白雲晴

萬里波濤眼下明

舸艦迷津通海域

閭閻撲地滿州城

客來二月仙緣重

聖去千年蝶夢輕

勝景偏多收未盡

名花怪石尙餘情

종남산장 시회에서
終南山莊雅會

국고 향기롭게 사귐을 맺고 글로 모이니

친구 따라 글귀 찾고 또 겸해서 취해보네

상기도 사업 없고 재주는 속된 것과 다르니

멋대로 經綸(경륜)을 품어 뜻은 무리 짓지 않네

殘雪(잔설)이 산에 가득 낙엽을 묻어 놓고

斜陽(사양)에 분수는 뜬구름 흩어놓네

이별은 많고 만남은 적은 마음 알아주는 친구여

손잡고 섭섭하고 슬프게 매번 헤어짐 안타까워하네

契以金蘭會以文

隨朋覓句又兼醺

尙無事業才殊俗

謾抱經綸志不群

殘雪滿山埋落葉

斜陽倒水散浮雲

別多逢少知心友

把手怊怊每惜分

정릉 시 모임에서
貞陵雅集

갑자기 훌쩍 지난 세월 꿈인 줄 알았더니 참이었고
슬그머니 새로 한 해가 다시 오기 멀지 않았네
뜬 구름이 흩어져 없어지니 하늘엔 비올 기색 없고
쌓인 눈이 묻어 감추니 땅엔 티끌 하나 없네
술로 한가하게 시름 씻어내니 그 힘 빌린 것이요
詩(시)로 좋은 경치 담아내니 또 표현 제대로네
정릉 한갓진 곳에서 아름다운 모임 가지니
늙었어도 아직 느긋이 노니니 어찌 興(흥)이 없으랴

숙 홀 광 음 일 몽 진
倏忽光陰一夢眞
거 연 불 원 세 경 신
居然不遠歲更新
부 운 산 거 천 무 우
浮雲散去天無雨
적 설 매 장 지 절 진
積雪埋藏地絶塵
주 척 한 수 방 차 력
酒滌閒愁方借力
시 수 승 경 우 전 신
詩收勝景又傳神
정 릉 역 려 성 가 회
貞陵逆旅成佳會
노 상 우 유 흥 기 빈
老尙優遊興豈貧

백운암 시 모임에서
白雲庵雅集

이 해의 神(신)이 자리 물러나 돌아가고자 한다 하여
세상 사람들 위해 더 머물러 주지 않네
물 건너 이루어진 마을에는 기러기가 물가에서 울어대고
산 이어 지어진 집들에선 꿩이 울타리 지나네
사람들 속이는 백발은 나를 늙으라 재촉하는데
세상 병들게 하는 황금은 숙련된 醫員(의원) 기다리나
성공한 일 없어 공연히 한스러우니
일찍이 제대로 배우지 못했음을 나이 들어서야 아네

세 군 사 위 욕 귀 시
歲君辭位欲歸時
불 위 창 생 주 가 지
不爲蒼生駐駕遲
격 수 작 촌 홍 규 저
隔水作村鴻叫渚
연 산 구 옥 치 과 리
連山構屋稚過籬
기 인 백 발 최 오 로
欺人白髮催吾老
병 세 황 금 대 숙 의
病世黃金待孰醫
사 미 성 공 공 유 한
事未成功空有恨
조 년 실 학 만 년 지
早年失學晚年知

늙음을 한탄하며

歎老

머리 위엔 밉디 미운 눈이 점점 침범하고

仙人(선인)을 찾아가려 하나 아직도 찾지 못했네

백발은 고치기 어려운 것인데도 아직도 藥(약) 구하니

靑春(청춘)을 돈으로 살수 있다면 어찌 돈이 아까우랴

골짜기 속 하늘엔 구름 기운 까마득하고

바다 가운데엔 땅 없어 물결만 거세네

붉은 소나무와 누런 돌을 어디에서 찾으리요

진시황 비웃어 가며 멋대로 고뇌의 마음 견디네

두 상 편 증 설 점 침
頭上偏憎雪漸侵

선 인 욕 방 미 능 심
仙人欲訪未能尋

난 의 백 발 유 구 약
難醫白髮猶求藥

약 매 청 춘 기 석 금
若買靑春豈惜金

동 리 유 천 운 기 비
洞裡有天雲氣秘

해 중 무 지 수 파 심
海中無地水波深

적 송 황 석 봉 하 처
赤松黃石逢何處

감 소 진 황 만 뇌 심
堪笑秦皇謾惱心

섣달 그믐날이 입춘이라

除日立春

섣달 그믐이 우연히도 입춘과 겹치니

夏正曆數(하정역수)[164]에 드물게 돌아오는 때이네

五更(오경)이 장차 지나려 해도 三餘(삼여)[165]는 그대로인데

한 해가 거듭 만나 사계절 새로워지기 시작하네

殘雪(잔설)은 산에 아직 쌓여 氣勢(기세)는 추운데

뜰에 늙은 매화가 펴 精神(정신)이 따뜻하네

모두 빛나는 萬象(만상)에 사람들 다 기뻐하고

나는 經綸(경륜) 있어 興(흥)이 없지 않네

제 일 우 연 겸 립 춘
除日偶然兼立春

하 정 력 수 한 회 진
夏正曆數罕回辰

오 경 장 송 삼 여 구
五更將送三餘舊

일 세 중 봉 사 시 신
一歲重逢四始新

잔 설 산 퇴 한 기 세
殘雪山堆寒氣勢

노 매 정 발 난 정 신
老梅庭發暖精神

함 희 만 상 인 개 희
咸熙萬象人皆喜

오 유 경 륜 홍 불 빈
吾有經綸興不貧

---

164) 고대 중국 夏(하)나라 때 정한 음력 체계로 지금 우리가 쓰는 음력과 동일함.

165) 책 일기 좋은 세 가지 餘暇(여가)로 겨울, 밤, 비올 때를 이름.

섣달 그믐날 밤에 앞의 "탄노" 시 운에 맞춰
除夕 次歎老韻

가만히 앉아 殘臘(잔랍: 섣달)을 보내려 하니 찬 바람이 침범해
坐消殘臘冷風侵

玄英(현영: 겨울)을 끄잡아 댕기려 하나 아직 찾지 못했나 보네
欲挽玄英未得尋

꽃다운 이름 날려보려 하나 백발만 서러우니
將擅芳名愁白髮

어찌 살림 윤택하게 한다 하고 황금을 싫어하리오
何求潤産病黃金

난간에 비친 봄빛에 매화 처음 피고
映欄春色梅初發

땅에 가득한 겨울 위세에 눈은 아직도 깊네
滿地冬威雪尙深

비록 다행히도 쇠잔한 나이에 탈없이 지내나
雖幸衰年無恙在

다시 萬事(만사)가 뜻대로 이루어지길 바래보네
更期萬事每如心

섣달 그믐날밤 지새우기
守歲

凄然(처연)하게 섣달 그믐날밤 지새는 흰머리 늙은이가
凄然守歲白頭人

홀로 앉아 촛불 밝혀놓고 술잔만 번거롭게 하네
獨坐張燈酌酒頻

나는 오늘밤 놓아줘 슬픔은 섣달과 함께 버려 버리고
我縱今宵悲送臘

세상은 그에 따라 내일 아침 기쁘게 봄을 맞으리라
世應明月喜迎春

하나도 이룬 일 없으니 바야흐로 옛 생각만 나고
一無成事方懷古

백 가지 일 뜻대로 되지 않았으나 다시 새로운 꿈꾸네
百不稱情更夢新

玉漏(옥루: 물시계)는 찰찰 공연히 급하다 재촉하는데
玉漏聲聲空促急

어찌 조금 있으면 淸晨(청신: 새벽)을 알려 오리오
其何頃刻報淸晨

譯者 宋容民

서울大學校 文理科大學 卒業(文學士)

韓國古典飜譯院 研修課程 卒業

國史編纂委員會 史料研修 一般/高級 課程 修了

譯書 : 櫟泉年譜, 文正公(同春堂)遺牘(脫草 및 飜譯)

編者 宋澤蕃

서울工業高等學校 卒業(電氣)

現 (株式會社)孝信 代表(솔레노이드밸브 專門企業)

세월이 흐르면
耕南文稿 1

2020년 7월 24일 초판 1쇄 펴냄

저자 송조빈(宋朝彬)
역자 송용민(宋容民)
편자 송택번(宋澤蕃)

발행인 김흥국
발행처 보고사

등록 1990년 12월 13일 제6-0429호
주소 경기도 파주시 회동길 337-15 보고사 2층
전화 031-955-9797(대표), 02-922-5120~1(편집), 02-922-2246(영업)
팩스 02-922-6990
메일 kanapub3@naver.com / bogosabooks@naver.com
http://www.bogosabooks.co.kr

ISBN 979-11-6587-062-1 94810
     979-11-6587-061-4 (세트)
ⓒ 송택번, 2020

정가 30,000원